Quelques mots d'amour…

Un charme si troublant

ALLISON LEIGH

Quelques mots d'amour…

éditions Harlequin

Titre original : A WEAVER HOLIDAY HOMECOMING

Traduction française de MARION BOCLET

HARLEQUIN®
est une marque déposée par le Groupe Harlequin

PASSIONS®
est une marque déposée par Harlequin S.A.

Photos de couverture

Paysage : © TIM KIUSALAAS 2009/GETTY IMAGES
Enfant : © DARRELL LECORRE/MASTERFILE

Réalisation graphique couverture : T. SAUVAGE

83-85, boulevard Vincent-Auriol 75646 PARIS CEDEX 13.

Service Lectrices — Tél. : 01 45 82 47 47
www.harlequin.fr

ISBN 978-2-2802-1256-4 — ISSN 1950-2761

Prologue

— La mission dont je te parle ne ressemble à aucune de celles que tu as pu accomplir jusqu'à présent. Ou que nous avons pu accomplir.

Ryan Clay encaissa la nouvelle sans rien laisser paraître. Pourtant depuis le temps qu'il travaillait sous les ordres de Cole, il savait que celui-ci n'était pas du genre à s'alarmer pour rien. La situation devait vraiment être critique.

— C'est encore plus risqué que d'habitude, continua ce dernier.

Autour d'eux, le petit pub était bondé. Personne ne semblait prêter attention à ce que faisaient les autres clients, ou à ce dont ils discutaient. Ce n'était pas le genre d'endroit où l'on venait pour être vu, mais le genre d'endroit où l'on venait pour demeurer invisible. C'était pour cette raison que Ryan Clay et Cole, son chef, l'avaient choisi.

Ryan fit lentement tourner son verre sur la table en bois abîmée.

— Je peux m'en charger, dit-il, voyant que Cole semblait attendre une réponse.

— Cela ne va pas être facile.

Cette précision était superflue.

Pour les agents de l'agence Hollins-Winword rien n'était jamais facile. Ryan en savait quelque chose, il y travaillait depuis longtemps, ainsi que plusieurs membres de sa famille. Et c'était justement son attachement pour sa famille qui avait suscité son intérêt quand Cole Black lui avait parlé de la mission : combien de familles étaient-elles détruites par le réseau de trafiquants qu'il devait infiltrer ?

— Je peux m'en charger, répéta-t-il, avec une certaine impatience car si son chef n'en avait pas déjà été convaincu, il ne lui aurait pas proposé la mission en question.

Mais si Cole Black était coriace, c'était aussi un homme pragmatique, et il n'aimait pas perdre de bons agents.

Ryan savait qu'avec son niveau d'expérience, on ne lui attribuait plus de missions, mais on les lui proposait. Cole lui laissait la possibilité de refuser, principalement au motif que certains agents ne revenaient pas vivants de certaines missions.

Il chassa naturellement cette pensée de son esprit et soutint le regard perçant de son chef.

— Mettons-nous au travail.

Cole l'observa encore un instant, le jaugeant du regard. Puis il hocha la tête, et ils se remirent à discuter à voix basse.

- 1 -

Cinq ans plus tard

Il n'avait pas pu s'en charger.

Ryan regardait fixement le fond de sa tasse de café, en regrettant amèrement que ce ne fût pas un whisky. Vu la situation dans laquelle il se trouvait, il aurait bien eu besoin d'un alcool fort, mais hélas il avait arrêté d'en boire un an plus tôt.

Le moyen le plus simple de se sortir de ce cauchemar, bien sûr, serait de disparaître. Cela avait déjà marché auparavant. Il aurait mieux valu que ses proches le croient mort, plutôt que de savoir qu'il avait abandonné une mission. Pourtant, si c'était vraiment cela la vraie solution, pourquoi était-il justement revenu à Weaver, auprès des siens ?

Il but une gorgée en faisant la grimace.

— Tu es sûr que tu ne veux pas que je te resserve ? lui demanda Tabby Taggart, derrière le comptoir, la cafetière à la main. Ça fait une heure que je t'ai servi ce café, Ryan, il doit être froid.

Il était froid, et amer, à son image.

— Non, merci.

La dernière fois qu'il avait vu Tabby, elle était au lycée. Il n'avait pas l'impression qu'elle ait beaucoup changé. A ses yeux, c'était toujours une gamine, à des années-lumière de lui et de ses trente-sept ans. Pourtant, il savait qu'elle avait déjà fini ses études et qu'elle était serveuse au Ruby's en attendant d'obtenir un poste intéressant dans un musée italien.

Le Ruby's Diner non plus n'avait pas beaucoup changé depuis toutes ces années — depuis ses neuf ans, en fait, quand sa famille était venue s'installer à Weaver, dans le Wyoming.

Les tabourets chromés au comptoir étaient toujours recouverts de vinyle rouge brillant, les banquettes qui entouraient la salle étaient toujours pleines de gens, et, surtout, les commérages allaient toujours bon train.

Il imaginait aisément ce que les commères concluraient de sa présence dans ce petit restaurant, tout seul. Seul, une fois de plus. Comme il l'avait été au Colbys la veille, et deux jours plus tôt également. Cela s'ajouterait au fait que depuis qu'il était revenu, il logeait au Sleep Tite Motel, et non chez ses parents ou chez l'un des membres de sa grande famille.

Il appuya sur son sourcil droit pour calmer la douleur lancinante et ferma les yeux un moment, essayant de repousser le cliquetis des couverts contre la vaisselle, les chants de Noël et le bruit des conversations, qui tournaient toutes, pour la plupart, sur les faits et gestes des voisins ou sur les festivités à venir. Par le passé, il était capable de faire le vide dans son esprit et de se concentrer sur une seule pensée, un seul but.

— Bonjour, Chloe !

La voix enjouée de Tabby l'arracha à ses pensées, il rouvrit les yeux et fixa à nouveau son café noir. Il avait vaguement conscience de la présence de la petite fille aux cheveux bruns qui était venue au comptoir tout près de lui. Il l'avait vue en entrant, assise sur la banquette du coin en compagnie d'une vieille dame menue aux cheveux blancs et bouclés.

— Mamie et moi, on veut apporter une part de tarte à maman. Celle-ci, dit la fillette en montrant du doigt une tarte derrière la vitrine.

Ryan sentit qu'elle lui jetait un regard de biais.

— C'est une surprise, lui dit-elle comme s'il avait manifesté de l'intérêt.

Il parvint à esquisser un sourire, espérant qu'il ne l'effraierait pas, car il avait vu assez de petites filles effrayées pour le restant de ses jours. Elle était très mignonne, en violet des pieds à la tête, à l'exception de ses après-skis jaunes.

— Si elle aime la tarte aux noix de pécan, dit-il, elle aimerait sûrement aussi les petits pains à la cannelle.

Du coin de l'œil, il vit que Tabby lui jetait un regard étonné.

— Ils sont pleins de noix de pécan, ajouta-t-il.

— Le docteur Keegan les a déjà goûtés, dit Tabby avec un sourire décontracté en faisant glisser une petite boîte rose sur le comptoir vers la petite fille. Je crois qu'elle les aime presque autant que toi.

La petite Chloe posa à nouveau ses yeux brillants sur lui. Visiblement très intéressée mais un peu intimidée, elle mordilla sa lèvre inférieure de ses petites dents blanches alors qu'elle regardait la tasse de café posée devant lui.

— Vous n'avez pas faim ? Il en reste, dit-elle en montrant la tarte que Tabby remettait dans la vitrine.

Voilà sa récompense pour avoir engagé la conversation.

— Non.

Il essaya d'adoucir son ton brusque par un sourire et

échoua de toute évidence lamentablement, à en juger par la façon dont la fillette recommença à se mordre la lèvre.

— Alors, tu fais une surprise à ta maman ? dit Tabby pour rompre le silence qui menaçait de devenir embarrassant.

La fillette hocha la tête et sortit quelques billets froissés et des pièces de la poche de son jean violet.

— Oui, dit-elle, en lissant les billets, comptant soigneusement la monnaie. Elle a dû travailler, même un samedi, alors mamie et moi, nous sommes allées faire nos courses de Noël.

Tabby s'appuya sur le comptoir et sourit d'un air conspirateur.

— Où êtes-vous allées ?

— Partout, répondit Chloe en se balançant sur ses talons, mais le meilleur endroit, c'était la boutique d'occasions à Braden. J'ai acheté un cadeau à maman là-bas et il me reste encore de l'argent de poche. Je le gagne en faisant les poussières, ajouta-t-elle en jetant un nouveau coup d'œil à Ryan, j'ai mis de l'argent de côté toutes les semaines.

Ses petites épaules se soulevèrent et elle poussa un profond soupir.

— Mais ça n'a pas suffi pour que je puisse m'acheter le jeu vidéo que je voulais. C'est le nouveau Princesse Violette. Il était à la boutique d'occasions, il ne coûtait que vingt dollars, dit-elle les yeux écarquillés, encore stupéfaite de la bonne affaire. Il coûte plus de cinquante dollars dans une boutique normale.

— C'est Noël dans trois semaines, demande-le au Père Noël.

Il avait lancé cette idée sans réfléchir et espéra qu'elle était encore assez jeune pour y croire.

— Mon anniversaire est avant Noël, dit-elle en montrant sept doigts, sans faire tomber l'argent qu'elle avait dans la main. Je vais avoir sept ans. Mais maman dit que c'est trop cher. Par contre on va faire une fête, avec sept de mes nouvelles copines. Ce sera ma première fête d'anniversaire !

— Chloe, chérie, l'appela la dame aux cheveux blancs qui l'attendait à côté de la porte. Tu as assez bavardé, ta maman doit nous attendre. Viens, maintenant…

— J'arrive, mamie, dit Chloe en remettant maladroitement son argent dans sa poche avant de prendre la boîte qui contenait la tarte. Merci, Tabby. A bientôt, monsieur, dit-elle en le regardant.

Elle tourna les talons, faisant crisser ses bottes.

— Je crois que vous avez fait tomber quelque chose, ajouta-t-elle précipitamment avant de sortir.

Ne voyant pas où elle voulait en venir, Ryan fronça les sourcils et regarda la vieille dame et l'enfant un instant, puis il se tourna à nouveau vers son café froid. Les bruits de vaisselle lui semblèrent soudain insupportables. Il posa un billet sur le comptoir et se laissa glisser du tabouret.

— A plus tard, Tabby.

Tabby, qui servait déjà du café à un autre client, lui fit au revoir de la main.

Alors qu'il se dirigeait vers la porte, il remarqua enfin le billet d'un dollar à ses pieds. Il le regarda fixement un instant. Il savait très bien qu'il n'était pas à lui, les plus petits billets qu'il avait dans la poche étaient des billets de vingt dollars. Il ne pouvait être qu'à la petite fille aux yeux bleus. Mais alors dans ce cas, pourquoi avait-elle prétendu qu'il lui appartenait ?

Comprenant soudain de quoi il était question, il se passa la main sur les mâchoires. Sa barbe était râpeuse.

Il ne prenait plus la peine de se raser quotidiennement ces derniers temps. Et il avait maintenant l'air assez hagard pour qu'une innocente enfant se dise qu'il avait besoin d'aide. Et une petite fille qui avait eu en plus assez de tact pour dissimuler son acte de charité.

Il retint un juron et ramassa le billet, puis se tourna vers le comptoir.

— Tabby, cette petite fille, Chloe, qu'est-ce que tu sais d'elle ?

Tabby haussa négligemment les épaules et s'essuya les mains sur un torchon.

— C'est la fille de Mallory Keegan, l'obstétricienne qui remplace le docteur Yarnell pendant qu'il est en congé sabbatique. Le cabinet est sur Sycamore Street, ajouta-t-elle quand il la regarda, l'air interdit.

Il ne connaissait pas le nom du docteur, mais il connaissait bien le nom de la rue. Il se rappelait l'époque à laquelle sa mère était le seul docteur de la région. Aujourd'hui, elle dirigeait l'hôpital de Weaver, et la ville avait de quoi se payer un médecin qui prenait un congé sabbatique. Les choses avaient bien changé.

— Merci, dit-il.

Il enfila son blouson et sortit. Dehors, il faisait froid et le ciel était gris. De là où il était, il apercevait le bureau du shérif. Pendant longtemps, c'était son père qui avait occupé cette fonction. Il avait pris sa retraite quelques années plus tôt, quand Ryan avait été porté disparu.

Ses parents, comme le reste de sa famille, avaient été très heureux quand il était enfin réapparu, comme revenu d'entre les morts. Pour eux, c'était un véritable miracle.

Lui, pourtant, avait l'impression d'être bel et bien mort. A ses yeux, il n'y avait ni miracle, ni honneur.

Il prit une cigarette, l'alluma en s'éloignant du bâtiment

de brique, et remonta son col pour affronter le froid. Sycamore Street n'était qu'à deux rues de là, mais c'était une longue rue et il ne savait pas où était le cabinet. Il pouvait être tout près, dans le vieux quartier de Weaver, ou plus loin, dans le quartier récent où des immeubles modernes ainsi qu'un immense centre commercial avaient été bâtis pendant ses années d'absence.

Il était prêt à parier qu'il retrouverait Chloe Keegan avant la fin de l'après-midi. De toute façon, il avait tout son temps.

— Maman !

Mallory Keegan leva la tête en entendant sa fille l'appeler et se cogna contre le lavabo qu'elle était en train de réparer. Elle jura tout bas et laissa tomber la clé à molette, qui heurta bruyamment le tuyau avec un son métallique.

Un léger jet d'eau lui aspergea aussitôt le visage.

— Je suis là-haut ! cria-t-elle à sa fille en prenant une serviette de toilette.

D'un geste rageur, elle s'essuya le visage avec une serviette, dont elle se servit ensuite pour colmater la fuite.

Quelle catastrophe ! Son travail consistait à mettre des enfants au monde, pas à réparer la plomberie. Elle allait devoir faire appel à un plombier. Ce qui ne l'arrangeait pas du tout. Son budget était déjà serré, avec l'anniversaire de Chloe et Noël juste après.

Elle entendit sa fille monter rapidement l'escalier, mais même si elle était ravie de la voir, elle ne fit pas le moindre mouvement pour venir à sa rencontre. Elle était trop épuisée, la journée avait été dure : elle avait dû faire une césarienne à une maman qui mettait au monde son troisième enfant, et une jeune femme enceinte pour la première fois avait fait une fausse couche.

Lorsque Chloe entra dans la salle de bains, une petite boîte à gâteaux rose dans les mains, ses bottes glissèrent un peu et crissèrent sur le plancher encore humide.

Le visage rayonnant de sa fille suffit aussitôt à compenser sa fatigue. Chloe se précipita vers elle et elle ouvrit les bras juste à temps pour la serrer contre elle.

La boîte à gâteaux cogna sa tête quand Chloe lui passa les bras autour du cou.

— Tu as eu des bébés aujourd'hui ?

Habituée depuis longtemps aux exclamations joyeuses de sa fille, Mallory éclata de rire.

— J'ai mis au monde un bébé, dit-elle en prenant la boîte qui menaçait d'être complètement écrasée par leur étreinte. Qu'est-ce que c'est ?

Chloe se redressa.

— De la tarte.

La petite fille passa la tête sous le lavabo.

— C'est réparé ? demanda-t-elle.

— Ne touche pas à la…, commença Mallory.

Mais il était trop tard, poussée par sa curiosité, Chloe avait déjà soulevé la serviette. Elle cria et fit un bond en arrière pour éviter le jet d'eau.

— … serviette, finit Mallory.

Chloe n'aimait pas avoir de l'eau sur le visage. Elle supportait les bains, parce qu'il le fallait bien, mais elle ne voulait ni nager, ni jouer avec le tuyau d'arrosage en été.

Mallory réprima un sentiment d'anxiété qui lui nouait trop souvent l'estomac ces temps-ci et tendit à Chloe une autre serviette.

— Tiens, dit-elle en réparant les dégâts. Il va falloir que quelqu'un qui s'y connaît réellement répare ça.

Puis, elle guida Chloe vers l'escalier et jeta un coup d'œil à l'énorme part de tarte pleine de noix de pécan. Elle en eut l'eau à la bouche. Entre l'hôpital et la fuite d'eau, elle n'avait pas trouvé le temps de manger.

— Ça a l'air délicieux, dit-elle en se penchant pour embrasser les cheveux noisette de Chloe.

Une fois en bas, Mallory alla rejoindre sa grand-mère qui les attendait dans la cuisine.

— Merci pour le gâteau, lui dit-elle en lui donnant un rapide baiser sur la joue

— Remercie Chloe, c'est elle qui l'a acheté avec son argent de poche.

Malgré une vingtaine d'années passées aux Etats-Unis, Kathleen Keegan avait gardé un fort accent irlandais.

Mallory posa la tarte sur le plan de travail et prit une fourchette dans le tiroir.

— Vous vous êtes bien amusées ? demanda-t-elle.

Sa grand-mère avait le chic pour dénicher des bonnes affaires dans les endroits les plus insolites.

Mallory les regarda en plongeant sa fourchette dans le généreux dessert et surprit l'œillade cachottière que Chloe et Kathleen se lançaient.

— Très bien, vous deux ! Qu'avez-vous acheté ?

— Rien, répondit Chloe d'une voix faussement innocente, haussant les sourcils. J'ai trouvé un jeu vidéo de Princesse Violette, par contre. Le nouveau. Il ne coûtait que vingt dollars !

Mallory sourit et retint un gémissement de plaisir alors qu'elle avalait une bouchée de tarte fondante. Chloe adorait les jeux vidéo de Princesse Violette et était intarissable sur les raisons pour lesquelles il « fallait » qu'elle ait chaque nouveau jeu quand il sortait.

— Pourquoi est-ce que tu ne l'as pas acheté, alors ? Je sais que tu avais plus de vingt dollars dans ton porte-monnaie quand mamie et toi êtes parties ce matin.

Elle aurait pu échanger le jeu qu'elle lui avait déjà acheté et qui était caché tout en haut de son armoire.

Chloe regarda son arrière-grand-mère, les joues roses.

— Il faut que j'aille aux toilettes, dit-elle brusquement avant de sortir de la cuisine en courant.

Mallory regarda Kathleen.

— Eh bien ?

— Ne me regarde pas comme ça, mon petit, dit Kathleen en faisant non de la main. Je ne vais pas révéler ses secrets !

Le sourire de Mallory s'élargit.

— Des courses de Noël, peut-être ?

Kathleen se contenta de sourire.

— Je vais devoir appeler un plombier, dit Mallory en retrouvant son sérieux.

— Appelle le Dr Clay et demande-lui de te conseiller quelqu'un.

Mallory se mordilla la lèvre, pensive. Elle préférait éviter de demander de l'aide à Rebecca Clay, et pas seulement parce qu'elle savait d'avance qui elle lui recommanderait. Ce n'était pas exactement grâce à Rebecca Clay qu'elle et sa famille étaient arrivées à Weaver six semaines plus tôt, mais elle avait certainement facilité les choses.

La vraie raison de leur venue était Chloe.

Le sentiment d'angoisse qui la saisit lui coupa l'appétit. Elle recouvrit le reste de la tarte et rinça sa fourchette.

— Je trouverai quelqu'un, murmura t elle.

Elle s'apprêtait à aller dans son bureau, à l'autre bout de la maison, mais la sonnette retentit. Elle remonta les manches mouillées de son pull-over, et alla ouvrir la lourde porte.

Sur le seuil se tenait un homme aux larges épaules. Il leva la tête quand la porte s'ouvrit, et elle se retrouva les yeux plongés dans son regard bleu profond.

En le reconnaissant, elle s'immobilisa. Ryan Clay…

Ses lèvres s'entrouvrirent, mais aucun mot ne sortit de sa bouche. Elle avait bien sûr projeté de le rencontrer en personne, et pourtant, maintenant face à lui, elle ne se sentait pas prête. Pas du tout prête.

Les épais sourcils noirs de Ryan se froncèrent un instant, puis il brisa le silence, d'une voix grave et légèrement bourrue qui correspondait parfaitement à son style, avec sa barbe mal rasée et ses cheveux noirs ébouriffés.

— Vous êtes le docteur Keegan ?

Elle avala difficilement sa salive et hocha la tête.

Le regard qu'il posait sur elle était pénétrant. On aurait dit qu'il gravait son image dans sa mémoire. Puis il tendit vers elle sa main aux doigts fins.

— Ryan Clay, se présenta-t-il brièvement.

Elle ne sut comment elle trouva le courage de lui tendre sa propre main. Cependant, le contact de sa paume la fit tressaillir.

— Je suis ici au sujet de votre fille.

- 2 -

Ryan dévisagea attentivement le Dr Keegan. Il avait l'impression de voir un fantôme, comme une apparition.

Elle aussi le regardait fixement, les yeux écarquillés. Des yeux qui avaient d'ailleurs une très belle couleur miel, étrangement translucide.

Ils lui rappelaient quelque chose, bien qu'il eût la certitude de ne l'avoir jamais rencontrée.

— Qu'y a-t-il ? demanda-t-elle d'une voix mélodieuse.

Bien qu'il se présentât ainsi à sa porte sans prévenir, elle n'avait pas un ton soupçonneux. Pourtant, son intonation cachait quelque chose, qu'il ne parvenait pas à définir.

Elle avait les bras croisés sur la poitrine, son pull blanc à torsades ne suffisant de toute évidence pas à couper l'air froid.

— Je suis venu rapporter ceci à Chloe, dit-il en lui tendant le billet d'un dollar, et lui donner ceci, ajouta-t-il en sortant une enveloppe de la poche de son manteau.

La jeune femme s'humecta les lèvres. Il avait déjà remarqué leur forme, leur sensualité, leur couleur rose pâle.

L'enveloppe fit un bruissement entre ses doigts. Seigneur ! Elle lui rappelait vraiment quelqu'un…

— Maman ! Mamie m'a dit de te dire qu'il y a de

plus en plus d'eau dans la salle de bains, dit Chloe qui apparut soudain.

Son sourire s'élargit lorsqu'elle le vit.

— Rebonjour ! Qu'est-ce que vous faites ici ?

La jeune femme lui passa un bras protecteur autour des épaules. Il ne pouvait pas le lui reprocher, les enfants avaient besoin d'être protégés, en ce bas monde, même dans des petites villes comme Weaver.

Il s'accroupit pour être à la hauteur de la petite fille et lui tendit le billet.

— C'est à toi. Je n'en avais vraiment pas autant besoin que tu l'as cru.

Elle ne le prit pas, mais elle baissa les yeux d'un air coupable.

— Non, ce n'est pas à moi.

— Chloe ? Que se passe-t-il ? demanda sa mère.

Ryan la regarda.

— Votre fille est très généreuse, docteur Keegan.

Elle coinça une mèche de cheveux bruns derrière son oreille.

— Je m'appelle Mallory, dit-elle faiblement. C'est vrai qu'elle a bon cœur, mais je ne comprends pas pourquoi vous êtes ici.

— Tenez, dit-il en lui glissant le billet dans la main.

Il tendit l'enveloppe à la petite, qui l'ouvrit avec enthousiasme.

— Chloe et moi nous sommes rencontrés au Ruby's, elle a cru que j'avais besoin… d'un peu d'aide.

— Maman, regarde !

Chloe avait retiré le bon d'achat de l'enveloppe et l'agitait entre eux.

— C'est pour le nouveau jeu de Princesse Violette ! C'est bien ce qui est écrit, hein ? G-r-a-t-u-i-t, épela-t-elle.

Mallory fronça les sourcils et prit des mains de sa fille la carte violette qu'il était allé chercher chez CeeVid, l'entreprise de jeux vidéo de son oncle.

— Oui, c'est bien ce qui est écrit.

Elle le dévisagea, l'air hésitant. A quoi pouvait-elle penser ? Elle fit un pas en arrière et s'appuya sur la porte pour l'ouvrir en grand.

— Vous feriez peut-être mieux d'entrer, dit-elle, le bras toujours autour des épaules de Chloe, le dollar froissé dans la main.

Il avait rendu l'argent, donné un cadeau à la fillette simplement parce que ses relations familiales le lui permettaient, et maintenant il était temps de partir. Pourtant quelque chose dans l'intérieur acceuillant et chaleureux qu'il apercevait derrière la jeune femme le poussa à accepter son invitation.

En entrant dans la maison, il aperçut la dame aux cheveux blancs qu'il avait vue au restaurant descendre l'escalier, les bras chargés de serviettes de toilette qui dégoulinaient par terre.

Mallory le regarda avec un sourire gêné.

— Asseyez-vous, dit-elle en indiquant le salon d'un geste vague. Chloe, va t'asseoir avec M. Clay et présente-lui ton arrière-grand-mère. Je reviens tout de suite.

Elle se précipita vers la vieille dame et lui prit les serviettes des mains, avant de s'éloigner dans le couloir laissant une traînée d'eau derrière elle.

Il était en train de regarder le mouvement de ses fesses bien moulées dans son jean quand une petite main un peu moite se glissa dans la sienne.

— Venez, dit Chloe en l'entraînant vers l'un des canapés beiges aux lignes pures qui détonnaient dans le salon, leur style moderne contrastant avec la brique vieillie de la cheminée. Mamie, voici M. Clay, dit la petite fille, monsieur Clay, voici mon arrière-grand-mère.

Il vit la lueur amusée dans le regard de la vieille dame.

— Kathleen Keegan, précisa-t-elle avec un accent irlandais évident. Puis-je vous débarrasser ?

Il se sentit soudain mal à l'aise. Etait-ce parce qu'il se retrouvait soudain entouré de femmes ? Habituellement, ce n'était pas quelque chose qui le stressait particulièrement, mais il y avait un je-ne-sais-quoi chez les trois femmes Keegan qui le troublait.

Il aurait dû garder ce dollar. Elle aurait été contente d'avoir fait un acte charitable, et il ne se serait pas retrouvé dans cette situation, à se demander ce qu'il faisait là.

Pourtant, au lieu de garder son blouson de cuir abîmé pour être prêt à sortir rapidement, il l'enleva et le tendit à Kathleen, qui leva vers lui un visage rayonnant.

— Asseyez-vous, asseyez-vous.

Elle attendit qu'il se fût assis.

— Que puis-je vous offrir pour vous réchauffer ?

Il aperçut Mallory dans le couloir et une réponse totalement inappropriée lui vint à l'esprit.

— Rien, madame, merci, se contenta-t-il pourtant de dire.

Alors que la vieille dame s'appprêtait à insister, il vit que Mallory se débattait avec un seau et une serpillière.

— Je suis désolé, je ne veux pas me mêler de ce qui ne me regarde pas, mais avez-vous besoin d'aide ?

Il se dirigea vers la jeune femme.

— Vous avez une fuite, ou quelque chose de ce genre ?

Chloe avait bien dit quelque chose à propos d'une fuite

d'eau, mais il n'y avait pas fait attention, car il était trop occupé à contempler la jolie bouche de sa mère.

Mallory secoua la tête.

— Ne vous inquiétez pas.

Ce n'était pas une vraie réponse. Il regarda avec insistance le seau qu'elle avait dans les mains et elle rougit.

— Je fais juste un peu de ménage, ajouta-t-elle précipitamment avant de monter l'escalier quatre à quatre. Grand-mère, cria-t-elle par-dessus son épaule, fais-lui une tasse de ton fameux chocolat chaud !

— C'est un mélange de ma composition, dit Kathleen derrière lui. J'ajoute toujours une petite goutte d'alcool quand c'est pour un jeune homme bien bâti comme vous.

Mais il ne voulait pas de chocolat chaud, même s'il était corsé. Il ne voulait pas être dans cette maison qui sentait bon la cire au citron et le lilas, il ne voulait pas se rappeler tout ce qu'il y avait de bon dans la vie.

Il voulait être loin de Weaver, loin de tout ce qu'il avait un jour connu et aimé.

Il posa la main sur la rampe de l'escalier et se tourna vers Kathleen.

— C'est une grosse fuite ?

Elle tenait toujours son blouson plié sur son bras. Ses yeux, de la même couleur que ceux de Mallory, pétillèrent.

— Assez. Ma petite-fille ne veut pas l'admettre, mais elle ne fait qu'aggraver les choses.

— Gardez-moi du chocolat, dit-il en montant l'escalier.

— Je peux en avoir aussi, mamie ? entendit-il Chloe demander.

Il n'eut pas de mal à trouver la salle de bains. Il suffisait de suivre les traces de pas mouillées sur le plancher du couloir.

Elle était à quatre pattes, le dos tourné à la porte, passant la serpillière sur le sol avec acharnement.

La source du problème était évidente car le placard sous le lavabo était ouvert et avait été vidé de son contenu. Quelques malheureuses clefs à molette et un seau presque plein étaient posés sous le filet d'eau qui sortait de l'un des tuyaux.

— C'est un tuyau galvanisé, dit-il.

Mallory tourna brusquement la tête. Il s'appuya au chambranle de la porte et s'efforça de regarder la tuyauterie et non les formes très féminines qu'il avait sous les yeux. Sans succès.

— Dans les vieilles maisons comme celle-ci, continua-t-il, les tuyaux sont souvent en fer galvanisé au lieu d'être en cuivre ou en PVC. Malheureusement, ils se corrodent de l'intérieur et parfois on ne sait même pas qu'il y a un problème avant que ce soit les chutes du Niagara.

Elle se remit à essuyer le sol.

— Je n'ai pas arrêté de resserrer, mais rien n'y fait, ça continue encore et encore.

Il s'accroupit à côté d'elle, s'apercevant trop tard qu'ils étaient trop proches l'un de l'autre.

— Il vous faut un manchon de réparation.

Elle se retourna et s'assit. Son épaule frôla la sienne.

— Un manchon de réparation ?

Elle avait un tout petit grain de beauté au-dessus de la lèvre.

Il se décala légèrement, pour mettre un peu d'espace entre eux. Pourquoi se sentait-il aussi troublé par la proximité de cette femme ?

— Ça se serre autour du tuyau avec un joint d'étanchéité en caoutchouc, dit-il abruptement.

Elle regarda à nouveau le tuyau. Ses cheveux ondulés glissèrent sur son épaule, caressèrent sa joue.

— Et ça arrête la fuite ?

— Oui.

Il se leva, se dirigea vers le couloir, là où il ne sentirait plus son parfum.

— Vous en trouverez dans une quincaillerie. Ça ne règle pas le problème de la corrosion, cela dit. Vous feriez mieux d'appeler un plombier rapidement si vous ne voulez pas vous retrouver avec d'autres fuites.

Elle jeta la serviette sur le tuyau, prit le seau pour le vider dans la baignoire, le reposa sous la fuite, et étala la serviette sur le lavabo pour qu'elle sèche.

— J'aurais dû louer un appartement dans cette résidence à l'autre bout de la ville, marmonna-t-elle en se tournant vers lui.

Elle s'essuya les mains sur les cuisses avant de reprendre :

— J'ai l'habitude des appartements, j'aime les appartements. Il y a des concierges qui s'occupent de ce genre de choses.

— Alors pourquoi avoir choisi cette vieille maison ? J'ai grandi ici, les maisons de ce quartier étaient déjà vieilles quand j'étais petit.

Elle pencha la tête en arrière pour regarder le plafond.

— Parce que je ne sais pas dire non, et que Chloe et ma grand-mère ont toutes les deux aimé cette maison dès qu'elles l'ont vue. Ma grand-mère à cause des poignées de porte en émail et des lustres en cristal, et Chloe parce que le parc est au bout de la rue.

Elle soupira et le regarda dans les yeux.

— Je ne pouvais pas refuser alors que c'est moi qui les ai arrachées à New York. Je suis désolée, ce n'est pas intéressant. Pourquoi Chloe vous a-t-elle donné un dollar ? reprit-elle comme pour changer de sujet.

Cela avait beau le perturber profondément, il s'intéressait justement à elle. Peut-être parce qu'il avait tant l'impression de la connaître… Ou simplement parce que chaque fois qu'il la regardait, il se sentait bouleversé comme il ne l'avait pas été depuis très longtemps. Ou bien sa vie était tellement minable qu'il cherchait des excuses pour se prouver le contraire.

Au-dessus de la tête de Mallory, il voyait son propre reflet dans le miroir du lavabo : les rides autour de ses yeux, plus de mèches grisonnantes dans ses cheveux mal peignés qu'un an plus tôt, sa barbe mal soignée.

— Elle ne me l'a pas vraiment donné, dit-il, elle a fait semblant que c'était à moi. Elle semblait croire que j'en avais plus besoin qu'elle.

Il ne savait absolument pas pourquoi il lui donnait tous ces détails. Il n'y avait pas de quoi être fier du fait qu'il était assez négligé pour s'attirer la compassion d'une petite fille.

Elle le regarda à nouveau, le jaugeant de ses yeux ambrés.

— Monsieur Clay… Ryan… Il y a quelque chose qu'il faut que vous sachiez à propos de Chloe.

Il en savait assez : elle avait un cœur tendre et il espérait qu'elle n'aurait jamais à s'endurcir, mais, bien sûr, elle n'avait que six ans et la vie l'aguerrirait tôt ou tard.

— Un dollar, je sais que ce n'est pas grand-chose…

— Ça l'est pour elle, dit Mallory, et c'était très gentil

de votre part de lui rendre. Je l'ai remis dans sa tirelire. Le bon d'achat n'était pas nécessaire.

Il haussa négligemment les épaules.

— Elle m'avait parlé du jeu au restaurant, et mon oncle est propriétaire de CeeVid.

Elle sembla déconcertée.

— L'entreprise de jeux vidéo, précisa-t-il.

— C'est ici ? demanda-t-elle en haussant les sourcils. A Weaver ?

— Ça ne fait vraiment pas longtemps que vous êtes ici, n'est-ce pas ?

C'était évident puisqu'elle ne connaissait pas CeeVid : à part l'hôpital, c'était le plus gros employeur de la région.

— Nous avons encore des cartons à déballer dans les chambres, avoua-t-elle, mais quand même, quelles que soient vos relations, c'est un cadeau bien trop cher. Je ne veux pas qu'elle pense que l'on est récompensé parce que l'on fait une bonne action.

« Aucune bonne action ne reste impunie », pensa-t-il avec cynisme.

— Elle se le serait acheté dans une boutique de Braden s'il lui était resté assez d'argent après vous avoir acheté votre cadeau de Noël.

Elle sourit.

— Très bien, dit-elle à voix basse, si vous voulez tout savoir, je lui ai déjà acheté ce jeu pour son anniversaire.

— Alors laissez-la utiliser le bon d'achat pour autre chose. Considérez que c'est un cadeau d'anniversaire, parce que je ne le reprendrai pas.

Elle poussa un profond soupir.

— J'imagine que je n'ai pas le choix.

Alors même qu'elle énonçait cette phrase d'un ton un peu sec, il comprit d'où lui venait cette impression de déjà-vu.

— Vous n'en faites vraiment qu'à votre tête, reprit-elle, interprétant son silence comme un refus de discuter la question du bon gratuit.

— Cassie ! s'écria-t-il. Voilà à qui vous me faites penser. Cassie Keegan. Ça alors ! Vous êtes parentes, n'est-ce pas ? Ce n'est pas étonnant que vous me rappeliez quelqu'un.

Mallory s'immobilisa.

Elle était venue à Weaver dans le seul but de rencontrer Ryan Clay. Elle avait longuement pesé le pour et le contre, puis s'était persuadée qu'elle faisait le bon choix. Alors pourquoi tremblait-elle maintenant comme une feuille ?

Elle ne s'était pas attendue à ressentir… ce qu'elle ressentait en le voyant.

Les plis qui avaient marqué le front de Ryan chaque fois qu'il la regardait avaient disparu.

— Nous avons travaillé ensemble un moment, expliqua-t-il, mais elle ne m'a jamais vraiment parlé de sa famille.

Ryan ne se rendait pas compte qu'il venait de lui apporter une autre pièce du puzzle qu'était la vie de sa sœur.

— Cassie était ma sœur.

Il fronça à nouveau les sourcils.

— Etait ?

Elle hésita. Elle entendait sa grand-mère et Chloe qui parlaient en bas, dans la cuisine, le cliquetis de casseroles entrechoquées, et le couinement des chaussures de Kathleen sur le parquet.

— Mallory, dit Ryan, l'arrachant à ses pensées.

— Je ne m'attendais pas à ce que ce soit aussi difficile, avoua-t-elle. Cassie… est morte.

Il jura tout bas.

— En mission ?

— Vous voulez dire au travail ?

Elle fit non de la tête. Elle n'avait jamais vraiment su en quoi le travail de sa sœur consistait.

— Elle est morte en, euh… en donnant naissance à Chloe.

Ryan posa sur elle son regard pénétrant, bleu vif.

— Je croyais que vous étiez sa mère.

— Je le suis, dit-elle en tripotant un fil sur sa manche, légalement.

Sur le plan affectif aussi, ce à quoi elle ne s'était pas attendue lorsque tout ce qu'elle avait toujours prévu de faire de sa vie avait été chamboulé par un bébé de deux kilos et cent cinquante grammes.

— C'est ma nièce. Elle sait que Cassie était sa vraie mère, je ne lui ai jamais caché.

— C'est bientôt son anniversaire.

— Samedi prochain.

— Elle va avoir sept ans ?

La gorge serrée, elle hocha la tête sans rien dire. Elle espérait qu'il arriverait à la bonne conclusion tout seul, mais le craignait aussi un peu.

— J'ai travaillé avec Cassie il y a près de huit ans.

— Je sais.

Sa manche commençait à s'effilocher, mais elle s'en moquait.

— Elle me l'avait dit, ajouta-t-elle.

Elle ne lui avait dit que son prénom, ce qui lui avait considérablement compliqué la tâche.

Il l'observait attentivement, étrangement pâle soudain.

— Que vous avait-elle dit d'autre ?

Elle sentit son ventre se nouer encore davantage.

— Elle m'avait dit que vous… que vous aviez travaillé ensemble une fois, que vous étiez amis. Que vous étiez quelqu'un de bien.

Il eut un sourire sans joie et ses yeux brillèrent soudain.

— Et vous a-t-elle dit que nous avions couché ensemble, aussi ?

Elle ne pouvait absolument pas mentir.

— Oui.

Malgré sa barbe sombre, elle vit sa mâchoire se contracter.

— Pourquoi exactement êtes-vous à Weaver, docteur Keegan ?

Elle inspira profondément, s'armant de courage pour affronter ce qui allait suivre. Il savait. Elle le voyait à son expression.

Elle attendait ce moment depuis si longtemps ! Il lui avait fallu des années, et plus de tours et détours qu'elle n'aurait pu l'imaginer pour y arriver.

Il fallait qu'elle prononce les mots.

Elle le regarda et plongea les yeux dans son regard stupéfait.

— Je suis ici pour que ma fille puisse rencontrer son père.

- 3 -

En entendant Mallory prononcer ces mots d'une voix rauque, il eut l'impression de recevoir un coup de poing dans le ventre.

— Non, dit-il d'un ton catégorique. C'est impossible.

Cassie et lui n'avaient couché ensemble que deux ou trois fois. Il fouilla dans sa mémoire. Seulement deux fois. La première fois quand elle l'avait tiré d'un mauvais pas en l'aidant à conserver sa couverture, alors qu'il avait été sur le point d'être démasqué, et la deuxième fois quelques semaines plus tard, quand ils avaient bu quelques verres ensemble après un débriefing.

— Evidemment, sans Cassie, j'ai dû faire des hypothèses, dit Mallory, mais un test confirmerait…

— Non, répéta-t-il en tendant le bras comme pour l'éloigner de lui.

Il se rendait bien compte qu'il prenait ses distances par rapport à elle, par rapport à son impossible affirmation.

— Je n'ai pas besoin d'un test. Je ne suis pas… Vous ne voudriez pas que je sois…

Bon sang ! Il n'arrivait même pas à le dire.

Elle fronçait les sourcils, mais ses yeux étaient pleins d'inquiétude et de compassion. Mais il ne voulait pas de compassion, n'en méritait pas.

— Il faut que j'y aille.

Il fit demi-tour et avait déjà descendu la moitié de l'escalier lorsque enfin elle sembla réagir.

Il entendit ses chaussures sur les marches derrière lui.

— Ryan ! Je n'attends rien de vous, mais je vous en prie, restez. Discutons-en, au moins…

Il passa comme une flèche devant Kathleen, qui tenait un plateau sur lequel étaient posées des tasses, et devant Chloe, qui, elle, portait une assiette remplie de biscuits en forme de sapins de Noël recouverts d'un glaçage vert. Il aperçut tous ces détails alors même que leurs visages étaient presque flous.

L'instant d'après, il était dehors, sous le porche.

Il avait laissé son blouson à l'intérieur, mais il était hors de question qu'il fasse demi-tour et il se précipita dans l'allée couverte de neige.

Ce ne fut qu'une fois à l'abri de son pick-up qu'il put reprendre un peu ses esprits. Il fuyait. Et alors ? Si les Keegan savaient qui il était vraiment, elles lui en seraient reconnaissantes.

Il ne savait pas où il allait, tout ce qu'il voulait, c'était s'en aller. Pourtant, quand il passa devant la quincaillerie, il ne put s'empêcher de se garer.

Les allées du magasin étaient bondées, mais heureusement personne ne l'arrêta pour bavarder. Il trouva rapidement les manchons de réparation, en acheta deux et se dirigea vers sa voiture.

— Ryan !

Il s'arrêta brusquement en reconnaissant la voix de son père, Sawyer Clay. Lorsqu'il se retourna il vit qu'il était au bras de sa mère.

— Papa, maman, dit-il simplement lorsqu'ils l'eurent rejoint.

— Où est ton manteau ? demanda sa mère après lui avoir déposé un baiser sur la joue.

Il n'avait pas l'intention de s'expliquer là-dessus et il se contenta de lui montrer le petit sac de papier kraft de la quincaillerie.

— Je faisais juste une course vite fait. Que faites-vous en ville, tous les deux ?

— Ce que tout le monde fait, répondit Sawyer d'une voix traînante. On emmène nos épouses faire des courses de Noël…

Sa mère, Rebecca, fit une grimace à son mari et lui donna une tape sur le bras de sa main gantée.

— Tu as dit que tu voulais venir avec moi !

— Seulement pour surveiller tes dépenses, dit-il en souriant. Alors, fiston, on ne t'a pas vu depuis quelques jours. Comment ça se passe, chez J.D. ?

J.D. Clay était la cousine à laquelle il donnait un coup de main. Ou peut-être était-ce elle qui l'aidait, en lui donnant quelque chose de constructif à faire pour remplir les journées qui lui semblaient interminables.

Elle était revenue vivre à Weaver quelques mois plus tôt et avait monté son propre centre équestre et, plutôt que de rester dans sa chambre de motel à regarder inlassablement le plafond, il lui avait proposé de l'aider car elle était tombée de cheval et s'était démis l'épaule. Pour l'instant, il avait commencé à repeindre la vieille grange, il avait nourri et pansé les chevaux, et il avait enlevé à la pelle une montagne de fumier des stalles. Toutes ces tâches étaient à des années-lumière de la carrière qu'il avait laissée derrière lui. Et c'était très bien comme ça.

— Elle est très occupée par son nouveau fiancé et ses garçons, je ne l'ai pas beaucoup vue, répondit-il. Elle se remet tranquillement de sa chute.

— Ça l'aide que Jake soit là, ils sont follement amoureux l'un de l'autre. Et toi ? Tu as l'air… préoccupé.

C'était un euphémisme, mais il n'avait pas l'intention de parler de Mallory et de ce qu'elle venait de lui révéler.

— Il est pressé, Bec, c'est tout, dit Sawyer.

— Bien sûr, dit sa mère. Nous n'allons pas te faire attendre dans le froid, mon chéri. Tu viendras dîner demain soir ? C'est à mon tour de cuisiner.

Les membres de la famille Clay se relayaient à la cuisine tous les dimanches pour le grand repas de famille. Chacun venait selon ses disponibilités.

Il s'était toujours arrangé pour éviter ces repas depuis son retour. Et il lisait maintenant clairement la déception dans les yeux de sa mère.

— Peut-être, dit-il au lieu de refuser comme il s'apprêtait à le faire.

Elle sourit, manifestement rassurée par cette lueur d'espoir, mais essayant de toute évidence de n'en rien laisser paraître.

— Bien, tu sais où nous trouver. Maintenant vas-y avant d'attraper la mort.

Ses parents restèrent l'un contre l'autre à le regarder regagner sa voiture. Il agita distraitement la main et s'en alla.

De retour chez Mallory, il resta un bon moment garé sur le bord du trottoir, les mains crispées sur le volant. Il regarda la maison, avec son étage, son toit pointu à pignons, la galerie qui longeait la façade, mais il était ailleurs.

S'il était vraiment le père de Chloe, pourquoi Cassie ne le lui avait-elle pas dit ?

A l'époque où ils travaillaient pour Hollins-Winword, elle était experte en langues étrangères et lui était sur le terrain. Ils n'avaient donc jamais été très proches, sauf la fois où elle était intervenue pour lui sauver la vie. Elle s'était montrée intelligente et courageuse. Il avait apprécié sa compagnie, mais il était sûr que ses sentiments à elle n'avaient pas été plus profonds que les siens.

Il se pinça l'arête du nez, pour essayer d'atténuer un peu la douleur qui lui vrillait le crâne.

Il avait peine à croire qu'elle était morte en donnant naissance à un enfant. Pas à n'importe quel enfant : Chloe.

Il sursauta quand quelqu'un frappa à la vitre de sa portière.

Mallory se tenait sur le trottoir. Elle portait un long manteau de lainage beige dont la capuche était relevée sur sa tête, et avait son blouson de cuir à la main.

— Vous êtes revenu, dit-elle à travers la vitre. Je n'étais pas sûre que vous le feriez, ajouta-t-elle lorsqu'il ouvrit la portière et sortit.

Il sortit de la voiture pour lui donner les manchons de réparation, mais il n'en fit rien, et au lieu de lui tendre le sac et de repartir aussi sec, quelque chose l'incita à rester.

— Est-ce que Chloe est au courant ? De qui est… son père ?

C'était une façon lâche de formuler les choses. Il le savait, elle le savait, et il était reconnaissant à Mallory de ne pas le lui faire remarquer. Elle se contenta de hocher la tête, et lui tendit son blouson.

— Elle n'est au courant de rien et, pour être honnête, je préfère cela. Jusqu'à ce que…

Elle s'interrompit et fronça les sourcils, l'air inquiet.

— Jusqu'à… ? dit-il tout en enfilant son blouson.

Elle soupira doucement.

— Je suis désolée, je ne sais vraiment pas comment m'y prendre, avoua-t-elle, comment vous le dire, lui dire à elle…

Elle secoua la tête, s'interrompant à nouveau.

— Je voudrais qu'il y ait un manuel pour les situations comme celle-là, murmura-t-elle.

— Il ne donnerait pas la solution pour quelqu'un comme moi, de toute façon.

Il se passa la main dans les cheveux, content de réussir à masquer l'anxiété qui pourtant l'envahissait.

— Continuez à prendre bien soin de votre fille, dit-il d'un ton abrupt. C'est ce que font les bons parents.

Elle se mordilla la lèvre et malgré les circonstances, il se laissa à nouveau distraire par sa bouche bien dessinée.

— Ne lui dites pas, ajouta-t-il obstinément.

— Pas encore, précisa-t-elle.

Ce n'était pas le « jamais » qu'il souhaitait.

— Avez-vous besoin d'une aide financière ?

Elle inclina la tête en arrière et sa capuche glissa sur ses cheveux brillants.

— Vous pensez que c'est de cela qu'il s'agit ? D'argent ?

Il leva la main dans un geste apaisant.

— Je suis désolé, dit-il sincèrement, je ne voulais pas vous offenser. J'essaie juste de… comprendre ce que vous voulez.

La lueur blessée dans son regard disparut peu à peu. Elle mit les mains dans les poches de son manteau et se balança sur ses pieds. Il reconnut aussitôt ce mouvement : Chloe avait fait la même chose au restaurant.

— Je veux que ma fille sache qu'elle a un père.

Elle fuyait son regard.

— Il y a plein d'enfants qui ne connaissent pas leur père.

Certains ne s'en portaient pas plus mal.

Elle fit la moue.

— Vous connaissiez votre père, vous ?

En fait, il avait eu deux pères. Sa mère, croyant que sa relation avec Sawyer était terminée, avait épousé Tom Morehouse, qui l'avait élevé jusqu'à sa mort, quand Ryan avait sept ans. Quelques années plus tard, elle et Sawyer s'étaient réconciliés et ne s'étaient plus jamais séparés.

— Oui, répondit-il en soupirant.

Il lui tendit enfin le sac en papier.

— Les manchons de réparation dont vous avez besoin, ajouta-t-il. Je vous en ai pris un de plus.

Elle cligna des yeux, manifestement surprise.

— Merci. J'allais aller à la boutique, mais…

— Ce n'est plus la peine. Je peux m'en occuper si vous voulez, dit-il en indiquant la maison d'un signe du menton.

— Ce n'est vraiment pas nécessaire.

Mais à son ton, il sentit qu'elle aurait bien voulu son aide.

— Je vais vous aider.

Au fond, cela ne le dérangeait pas d'offrir son aide, mais il aurait préféré que ce soit à une parfaite inconnue et non à cette femme si séduisante qui venait de lui apprendre qu'il était le père d'une petite fille de sept ans.

— Puisque je suis là, acheva-t-il.

Mallory était reconnaissante à Ryan de son aide, mais alors qu'elle remontait l'allée qu'elle n'avait pas eu le temps de déneiger, elle se surprit à regretter que cette aide ne vienne pas de quelqu'un d'autre.

Elle ne s'était pas attendue à ce qu'il saute de joie en apprenant qu'il était le père de Chloe. Peu d'hommes auraient apprécié que ce genre de chose leur tombe dessus. Elle essayait d'être objective et de se mettre à sa place, mais sans grand succès, car elle était du côté de Chloe. Un enfant avait le droit de connaître son père, point à la ligne.

Elle ne comprenait toujours pas pourquoi Cassie n'avait pas dit à Ryan qu'elle était enceinte, à l'époque. Sa grande sœur et elle n'avaient pas eu de père, et cela leur avait manqué. Si elle avait vécu, Cassie aurait peut-être changé d'avis après la naissance de Chloe. Hélas, personne ne le saurait jamais.

Elle entra dans la maison, suivie de Ryan. Celui-ci monta l'escalier sans un mot dès qu'elle eut fermé la porte derrière eux.

L'idéal aurait été de le suivre et de lui demander de lui montrer comment faire, mais elle n'en eut pas le courage et se contenta de déposer son manteau sur la chaise de l'entrée et d'aller dans la cuisine rejoindre Chloe et Kathleen. Toutes deux portaient un tablier et elles pétrissaient de la pâte à pain sur le plan de travail, de la farine jusqu'aux coudes. Kathleen était assise sur un tabouret tandis que Chloe était debout sur une chaise, et elles avaient la même expression concentrée.

Ni l'une ni l'autre ne semblait avoir entendu Ryan entrer dans la maison. Elle décida de ne rien dire pour l'instant, et resta sur le pas de la porte à les regarder en silence. Cela suffit à l'apaiser. « Tu as vu ça, Cassie ? Chloe fait des petits pains avec grand-mère comme nous le faisions toi et moi… »

— Prends un tablier, Mallory, dit Kathleen sans se retourner. Il y a une autre boule de pâte pour toi, si tu veux.

Mallory retrouva aussitôt sa bonne humeur. Elle se dirigea vers Chloe, lui embrassa le haut de la tête, puis déposa un baiser sur la joue parcheminée de Kathleen.

— Il faut que j'appelle l'hôpital pour voir comment va un patient.

Il fallait aussi qu'elle s'occupe de l'homme très troublant qui était à l'étage et qui réparait la tuyauterie.

— Le travail, toujours le travail, bougonna Kathleen mollement. N'oublie pas qu'il n'y a pas que ça, dans la vie.

— Je sais, grand-mère, acquiesça-t-elle.

Elle complimenta Chloe sur le bon travail qu'elle faisait avec la pâte à pain, puis alla dans son bureau à l'autre bout de la maison.

Elle appela l'hôpital et s'entretint brièvement avec l'infirmière de garde. Cela ne fut pas long car la jeune maman se rétablissait aussi bien que prévu. Mallory n'avait donc plus rien à faire d'autre que de monter voir Ryan.

Mais à sa grande surprise, il n'était pas dans la salle de bains. Elle regarda derrière la porte du placard et vit que le tuyau était déjà réparé. Le seau était posé sur le rebord de la baignoire, vide.

Ryan avait soigneusement rangé les shampoings, les savons et tout ce qu'elle avait retiré du placard. Sa méticulosité était déconcertante.

Aurait-il pu partir sans qu'elle l'entende ? Elle referma la porte du placard et sortit dans le couloir. Sa chambre était celle qui était la plus proche de l'escalier, tandis que celle de Chloe était au bout du couloir. Elle se dirigea dans cette direction et trouva Ryan assis sur le lit de la petite. Il semblait très grand et très viril dans ce décor enfantin couleur lilas, et elle fut profondément troublée de le voir ainsi.

— Je crois comprendre qu'elle aime le violet, dit-il enfin.

Elle parvint à esquisser un faible sourire qui, avec un peu de chance, cacherait son émotion. Elle s'appuya au chambranle de la porte.

— C'est sa couleur préférée depuis qu'une copine lui a fait découvrir les jeux de Princesse Violette il y a quelques années.

— En quelle classe est-elle ?

— En CE2.

Il la regarda enfin.

— Elle n'est pas un petit peu jeune pour être en CE2 ?

— Elle a sauté le CE1… Je sais que beaucoup de gens pensent que ce n'est pas une bonne idée, mais elle est très intelligente. Elle est entrée en CE1 à New York, mais elle…

— S'ennuyait, intervint-il.

Elle le regarda un peu plus attentivement. Son ventre se noua encore un peu plus, mais elle ne vit pas de reproche dans ses yeux bleus.

— Oui, dit-elle, elle s'ennuyait. Elle s'est ennuyée une bonne partie du CP, aussi.

— J'ai sauté le CE2, dit-il.

— Ah…

— Et la troisième, ajouta-t-il, impassible, et la plus grande partie de ma terminale.

— C'est… très impressionnant.

Il sourit.

— Elle est à l'école primaire de Weaver ?

— Oui.

Il n'y avait qu'une seule école primaire à Weaver, un seul collège, un seul lycée. Même s'il y avait eu une école privée, elle n'aurait pas pu se permettre de payer les frais de scolarité. Ses études de médecine lui avaient coûté cher, elle remboursait encore son prêt étudiant.

— La maîtresse et moi avons décidé de la faire passer en CE2, reprit-elle. Pour l'instant, elle suit sans aucun problème.

— C'est Sarah Scalise, sa maîtresse ?

Weaver était-il une assez petite ville pour qu'un homme célibataire et sans enfant connaisse le nom de la maîtresse ? Il était peut-être sorti avec la séduisante jeune femme. Comment pouvait-elle laisser son esprit s'égarer de cette façon ?

— Oui, répondit-elle.

— C'est ma cousine.

Le soulagement qu'elle ressentit la consterna. Elle était censée ne s'intéresser à lui que par rapport à Chloe. Pas parce que…

— Vous avez quelque chose de prévu, demain ? demanda-t-il, l'arrachant à ses pensées.

— Euh… Non, pas grand-chose. Il faut que je déballe encore quelques cartons, et ce serait bien que j'achète un sapin de Noël quelque part, Chloe commence à avoir peur que nous n'en ayons pas.

— Ici, les gens coupent leur sapin eux-mêmes.

Elle entrouvrit les lèvres, perplexe.

— Avec une scie ?

Une lueur amusée brilla dans ses yeux et il parut soudain beaucoup plus jeune.

— C'est généralement comme ça qu'on fait, dit-il d'un ton ironique.

Elle joignit ses mains, cachées derrière son dos et sourit timidement. Il lui adressa un sourire éclatant.

— Vous n'avez jamais coupé un sapin vous-même ?

— Je crains d'être aussi douée pour cela que pour la plomberie.

Il se leva et s'avança vers elle. Elle recula contre la porte et leva les yeux vers lui. Il y avait beaucoup d'espace entre eux, mais son cœur s'emballa néanmoins. La seule fois où elle avait ressenti quelque chose de semblable, c'était la première fois qu'elle avait mis un bébé au monde. Même son histoire d'amour avec Brent, lorsqu'elle était interne, ne l'avait pas troublée à ce point.

Il la regarda intensément et elle sentit sa gorge se serrer, craignant qu'il ne remarque son émoi.

— Je viendrai vous chercher à midi, Chloe et vous, dit-il, l'air soudain très sérieux. Cela devrait nous laisser largement le temps.

— Le temps, répéta-t-elle faiblement.

— Le temps de vous trouver un sapin, dit-il d'un ton catégorique.

Puis, il sortit dans le couloir et s'éloigna sans se retourner.

Elle avait toujours pensé que trouver le père de Chloe était la bonne chose à faire. Pourtant, alors qu'elle regardait Ryan descendre l'escalier, elle se rendit compte qu'elle n'était plus sûre de rien.

- 4 -

Il avait vingt minutes de retard. Pour l'instant.

Vingt minutes pendant lesquelles Chloe avait arpenté la pièce, allant d'une fenêtre à l'autre, appuyant son nez contre les vitres pour regarder au-dehors.

— Tu es sûre qu'il va venir ?

Mallory regarda Kathleen, assise en face d'elle, puis reporta son attention sur la revue médicale ouverte sur ses genoux. Elle faisait semblant de lire, pour ne pas faire les cent pas comme Chloe en attendant impatiemment l'arrivée de Ryan.

— S'il ne vient pas, dit-elle calmement, nous irons chercher un sapin nous-mêmes.

Ils en vendaient peut-être à Braden, à une trentaine de miles de là. Sinon, il y en aurait sûrement à Gillette, bien qu'elle n'eût pas du tout envie d'aller aussi loin.

Elle pourrait toujours acheter un sapin artificiel, bien sûr, mais elle savait que Chloe et Kathleen seraient déçues. Elles parlaient d'avoir un vrai sapin depuis leur arrivée.

— On pourra aussi acheter un petit chiot ? demanda Chloe, qui regardait toujours par la fenêtre.

Le regard de Mallory croisa celui de Kathleen.

— Non, répondit-elle, nous n'allons pas acheter un chiot.

Chloe poussa un profond soupir.

— Tu crois qu'on va trouver un sapin vraiment très grand ?

« Si Ryan se décide à arriver », pensa Mallory.

— Il va arriver, dit tranquillement Kathleen comme si elle lisait dans ses pensées.

Mallory avait le sentiment que sa grand-mère s'adressait à elle autant qu'à Chloe. Elle se rendit compte qu'elle se mordillait l'intérieur de la joue et se força à arrêter. Elle referma brutalement sa revue, la jeta de côté, prit sa tasse de café et se leva. Encore dix minutes, et elle mettrait Chloe dans la voiture et l'emmènerait à Braden.

— Le voilà ! s'écria soudain Chloe.

Elle passa devant Mallory en courant, ses bottes dérapant sur le sol alors qu'elle s'élançait vers la porte d'entrée. Mallory ne tint pas compte du regard que lui jetait Kathleen. On aurait dit que sa grand-mère savait exactement ce qu'elle ressentait.

Elle suivit sa fille sans se presser. Quand elle arriva dans l'entrée, Chloe avait déjà ouvert la porte. Ryan se tenait sur le seuil, rasé de près, presque méconnaissable. Les nombreuses mèches argentées qui parsemaient ses cheveux noirs faisaient ressortir ses yeux bleus.

Il la regarda, et elle perdit soudain tous ses moyens. Elle avait l'impression qu'il lisait en elle comme dans un livre ouvert.

Elle s'aperçut que Chloe tirait sur le bas de son pull-over, et elle finit par détacher son regard de Ryan. Elle se tourna vers Chloe, mais se sentait comme engourdie.

— Qu'y a-t-il, ma chérie ?

Chloe avait les sourcils froncés.

— Tu mets du café partout, murmura-t-elle.

Mallory sursauta et rougit. Ses mains étaient devenues

toutes molles, et la tasse lui glissait des doigts, tandis que le café se renversait sur son écharpe.

— Que je suis bête ! dit-elle à voix basse. Je reviens tout de suite.

Elle ne put s'empêcher de jeter un coup d'œil à Ryan, mais elle le regretta aussitôt car il avait toujours les yeux fixés sur elle.

La veille, elle l'avait trouvé bel homme, en dépit de son apparence négligée. Aujourd'hui, ses traits bien dessinés n'étaient plus cachés par des cheveux trop longs et mal peignés et par une barbe mal rasée. Il était tout simplement irrésistible.

Elle était tellement troublée qu'au lieu d'aller porter la tasse dans la cuisine, elle l'emporta avec elle et alla s'enfermer dans sa chambre.

Elle se regarda dans la glace. Ses yeux aux iris brun clair étaient tellement différents des yeux perçants de Ryan, d'un bleu profond, qui l'avaient scrutée…

Qu'avait-il vu lorsqu'il l'avait regardée ? Qui avait-il vu ? Elle, ou Cassie ?

Elle se détourna du miroir, ferma les yeux, chassa ces pensées de son esprit. Elle n'était pas en compétition avec sa sœur chérie. Elle essayait seulement de veiller à ce que Chloe ait ce qui leur avait manqué, à elle-même et à Cassie : un père.

Elle enleva le pull-over ivoire qu'elle avait mis bien trop longtemps à choisir ce matin-là et le remplaça par un gris, plus long. Dans la salle de bains attenante, elle remplit le lavabo et y plongea l'écharpe tachée de café.

Elle aurait voulu se ressaisir, mais elle était encore tremblante lorsqu'elle redescendit.

Kathleen était toute seule dans l'entrée.

— Où est Chloe ?

— Dehors avec Ryan. Es-tu sûre de savoir ce que tu fais, Mallory ? lui demanda sa grand-mère sans détour.

Elle croisa les bras. Lutter contre ses propres doutes était suffisamment dur sans que sa grand-mère lui communique ses incertitudes à elle.

— Comment peut-on vraiment savoir dans quoi l'on s'engage, dans la vie ?

Kathleen serra les lèvres.

— Faire semblant de verser dans la philosophie ne marchera pas avec moi, ma fille. Tu sèmes la pagaille avec ta fixation sur Chloe et son père.

— Ce n'est pas une fixation.

Kathleen haussa les sourcils, l'air courroucé.

— Ah, vraiment ! C'est une obsession depuis la naissance de Chloe. Tu n'as pensé qu'à lui, au lieu de te trouver un homme bien à toi.

— Je suis une mère célibataire qui travaille, répliqua-t-elle, je n'ai jamais eu le temps d'avoir un homme.

C'était pour cela que Brent l'avait quittée. Le fait que cette rupture ne l'avait pas affectée outre-mesure avait prouvé que c'était pour le mieux. Elle n'avait jamais eu envie de faire passer un homme avant sa carrière.

— Et nous en avons déjà parlé plusieurs fois, ajouta-t-elle.

Elle n'avait jamais caché à sa grand-mère la raison de leur installation temporaire à Weaver.

— Oui, nous en avons déjà parlé, et pourtant tu es toujours bien décidée à n'en faire qu'à ta tête.

— Si je pouvais n'en faire qu'à ma tête, Cassie serait encore en vie, et c'est elle qui élèverait son enfant, lui fit-elle remarquer, saisie d'une douleur encore vive.

Mais bien sûr, malgré ses mises en garde, Cassie,

l'aventureuse Cassie, n'avait jamais pensé qu'elle connaîtrait un sort tragique.

— Et c'est elle qui aurait choisi quoi faire concernant le père de Chloe, reprit-elle.

— Elle avait pris sa décision, lui rappela Kathleen d'un ton ferme mais l'air radouci. Elle a eu presque toute sa grossesse pour le contacter, et elle a choisi de ne pas le faire.

— Je suis persuadée qu'elle aurait changé d'avis.

Cette discussion avec sa grand-mère était aussi stérile que les tergiversations intérieures qui la tourmentaient depuis des années.

Elle prit son manteau et l'enfila.

— Tu semblais apprécier Ryan hier, quand il est venu, alors qu'est-ce qui te tracasse chez lui maintenant ?

— Ce n'est pas moi qu'il tracasse, répondit Kathleen d'un ton plein de sous-entendus.

Mallory s'affaira à sortir ses gants de ses poches et à les mettre, s'efforçant de ne pas rougir.

— Tout ce qui m'importe, c'est Chloe. Dès que je serai sûre qu'elle est prête, je lui dirai que Ryan est son père.

— Très bien, et ensuite il sera temps pour nous de retourner à New York. Comment crois-tu que Chloe réagira quand on lui enlèvera le père qu'elle vient de retrouver à ce moment-là ?

Mallory y avait déjà pensé, et cela l'inquiétait beaucoup.

Elle mit son pager et son portable dans la poche de son manteau.

— Elle pourra toujours lui parler, le voir pendant les vacances. Je savais avant de venir ici que si... tout se passait comme prévu, il faudrait trouver un arrangement.

— Et si c'était toi qui te retrouvais avec un droit de visite ?

— Cela n'arrivera pas, dit-elle avec assurance en ouvrant la porte.

Ryan et Chloe étaient penchés au-dessus d'une énorme boule de neige, qu'ils poussaient à travers le jardin. Ils avaient la même expression concentrée.

Mallory réprima le sentiment d'angoisse qui s'insinuait en elle et avança sur le seuil. Chloe avait son manteau, ses moufles, une écharpe et un bonnet que Kathleen lui avait tricotés.

— Grand-mère va préparer du pop-corn pour faire des guirlandes, leur cria-t-elle, alors nous avons intérêt à revenir avec un sapin digne de ce nom !

Ryan la regarda.

— Des guirlandes de pop-corn ?

Chloe se redressa au-dessus de la boule de neige qui lui arrivait aux genoux et sautilla en tous sens, pleine d'énergie.

— On se sert des aiguilles de mamie avec de longs fils. C'est trop marrant !

Ryan continua à pousser la boule de neige vers la maison.

— Si tu le dis ! Où veux-tu ton bonhomme de neige, Chloe ?

— Ici ! répondit-elle en se précipitant à côté des marches. J'ai demandé à Ryan s'il en avait déjà fait un, ajouta-t-elle à son intention à elle, et il a dit oui, alors nous en faisons un maintenant ! C'est mon premier bonhomme de neige !

Elle regarda Ryan, rayonnante.

— Je pourrai avoir une carotte pour le nez ?

Personne n'aurait pu résister à l'expression ravie de la fillette.

— Bien sûr, répondit-elle, mais ton bonhomme de neige a besoin d'un peu plus de corps avant de pouvoir avoir un nez, non ?

— Oui, dit Ryan en prenant une grosse poignée de neige, qu'il tassa dans le creux de sa main tout en se redressant. Autant le finir maintenant ! ajouta-t-il en jetant un coup d'œil au ciel. Il va neiger en fin de journée, demain au plus tard, et il faudra un petit moment avant que la neige soit assez dure pour qu'on puisse en faire des boules.

— Et le sapin ? demanda Mallory.

Il la regarda.

— Nous allons aller le chercher, ne vous inquiétez pas. Tenez !

Il lui jeta la boule de neige, mais elle ne réagit pas assez vite pour l'attraper et elle vint s'écraser mollement contre sa poitrine.

— Mamaaan ! gémit Chloe. Tu étais censée l'attraper…

— Désolée, dit Mallory en descendant les marches.

Elle fit une nouvelle boule de neige et jeta un coup d'œil à Ryan. Penché, il était la cible idéale.

— Je ne m'y risquerais pas, si j'étais vous, l'avertit-il sans la regarder.

Elle fit passer la boule de neige d'une main à l'autre.

— Me risquer à quoi ? demanda-t-elle d'un air naïf.

Il se releva et lui adressa un regard moqueur.

— Tiens, dit-il en tendant à Chloe sa boule de neige. Tu peux la faire toi-même. C'est pour la tête, alors ce n'est pas la peine de la faire aussi grosse que l'autre.

Chloe s'agenouilla et se mit à tasser de la neige autour de la boule qu'il lui avait donnée.

En quelques minutes, lui et Chloe avaient fait rouler leurs boules de neige à travers tout le jardin du voisin. Mallory lissa son manteau sous ses fesses et s'assit sur les marches du porche pour les regarder, mais Chloe n'était pas d'accord.

— Maman, viens nous aider !

Elle se releva donc et se dirigea vers sa fille.

— Pas moi, dit Chloe, lui !

Elle montra Ryan, qui n'avait pas du tout besoin d'aide pour déplacer le ventre du bonhomme de neige, qui faisait déjà deux fois la taille de la tête en forme de saucisse que Chloe était en train de faire.

Seule l'expression amusée de Ryan, qui semblait s'attendre à ce qu'elle refuse, l'incita à aller l'aider.

— Pour quelqu'un qui n'était pas enthousiaste à l'idée de cette journée, dit-elle tout bas, vous avez l'air de bien vous amuser.

— Et nous n'avons même pas encore quitté le quartier.

— Nous allons vraiment trouver un sapin aujourd'hui ?

— Je vous l'ai dit, répondit-il, son épaule frôlant la sienne. Quand je dis que je vais faire quelque chose, je le fais.

— Même quand vous n'en avez pas envie, chuchota-t-elle.

Il s'arrêta, la mâchoire contractée.

— Qu'attendez-vous de moi ?

Elle le regarda. La réponse aurait dû être évidente : un père pour Chloe. Encore mieux, un père intéressé et affectueux. Alors pourquoi n'arrivait-elle pas à répondre ?

— Maman, monsieur Ryan, regardez ma tête !

Chloe se tenait fièrement à côté de la boule de neige disproportionnée.

— Elle est assez grosse ?

— Elle est parfaite, répondit Ryan.

Il assembla les boules de neige.

— Et voilà ! Ton premier bonhomme de neige, dit-il à Chloe.

— Je vais faire son visage ! dit la petite en montant précipitamment les marches, avant de disparaître dans la maison.

— Si je n'avais pas eu envie de vous emmener chercher un sapin, je ne vous l'aurais pas proposé, dit-il dès que Chloe fut hors de portée de voix.

— Alors pourquoi êtes-vous parti aussi vite hier après l'avoir proposé ?

Elle avait haussé le ton. Elle regarda autour d'elle, mais Chloe était toujours à l'intérieur et personne ne pouvait les entendre. Elle soupira.

— Ecoutez… Je sais que la nouvelle vous a fait l'effet d'une bombe. Bien sûr, il va falloir du temps pour que vous… pour que nous nous habituions à la situation, mais…

— Ce n'est pas Chloe qui me tracasse. Enfin, reprit-il en faisant la grimace, si, mais pas pour les raisons que vous imaginez probablement.

— Je ne comprends pas.

— Je sais, dit-il en la regardant, et ce n'est pas quelque chose que j'ai l'intention d'expliquer.

Elle remarqua les mots qu'il avait choisis : ce n'était pas qu'il ne pouvait pas ou qu'il ne devait pas expliquer, il ne voulait pas expliquer.

— J'ai des trucs pour son visage ! s'écria Chloe qui réapparut à ce moment-là et claqua violemment la porte derrière elle. Mamie a dit que nous pouvions prendre ses cookies pour lui faire des yeux.

Elle posa par terre ce qu'elle avait dans les mains, sauf les cookies.

— Je crois que j'ai encore plus envie qu'il ait des yeux que de les manger, dit-elle en riant. Tenez, mettez-lui, ajouta-t-elle en les tendant à Ryan.

Mallory ne dit rien. Elle se contenta de le regarder, avec une expression qui mêlait prudence, espoir, et compassion.

Il avait envie de lui dire de ne rien attendre de lui, cela aurait été plus sage, mais il ne pouvait s'y résoudre, et il ignorait si c'était parce qu'il ne voulait pas la décevoir comme il avait déçu sa famille, ou si c'était parce qu'il ne voulait pas la perdre en la décevant, ce qui ne manquerait pas d'arriver.

Au lieu de prendre les cookies que lui tendait Chloe, il la souleva par la taille pour qu'elle puisse les mettre elle-même sur la tête du bonhomme de neige.

— Mets des yeux à ce pauvre garçon ! dit-il.

Elle rit et enfonça les cookies dans la neige.

— Comment s'appelle-t-il ?

— C'est ton bonhomme de neige, lui rappela-t-il, c'est à toi de lui donner un nom.

— Je ne connais pas de noms de bonhommes de neige, à part Frosty, et tout le monde appelle son bonhomme de neige Frosty.

Mallory ramassa la carotte et la tendit à Chloe.

— Mais si, tu en connais, réfléchis bien. D'ailleurs, dit-elle en haussant les épaules, ton bonhomme de neige est peut-être une femme, en fait. Tu y as pensé ?

Chloe enfonça le bout de la carotte dans la neige.

— Non, dit-elle avec assurance, c'est bien un bonhomme de neige.

Il se demanda comment elle le savait, mais se dit qu'il valait mieux ne pas connaître les raisons qui poussaient une enfant de six ans à en arriver à cette conclusion. Il la fit basculer jusqu'à ce qu'elle ait presque la tête à l'envers pour qu'elle atteigne ce qu'elle avait posé par terre. Elle poussa un cri perçant et éclata de rire. Il la redressa.

— Tu as vu ça, maman ?

La fillette agitait les pieds tellement vigoureusement qu'elle faillit lui donner un coup dans le genou, et il la fit tourner sur le côté, la maintenant contre sa hanche.

— J'ai vu, répondit Mallory. Et ces petites cannes en sucre candi, c'est pour la bouche ?

— Oui.

La petite plaça méthodiquement les deux sucres candis rouge et blanc. Lui trouvait que le bonhomme avait un sourire de dément, mais Chloe avait l'air satisfaite et Mallory la regardait avec un sourire indulgent.

— Posez-moi, s'il vous plaît, demanda Chloe en gigotant.

Il la posa par terre et sursauta lorsqu'elle glissa sa petite main dans la sienne.

— Viens, maman, dit-elle en lui faisant signe. Je lui ai trouvé un nom.

Mallory les rejoignit, face au bonhomme de neige, et elle prit l'autre main de sa fille.

— Il s'appelle George, annonça solennellement Chloe. George le Grand.

« George le Gros », le rebaptisa-t-il intérieurement. Le bonhomme de neige était vraiment grassouillet.

— Regardez-moi et souriez !

La voix de Kathleen s'éleva derrière eux. Elle avait un appareil photo à la main.

— Grand-mère…, protesta Mallory.

— Quoi ? Le meilleur moyen de profiter d'un bonhomme de neige, c'est en photo, dit-elle tout en prenant plusieurs clichés d'affilée. Puisqu'ils ont tendance à fondre, ajouta-t-elle en faisant un clin d'œil à Chloe.

— Vous pouvez venir avec nous, si vous voulez, se surprit-il à lui proposer. La voiture est grande et nous serons revenus en fin d'après-midi.

— Non, non, allez-y sans moi.

— Tu es sûre ? demanda Mallory.

— Sûre et certaine, dit-elle en glissant l'appareil dans la poche de son tablier.

— Tu prépares le pop-corn, hein ? dit Chloe, qui leur lâcha les mains, se précipita vers elle et lui passa les bras autour de la taille. Plein de pop-corn, pour accrocher des guirlandes partout !

— Absolument, dit Kathleen en lui prenant le menton dans la main, mais seulement si vous y allez, maintenant.

— Appelle-moi si tu as besoin de quoi que ce soit, dit Mallory.

Kathleen se contenta de leur faire au revoir de la main en souriant, puis elle rentra dans la maison et referma la porte derrière elle.

Maintenant que le bonhomme de neige avait un visage et un nom, Chloe reporta son intérêt sur leur but d'origine.

— Combien de temps il va nous falloir pour trouver un sapin ?

— Longtemps, si nous restons là à en parler, répondit-il en montrant sa voiture d'un geste. C'est ouvert.

Elle n'eut pas besoin de plus d'encouragement pour s'élancer comme une flèche vers la voiture. Elle parvint à grimper sur le marchepied, ouvrit la porte, et disparut à l'intérieur.

Il regarda Mallory et tendit le bras.

— Après vous.

Elle avança vers le pick-up d'un pas hésitant.

— Je ne voudrais pas imiter Chloe, mais pour combien de temps allons-nous en avoir ? Il faut que je passe voir un patient à l'hôpital avant ce soir, alors si la plantation de sapins est vraiment très loin…

— Il n'y a pas de plantation de sapins, l'interrompit-il.

Elle s'arrêta complètement.

— Mais je croyais que vous aviez dit que nous allions en couper un…

— Oui, c'est ce que j'ai dit, mais pas dans une plantation.

— Alors où ?

Il soupira.

— Dans le bois, derrière chez mes parents.

C'était le meilleur endroit à des kilomètres à la ronde. Dans sa famille, presque tout le monde allait chercher son sapin là-bas.

— Il y a une condition, cependant, ajouta-t-il.

— Quoi donc ?

— Dîner avec eux dimanche soir.

Elle eut aussitôt l'air inquiète.

— Chez vos parents ? dit-elle en jetant un coup d'œil à Chloe dans le pick-up. Mais…

— Ne vous inquiétez pas. Ils ne sont pas au courant pour Chloe. Je ne vais pas leur dire alors qu'elle-même ne le sait pas encore.

Il n'avait même pas prévenu ses parents qu'il viendrait accompagné. Cela ne les surprendrait pas plus que de le voir, lui.

— C'est bien là le problème, Ryan, dit-elle, toujours immobile.

Il eut soudain un mauvais pressentiment.

— Quel problème ?

Elle avait l'air navrée.

— Ils sont au courant pour Chloe, du moins votre mère est au courant. Depuis quelque temps.

Il la regarda fixement.

— Qu'est-ce que vous racontez ? Depuis combien de temps ?

Elle jeta un coup d'œil au pick-up.

— Chloe attend, nous ferions peut-être mieux de parler de ça plus tard.

— Il n'y a pas de « plus tard », dit-il d'un ton catégorique. Plus tard, ce serait au dîner avec mes parents, qui savent apparemment des choses à mon sujet que moi-même j'ignore.

— Ne soyez pas fâché, il y a une explication logique…

— Monsieur Ryan ! appela Chloe. On y va ? Je suis pressée de voir notre sapin de Noël !

Il poussa un profond soupir.

— Oui, répondit-il à la fillette, mais sans quitter Mallory des yeux. Moi aussi, je suis pressé.

- 5 -

Ils trouvèrent un sapin qui était « vraiment très grand ». A vrai dire, il l'était tellement qu'il dépassait du pick-up.

Mallory aurait apprécié la sortie autant que Chloe, si elle n'avait pas été si nerveuse.

Quand il avait dit que le bois était derrière chez ses parents, elle avait imaginé un hectare ou deux de terrain parsemé d'arbres derrière une maison. En fait, elle n'avait aperçu aucune maison, lorsque Ryan avait quitté la route pavée et déneigée pour s'engager sur un chemin de gravier couvert de neige fondue. Enfin, il s'était garé et leur avait dit qu'ils allaient continuer à pied.

Il avait ensuite pris un rouleau de corde dans son pick-up, l'avait passé sur son épaule, soulevant une tronçonneuse de son autre main, et les avait guidées dans la forêt.

— Restez près de moi, ne me perdez pas de vue.

Elle s'était vite rendu compte de la pertinence de la recommandation et avait gardé la main de Chloe dans la sienne alors qu'ils avançaient prudemment à travers les arbres.

Au bout d'un moment, les immenses arbres s'espacèrent.

— Choisissez ! dit Ryan en montrant les sapins d'un geste ample.

Chloe était surexcitée. Elle choisit un sapin qui semblait petit par rapport aux autres, mais qui était quand même énorme. Mallory fut stupéfaite de voir que Ryan n'avait pas de mal à le couper, à le tirer, puis à le mettre dans le pick-up.

— Ce sera le plus beau sapin que nous ayons jamais eu ! s'écria Chloe pour la énième fois.

La petite s'assit entre elle et Ryan. Malgré la ceinture de sécurité, elle réussissait à se trémousser de joie.

— Vous allez nous aider à le décorer, n'est-ce pas ? demanda-t-elle à Ryan.

Mallory remarqua l'expression soucieuse qui passa sur le visage de celui-ci.

— On verra, dit-il.

C'était loin d'être une promesse. Elle tourna la tête, regarda sans le voir le paysage qui défilait à travers la vitre, alors que le pick-up ballottait énergiquement et que le gravier couvert de neige fondue crépitait sous les pneus.

Chloe bombardait Ryan de questions, lui demandant combien de sapins il avait coupés, si celui-ci n'était pas son préféré… Mais ses pensées à elle se bousculaient trop, et elles étaient trop troublantes pour qu'elle écoute vraiment attentivement.

Elle regrettait de ne pas avoir raconté toute l'histoire à Ryan dès le début. Elle aurait même dû le contacter directement quand elle était tombée sur Rebecca à un colloque médical quelques mois plus tôt. Pourtant, elle avait été tellement choquée d'apprendre qu'il était en vie qu'elle avait été incapable de prendre une décision immédiate. C'était Rebecca qui lui avait suggéré de venir avec Chloe dans le Wyoming. Elle pensait que Ryan avait besoin d'autre chose dans sa vie que de réparer la grange de sa cousine et espérait qu'il aurait un déclic en apprenant qu'il avait une fille.

Mallory pressa ses doigts sur ses tempes douloureuses quand son pager vibra. Elle soupira et y jeta un coup d'œil. Lorsqu'elle le remit dans sa poche, Ryan et Chloe la regardaient.

— C'est l'hôpital, dit-elle, ils ont besoin de moi aux urgences. Je suis désolée, mais je vais devoir partir plus tôt que prévu.

Le visage de Chloe s'assombrit. Ryan, lui, était impassible.

— Je vais vous y conduire tout de suite, dit-il.

C'était la solution la plus rapide, mais elle avait quand même envie de refuser.

— Chloe…

— Je la ramènerai chez vous après vous avoir déposée.

Tiraillée entre gratitude et méfiance, elle finit par acquiescer d'un signe de tête.

— Merci.

— Mais quand est-ce qu'on va décorer le sapin ? demanda Chloe.

Mallory passa la main dans les cheveux ébouriffés de sa fille.

— Mamie et toi pouvez commencer à faire les guirlandes sans moi. Je rentrerai le plus vite possible.

— Je déteste l'hôpital, grommela Chloe.

— Voyons, Chloe…, la réprimanda-t-elle doucement. Les gens avec lesquels je travaille ne font pas exprès de m'appeler pour nous embêter.

L'air sombre de la petite ne s'égaya pas.

— Moi aussi, il m'arrivait de détester l'hôpital, dit Ryan après un silence. Ma maman y travaillait quand j'étais petit.

Oubliant aussitôt ses ronchonnements, Chloe le regarda, manifestement fascinée.

Mallory aurait voulu que sa fille soit la seule dans ce cas. Malheureusement, elle aussi était sous le charme. Elle admira son profil alors qu'il parlait.

— Elle devait souvent aller travailler au mauvais moment, par exemple la fois où elle devait venir dans ma classe pour parler de son métier. C'est Lea Rasmussen qui a pris ma place, elle a apporté des hamburgers du restaurant de son père. Tout le monde préfère les hamburgers aux abaisse-langue.

— Maman est venue pour mon exposé, l'année dernière, dit Chloe, et elle n'a même pas dû partir. Nous avons fait une affiche avec des photos des bébés qu'elle a aidé à mettre au monde, et nous l'avons accrochée au tableau de ma classe. Il y avait plein de photos, chuchota-t-elle sur le ton de la conspiration en se penchant vers Ryan. Maman a mis la mienne au centre, mais personne ne savait que c'était moi à part nous.

Ryan regarda Mallory.

— Vous avez mis Chloe au monde ?

— J'étais interne à l'époque et, oui, j'étais là quand elle est née.

Elle remarqua son regard interrogateur, mais il y avait des questions auxquelles elle n'aurait pas eu envie de répondre, même si Chloe n'avait pas été assise entre eux, avide de détails. Elle continua à parler de sa fille.

— C'était un très beau petit bébé, et elle a crié tout de suite. Elle n'avait pas un poil sur le caillou, jusqu'à l'âge de deux ans.

Elle sourit et caressa les cheveux épais de Chloe. Le fin duvet de bébé s'était transformé en une chevelure abondante et brillante difficile à coiffer.

Chloe prit une mèche de ses cheveux entre ses doigts.

— Mais je n'ai pas de boucles comme toi, dit-elle avec un profond soupir.

De toute évidence, elle n'avait pas conscience de la tension ambiante. A l'exception de quelques mèches argentées, les cheveux de Ryan avaient exactement les mêmes reflets noisette que ceux de Chloe.

Ryan regarda Mallory, puis il reporta son attention sur la route, et tourna dans la rue de l'hôpital. Il semblait tendu.

Elle se sentait impuissante. Elle ne pouvait rien changer aux faits et, d'après elle, c'était bien sa petite fille qui perturbait tant Ryan, qu'il le reconnaisse ou non.

— Quelle entrée ? demanda-t-il. L'entrée principale ou celle des urgences ?

— Celle des urgences, s'il vous plaît.

Il s'arrêta devant les urgences. Elle descendit du pick-up, puis se pencha par la portière pour embrasser Chloe.

— Sois bien sage avec mamie.

Ce n'était pas vraiment la peine de lui dire cela, car Chloe était toujours très sage.

— Et n'oublie pas de remercier M. Clay de nous avoir aidées à trouver un sapin.

Elle avait dit cela tout bas, mais elle vit que Ryan l'avait entendue. Elle se redressa et ferma la portière, hésitant une seconde avant d'entrer hâtivement aux urgences. Elle eut malgré tout le temps d'apercevoir le sourire forcé que Ryan adressa à Chloe en redémarrant.

Courtney Clay, la sœur de Ryan, était l'infirmière de garde.

— Docteur Keegan, dit-elle. Le Dr Clay vous attend en salle d'opération.

Elle parlait bien sûr de sa mère, Rebecca.

— Merci.

Avec le sentiment d'être encerclée par la famille de Ryan, elle passa rapidement les portes qui conduisaient aux salles d'examen. Elle fit une halte dans le vestiaire, attacha ses cheveux en queue-de-cheval, se débarbouilla, et enfila son pantalon vert. Puis, elle entra dans le sas qui donnait sur les deux salles d'opération. Dans l'une d'elles, elle vit, à travers la vitre, le Dr Jackman et son équipe qui peinaient sur une opération du cœur. Dans l'autre, elle vit Rebecca Clay qui donnait à une autre équipe des instructions pour s'occuper de la patiente qui allait arriver.

Quand elle eut mis sa blouse, son bonnet et son masque, elle rejoignit Rebecca. Elles avaient à peine eu le temps de discuter du cas de la patiente qui était presque à terme, lorsque celle-ci arriva. A partir de ce moment-là, leur unique préoccupation fut d'essayer de sauver non seulement la mère, qui était dans un état critique, mais aussi l'enfant en danger.

Toute l'équipe travailla rapidement, efficacement, et avec toute l'habileté à laquelle elle avait été habituée à New York. Rebecca s'occupa du nourrisson dès qu'il fut mis au monde, tandis qu'elle-même continuait à se consacrer à la mère. Ce ne fut que plus tard, quand on eut conduit la mère et l'enfant, hors de danger, en salle de réveil, et que Mallory eut rassuré le mari fou d'inquiétude, qu'elle eut l'impression d'avoir les jambes en coton.

Elle retourna dans le vestiaire vide et se laissa tomber sur le banc, entre deux rangées de casiers. Elle détacha sa queue-de-cheval et passa la main dans ses mèches moites de sueur.

Elle prendrait une douche, se rhabillerait, irait voir

comment allait Mme Olsen, la jeune femme à qui elle avait fait une césarienne la veille, puis elle trouverait un moyen de rentrer chez elle. Elle appellerait sa grand-mère pour lui demander de venir la chercher s'il le fallait, mais elle aurait préféré qu'une infirmière qui avait fini sa journée la dépose, car c'était déjà le soir et l'heure du coucher de Chloe approchait.

— Bon travail, aujourd'hui, dit Rebecca en entrant dans la petite pièce et en se dirigeant vers son casier.

Elle en sortit sa longue blouse blanche et l'enfila par-dessus sa tenue.

— Pendant un moment, reprit Rebecca, je n'étais pas sûre que nous arrivions à les sauver toutes les deux.

— Nous avons eu de la chance, murmura Mallory.

— C'est Rhonda Danson et son bébé qui ont eu de la chance de t'avoir. Tes responsables à New York n'ont pas exagéré quand ils ont chanté tes louanges. Ta présence est vraiment un atout pour l'hôpital.

Elle referma son casier et s'y adossa.

— Comment va… ta famille ?

Mallory baissa les yeux sur ses mains. Rebecca Clay faisait preuve d'une grande délicatesse quand elle parlait de Chloe, qui était sa petite-fille.

— Chloe va bien, répondit Mallory.

Elle se mordit la lèvre et regarda Rebecca, qui ne lui avait témoigné que de la gentillesse, même avant d'avoir rencontré Chloe.

— Elle a croisé Ryan au Ruby's hier, reprit-elle. Depuis, nous, euh… il passe du temps avec elle.

Rebecca paraissait abasourdie.

— Hier, répéta-t-elle faiblement. Je vois…

— Je lui ai parlé de Cassie, et il a l'air de croire que Chloe est sa…

— Bien sûr qu'il le croit ! l'interrompit Rebecca avec fougue. Elle lui ressemble terriblement.

C'était indéniable. C'était en voyant Chloe de ses propres yeux que Rebecca avait compris pourquoi Mallory cherchait Ryan.

— Nous sommes allés chercher un sapin ensemble aujourd'hui, et j'ai dû lui dire que vous étiez déjà au courant, pour Chloe, parce qu'il voulait nous inviter à dîner chez vous ce soir.

Il fallut un instant à Rebecca pour assimiler la nouvelle.

— Ah… Il voulait t'inviter à dîner.

Mallory hocha la tête.

— Bien sûr, c'était avant que je ne sois bipée, et de toute évidence vous n'étiez pas non plus là-bas en train de cuisiner.

— Pour être honnête, dit Rebecca avec un faible sourire, je ne sais pas ce qui me surprend le plus, entre l'histoire du dîner et celle du sapin, mais cela me conforte dans mon idée : j'espérais que Ryan ne pourrait pas résister à Chloe quand il l'aurait rencontrée.

Elle vint soudain s'asseoir à côté d'elle et prit ses mains dans les siennes.

— Je ne sais pas comment te remercier, dit-elle d'une voix douce. Tu n'imagines pas le bien que tu fais à ma famille.

En fait, Mallory ne savait pas du tout ce qu'elle faisait. L'expression trop souvent tourmentée de Ryan la hantait.

— Je ne l'ai pas encore dit à Chloe.

— Tu es sa mère, tu le sentiras quand le moment sera venu. Peu importe ce que l'on peut te dire, c'est à toi d'en décider.

— Et à Ryan, se sentit-elle obligée de dire.

Rebecca la regarda droit dans les yeux, l'air pensif.

— Oui, et à Ryan aussi, répéta-t-elle en lui serrant affectueusement la main avant de se lever. Tu pars maintenant ?

Mallory se leva à son tour, ouvrit son casier et en sortit une serviette propre.

— J'ai promis à Mme Olsen de passer la voir ce soir. Ensuite, je trouverai un moyen de rentrer. Je n'ai pas ma voiture, Ryan m'a déposée.

— Je peux te raccompagner, proposa aussitôt Rebecca. Dans une heure, ça te va ? Je t'attendrai dehors.

— Je n'insinuais pas…

— Je sais, dit-elle avec un sourire en se dirigeant vers la porte. C'est à cela que sert la famille, ma chère.

Sa serviette serrée contre elle, Mallory regarda la porte se refermer. Elle avait déjà une famille. Même si elle n'avait pas eu de père, elle avait eu une mère, morte bien trop jeune d'un cancer du sein. Elle avait aussi sa grand-mère, et Chloe. Pourtant, elle ne put s'empêcher d'être émue à la pensée que d'autres gens tenaient à elle. Ils ne tenaient peut-être à elle que parce qu'il y avait Chloe, mais cela lui faisait quand même plaisir.

Le cœur léger, elle alla voir Mme Olsen, qui allaitait son bébé et semblait en forme.

Lorsqu'elle sortit enfin sur le parking, ce n'était pas Rebecca qui l'attendait, mais Ryan.

Il était assis au volant de son pick-up, garé devant l'un des grands réverbères. Dès qu'il la vit, il descendit de voiture et d'adossa à la portière.

Un étrange sentiment l'envahit à nouveau, et elle eut peine à respirer normalement. Elle était bien plus à l'aise dans son uniforme, à faire face à une urgence, que lorsqu'elle se retrouvait face à lui. Elle soupira, remonta le col de son manteau, et le rejoignit.

— Votre mère me raccompagne, dit-elle.

Il se redressa.

— Je viens de la voir, je lui ai dit que je m'en chargerais.

Elle aurait été beaucoup plus à l'aise avec sa mère.

— Je ne voulais vraiment pas vous déranger, ni vous ni elle, j'aurais pu appeler ma grand-mère…

— Chloe est déjà couchée, l'interrompit-il, confirmant ce qu'elle avait supposé.

Le fait qu'il soit au courant de cela l'étonna.

— J'ai réussi à faire tenir le sapin dans votre salon, il fait la moitié de la pièce. Ensuite j'ai fait des guirlandes de pop-corn avec votre grand-mère et Chloe jusqu'à ce qu'elle tombe de fatigue.

Elle imagina la scène et se sentit fondre intérieurement.

— Comment faites-vous ? demanda-t-elle. Pour lire dans mes pensées tout le temps ?

— C'est facile.

Il contourna le pick-up avec elle et lui ouvrit la portière, puis lui prit le bras pour l'aider à monter sur le marchepied.

— Tout ce que vous pensez et tout ce que vous ressentez se lit dans vos yeux.

Hésitante, elle le regarda.

— Je ne suis pas sûre d'aimer cette idée.

Il sourit, attirant son attention sur ses lèvres. Elles étaient plus sensuelles qu'elle ne s'en était d'abord aperçue… Elle n'aurait pas dû remarquer ce genre de chose. Elle détourna les yeux et se cala plus profondément dans son siège mais, quand elle chercha la ceinture de sécurité à tâtons, sa main heurta celle de Ryan et elle le regarda à nouveau.

Il tira sur la ceinture de sécurité et la lui mit dans la main. Elle referma les doigts mais ne bougea pas, et il ne retira pas sa main.

— A quoi est-ce que je pense maintenant ? murmura-t-elle malgré elle, rougissant.

Il resta silencieux tellement longtemps qu'elle crut qu'il ne répondrait pas. Et même s'il valait mieux qu'il fasse semblant de ne pas l'avoir entendue, elle mourait d'envie qu'il lui réponde.

— Vous ne pensez pas, dit-il enfin, d'une voix encore plus grave que d'habitude.

— Vraiment ?

— Vous êtes toute à ce que vous ressentez.

Il posa les doigts autour de son cou, au-dessus du col de son manteau. Il faisait froid dehors et il ne portait pas de gants : sa main aurait dû être froide, contre sa peau. Au lieu de cela, elle avait l'impression que le bout de ses doigts était en feu. Elle demeura parfaitement immobile, osant à peine respirer. Il fit glisser ses doigts jusque sous son menton, qu'il releva.

Il approcha son visage tout près du sien et chuchota :

— Vous vouliez savoir ce qui me tracassait hier si ce n'était pas Chloe…

Elle acquiesça, émit un faible gémissement.

— Voilà ce qui me tracassait.

Il posa ses lèvres sur les siennes.

Son baiser fut bref, torride. Quand il releva la tête, elle tremblait de la tête aux pieds.

— Je ressens la même chose, dit-il, toujours à voix

basse mais d'un ton plus dur, et je ne me laisserai plus jamais aller à ce que je ressens.

Il recula, laissant l'air froid s'engouffrer entre eux, puis il reclaqua la portière.

Cependant, l'air l'avait moins glacée que ses paroles.

- 6 -

Ryan aperçut l'homme aux cheveux blancs dès qu'il sortit de la grange de sa cousine. Cole Black se tenait près du porche, bien en vue au milieu des pick-up et des remorques. Il arrivait probablement de la maison, et J.D. avait dû lui dire où le trouver.

En un week-end, non seulement Ryan avait appris qu'il était le père de Chloe, mais il avait fait l'erreur monumentale d'embrasser Mallory. Il ne manquait plus que de revoir son ancien chef pour lui gâcher définitivement son après-midi.

Il laissa la porte de la grange ouverte et se dirigea vers Cole, qui avançait vers lui d'un pas rapide.

— Ça ne me fait pas plaisir d'avoir à venir ici, dit-il en guise de bonjour. Je suppose que tu as eu le rapport que tu avais demandé.

Ryan se contenta de hocher la tête. Il jeta la selle qu'il avait dans les mains à l'arrière de son pick-up.

— Tu ne m'as pas rappelé, continua Cole, tu n'as répondu à aucune de mes lettres, à aucun de mes e-mails.

Le dossier que Cole lui avait envoyé avait prouvé que ce que lui avait dit Mallory était vrai. Il regrettait presque de le lui avoir demandé mais, après toutes ces années, il avait du mal à faire confiance à qui que ce soit.

— Ce n'est pas parce que j'ai demandé ce rapport que cela signifie quoi que ce soit d'autre. Il n'y a rien à dire, et je ne veux pas en entendre davantage. Alors pourquoi n'irais-tu pas gâcher la journée de quelqu'un d'autre ?

— Tu ne peux pas abandonner ta plus grosse mission comme tu l'as fait et t'attendre à ce que nous l'oubliions.

— Je vous ai donné tout ce que je savais.

Il leur avait envoyé les quelques preuves qu'il avait réussi à rassembler au cours de ces trois années cauchemardesques, ainsi que ses notes, avant de disparaître. Savoir que son travail était loin de suffire à faire inculper les trafiquants était une preuve supplémentaire de son échec.

— Krager a refait surface près de Prague.

Ryan tressaillit. Il ne voulait même pas entendre le nom de cet homme insaisissable, le chef du réseau.

— Ce n'est pas mon problème.

— Tu le connais mieux que quiconque.

Il jeta à Cole un regard furibond.

— Et regarde comme cela nous a été utile ! Pour chaque réseau démantelé, ils en montent trois autres.

Sans compter les pertes humaines, les vies sacrifiées en chemin…

Il contourna Cole et se dirigea vers les corrals. J.D. était toujours immobilisée à cause de son épaule, et Ryan avait promis à Jake qu'il ferait faire de l'exercice aux chevaux avant que sa cousine ne s'imagine qu'elle était assez en forme pour le faire elle-même. La connaissant, cela risquait effectivement d'arriver.

— Je veux que tu reviennes à l'agence, dit Cole.

Ryan secoua la tête. Il prit le licou et la longe qu'il avait accrochés à un poteau un peu plus tôt et ouvrit la porte du corral, juste assez pour entrer. Il siffla, et trois chevaux arrivèrent au trot.

— Non.

— C'est là qu'est ta place.

Il le regarda d'un air incrédule.

— Tu dois vraiment avoir désespérément besoin d'agents.

— Je ne veux pas seulement de toi comme agent, je veux te confier la responsabilité des missions internationales.

Ryan passa lentement le licou à l'un des chevaux. Il avait choisi de commencer par Bonneville, l'un des pensionnaires les plus récalcitrants, mais, pour une fois, le cheval entêté fut étonnamment docile.

— Non, répéta-t-il en attachant la longe.

— Ce serait le même genre de poste que celui de ton oncle, continua Cole comme s'il n'avait rien dit.

— C'est censé être tentant ?

Il ouvrit à nouveau la porte de l'enclos, sortit avec le cheval, puis lui fit faire demi-tour pour pouvoir refermer la porte.

— C'est toi qui te charges de l'international, ajouta-t-il.

Et c'était lui aussi qui surveillait tout le reste.

— Je songe peut-être à prendre ma retraite.

Ryan émit un grognement railleur. Cole dirigeait l'agence depuis tellement longtemps… Il la dirigerait jusqu'à sa mort.

— C'est ça !

Il attacha le cheval, retourna dans la grange, et en ressortit avec une selle.

— J'ai besoin d'hommes comme toi, continua Cole.

— J'ai abandonné une mission.

C'était bien plus grave que cela, cependant : c'était sa vie qu'il avait abandonnée. S'il repartait en mission, le peu d'humanité qu'il lui restait s'éteindrait.

Bonneville tendit le cou et fit claquer sa langue.

— Ça suffit ! dit Ryan.

Le cheval souffla bruyamment et s'agita. Il secoua la tête, cinglant l'air de sa crinière noire. Ryan lui mit la selle sur le dos.

— Voilà un cheval qui n'aime pas être dérangé, dit Cole.

Ryan régla adroitement les sangles et les étriers avec un sourire amer.

— Peut-être que Bonneville et moi avons plus de choses en commun que je ne le croyais, dit-il d'un ton lourd de sous-entendus. Rentre dans le Connecticut, Cole.

Il saisit la bride et le métal cliqueta alors qu'il l'approchait prudemment du cheval, mais Bonneville le laissa lui passer le mors sans renâcler.

— C'est fini, pour moi, ajouta-t-il.

— Même si tu peux faire quelque chose contre Krager et les gens comme lui ?

Ryan prit les rênes et monta sur le dos du cheval.

— Krager est intouchable.

Il avait dû affronter cette triste vérité plus d'une fois.

— Il s'est entouré de personnes compétentes qu'il paie royalement et il se cache mieux que quiconque, continua-t-il.

— Les ordures dans son genre ne sont jamais intouchables.

— Alors trouve quelqu'un qui pense la même chose que toi et confie-lui la mission.

Il fit claquer sa langue et Bonneville passa comme une flèche devant Cole.

Ryan sentait l'air froid lui fouetter le visage. Il laissa le cheval courir aussi loin et aussi vite qu'il le voulait. Quand ils retournèrent enfin chez J.D., la neige avait commencé à tomber, et Cole était parti.

Il dessella le cheval et le ramena dans son box. Il le brossait lorsque J.D. arriva.

— J'ai un message pour toi.

Il imaginait aisément ce que Cole voulait lui faire dire.

— Du Dr Keegan, ajouta-t-elle.

Il s'immobilisa. Il la regarda et lut dans ses yeux verts un mélange de confusion et de curiosité.

— Qu'est-ce qu'elle voulait ?

— Je ne sais pas, elle a juste demandé que tu la rappelles. Voilà son numéro, dit-elle en lui tendant un morceau de papier.

Il regarda le papier et le glissa dans sa poche.

J.D. se frotta le menton avec le châle qu'elle avait sur les épaules.

— Je suis prête à parier que tu n'es pas enceinte, alors pourquoi mon obstétricienne te téléphone ?

Il haussa les sourcils. Le reste de la famille saurait bien assez tôt que Chloe était sa fille, si le bruit ne courait pas déjà derrière son dos.

— A ton avis ?

Cette question sembla l'amuser.

— Est-ce que cela aurait quelque chose à voir avec le fait que vous vous embrassiez sur le parking de l'hôpital hier soir ?

Il fit la grimace. Il était impossible d'avoir une vie privée dans cette ville.

— Tu n'as pas un fiancé à aller embêter ?

Le sourire de J.D. s'élargit et, manifestement satisfaite de sa réaction, elle quitta la grange sans se presser.

Dès qu'elle fut hors de vue, il se rendit dans la sellerie,

décrocha le combiné du vieux téléphone, et composa le numéro de Mallory.

Elle répondit à la deuxième sonnerie.

— Ryan ? dit-elle d'une voix sourde.

— Que se passe-t-il ? Tout va bien ?

— Je ne savais pas trop si je devais t'appeler, mais…

— Mallory.

— D'accord, dit-elle, apparemment ébranlée. C'est Chloe, elle a eu un accident dans la cour de récré. Nous sommes aux urgences et…

— J'arrive tout de suite.

Il raccrocha alors qu'elle continuait à parler. Moins d'une minute plus tard, il était dans son pick-up et se dirigeait vers la ville. Il arriva rapidement à l'hôpital.

Mallory était à la réception, ses cheveux ondulés tombant sur sa joue alors qu'elle remplissait des papiers. Son tailleur gris était parfaitement ajusté, soulignant discrètement ses courbes, et il se rendit compte qu'il ne l'avait jamais vue dans une tenue aussi habillée.

Elle l'entendit entrer et tourna la tête vers lui. Elle avait les yeux bouffis et le nez rouge, et l'angoisse qui l'avait saisi dès qu'il avait entendu sa voix monta d'un cran. Il s'approcha d'elle, la prit par les épaules, essayant de décrypter son expression avant qu'elle ne lui annonce quoi que ce soit.

— Elle est vivante ? demanda-t-il.

— Seigneur, Ryan ! Oui, dit-elle l'air horrifié. Elle a seulement une fracture. Enfin, pas « seulement »…

Il eut l'impression que ses genoux allaient se dérober, et ce ne fut que lorsqu'il vit les plis sur le costume de Mallory qu'il se rendit compte qu'il lui enfonçait les doigts dans les épaules. Il desserra son étreinte.

— Que s'est-il passé ? Que s'est-elle cassé ?

— Le bras. Elle jouait dehors à la récré et elle est tombée des barres.

— De la cage à poules, dit une autre voix à côté d'eux.

Ryan se tourna vers la jeune infirmière. Elle avait de longs cheveux blonds et des yeux noisette, comme ceux de leur mère. C'était sa petite sœur. Quand il avait quitté Weaver, c'était encore une étudiante rieuse et turbulente. Maintenant, c'était une très belle jeune femme, calme et posée.

— Courtney, dit-il.

— Ryan.

Elle lui adressa un sourire froid et blessé. Il savait qu'il le méritait : depuis qu'il était revenu à Weaver, il faisait tout son possible pour l'éviter. La compagnie de sa sœur, encore plus que celle de ses parents, lui était profondément douloureuse.

C'étaient des jeunes femmes comme elle qui avaient été les proies les plus prisées des trafiquants. Il aurait dû démanteler leur réseau. L'échec de sa mission avait entraîné la mort d'une jeune fille qui avait eu besoin de son aide.

Sans le regarder, Courtney prit le formulaire que Mallory était en train de remplir.

— Vous pourrez finir ça plus tard, docteur Keegan, dit-elle. Chloe va revenir de la radio d'une minute à l'autre.

— Merci, Courtney, dit Mallory.

Elle regarda à nouveau Ryan.

— Tu veux… Tu veux venir avec moi ?

Sa sœur semblait se demander ce qui se passait entre eux, mais elle ne fit aucune réflexion. Comme J.D., elle était probablement au courant du baiser qu'ils avaient échangé, étant donné la vitesse à laquelle les ragots se répandaient ici, mais elle ne dit rien. Elle se contenta d'appuyer sur le bouton qui ouvrait la porte à deux battants et les précéda. Ses chaussures blanches crissèrent sur le carrelage alors qu'elle poussait une autre porte et s'éloignait.

Mallory se dirigea vers le premier lit, en partie dissimulé derrière un rideau, et fit signe à Ryan de s'asseoir.

— Assieds-toi, si tu restes.

— Si je reste ?

— Je ne savais pas ce que tu voudrais faire, dit-elle sans le regarder.

Elle resta debout à côté du lit.

— Après ce qui s'est passé hier soir, je veux dire, reprit-elle.

— Après que je t'ai embrassée, tu veux dire.

Ses joues pâles rougirent un peu.

— Et après ce que tu as dit.

Il n'avait pas dit un mot de tout le trajet lorsqu'il l'avait raccompagnée, mais elle non plus. Dès qu'il s'était arrêté devant chez elle, elle était sortie de la voiture comme un boulet de canon et avait remonté l'allée à toute vitesse.

— Pourtant tu m'as appelé, aujourd'hui.

Ses lèvres s'entrouvrirent mais elle resta un instant silencieuse.

— Tu avais le droit de savoir, dit-elle enfin.

Elle posa le formulaire sur la table de chevet et reporta son attention dessus. Il l'observa et constata qu'elle ne faisait rien d'autre que faire cliquer l'extrémité de son stylo. Il le lui prit des mains et le jeta sur la table de chevet. Elle le regarda.

— Quand es-tu arrivée ? demanda-t-il.

— Il y a presque une heure. Elle était déjà là… Ils

sont allés la chercher à l'école en ambulance parce qu'ils n'ont pas réussi à me joindre.

— Tu étais dans ton bureau ?

— J'étais en consultation. Nina ne m'a donné le message qu'après le départ de Mme Baker, ajouta-t-elle, l'air sombre.

— Nina ?

— Nina VanSlyke. La chef de service qui fait de chaque jour de travail une joie.

Elle faisait un effort évident pour se contenir.

— Quand je suis partie pour venir ici, elle a été obligée d'annuler tous mes rendez-vous de la journée et cela ne lui a pas fait vraiment plaisir.

— Raconte-moi ce qui s'est passé : Chloe jouait sur la cage à poules, et… ?

Mallory portait un chemisier blanc cassé qui dépassait du col en V de sa veste, et il apercevait les battements de son pouls dans le creux de sa gorge. Cela lui fit penser à un colibri en vol…

— Elle était suspendue par un bras et elle a sauté par terre, dit-elle d'une voix tremblante. Tu sais comment sont les enfants…

Il ne le savait pas, mais il ne dit rien.

— Enfin, reprit-elle, elle a mal atterri et… nous voilà.

Elle eut un faible sourire et se détourna, mais il eut le temps d'apercevoir les larmes qui brillaient dans ses yeux.

— Je suis désolée, marmonna-t-elle, je ne suis pas très douée pour ce genre de situation.

Il retira sa veste et la posa sur la chaise.

— Tu gères des urgences médicales très souvent.

— Pas avec les gens que j'aime.

Elle se dirigea vers la porte, l'ouvrit et jeta un coup d'œil dans le couloir, puis elle revint près du lit. Plus elle s'agitait, moins il ressentait le besoin de faire la même chose.

— Pourquoi laisse-t-on les enfants aller en récré quand il neige ? demanda-t-il.

— Je crois qu'ils essayent de ne les garder à l'intérieur que s'il fait vraiment très mauvais. Quelques flocons de neige n'ont jamais fait de mal à un enfant…

— Il n'y a pas de surveillants ou de maîtresses à la récré pour les empêcher de faire quoi que ce soit de dangereux ?

— Si, mais les enfants n'ont pas le droit de sauter de ce genre de jeux, de toute façon, et Chloe le savait très bien. Le règlement était le même à New York, mais j'ai bien peur qu'elle ne le respecte pas toujours…

Il connaissait bien les accidents qui pouvaient arriver dans une cour de récréation, et lui-même avait souvent fait des entorses au règlement quand il était enfant. Quelque chose lui disait que Mallory avait fait partie de ces élèves qui restaient toujours dans le droit chemin.

— Je pensais qu'elle ne ferait plus ce genre de choses ici, reprit-elle en se remettant à arpenter la pièce.

Elle remonta sa manche pour regarder la fine montre noire à son poignet, et recommença à faire les cent pas.

— Je ne sais pas pourquoi c'est si long.

— Tu es sûre que son bras est cassé ?

— Sûre et certaine, dit-elle en pâlissant. Il n'y a pas de plaie ouverte, mais…

Elle s'arrêta net, avec une expression de souffrance.

— Elle va avoir un plâtre ?

— Probablement, mais avec un peu de chance ce ne sera pas la peine de l'opérer.

Elle croisa les bras.

— Je ne suis pas douée pour ça, répéta-t-elle tout bas.

Il n'y tint plus. Il s'approcha d'elle et la prit dans ses bras. Elle résista un moment mais, après avoir pris une profonde inspiration, elle se laissa aller dans ses bras. Il posa le menton sur le sommet de sa tête et la serra contre lui. Il essaya d'ignorer le fait qu'au milieu de l'odeur d'antiseptique de l'hôpital, ses cheveux sentaient le lilas, et que son tailleur mettait en valeur ses courbes, en parfaite harmonie avec son propre corps.

— Personne n'aime les hôpitaux, dit-il d'un ton bourru.

Elle eut un rire nerveux.

— C'est vrai, acquiesça-t-elle.

Elle se sentait encore tremblante, et le torse de Ryan contre elle l'apaisait merveilleusement. Ses bras étaient incroyablement forts… Il sentait le foin, le cuir et légèrement le tabac, et, même si elle savait qu'elle n'aurait pas dû se laisser aller ainsi dans ses bras, elle ne pouvait se résoudre à s'écarter. Elle ferma les yeux et poussa un profond soupir.

Elle n'avait pas menti quand elle lui avait dit pourquoi elle l'avait appelé, mais elle n'avait pas non plus dit toute la vérité : elle avait eu envie de l'appeler avant même de penser à ses droits en tant que père.

— As-tu appelé ta grand-mère ?

— Oui, mais je préférerais qu'elle ne vienne pas à l'hôpital, elle a eu une mauvaise grippe l'année dernière et elle est fragile, depuis.

Elle avait failli perdre sa grand-mère adorée, et elle n'avait pas du tout envie de réitérer l'expérience.

— Il n'y a pas de meilleur endroit qu'un hôpital pour attraper des microbes, dit-il. Pourquoi as-tu décidé de devenir médecin ?

— J'étais bonne en maths et en science.

Il lui caressa lentement le dos, et elle s'abandonna encore davantage à son étreinte.

— Ma mère est morte d'un cancer du sein quand j'avais quinze ans, avoua-t-elle comme malgré elle.

— C'est vrai, je me souviens que Cassie me l'avait dit.

En entendant le nom de sa sœur, elle parvint à rassembler toute sa volonté et à s'écarter de lui.

Aussitôt, il laissa retomber ses bras. De toute évidence, il n'avait pas de mal à lâcher prise.

— Comment était-elle ? demanda-t-il.

Elle ne s'attendait pas à cette question.

— Ma mère ? Elle était… très travailleuse…

« Surmenée. »

— … et indépendante.

« Et seule. »

Elle retint ces commentaires. C'était ce qu'elle pensait vraiment depuis qu'elle avait été en âge de voir le revers de la médaille. Elle se rendait bien compte de la ressemblance entre la vie de sa mère et la sienne.

— Elle a quitté l'Irlande contre la volonté de ma grand-mère quand elle était étudiante. Elles ne se sont pas parlé pendant des années.

Gretchen avait retrouvé sa mère peu de temps avant sa mort, confiant ses deux adolescentes à leur grand-mère.

— Elle avait un beau sourire, et elle chantait en

faisant la cuisine, conclut-elle abruptement avant de se détourner. Bien sûr, je me suis lancée dans des études de médecine avec l'idée folle de trouver un remède contre le cancer…

Son regard tomba sur le formulaire qu'elle devait remplir. Elle prit le stylo posé à côté.

— … mais je me suis rendu compte en cours de route que j'étais faite pour autre chose.

— Pour mettre au monde des bébés ?

— Oui.

Elle se concentra sur le formulaire et s'efforça d'écrire correctement.

— Je sais que ce n'est pas original, mais aider à mettre une nouvelle vie au monde est une expérience incomparable.

— Et tu as mis Chloe au monde.

Ses mains se mirent à trembler. Elle hocha la tête, incapable de répondre.

— Cela n'a pas dû être facile, dit-il.

Elle baissa la tête, regarda fixement la feuille. Elle aurait voulu qu'il change de sujet, mais elle savait qu'il n'en ferait rien.

Elle signa le formulaire et reposa le stylo.

— De laisser ma sœur mourir ? Non, cela n'a pas été facile.

- 7 -

Ryan fronça les sourcils, mais elle n'eut pas le temps d'y prêter attention, car on amena Chloe en fauteuil roulant à ce moment-là.

Elle avait une attelle et son bras était posé sur un coussin, sur ses genoux. Ses yeux bleus étaient sombres et elle était plus pâle que d'habitude.

— Coucou, mon bébé, dit-elle en s'agenouillant à côté du fauteuil roulant et en passant la main dans la frange de Chloe. Comment te sens-tu ?

— Je veux rentrer à la maison.

— Je sais… Nous y irons bientôt.

Elle lui embrassa le front et se releva pour parler à l'infirmier.

— Je voudrais voir les radios, Richie.

Le jeune homme déglutit, l'air nerveux.

— Le Dr Jackman va les examiner avec vous, docteur Keegan.

Elle le regarda attentivement.

— Je voudrais y jeter un coup d'œil, d'abord.

— Je suis désolé, madame, c'est le règlement, dit-il avant de s'en aller précipitamment.

Elle ravala son irritation et caressa à nouveau les cheveux de Chloe. On lui avait déjà donné des calmants, mais la dose le plus faible possible.

— Tu as mal ? demanda-t-elle.

— Tu t'es déjà cassé le bras ? dit Ryan avec ironie.

Il s'accroupit devant le fauteuil roulant et regarda Chloe.

— Ça fait super-mal, hein petit pois de senteur ?

La petite esquissa un sourire.

— Que faites-vous ici ? demanda-t-elle.

Il appuya doucement sur le bout de sa botte verte.

— Je voulais voir comment tu allais.

Mallory sentit sa gorge se serrer en voyant l'expression ravie de sa fille.

— C'est vrai ?

— C'est vrai.

Ryan était vraiment adorable.

— Bonjour ! s'écria chaleureusement Rebecca Clay en passant la tête à la porte. On m'a dit ce qui s'était passé. Comment va la petite patiente ?

— On attend le compte rendu de la radio. A part ça, Chloe a l'air plutôt en forme.

Elle était sûre que c'était dû en grande partie à la présence de Ryan.

— Je peux sûrement faire accélérer les choses, dit Rebecca.

Elle jeta un coup d'œil à Chloe et à Ryan, et Mallory sentit son cœur se serrer en voyant son regard plein d'espoir.

— Ryan a été formidable, dit Mallory.

Rebecca sourit.

— C'est bien d'avoir de la compagnie, se contenta-t-elle de dire. J'ai une réunion, mais je vais d'abord passer en radiologie.

— Merci, je vous dirai ce qu'elle a.

— C'est gentil, dit Rebecca, visiblement touchée, avant de s'en aller.

Mallory aurait voulu comprendre pourquoi Ryan et sa mère étaient si distants l'un envers l'autre. Elle avait envie de lui demander pourquoi il ne lui avait pas proposé de la tenir informée, mais la présence de Chloe l'en empêchait.

— Vous vous êtes déjà cassé le bras ? lui demanda la petite.

— Deux fois, lui répondit-il en souriant. Je me suis aussi cassé la jambe, et plusieurs côtes.

Mallory espérait que sa fille ne tiendrait pas de lui dans ce domaine.

— Et toi ? lui demanda-t-il.

— Je ne me suis jamais rien cassé.

Paradoxalement, elle eut l'impression d'être exclue d'un groupe prestigieux dont lui et Chloe étaient les seuls membres. Plus anxieuse que jamais, elle se dirigea vers la porte, ses talons hauts claquant sur le sol carrelé, avec l'intention d'aller chercher elle-même John Jackman, mais ce dernier fit son apparition à ce moment précis. Il lui tint la porte ouverte pour qu'elle le rejoigne dans le couloir afin de ne pas être entendu de Chloe.

— C'est une fracture du radius, dit-il, en venant tout de suite à l'essentiel. L'os n'est pas déplacé. C'est plutôt classique, étant donné la chute.

Le soulagement lui fit tourner la tête.

— Ce ne sera pas la peine de l'opérer, alors.

Si l'os fracturé avait été mal aligné, cela aurait pu être nécessaire.

— Non, dit-il avec un sourire. Elle devra garder son attelle jusqu'à la fin de la semaine et revenir passer une radio. Nous lui ferons un plâtre à ce moment-là si son bras a assez désenflé. Courtney sera là d'un instant à l'autre avec les papiers de sortie.

Il lui tapota le bras et tourna les talons, toujours aussi pressé que d'habitude, mais il s'arrêta et se retourna pour la regarder.

— J'ai entendu parler de ce que tu avais fait pour Rhonda Danson, hier. Bon travail !

— Merci, dit-elle en souriant faiblement.

Elle vint dans la chambre et deux paires d'yeux bleus se tournèrent vers elle. Elle fixa ceux de Chloe.

— La bonne nouvelle, c'est que nous pourrons partir bientôt. La mauvaise, c'est qu'il faudra que tu reviennes en fin de semaine pour qu'on te mette un plâtre et, en attendant, tu ne pourras évidemment pas te balancer sur la cage à poules.

— Je montrais juste à Jenny Tanner comment Princesse Violette vole de la tour de son château jusqu'à…

Mallory leva la main pour l'interrompre.

— Je ne veux pas le savoir. Est-ce que tu respectais le règlement ?

— Non, pas vraiment, mais…

— Non, pas vraiment. Le règlement existe pour une bonne raison, Chloe. Pour éviter les accidents comme celui-ci. Tu comprends ?

— Oui, dit Chloe en baissant la tête d'un air sombre.

Mallory compatissait. Elle-même se sentait triste. C'était toujours le cas lorsqu'elle devait gronder sa fille. Elle ne parvint pas à garder un air sévère bien longtemps, se pencha et appuya son front contre le sien.

— Je t'aime, tu sais ? Et je n'aime pas te voir souffrir.

— Je suis désolée, maman, murmura Chloe.

— Je sais…

Elle frotta son nez sur celui de Chloe et se redressa.

Ryan les observait, la mâchoire serrée, mais à l'instant où il se rendit compte que Mallory le regardait, il afficha une expression dégagée.

Courtney arriva alors pour prendre le formulaire et en donner un autre à signer.

— Vous n'en aurez pas besoin, dit-elle, mais il y a des instructions pour s'occuper de son bras cette semaine, et des conseils pour soulager la douleur.

Elle lui tendit un paquet de feuilles agrafées.

— Merci, Courtney.

Mallory mit les feuilles dans sa poche. Puis, elle prit le manteau de Chloe et le lui posa sur les épaules. Courtney sourit et tendit à la petite une sucette orange vif.

— Tu es prête à quitter cet endroit, mon chou ?

Mallory crut entendre Ryan marmonner quelque chose, mais lorsqu'elle le regarda, il enfilait simplement son blouson. Impassible, il les suivit jusque dans l'entrée.

— Je vais amener ma voiture juste devant, dit-elle.

Elle sortit dans le froid.

— Où est ton manteau ?

La voix de Ryan la suivit alors qu'elle arrivait près de sa voiture. Elle essuya un flocon de neige de sa joue et ouvrit la portière.

— Je l'ai oublié au bureau.

Ses clefs étaient toujours sur le contact, là où elle les avait laissées, mais lorsqu'elle essaya de démarrer, il ne se passa rien. Elle soupira et laissa tomber sa tête sur le volant.

— Ce n'est pas mon jour…

— On dirait que c'est la batterie, dit-il.

— Probablement.

— J'ai des câbles de démarrage dans mon pick-up.

Elle leva enfin la tête.

— Tu vas vite en avoir assez de venir à ma rescousse.

Il retira son blouson et le lui jeta sur les genoux.

— Au moins, ça, je sais le faire, dit-il en reclaquant la portière.

Elle se demanda ce qu'il entendait par là. Elle prit le blouson de cuir et le regarda courir vers son pick-up, en stationnement interdit près de l'entrée des urgences.

Quelques instants plus tard, il arriva et se gara, le devant de son pick-up à côté du capot de sa voiture.

— Ouvre le capot, dit-il à travers la vitre.

Elle chercha le loquet à tâtons, mais il dut s'impatienter car il descendit de voiture, passa le bras par la fenêtre, et le fit lui-même. Il lui effleura le genou, et ce contact la troubla profondément. Le baiser qu'ils avaient échangé l'obsédait…

— Tu t'y connais autant en voitures qu'en plomberie ? dit-il à voix basse, d'un ton pince-sans-rire.

— A peu près, avoua-t-elle faiblement.

Il regarda sa bouche et elle eut l'impression que son cœur aller s'arrêter.

— Je te dirai quand le remettre en route.

Il avait les lèvres les plus sensuelles…

— Remettre en route quoi ?

— Le moteur.

Elle cligna des yeux, extirpée brutalement de sa rêverie.

— D'accord, dit-elle, rougissante.

Il esquissa un sourire en se relevant, et elle s'aperçut qu'il avait de légères fossettes.

— Mets mon blouson, dit-il, l'arrachant à nouveau à ses pensées volages.

Il alla soulever le capot de la voiture et disparut derrière, puis passa la tête sur le côté pour lui dire de redémarrer. Elle tourna la clé et le moteur rugit aussitôt. Il referma le capot, les câbles à la main.

— Ne coupe pas le contact avant d'arriver chez toi. Je vais te suivre.

C'était censé être rassurant, mais elle se sentit encore plus nerveuse. Il remonta dans son pick-up, et elle alla se garer devant les portes de l'hôpital. Quand Chloe fut bien installée dans la voiture, elle quitta le parking.

— Est-ce que M. Ryan est ton petit ami ? demanda Chloe.

Les mains de Mallory se crispèrent sur le volant et elle lança à sa fille un regard interloqué.

— Non ! Bien sûr que non. Pourquoi… Pourquoi est-ce que tu me demandes ça ?

— Parce qu'il est toujours avec nous, maintenant, et que Courtney a dit qu'il devait beaucoup t'aimer, parce qu'il ne passe autant de temps avec personne d'autre. C'est son grand frère, tu sais.

— Oui, je sais.

Elle pouvait voir son pick-up dans son rétroviseur.

— Si tu avais un bébé avec lui, je serais une grande sœur.

— Chloe ! s'écria-t-elle en riant nerveusement. M. Ryan et moi n'allons certainement pas faire une chose pareille.

— Mais j'aimerais bien avoir un petit frère ou une petite sœur… Et vous n'auriez même pas besoin de vous marier.

Elle semblait penser que cela rendait le scénario plus alléchant.

— Tu m'avais dit que c'était comme ça qu'on avait des bébés, mais à l'école, Lea Rasmussen a dit que sa cousine allait avoir un bébé, et elle n'est pas mariée. Et mamie m'a dit que mon autre maman ne s'était jamais mariée. C'est pour ça que je n'ai pas de papa.

Les mains de Mallory furent soudain moites, elle eut l'impression qu'elle étouffait sous le blouson de cuir.

Elle s'engagea dans leur rue et jeta encore un coup d'œil dans le rétroviseur. Ryan les suivait toujours.

— Pourquoi ne m'as-tu pas posé de questions sur ton papa ?

— Parce que ça te fait de la peine.

— Ce qui me fait de la peine, c'est que ton autre maman ne soit pas là. C'était ma grande sœur.

— Oui, dit Chloe en tournant vers elle ses grands yeux bleus, mais ça te fait aussi de la peine parce que tu n'as pas eu de papa.

— C'est aussi mamie qui t'a dit ça ?

— Oui, répondit-elle en hochant la tête. Je peux dormir dans ton lit ce soir ?

Un élan de tendresse l'envahit.

— Bien sûr.

— Je peux avoir un petit chien ?

Mallory sourit. Chloe ne se laissait pas abattre facilement.

— Bien tenté ! Que ferions-nous de lui quand nous retournerons à New York ?

— On pourrait rester ici.

— Et tes amies de New York ? Elles ne te manquent pas ?

— J'aime bien Jenny Tanner, c'est ma meilleure amie. Et ici, nous avons un jardin pour avoir un chiot.

— Nous en avons parlé avant de venir à Weaver, lui rappela Mallory, je remplace le Dr Yarnell jusqu'à son retour.

Chloe lui adressa un regard qui montrait qu'elle trouvait son excuse minable. Heureusement, elles arrivèrent devant chez elles et Mallory s'engagea dans l'allée. Elle passa devant George le Grand, qui portait maintenant une guirlande de Noël rouge et brillante et un chapeau de Père Noël tout enneigé.

Au lieu de se garer dans la rue comme il le faisait d'habitude, Ryan remonta lui aussi l'allée. Avant qu'elle n'ait le temps de descendre de voiture pour ouvrir la porte du garage, il était sorti de son pick-up et s'en chargeait. Il se tint sur le côté pendant qu'elle se garait. Elle descendit de voiture et alla du côté du passager.

— Merci, dit-elle.

Elle ouvrit la portière et aida Chloe à sortir.

— Tu peux marcher sans problème ?

Elle ne voulait pas qu'elle glisse sur la neige, mais elle ne voulait pas non plus lui faire mal au bras en la portant.

— Je vais l'aider, dit Ryan en prenant Chloe dans ses bras avant qu'elle n'ait le temps de protester.

Elle sentit sa gorge se serrer. Depuis la naissance de Chloe, elle s'était toujours occupée d'elle toute seule. Maintenant qu'elle affrontait la possibilité de voir tout cela changer, elle n'était plus sûre du tout d'être prête.

Elle prit son sac à main et son porte-documents sur la banquette arrière et s'élança devant eux pour leur ouvrir la porte, dérapant sur le sol gelé, mais Kathleen était déjà sur le seuil.

— Oh, la pauvre petite ! dit-elle quand ils entrèrent.

Elle referma la porte derrière eux et les suivit dans la cuisine.

— Que puis-je faire pour elle ?

— Elle a seulement besoin de repos, dit Mallory, et elle doit avoir faim…

— Vous devez tous avoir faim ! Je vais faire quelque chose à manger, j'en ai pour une minute. Je vais te préparer un plateau et te l'apporter, Chloe.

— Merci, mamie.

Ryan emmena Chloe dans le salon. Mallory le suivit, évitant le regard inquisiteur de Kathleen.

Il posa Chloe sur l'un des canapés et Mallory lui mit des coussins derrière le dos et un sous son attelle.

La petite regardait Ryan comme s'il était encore plus merveilleux que Princesse Violette.

— Ces canapés ont vraiment l'air inconfortables, dit-il en se redressant.

Mallory sourit.

— Ne les critique pas avant de les avoir essayés ! Je les ai eus pour une bouchée de pain à une vente aux enchères, et c'était moins cher d'apporter certains de nos meubles ici que de les mettre au garde-meuble jusqu'à ce que nous retournions à New York.

— Si nous restions ici, s'empressa d'intervenir Chloe, est-ce que nous pourrions avoir un chiot ?

Mallory la regarda et fit lentement non de la tête.

— Ça suffit, avec cette histoire de chiot.

— Mais…

— Quel genre de chiot aimerais-tu ? demanda Ryan.

Mallory lui adressa un regard menaçant.

— Ryan… Ne l'encourage pas, s'il te plaît.

— Détends-toi, dit-il en s'asseyant à côté de Chloe. On discute, c'est tout. N'est-ce pas, petit pois de senteur ?

Les joues de Chloe étaient encore pâles, mais son

sourire rusé était rayonnant. Elle rit, sans quitter Ryan des yeux.

— Oui, dit-elle. Je voudrais un petit chien qui pourrait dormir sur mon lit, un avec des taches blanches et marron, et de longues oreilles tombantes.

— J'avais un chien quand j'avais ton âge, il s'appelait Buster. C'était un bâtard marron et jaune, il était tellement laid qu'il en était adorable.

— Il dormait sur ton lit ?

— Oui, mais ma mère n'était pas très contente, chuchota-t-il.

— Bande de conspirateurs ! dit Mallory d'un ton léger.

Voir Chloe et Ryan aussi complices l'émouvait et l'angoissait à la fois : elle craignait d'être de trop quand la petite apprendrait qu'il était son père.

- 8 -

Pour la plus grande joie de Chloe, Ryan resta dîner. Quand Mallory ne put plus ignorer la fatigue que sa fille avait vaillamment essayé de cacher et qu'elle lui dit qu'il était l'heure d'aller se coucher, Chloe sembla trouver tout naturel de demander à Ryan de l'emmener au lit. Ryan, quant à lui, parut tout disposé à le faire.

Il la prit dans ses bras et la fit basculer légèrement sur le côté pour qu'elle puisse embrasser son arrière-grand-mère, ce qu'elle fit en pouffant de rire.

— J'arrive dans une minute, dit Mallory lorsqu'ils se tournèrent vers elle.

Il fallait qu'elle aide sa fille à mettre son pyjama.

— J'ai le droit de dormir dans le lit de maman, ce soir, dit Chloe à Ryan alors qu'ils se dirigeaient vers l'escalier.

Mallory faillit s'étrangler quand il tourna la tête vers elle et dit, d'une voix basse mais intelligible :

— Tu en as, de la chance…

— Si j'ai un chiot un jour, je crois que je l'appellerai Buster.

— Et moi qui croyais que tu voudrais l'appeler Princesse Violette, la taquina-t-il tandis qu'ils montaient les marches.

Mallory croisa le regard de Kathleen.

— Sous le charme, murmura cette dernière.

— J'espère vraiment que tu parles de Chloe.

Sa grand-mère fronça les sourcils et se leva.

— Peut-être bien que oui, peut-être bien que non.

Elle prit le plateau qui contenait les restes de leur repas, qu'ils avaient tous pris dans le salon pour tenir compagnie à Chloe.

— Ne t'embête pas avec la vaisselle, grand-mère, je m'en occuperai.

— Avec plaisir, dit Kathleen. Il y a une émission spécial Noël que je veux voir à la télévision, je vais me coucher et la regarder dans mon lit.

Mallory n'était pas dupe : Kathleen s'éclipsait.

— C'est pour Chloe que Ryan est là, dit-elle tout bas, consciente qu'elle se le rappelait à elle-même autant qu'à sa grand-mère. Alors j'espère que tu n'essaies pas de jouer les entremetteuses.

— Tu es une belle femme, et tu ne rajeunis pas.

Mallory eut un rire narquois. Elle avait trente-trois ans.

— Tu vas bientôt me faire croire que je vais devoir montrer mes dents à mon prochain prétendant.

— Ton prochain prétendant, répéta Kathleen en secouant la tête. Il faudrait déjà qu'il y en ait un premier.

— Merci de me le rappeler. Quel que soit le désert affectif qu'ait pu être ma vie sentimentale depuis ma rupture avec Brent, je n'envisage absolument pas que quelque chose puisse se passer avec lui. Grand-mère, hier encore tu n'étais pas convaincue que j'avais fait le bon choix en nous faisant venir à Weaver.

— Hier, c'était hier, dit Kathleen d'un ton badin.

Elle quitta la pièce dès qu'elles entendirent les pas de Ryan dans l'escalier. Mallory l'entendit dire à Ryan :

— Je vais me coucher ! Merci pour tout ce que vous avez fait aujourd'hui.

— Je n'ai pas fait grand-chose, répondit-il d'un ton bourru.

— Vous êtes là, non ?

Mallory ne put s'empêcher de les regarder, et elle vit sa grand-mère tapoter la main de Ryan avant de se diriger vers sa chambre.

Elle se leva.

— Je vais aller voir Chloe. Merci de l'avoir emmenée là-haut… Elle aurait pu marcher, ou… ou j'aurais pu la porter.

Cependant, sa fille avait voulu que ce soit lui qui monte avec elle.

Il hocha la tête sans rien dire.

Il fallait vraiment qu'elle chasse de son esprit les remarques de Kathleen et de Chloe à son sujet… Mais peut-être n'était-elle troublée que parce qu'elle se trouvait si près de lui.

— Bon, eh bien… j'y vais.

Ne sachant pas trop si elle devait attendre une réponse, elle monta quelques marches.

— Elle est adorable, dit-il.

Ses doigts se contractèrent sur la rampe.

— Oui.

Il la regarda un moment, puis hocha à nouveau la tête et fit demi-tour. Elle hésita, mais il n'ajouta rien. Il ne lui dit même pas au revoir… Elle n'arrivait pas à identifier le sentiment confus qu'elle éprouvait, mais elle l'imita et resta silencieuse.

Chloe était assise dans le lit de Mallory, adossée contre une montagne d'oreillers, comme une petite princesse.

— Je vais chercher ta robe de nuit, dit Mallory en passant devant la chambre.

— La violette ! lui cria Chloe.

Ce n'était pas surprenant. Mallory sortit une chemise de nuit propre de la commode puis retourna aider sa fille à enlever ses vêtements. Elle l'aida ensuite à se laver les dents et le visage, avant de la mettre au lit.

— Tu veux bien me brosser les cheveux ?

La journée avait été épuisante, et Chloe avait des cernes sous les yeux.

— Seulement quelques minutes.

Elle prit la brosse au dos de nacre de sa propre mère sur la commode et s'assit à côté de sa fille pour reproduire un rituel de son enfance : tous les soirs, quand Cassie et elle allaient se coucher, leur mère leur brossait les cheveux et leur racontait des histoires sur son enfance en Irlande.

— M. Ryan m'a raconté une histoire, murmura Chloe d'un ton endormi.

— Ah bon ? Ça parlait de quoi ?

— D'une petite fille qui est perdue, loin de sa maman et son papa, mais qui les retrouve grâce à un caillou magique.

Mallory cacha sa surprise.

— Tu crois que tu vas pouvoir t'endormir, maintenant ?

— Oui, répondit Chloe en s'allongeant. Est-ce que M. Ryan a un travail ?

— Il travaille chez sa cousine. Il... répare des choses.

Elle répétait ce que Rebecca lui avait dit.

— Comme quand il a réparé notre salle de bains ?

— Oui, dit-elle en l'embrassant. Dors, maintenant... Je t'aime, ma chérie.

— M. Ryan m'appelle « petit pois de senteur »

— Oui, j'ai remarqué.

— Je n'aime pas les petits pois. C'est vert.

Mallory sourit. Malgré sa méprise, cela n'avait pas l'air de la déranger que Ryan la compare à un petit pois.

— Un pois de senteur est une très jolie petite fleur, expliqua-t-elle.

— Ah, d'accord…

— Et c'est une fleur violette.

Chloe parut encore plus contente. Mallory éteignit la lumière et sortit. Elle laissa la porte entrebâillée et descendit l'escalier.

— Elle dort ?

Elle sursauta.

Ryan était dans le salon, à côté de l'immense sapin.

— Je suis sûre qu'elle sera endormie dans une minute, répondit-elle. Je croyais que tu étais parti.

Il avait les mains dans les poches de son jean délavé et son tee-shirt noir moulait ses larges épaules.

— J'ai failli partir.

Elle s'approcha, laissant le canapé entre eux.

— Pourquoi… Pourquoi as-tu changé d'avis ?

Il ne répondit pas tout de suite. Il retira les mains de ses poches, leva les yeux vers le sapin et alla se tenir de l'autre côté de la cheminée.

— Comment m'as-tu retrouvé ?

Ce n'était pas une question déraisonnable, et elle s'était attendue à ce qu'il la lui pose, mais pas à ce moment-là.

— Cela n'a pas été facile, avoua-t-elle.

Il eut une expression ironique.

— Pourtant tu n'as pas renoncé.

Elle hésita.

— En fait, si, j'ai abandonné pendant un moment.

Elle prit le plateau pour aller le porter dans la cuisine. Il la suivit.

— Tu veux du café ?

— Quelque chose me dit qu'il faudrait y ajouter la petite goutte d'alcool de ta grand-mère.

Elle sourit timidement, bien que la situation n'eût rien de drôle. Elle posa le plateau sur le plan de travail à côté de l'évier et mit du café dans la cafetière. Ces gestes banals l'aidèrent à apaiser sa nervosité.

— Comme je te l'ai déjà dit, Cassie ne parlait pas beaucoup de toi. Tout ce que je savais, c'était qu'elle avait travaillé avec toi.

Elle ne put s'empêcher de le regarder furtivement. Appuyé au chambranle de la porte, il avait les bras croisés, imperturbable. Elle reporta son attention sur le café.

— Cassie ne parlait pas beaucoup de son travail. Elle avait un appartement dans le Connecticut…

— A Hartford, intervint Ryan.

— Oui. Grand-mère et moi vivions toujours dans le Queens, à New York. Pour être honnête, je ne posais pas trop de questions à Cassie. J'étais surchargée de travail à l'hôpital, et elle avait l'air l'heureuse. Elle venait nous voir de temps en temps, elle nous téléphonait pour parler de tout et de rien.

Il ne fit aucun commentaire.

— Un week-end, elle est venue nous voir et nous a annoncé qu'elle était enceinte de quatre mois et qu'elle quittait son travail. Bien sûr, grand-mère lui a demandé plus de détails, mais Cassie n'a rien voulu dire et, pendant un moment, nous avons supposé que les choses s'étaient mal terminées entre elle et le père de l'enfant. Quelque temps avant d'accoucher, elle nous a dit que ce n'était pas le cas, que le père, un certain Ryan, était un homme bien, avec lequel elle avait travaillé, un homme qui n'avait pas besoin que sa vie soit bouleversée par l'arrivée inattendue d'un bébé.

Il se redressa et arpenta la pièce.

— Très bien. Alors comment est-elle morte ?

Elle fronça les sourcils. Evoquer la mort de Cassie lui était très douloureux.

— Qu'est-ce que ça peut faire ?

Il la regarda droit dans les yeux.

— C'est important, à cause de ce que tu as dit cet après-midi.

— J'étais… bouleversée. Je t'ai dit que je n'étais pas douée pour gérer ce genre de situation, se défendit-elle. On dit toutes sortes de choses quand on est stressé.

— Oui, et en général ce qu'on pense ou ce que l'on ressent vraiment.

— Et toi, qu'est-ce que tu dis quand tu es stressé ? demanda-t-elle malgré elle.

— Nous ne parlons pas de moi.

— Ces derniers temps, tout semble avoir un rapport avec toi.

— C'est toi qui es venue à Weaver.

Elle n'avait vraiment pas besoin qu'il le lui rappelle.

— Oui. Voilà encore une chose dont je suis totalement responsable.

— Tu n'es pas responsable de la mort de ta sœur.

Elle sentit sa gorge se serrer.

— Tu n'en sais rien.

— Dis-moi comment elle est morte.

Elle serra les poings. Plus la voix de Ryan était posée, plus elle se sentait ébranlée.

— Parce que je n'étais pas un assez bon médecin,

dit-elle d'un ton abrupt, agacée de ne pas réussir à se maîtriser, et parce qu'elle était têtue.

— Je ne te demande pas ton avis, je veux les faits.

— Ce sont les faits !

— Mallory…

De ses doigts tremblants, elle joua avec le bouton de sa veste, qu'elle n'avait gardée que parce que son chemisier en dessous était presque transparent.

— Rien de tout cela n'a à voir avec notre présence ici, dit-elle.

— Ça a à voir avec toi.

Elle soupira. Apparemment, elle ne pouvait pas plus lui résister que Chloe.

— Quand Cassie était enceinte de six mois, on a découvert qu'elle faisait de l'hypertension artérielle, dit-elle d'un ton brusque.

Quand il saurait ce qui s'était vraiment passé, il arrêterait de la tourmenter. Tout ce qu'elle voulait, c'était que Chloe ait ce que Cassie et elle n'avaient pas eu, enfants…

Elle se rendit compte qu'elle avait arraché le bouton de sa veste et le mit dans sa poche. Elle se ressaisit, mais ne put s'empêcher d'adopter un ton distant.

— Les symptômes se sont manifestés particulièrement tôt. La seule solution aurait été de provoquer l'accouchement, mais…

— A six mois de grossesse, c'était beaucoup trop tôt.

— Exactement. Il y a quelques cas de survie chez les enfants aussi prématurés, mais c'est rarissime.

Elle prit deux tasses dans le placard pour échapper à son regard pénétrant.

— Cassie a voulu aller au bout de sa grossesse coûte que coûte, dit-elle encore.

Malgré les risques, Cassie avait parié… et perdu.

— Elle est restée alitée et nous avons bien pris soin d'elle pour gagner le plus de semaines possible. Nous savions qu'elle accoucherait prématurément, mais à ce stade chaque jour compte, et elle était bien décidée à faire le maximum pour son enfant.

Elle retira la cafetière trop tôt et un peu de café grésilla sur la plaque chaude. Ryan la lui prit des mains et la posa sur le plan de travail.

— Qu'est-ce qui a mal tourné ?

Tout !

Elle alla ouvrir le réfrigérateur et resta plantée devant.

— Mallory…

Elle referma la porte du frigo sans rien prendre.

— Son placenta s'est détaché de la paroi utérine trois semaines avant la date à laquelle nous prévoyions de déclencher l'accouchement. J'étais de garde ce soir-là… Nous n'avons pas pu arrêter l'hémorragie.

Il jura tout bas.

Elle regarda ses mains, revivant l'horreur de cette nuit-là.

— Elle est morte.

— Tu ne l'as pas laissée mourir, dit Ryan.

— Je n'ai pas réussi à la convaincre de déclencher l'accouchement plus tôt.

Il lui prit les épaules, l'obligeant à se tourner vers lui.

— Ce n'était pas à toi d'en décider.

Elle ne prit conscience que des larmes coulaient sur ses joues que lorsqu'il les lui essuya.

— Mais…

Il posa un doigt sur ses lèvres.

— Ne t'inflige pas ça. Cassie n'était pas bête. Tu as dit

toi-même qu'elle était déterminée en ce qui concernait Chloe.

Elle lui prit les poignets. Ils étaient puissants et trop larges pour qu'elle pût en faire le tour avec ses doigts.

— J'aurais dû m'acharner pour la sauver, cette nuit-là.

Soudain, il lui saisit à son tour les poignets.

— Que faisais-tu exactement quand elle est morte ?

— J'essayais de faire respirer Chloe, mais Cassie…

Sa voix se brisa.

— Etais-tu seule dans la pièce avec elles ?

Il lui serrait tellement les poignets qu'il lui faisait presque mal.

Elle fronça les sourcils.

— Non, non, bien sûr que non…

La salle d'opération avait été en effervescence ce soir-là.

— Mais…

— Mais rien du tout. Arrête de te culpabiliser, tu n'es pas responsable de sa mort. Tu as fait tout ce que tu pouvais faire. Qu'aurais-tu voulu faire de plus, Mallory ?

Elle leva les yeux vers lui.

— Est-ce que tu l'aimais ?

- 9 -

« Est-ce que tu l'aimais ? »

Elle eut l'impression que sa question résonnait dans la cuisine silencieuse.

Les sourcils de Ryan étaient froncés. Il lui lâcha les poignets.

— Quoi ?

Elle regrettait sa question, elle aurait voulu revenir en arrière, sinon sept ans en arrière pour empêcher cette nuit atroce, du moins un instant plus tôt, pour ne pas laisser échapper une question aussi révélatrice.

Ce n'était pas étonnant qu'il ne veuille pas s'impliquer, avec elle. Peut-être qu'il aimait toujours Cassie, peut-être que c'était pour cela qu'il évitait tout engagement.

Pourtant, s'il avait aimé Cassie, pourquoi l'avait-il laissée sortir de sa vie ? Elle avait cru sa sœur lorsqu'elle lui avait dit qu'elle n'était pas amoureuse du père de Chloe, mais peut-être avait-elle menti.

Elle ne savait plus quoi penser.

— Ce… Ce n'est pas grave. Ce ne sont pas mes affaires.

— Tu as tout fait pour me retrouver, et tu penses que ça, ça ne te regarde pas ?

Il traversa la cuisine, pour revenir aussitôt en face d'elle, sans lui laisser le temps de se reprendre.

— A ce propos, tu ne m'as toujours pas expliqué comment tu m'as retrouvé.

— Il est tard, dit-elle, nous devrions peut-être remettre cela à plus tard.

— Il n'est pas si tard que cela.

— Il faut que j'aille voir si Chloe dort.

Il sembla sur le point d'argumenter, mais il se contenta de lever légèrement les doigts comme pour dire « Vas-y ».

Elle s'enfuit, il n'y avait pas d'autre mot. Elle monta et alla voir Chloe, qui était profondément endormie, comme elle s'y était en fait attendue.

Elle remonta un peu les couvertures sur sa fille et sortit sans bruit. Combien de temps pourrait-elle rester sur le palier sans éveiller les soupçons de Ryan ? Pas longtemps, car il était en bas de l'escalier et la regardait. Elle avait envie de s'enfermer dans sa chambre, d'échapper à son œil perçant, mais elle descendit et retourna dans la cuisine avec lui.

Il avait servi deux tasses de café à la petite table ronde à côté de la fenêtre, mais ils ne s'assirent pas. Ni lui ni elle n'avaient vraiment envie de café. Elle posa les mains sur le dossier d'une chaise.

— Après la mort de Cassie, dit-elle d'un ton abrupt, nous avons été noyées de lettres de condoléances du monde entier. Grand-mère les a toutes lues.

Comme elle avait dû le faire quand sa propre fille était morte…, pensa-t-elle avec tristesse.

— Elle les a gardées pour moi, mais il m'a fallu plus d'un an pour trouver le courage de les lire. Quand j'ai fini par le faire, j'ai remarqué que l'une d'elles était de Cole Black.

Le regard de Ryan se fit plus intense, mais il ne dit rien.

— Le mot de M. Black était… bref. Je l'ai toujours, si tu veux le voir.

Elle ne savait pas pourquoi elle lui avait proposé cela.

— On verra, dit-il.

Elle hésita, mais il n'ajouta rien, lui donnant l'impression de s'être aventurée sur un terrain glissant.

— Il exprimait ses regrets, disait que Cassie avait été une employée extraordinaire. L'adresse de l'expéditeur, HW Industries, était écrite à la main sur l'enveloppe.

— Tu es partie de l'adresse pour me retrouver ?

Pour une raison obscure, il paraissait surpris.

— C'était logique, mais il m'a quand même fallu des mois pour me décider.

— Alors, qu'est-ce qui t'a poussée à le faire ?

— J'ai fait prendre une photo de Chloe et moi pour l'offrir à ma grand-mère. Une « photo de famille », sauf que les vrais parents de Chloe n'étaient pas dessus. Quand je suis allée à l'adresse indiquée sur l'enveloppe, j'espérais trouver ce Cole Black en personne et lui demander s'il pouvait me renseigner à ton sujet. Manifestement, je n'aurais pas dû attendre aussi longtemps, car tout ce que j'ai trouvé à cette adresse, c'était un entrepôt. J'ai demandé aux voisins, mais personne ne connaissait Black, Cassie, ou même HW Industries.

Ryan émit un petit grognement. Il était prêt à parier qu'on ne lui avait fait des réponses évasives que par prudence : c'était bien l'agence qui se cachait derrière cet entrepôt, mais Mallory n'avait aucun moyen de le savoir. On ne pouvait pas débarquer ainsi et s'attendre à obtenir un rendez-vous avec l'insaisissable patron de Hollins-Winword.

— Et ensuite ?

— Je suis retournée à New York, et j'ai envoyé une lettre à l'adresse indiquée en expliquant qui j'étais, ce que je voulais savoir, dans l'espoir que mon courrier serait réexpédié à la nouvelle adresse de l'entreprise. J'ai supposé que cela avait marché, car ma lettre n'est pas revenue, mais je n'ai pas eu de réponse, alors j'en ai envoyé une autre, et encore une autre…

Ses yeux ambrés étaient perdus dans ses souvenirs.

— Un an plus tard, alors que je n'espérais plus avoir de réponse, j'en ai reçu une. C'était loin d'être la lettre que j'avais tant attendue, c'était une petite boîte contenant des choses qui avaient appartenu à Cassie, avec un mot qui disait qu'elle les avait oubliées quand elle avait démissionné. Il y avait un roman et une petite trousse de maquillage. J'étais tellement abattue que j'ai failli tout jeter, mais dans le livre il y avait une carte postale qui portait le cachet de Weaver.

Il se souvenait très bien de cette carte, il l'avait envoyée à Cassie des années plus tôt.

— Je lui disais de visiter Weaver si elle venait dans la région.

Mallory baissa les yeux.

— Le cachet de la poste était assez lisible, et Weaver est une petite ville. Il n'y avait que quelques Ryan dans le bottin, l'un était un vieil homme, et l'autre était un officier de marine. L'histoire de la marine ne collait pas, mais au moins l'âge correspondait.

Il avait bel et bien été dans la marine, marchant sur les traces de son père. S'il s'était contenté de cela, de nombreuses vies auraient été différentes, mais il avait eu la prétention de croire qu'il pouvait être plus utile en travaillant pour Cole Black.

— Grand-mère n'approuvait pas vraiment mes démarches.

— Pourtant tu as continué quand même. Pourquoi ?

— Je te l'ai déjà dit, je considérais que Chloe avait le droit de connaître son père.

Elle se mordillait la lèvre inférieure, attirant imprudemment son attention sur sa bouche.

— Même si son père n'est pas le genre de personne que tu voudrais qu'il soit ?

Elle fronça les sourcils, l'air préoccupé.

— Je savais que tu étais un homme bien, Cassie me l'avait dit.

Il avait rencontré Cassie avant d'essayer de faire tomber Krager, elle n'avait jamais connu l'homme qu'il était devenu. Sinon, elle aurait veillé à ce qu'il n'approche jamais de sa… de leur fille.

La voix douce de Mallory l'arracha à ses pensées.

— Quand j'ai enfin essayé de te contacter, je suis tombée sur tes parents. Je ne savais pas quoi dire, alors j'ai prétendu être une vieille amie qui voulait avoir de tes nouvelles.

Elle leva enfin les yeux vers lui.

— Ta mère a été très gentille au téléphone, mais elle m'a dit que tu étais mort. Elle m'a dit que cela avait à voir avec l'armée, et je me suis à nouveau demandé si tu étais bien l'homme que Cassie avait connu.

Ryan ignora son expression déconcertée.

— Est-ce pour cette raison que tu ne lui as pas parlé de Chloe ?

— En partie. Je me suis dit que tu étais peut-être entré dans l'armée après avoir travaillé avec Cassie, de toute façon je ne pouvais que faire des hypothèses en ce qui concernait Cassie et toi. Cela ne me semblait pas bien de dire à ta mère que Chloe était peut-être sa petite-fille alors que tant de questions restaient sans réponses. Et si je m'étais trompée ? Et si elle perdait à nouveau quelqu'un ? Ça a peut-être l'air d'une piètre excuse maintenant, je ne sais pas… J'avais seulement peur que Chloe grandisse comme Cassie et moi.

— C'est-à-dire ?

— Sans jamais vraiment savoir qui nous étions et d'où nous venions.

— Tu sais très bien qui tu es. L'homme qui a laissé ta mère élever seule ses deux filles est sans importance. Regarde tout ce que tu as accompli.

Elle rougit légèrement et, alors qu'il l'avait souvent décontenancée, ce fut à son tour de se sentir troublé.

— Enfin bref, dit-elle, apparemment pressée de changer de sujet, je ne m'attendais pas à rencontrer ta mère en personne, mais, en septembre, elle a assisté à New York à un colloque médical auquel je participais, et elle est venue se présenter. Je me rappelais son nom mais j'étais très surprise qu'elle se souvienne du mien et du coup de téléphone que je lui avais passé quelques années plus tôt.

— Quel était le sujet de ta conférence ?

Elle secoua légèrement la tête.

— Je… C'était sur la grossesse après trente-cinq ans. Pourquoi ?

— Par curiosité, c'est tout.

A en juger par son regard, elle essayait de le comprendre mais n'y parvenait pas.

— Ce qui m'a stupéfiée encore plus, reprit-elle, c'est qu'elle m'a fait savoir que tu étais vivant. Elle était rayonnante. Je ne savais pas quoi dire, mais cela n'a pas eu d'importance, car grand-mère est arrivée avec Chloe… Elles me retrouvaient en ville pour aller au théâtre après le colloque… Il a suffi que ta mère la voie pour tout comprendre. Elle a sorti une photo de toi quand tu étais bébé de son portefeuille et me l'a montrée. La ressemblance était flagrante !

Il s'assit, s'efforçant de comparer sa mère, qu'il connaissait si bien, avec la femme qui ne lui avait pas dit un mot de tout cela.

— C'est elle qui t'a persuadée de venir à Weaver.

— Elle m'y a… encouragée. Dan Yarnell voulait prendre un congé sabbatique mais il n'y avait personne pour le remplacer, et elle m'a soufflé l'idée.

— Que t'a-t-elle dit d'autre ?

Elle hésita.

— Elle m'a dit qu'elle pensait que tu avais autant besoin de savoir la vérité que Chloe, en particulier en ce moment.

— Et pourquoi ça ?

Elle parut embarrassée.

— Nous ne sommes pas entrées dans les détails, Ryan. C'était déjà un miracle que tu sois vivant.

Il ouvrit les mains.

— Pourquoi ne m'as-tu pas raconté tout cela dès que tu es arrivée à Weaver ? Pourquoi avoir attendu tout ce temps ?

Elle ne répondit pas tout de suite.

— Parce que j'essayais de m'adapter à mon nouveau poste, j'attendais que Chloe soit à l'aise dans sa nouvelle école… De toute façon, quelle que soit ta réaction, j'étais obligée de rester jusqu'au retour du Dr Yarnell en mars.

Et surtout parce que… parce que j'avais peur, dit-elle d'un air contrit.

Il la regarda. Elle avait de bonnes raisons d'avoir peur, mais elle ne pouvait absolument pas connaître ces raisons. Personne ne les connaissait, ni son père, ni son cousin Axel, qu'il avait un jour considéré comme son meilleur ami, ni sa mère qui, bien intentionnée ou pas, avait un côté manipulateur qu'il n'aurait jamais soupçonné.

— Peur de quoi ? demanda-t-il.

— D'abord, de faire du mal à quelqu'un.

Elle tira la chaise en face de lui et s'assit. Il éprouva une forte envie de s'enfuir… La seule chose qui l'incita à rester était la gravité dans le regard de Mallory. Heureusement, elle n'avait pas conscience du cours de ses pensées.

— J'ai beaucoup de respect pour ta mère, Ryan. C'est un excellent médecin, elle est visiblement dévouée à sa famille, et… je l'aime bien. J'aime toutes les personnes de ta famille que j'ai rencontrées.

— Parfois, j'ai l'impression que tous les habitants de cette ville sont de ma famille, dit-il d'un ton bourru.

C'était un mal autant qu'un bien, et c'était probablement à cause de cela que tous ses cousins, à un moment ou à un autre, étaient partis. Comme lui, ils avaient tous fini par revenir.

Elle redevint sérieuse.

— Comment aurais-je pu débarquer ici et bouleverser la vie de ta famille sans réfléchir, sous prétexte que Chloe a le droit de savoir qui est son père ? Sans savoir ce que cela te ferait, surtout ?

— Tu es une mère, tu fais passer la protection de ton enfant avant tout le reste, dit-il d'un ton égal.

— Je fais passer le bien-être de Chloe avant tout, répliqua Mallory avec fougue. Je ne suis pas naïve, Ryan, je sais qu'il y a des gens qui ne devraient pas avoir d'enfants, encore moins les élever, mais les Clay n'en font pas partie. Crois-tu que j'aurais abandonné une carrière très prenante, changé Chloe d'école, et arraché Kathleen et elle à leurs amis sans m'être renseignée sur ta famille ? Ne me prends pas pour une idiote, quand même !

Il se leva.

Elle avait raison. Les Clay étaient des gens bien, des femmes déterminées et aimantes, des hommes courageux et respectables. Ils étaient tous héroïques, d'une façon ou d'une autre.

C'était lui qui ne s'était pas montré à la hauteur, lui qui avait échoué. C'était un Clay, mais il ne méritait pas ce nom. Il l'avait peut-être mérité un jour, mais ce n'était plus le cas. Il n'était pas le fils dont ses parents auraient pu être fiers.

Cependant, ils avaient une petite-fille, maintenant. Il pouvait leur apporter cela, grâce à Cassie qui avait voulu cette enfant en dépit des risques, et grâce à Mallory qui avait fait preuve de ténacité.

Qu'est-ce qui animait les femmes Keegan ?

Il frotta son front douloureux.

Il savait en tout cas ce qu'il y avait chez Mallory, qui le bouleversait tant.

— Qu'ont fait mes parents quand tu es arrivée à Weaver ?

Elle écarta les mains dans un geste d'incompréhension.

— Ce qu'ils ont fait ? Eh bien, rien. Ta mère avait déjà fait beaucoup en s'arrangeant pour que je remplace le Dr Yarnell.

— Ils ne sont pas venus voir Chloe ? Ils ne vous ont pas invitées ?

Elle fit non de la tête.

— Je crois que ta mère avait l'impression qu'elle ne devait rien faire de plus tant que tu n'étais pas au courant.

Il était plus vraisemblable que sa mère ait eu peur qu'il disparaisse à nouveau.

D'ailleurs, il en avait eu envie. Pas seulement quand il avait rencontré Chloe au restaurant et qu'elle lui avait donné un dollar, mais avant, et depuis, aussi.

— Eh bien voilà, maintenant, je sais, dit-il calmement.

— Oui, dit-elle en se levant. Alors… Que veux-tu faire ?

Les pans de sa veste s'écartèrent et il aperçut de la dentelle sous son chemisier ivoire presque transparent.

Il prit son blouson sur le dossier de la chaise. Oui, il fuyait… S'il ne s'en allait pas tout de suite, il risquait de prendre Mallory dans ses bras, de glisser ses mains sous cette veste, ce chemisier, cette dentelle… Il n'était pas sûr de pouvoir s'arrêter une fois qu'il aurait commencé.

Il n'avait jamais ressenti cela, il n'avait jamais connu de femme capable de lui faire perdre son sang-froid.

Elle le regardait, les sourcils légèrement froncés.

— Ryan ?

— J'organiserai un repas avec mes parents, dit-il d'un ton brusque. Comme ça, vous commencerez à faire connaissance.

Mallory entrouvrit les lèvres. Elle posa une main sur sa poitrine, ce qui eut pour effet de tendre encore davantage son chemisier sur ses seins.

— D'accord, dit-elle dans un souffle.

Il ouvrit la porte de la cuisine. Dehors, la neige tombait maintenant à gros flocons.

Il se tourna à nouveau vers elle. Elle n'avait pas bougé et le dévisageait toujours.

— Je n'étais pas amoureux de Cassie, dit-il.

Il le regretta aussitôt, lorsqu'elle écarquilla les yeux et qu'elle fit un pas vers lui, probablement comme malgré elle, car elle s'arrêta net.

— Oh… Très bien.

Il n'y avait rien de « bien », ils le savaient l'un comme l'autre.

Il sortit sous les rafales de neige, et referma la porte derrière lui.

- 10 -

La main de Mallory hésita au-dessus du téléphone.

Aurait-elle dû appeler Ryan ?

On était mercredi après-midi, et elle n'avait pas eu de nouvelles de lui depuis lundi soir. Bien sûr, il n'avait pas donné de date précise pour la rencontre qu'il projetait d'organiser avec ses parents mais, pour une raison ou pour une autre, elle s'était attendue à avoir des nouvelles de lui plus rapidement.

Pour une raison ou pour une autre ?

Bien sûr ! Elle revoyait son expression lorsqu'il était parti, l'autre soir, la lueur qui brillait dans ses yeux quand il l'avait regardée, une lueur qui n'avait plus rien de triste.

« Je n'étais pas amoureux de Cassie », murmurait encore sa voix grave dans sa tête.

Elle éloigna sa main du téléphone sans y toucher. En colère contre elle-même, elle reporta son attention sur le dossier médical qu'elle avait sous les yeux, écrivit quelque chose, le referma et l'emporta à la réception.

— Dee Crowder était bien la dernière patiente de la journée ? demanda-t-elle à Nina en posant le dossier sur son bureau rigoureusement organisé.

Nina ne quitta pas son ordinateur des yeux.

— Vous avez un autre rendez-vous sur votre agenda ?

— Euh… non.

Elle se força à sourire. Mis à part le fait qu'elle avait dû décaler ses rendez-vous le jour où Chloe s'était cassé le bras, Nina n'avait pas de raison de la détester à ce point.

— Vous pouvez partir plus tôt aujourd'hui, si vous voulez, proposa Mallory.

Ce n'était que le milieu de l'après-midi. Tout le monde était généralement content d'avoir quelques heures de libres, surtout à cette période de l'année, pour préparer Noël, mais Nina lui jeta un regard glacial.

— Le cabinet du Dr Yarnell est ouvert jusqu'à 16 heures tous les jours de la semaine.

Elle avait l'impression de se faire réprimander.

— Eh bien… Si vous changez d'avis, n'hésitez pas à y aller.

Elle abandonna la discussion et retourna dans son bureau. L'agencement de la clinique du Dr Yarnell était simple : il y avait quatre salles d'examen, deux de chaque côté du couloir, au bout duquel se trouvait son bureau. A la réception Nina-le-dragon montait la garde.

Avec le sentiment coupable de n'être pas très charitable, Mallory ferma la porte et s'assit à son bureau. Elle travaillait là depuis des semaines, mais ne se sentait toujours pas chez elle.

Ignorant le téléphone, elle prit l'une des photos de Chloe posées sur le bureau devant elle. Tout ce qu'elle avait fait dernièrement avait été pour sa fille. Sans Chloe, elle serait toujours à New York, où elle aurait un flot ininterrompu de patients, et certainement pas de temps libre.

Elle regarda par la fenêtre. De l'autre côté de la route, il y avait une maison, entre un garage et un magasin d'antiquités qu'elle n'avait jamais vu ouvert. Dans le jardin de la maison, il y avait un bonhomme de neige, un peu plus petit que celui que Chloe et Ryan avaient fait.

Ses pensées se tournèrent à nouveau vers l'énigmatique Ryan Clay. Elle reposa la photo de Chloe et se prit le visage dans les mains.

Pourquoi n'avait-il pas encore appelé ? Avait-il changé d'avis ?

Après tout, ce n'était peut-être pas une si bonne chose que cela qu'elle ait le temps de laisser ses pensées vagabonder. Elle soupira et se leva à nouveau, prit son manteau et son sac à main, et retourna à la réception.

— Je m'en vais.

Comme on pouvait s'y attendre, Nina lui adressa un regard désapprobateur.

— C'est vous le médecin.

— C'est ce qu'indiquent tous les diplômes accrochés au mur de mon bureau. Bipez-moi si vous avez besoin de moi.

Elle sortit sans laisser à Nina le temps de répondre.

Heureusement, Mallory ne travaillait pas pour elle… C'était avec le patron de Nina, le Dr Yarnell, qu'elle avait un accord. Il était parti quelque part en Asie et ne reviendrait pas avant encore plusieurs mois.

Dehors, elle enfila rapidement son manteau et monta dans sa voiture. Comme elle était déjà passée à l'hôpital, elle se dirigea vers les boutiques de Main Street. Les infirmières de l'hôpital lui avaient conseillé un magasin en particulier, Classic Charms, si elle voulait trouver des cadeaux originaux pour Noël, et elle n'avait rien pour Kathleen pour l'instant. Elle irait là d'abord et passerait ensuite au centre commercial acheter le nécessaire pour le goûter d'anniversaire de Chloe.

C'est là, alors qu'elle faisait la queue à la caisse, un

panier plein de babioles à offrir aux invitées de Chloe sous le bras, qu'elle sentit une petite tape sur son épaule. Elle se retourna et se retrouva face à face avec Ryan. Il avait un sac de vingt kilos de croquettes pour chien à la main. Elle se rendit compte qu'elle le regardait fixement comme une écolière enamourée.

— Que fais-tu là ?

— C'est moins cher ici, répondit-il en tapotant le sac de croquettes.

— Je ne savais pas que tu avais un chien.

Il n'en avait pas parlé quand Chloe lui avait dit qu'elle voulait un chiot.

— Je n'en ai pas, dit-il sans plus de détails. J'ai essayé de t'appeler il y a à peu près une heure, la réceptionniste m'a dit que tu avais déguerpi.

Elle soupira.

— Elle a employé ce mot-là ?

Elle vit que oui à son expression.

— Elle est sûrement ravie de pouvoir dire la même chose à tous les patients qui appellent, murmura-t-elle.

Le client devant elle avait terminé et elle avança pour poser ses articles sur le tapis roulant.

— Je n'avais plus aucun rendez-vous et je lui ai dit de me biper si elle avait besoin de moi.

— Tu n'as pas à te justifier auprès de moi, c'est toi le médecin.

Elle sourit en repensant que Nina lui avait dit la même chose.

— Alors, pourquoi m'appelais-tu ?

— Tu es libre pour venir dîner chez mes parents ce soir ?

Son cœur fit un bond dans sa poitrine.

— Oui, dit-elle. Je dirai à ma grand-mère que Chloe et moi ne serons pas là.

— Dis-lui de venir aussi.

— Je suis sûre qu'elle sera ravie.

Elle tendit de l'argent au caissier et s'écarta avec ses deux sacs en plastique pendant que Ryan payait.

— A quelle heure, demanda-t-elle alors qu'ils sortaient sur le parking, et où ?

— Chez mes parents. Je passerai vous prendre vers 18 heures.

Elle lui jeta un coup d'œil. Au-dessus de leurs têtes, le ciel était d'un bleu métallique, sans nuages. La brise jouait avec les cheveux noirs qui tombaient sur le front de Ryan, et le soleil faisait miroiter ses mèches argentées.

— Tu es sûr que tu es prêt pour ça ?

Il n'avait pas l'air prêt du tout.

— Non, mais ce n'est pas une raison pour en repousser indéfiniment la date.

Elle n'avait rien à répondre à cela. L'impression qu'elle avait de faire le bon choix s'émoussait de plus en plus. Ils arrivèrent à sa voiture et elle mit ses achats dans le coffre, avec le pull irlandais qu'elle avait acheté à Classic Charms pour Kathleen et la *piñata* pour la fête de Chloe.

— Il y a de l'anniversaire dans l'air, dit Ryan.

— Oui, Chloe fait un goûter avec ses petites copines, samedi prochain.

— Tu en as de la chance, dit-il d'un ton pince-sans-rire.

— Tu peux venir, si tu veux, dit-elle en refermant le coffre sans trop savoir si c'était une bonne idée. J'aurais dû t'en parler plus tôt.

— Plein de petites filles de sept ans ? dit-il, l'air inquiet.

— Cela ferait très plaisir à Chloe.

— Tu me prends par les sentiments.

Ce n'était pas son intention.

— A vrai dire, Chloe sera probablement bien occupée avec ses copines, je voulais juste que tu saches que tu étais le bienvenu.

Il posa le sac de croquettes par terre contre sa jambe. Elle se surprit à contempler ses cuisses puissantes moulées dans son jean et se hâta de détourner les yeux, mais le regard de Ryan n'était pas moins troublant.

— Ta fille va se retrouver entourée d'une nombreuse famille surgie de nulle part quand les gens apprendront la vérité. Comment va-t-elle le prendre ?

— C'est aussi ta fille, dit-elle, la gorge serrée.

Il jeta un coup d'œil autour de lui.

— Très bien. Quand notre fille se retrouvera avec une famille de plus d'une vingtaine de personnes, comment réagira-t-elle ?

C'était la première fois qu'il avait dit clairement que Chloe était sa fille. Cela aurait dû la frapper, mais ce fut la familiarité de ces mots, « notre fille », qui la marqua. Elle aurait voulu pouvoir dire que c'était par rapport à Chloe qu'elle était émue, mais elle devait bien s'avouer que c'était le « notre » qui l'avait bouleversée. Elle serra ses clefs de voiture dans sa main.

— Elle va très bien le prendre, dit-elle, c'est une enfant qui a de grandes facultés d'adaptation, elle est très gentille et affectueuse. Il n'y a aucune raison de s'inquiéter. C'est toi qui as des… problèmes.

— Et je suppose que tu as un diagnostic ?

Sa voix était grave et douce et elle se rendit compte que sa silhouette imposante l'empêchait d'ouvrir sa portière. Elle se sentit étrangement… excitée. C'était ridicule ! Ils étaient sur le parking d'un centre commercial, l'endroit était mal choisi.

— Peut-être que je pourrais en formuler un si je comprenais quels étaient tes problèmes, dit-elle en essayant, sans succès, d'avoir un ton sec. Tu sais tout sur nous, mais nous, nous ne savons presque rien de toi.

— « Tout » ? dit-il en secouant la tête. Pas du tout.

Il lui prit la main et lui retira ses clefs en voyant les marques que celles-ci avaient laissées. Elle sentait la chaleur de son souffle contre sa paume… Elle savait qu'elle aurait dû retirer sa main, replier ses doigts, faire n'importe quoi plutôt que de rester plantée là à attendre quelque chose.

Elle était médecin, bon sang ! Elle savait comment fonctionnait l'attirance sexuelle, et pourtant elle ne parvenait pas à s'expliquer ce désir insensé. Elle retint un gémissement lorsqu'il fit glisser sa main sur sa mâchoire. Le contact de sa barbe naissante était presque aussi enivrant que celui de ses lèvres… Il lui faisait perdre la tête.

— Ryan, murmura-t-elle d'une voix rauque. Je croyais… que tu ne voulais pas de… ça.

Il ne lui lâcha pas la main, et elle sentit sa mâchoire se contracter.

— Effectivement, c'est toujours le cas.

Cette réponse cinglante opéra ce que sa volonté aurait dû faire : le charme était rompu. Etrangement étourdie, elle retira sa main et Ryan ouvrit la portière avant de lui rendre les clefs.

— On se voit à 18 heures.

Elle rougit, ayant complètement oublié leurs projets de dîner, hocha la tête sans le regarder, monta dans sa voiture et s'en alla.

*
* *

— C'était délicieux, Rebecca, dit Mallory quelques heures plus tard.

Elle posa les assiettes vides sur le plan de travail à côté de l'évier.

— Je ne sais pas comment vous faites, personnellement, j'ai à peine l'énergie de faire réchauffer des restes au micro-ondes quand la journée est finie.

— Il n'y a rien de plus facile à faire qu'un rôti, dit Rebecca d'un ton enjoué. Je ne peux pas te dire à quel point nous avons apprécié cette soirée, Sawyer et moi.

Elle regarda par la fenêtre au-dessus de l'évier. Il faisait nuit dehors, mais les lumières du porche éclairaient les deux hommes et la fillette entre eux. Beowulf, le chien très laid aux oreilles tombantes, allait chercher le bâton que lui lançait le père de Ryan. Il bondissait dans la neige qui lui arrivait au poitrail, récupérait le morceau de bois, et revenait en courant vers Chloe, qui le serrait dans ses bras en riant. Le chien lui donnait un coup de langue et repartait. Au moins, Mallory savait maintenant à quel chien étaient destinées les croquettes que Ryan avait achetées.

La soirée avait été parfaite en ce qui concernait Chloe et les parents de Ryan. Ils avaient paru sincèrement déçus que Kathleen ait eu autre chose de prévu, mais elle avait rendez-vous avec son groupe de patchwork. Mallory ne savait même pas qu'elle en faisait. Cependant, leur déception avait vite été compensée par leur joie profonde de voir Chloe.

Chloe, quand elle avait appris leurs projets pour la soirée, lui avait redemandé si Ryan était son petit ami. Elle avait nié avec autant de véhémence que la première fois, mais elle craignait que sa fille ne l'ait pas crue du tout. Elle n'avait néanmoins pas eu le temps de s'en soucier, car Ryan était arrivé à ce moment-là. Chloe s'était assise entre eux dans le pick-up et les avait regardés tour à tour, rayonnante, comme une bonne fée bienveillante.

Ryan, en revanche, n'avait pas eu l'air dans son assiette de toute la soirée. Il avait beau être dehors avec son père et sa fille, ses mains étaient enfoncées dans ses poches et il avait le même air distant depuis qu'ils étaient arrivés chez ses parents. Même Chloe l'avait remarqué, elle lui avait jeté des coups d'œil inquiets tout au long du repas. Quand l'inquiétude avait laissé la place à de la tristesse dans les yeux de sa fille, Mallory avait eu envie de le taper. Heureusement, Sawyer avait proposé à Chloe de sortir le chien, et son visage s'était de nouveau éclairé.

— Ryan n'a pas l'air très content, dit-elle à Rebecca d'un air désolé.

Rebecca soupira. Elle finit de remplir le lave-vaisselle, se lava les mains et les essuya sur son tablier.

— Ce n'est pas à cause de Chloe.

— Comment pouvez-vous en être aussi sûre ?

Ce n'était pas très délicat de sa part de lui demander cela, Ryan était son fils, après tout.

— Parce que je l'ai vu avec Chloe et toi à l'hôpital. Ce n'est pas Chloe, le problème. Ryan n'a pas été aussi bien depuis des mois. Ce qui le perturbe, c'est d'être dans la maison de son enfance et de se retrouver en famille.

Sa voix était calme et posée, mais Mallory perçut le léger tremblement de sa main alors qu'elle découpait des parts de tarte aux noix de pécan sur le plan de travail.

— Je le sais, reprit-elle, mais je ne sais pas pourquoi. Je sais seulement que ça a un rapport avec le travail qui l'a retenu loin de nous si longtemps.

Elle disposa les parts de tarte sur des assiettes à dessert.

— En quoi consistait ce travail ?

Elle avait un peu l'impression de demander des informations sur Ryan dans son dos alors qu'elle aurait dû lui demander à lui, mais elle avait vraiment besoin de savoir à qui elle avait affaire.

Rebecca soupira.

— Si seulement je le savais… Mon fils est parti il y a presque cinq ans, et il n'est plus le même homme depuis qu'il est revenu, il y a neuf mois. Mais quoi qu'il ait pu se passer entre-temps, il est toujours mon fils.

Son sourire était calme, mais ses yeux brillaient.

— Il est vivant, il est ici, et maintenant sa fille fait partie de nos vies. Après le retour de Ryan, c'est le plus beau cadeau de Noël que nous puissions avoir.

— Je suis désolée de ne pas encore être prête à le dire à Chloe…

Rebecca sourit faiblement.

— Tu lui diras quand tu le seras, Mallory, je te l'ai déjà dit. Ne t'inquiète pas pour ça, je t'en prie. Nous aimons Chloe de toute façon, et quand tu lui diras que nous sommes aussi sa famille, eh bien, ce sera parfait. Tiens, dit-elle en lui tendant deux assiettes, emporte ça dans le salon si tu veux bien, je vais aller leur dire de rentrer. Tu crois que Chloe voudrait de la glace plutôt que de la tarte ? Ou avec sa tarte ?

Mallory soupira.

— Je crois que tout lui ira après avoir joué avec Beowulf !

Un feu brûlait dans la cheminée du spacieux salon. Elle posa les assiettes sur la table basse devant un immense canapé de cuir en L, puis elle alla contempler le sapin de

Noel à côté de la fenêtre. Il était orné d'une multitude de décorations, dont un grand nombre était fait maison, comme chez elle. Elle sourit en voyant les photos d'enfants collées au milieu d'étoiles pailletées : certains projets de travaux manuels ne changeaient pas, quelle que soit l'époque. Elle alla regarder les photos posées sur la cheminée parmi lesquelles serpentait une guirlande de pommes de pin. Elle en respira le parfum piquant en balayant les photos des yeux. Il y en avait une de Sawyer et Rebecca, beaucoup plus jeunes, bras dessus, bras dessous, qui se regardaient d'un air enamouré ; sur une autre, Ryan, jeune et souriant, portait une tenue de foot et avait un trophée dans une main et un ballon dans l'autre ; un autre cliché montrait Courtney, superbe dans une robe de soirée. Il y avait aussi des photos d'eux quatre ensemble. Elle en prit une qui était presque cachée derrière les autres. Celle-ci était plus récente, Sawyer et Rebecca étaient presque comme maintenant, même si ses cheveux à lui n'étaient pas encore tout gris. Courtney n'était plus une lycéenne, et Ryan était déjà un homme, en tenue de marin.

Le cœur serré, elle passa le pouce au-dessus de son beau visage, sans toucher le verre de peur de laisser une trace.

— Qui es-tu ? murmura-t-elle.

— Tu aurais peut-être dû te poser cette question avant d'amener Chloe à Weaver, dit Ryan derrière elle.

Elle fit brusquement demi-tour, la photo serrée contre sa poitrine.

— Je croyais que tu étais dehors. Où est Chloe ?

— Ma mère lui montre où dort Beowulf.

Elle s'empressa de remettre la photo à sa place sur la cheminée.

— Et ton père ?

— Il est dehors, il fume une cigarette en cachette.

Il prit la photo qu'elle venait juste de reposer.

— Ma mère n'aime pas cela, ajouta-t-il d'un air absent.

Elle savait que Ryan fumait de temps en temps mais il ne l'avait jamais fait devant elle ou Chloe. Pourtant, il n'avait pas choisi de rester avec son père pour partager ce moment.

— Je n'aime pas cela non plus, dit-elle. Ça diminue l'espérance de vie.

— Parfois, c'est le but, dit-il avec un sourire.

Elle fronça les sourcils et s'apprêtait à faire un commentaire, mais il continua :

— Ma sœur a été élue reine du lycée quatre ans de suite. Elle reste l'une des plus jolies filles que j'aie jamais vues.

— Tu n'avais pas l'air d'avoir envie de lui parler le jour où nous étions à l'hôpital avec Chloe.

Son expression distante devint encore plus dure, encore plus froide, mais cela ne l'arrêta pas.

— A ce que je vois, tu n'as envie de parler à aucun membre de ta famille.

Il reposa la photo sur la cheminée.

— Ne cherche pas à comprendre.

— Je ne peux pas m'en empêcher.

— Pourquoi ? Je parle à Chloe, ce n'est pas ce que tu voulais ?

— Si, bien sûr, mais…

— Ce qui se passe entre ma famille et moi n'affectera pas ce que je ressens pour Chloe.

— Je le sais.

Il le lui avait déjà prouvé.

— Alors pourquoi cela t'importe-t-il ?

— Parce que toi tu es important pour moi !

Le silence les enveloppa. Le feu crépitait doucement. On entendait la voix de Chloe au loin et celle de Rebecca, le bruit d'une porte qui se refermait…

— Parce que toi, tu es important pour moi, Ryan, répéta-t-elle plus doucement, plus posément.

Son expression demeurait distante, mais son regard ne l'était pas.

— A cause de Chloe.

— A cause de…

« Moi… »

— … nous toutes, dit-elle enfin, lâchement.

Il soupira bruyamment.

— Chloe ne me connaissait pas avant. Ma famille, si.

Avant son départ. Elle eut soudain l'impression qu'elle était au milieu d'un océan couvert d'une couche de glace très fine, très fragile, et qu'elle risquait de tout briser si elle tendait le bras pour l'atteindre, comme elle en mourait d'envie.

— Que s'est-il passé pendant les années où tu étais parti, Ryan ?

— Maman ! s'écria Chloe, rayonnante, en déboulant dans la pièce, s'arrêtant juste à côté d'elle. Rebecca dit que je peux venir jouer avec Beowulf quand je veux ! On reviendra, hein ?

Mallory hocha la tête et s'efforça de sourire.

— Oui, on reviendra.

Elle était ravie pour sa fille, mais il lui suffit de jeter un coup d'œil à Ryan pour étouffer l'espoir qu'elle avait eu avant que Chloe ne les interrompe : il était retombé dans son mutisme.

- 11 -

— Si c'est un goûter d'anniversaire, pourquoi mettons-nous des décorations de Noël au lieu d'accrocher des ballons ? demanda Ryan.

Mallory lui tendit un autre bibelot. Il était debout sur un tabouret pour atteindre les branches les plus hautes de l'arbre. On était samedi, le jour de l'anniversaire de Chloe, et peu de temps après, il y aurait huit petites filles, en comptant Chloe, qui courraient en tous sens comme de vraies petites terreurs, d'après les souvenirs qu'elle avait des goûters d'anniversaire de son enfance.

Pourtant, depuis maintenant trois jours, depuis le dîner chez les parents de Ryan, ce n'était pas l'anniversaire de sa fille qui la préoccupait mais Ryan lui-même, cet homme mystérieux. Elle n'était pas plus près de découvrir qui il était qu'elle ne l'avait été chez ses parents.

Il se retourna pour accrocher la décoration bleue en forme de poire au sapin, elle en prit distraitement une autre dans la boîte et la lui tendit.

— Nous devons finir de le décorer maintenant, Chloe s'attend à avoir un sapin tout décoré pour son anniversaire.

— Jusqu'à ses quatre ans, elle croyait même que cela faisait partie de son anniversaire, dit Kathleen.

Elle posa une assiette de cookies en forme de couronne recouverts d'un glaçage lilas sur la table basse et fit un pas en arrière, les mains sur les hanches, pour admirer le sapin.

— C'est le plus beau sapin que nous ayons jamais eu.

— Ensuite il faudra s'occuper des ballons, dit Mallory.

Elle détacha ses yeux des larges épaules de Ryan, soulignées par son pull-over anthracite, et regarda la pile de décorations dont ils devaient encore s'occuper avant l'arrivée des invitées de Chloe.

Comme on pouvait s'y attendre, Chloe avait fait ce qu'elle-même n'avait pas réussi à faire : Ryan n'avait pas pu lui dire non lorsqu'elle lui avait demandé de venir.

En ce moment même, elle était dans sa chambre et choisissait quelle tenue elle allait mettre. Elle venait de monter, à contrecœur, à la demande de Mallory, qui savait par expérience que ce genre de chose pouvait prendre du temps. Après tout, elle avait beau n'avoir que sept ans, c'était une fille, et elle avait au moins une dizaine de tenues violettes parmi lesquelles choisir.

Ryan lui tendait la main, attendant qu'elle lui donne une autre décoration. Elle fouilla à tâtons dans la boîte, prit la première chose qu'elle trouva sous ses doigts, et la lui donna. C'était un petit hochet jaune sur lequel était écrit « Le premier Noël de Chloe ». Cassie l'avait acheté quand elle était enceinte, même si elle ne devait pas accoucher avant le mois de janvier. Mallory sentit sa gorge se serrer, mais pour la première fois la douleur n'était pas aussi aiguë. Son cœur fondit lorsque Ryan regarda le hochet en silence avant de lui serrer tendrement la main et de le suspendre dans l'arbre. Troublée, elle lui tendit les deux derniers objets sans le regarder, et prit la boîte vide pour aller la porter dans la cuisine. Elle trouverait une place dans un placard plus tard pour la ranger.

— C'est tout ? dit Ryan. Et la flèche ?

— Nous n'en avons pas, dit Kathleen. Je m'en charge, ma chérie, occupe-toi du reste, ajouta-t-elle à son intention en lui prenant la boîte des mains et en indiquant d'un geste les décorations d'anniversaire.

— Merci, grand-mère.

Elle allait se concentrer sur Chloe et tenter d'oublier son père. Elle s'assit par terre et ouvrit deux sacs de ballons. Il y en avait douze violets et douze vert-jaune. Cette association de couleurs criardes était la préférée de Chloe. Elle prit un ballon et commença à le gonfler.

— Tu as quelque chose contre les flèches ?

Ryan poussa l'assiette de cookies, s'assit sur la table basse, prit un ballon et l'étira entre ses doigts. Elle fit non de la tête sans s'arrêter de souffler.

— Tes joues sont toutes rouges.

Maintenant, elle était encore plus embarrassée. Elle pinça l'ouverture du ballon entre ses doigts pour qu'il ne se dégonfle pas.

— Tu as débarqué ce matin en disant que tu voulais nous aider, alors souffle tes commentaires dans les ballons, suggéra-t-elle d'un ton ironique.

Il sourit.

— Je serais bien venu hier quand on lui a mis son plâtre, mais j'ai été retenu chez J.D.

Elle souffla une dernière fois et attacha l'extrémité du ballon avec un bout de bolduc. Quand ils seraient tous gonflés, elle les accrocherait au-dessus de la table, au centre de laquelle trônait le gâteau d'anniversaire d'un violet écœurant.

— Je ne me suis jamais attendue à ce que tu laisses tout tomber pour passer du temps avec Chloe.

A vrai dire, étant donné la façon dont il avait appris que Chloe était sa fille, elle était surprise et touchée par son empressement à passer autant de temps avec la petite. En revanche, elle aurait parié qu'il était ravi d'avoir un prétexte pour éviter de retourner à l'hôpital, où il risquait de tomber sur sa sœur ou sa mère.

— Il a fallu que j'aide Jake à ramener Latitude chez J.D.

Elle connaissait ces noms car J.D. Clay était venue la voir cette semaine-là pour faire une échographie, et elle lui avait longuement parlé de Jake et du cheval blessé qu'ils essayaient de sauver. Ryan, lui, ne parlait jamais de son travail.

« Il te parle en ce moment même », lui rappela une petite voix dans sa tête.

— Ça s'est bien passé ?

Elle ne connaissait rien aux chevaux.

— Aussi bien que possible.

— Tant mieux.

— Nous mettions toujours un ange en haut de notre sapin, dit-il en regardant le magnifique arbre de Noël comme si le sommet nu le contrariait, un angelot qui ressemblait à Courtney.

— Ça devait être un très bel angelot, alors, s'il ressemblait à ta sœur.

Tous les ballons furent bientôt gonflés, car Ryan allait deux fois plus vite qu'elle, et il les disposa à l'endroit qu'elle lui indiqua.

Quand Chloe redescendit, elle applaudit, ravie.

— C'est le plus beau sapin qu'on ait jamais eu ! Je

voudrais que tout le monde puisse en avoir un aussi beau.

C'était impossible de ne pas sourire devant son visage radieux, et Mallory se surprit à regarder Ryan pour voir sa réaction. Lui aussi souriait. Pas autant qu'elle, pas autant que Chloe, mais il souriait. Il se tourna alors vers elle, et le monde sembla s'effacer autour d'eux : il n'y avait dans son regard ni l'atroce vide qui lui brisait le cœur, ni la lueur qui la consumait de désir. Elle ne vit dans ses yeux que du bien-être, du plaisir pur et simple. Elle savait que cela pouvait être un écho de la joie qui irradiait de Chloe, mais elle pressentait confusément qu'il y avait autre chose. Elle sentit son propre sourire trembler sur ses lèvres.

— Bon, dit-elle en claquant dans ses mains, ne serait-ce que pour rompre le charme. Le sapin, c'est fait, les ballons et le gâteau, c'est fait. La petite fille qui fête son anniversaire…

Elle prit Chloe par la taille et lui embrassa le bout du nez.

— … c'est fait.

Elle la reposa.

— Tu grandis, ma chérie.

Elle se demanda si Chloe serait aussi grande que Courtney ou que Ryan. Elle lui ressemblait déjà tant… C'était incroyable que les gens n'aient pas deviné que c'était sa fille, simplement en les voyant ensemble.

— Tu seras sûrement plus grande que moi, un jour, dit-elle.

— Il ne faudra pas longtemps, dit Ryan d'un ton pince-sans-rire.

Chloe éclata de rire.

— Hé ! Tout ce qui est petit est gentil, se défendit Mallory.

Ryan la regarda intensément, des pieds à la tête.

— C'est incontestable.

— Maman, tu aimes ma tenue ?

La question lui permit de se ressaisir en reportant son regard sur sa fille.

— C'est très joli.

Chloe portait un tee-shirt lavande qui faisait ressortir ses yeux et un jean violet avec une ligne de paillettes sur le côté. Elle s'était même brossé les cheveux, retenus par un bandeau violet brillant.

— Je peux ouvrir mes cadeaux ?

Mallory secoua la tête.

— Les cadeaux après le gâteau, même ceux de mamie et moi.

— Mais…

— Peut-être un seul, suggéra Ryan, les surprenant toutes les deux. J'ai un cadeau pour elle, dit-il, un peu embarrassé. Elle pourrait peut-être avoir celui-là maintenant.

— Oh s'il te plaît, s'il te plaît, s'il te plaît ! s'écria Chloe en joignant les mains.

Mallory aurait pu résister au cinéma de sa fille, mais l'air vulnérable de Ryan était tellement inhabituel… Elle fut submergée par une vague de tendresse.

— D'accord.

Aussitôt, Chloe poussa un cri de joie.

— Seulement le cadeau de Ryan, hein, Chloe, et ensuite on aidera grand-mère à vérifier que tout est prêt pour tes invitées. C'est ça, être une bonne hôtesse !

Chloe hocha la tête, se balançant sur ses talons, sans quitter Ryan des yeux.

— Qu'est-ce que c'est ?

— Si je te le disais ce ne serait plus une surprise ! Attends ici, et ne regarde pas par la fenêtre. Ta maman va m'aider à l'apporter à l'intérieur.

— A apporter quoi à l'intérieur ? lui demanda-t-elle prudemment dès qu'ils eurent enfilé leurs manteaux et qu'ils furent sortis.

Elle regarda le pick-up de Ryan garé sur le trottoir, mais ne remarqua rien d'inhabituel.

— Je sais que tu ne vas pas être emballée..., commença-t-il d'un ton qui n'avait rien d'un ton d'excuse.

Elle sentit son ventre se nouer.

— ... mais de toute évidence elle meurt d'envie d'en avoir un.

Elle ferma les yeux un instant, espérant se tromper.

— Je t'en prie, dis-moi que tu ne lui as pas acheté un chiot.

Elle vit à son expression que c'était exactement ce qu'il avait fait.

— Il a dix semaines, il est déjà sevré et propre.

Elle était tiraillée entre la consternation et la colère.

— Parfait ! Comme ça, tu n'auras pas à craindre qu'il fasse pipi chez toi.

Et si la prévenance de Ryan ne durait pas ? S'il n'était pas fait pour être père, après tout ? Cela ne faisait qu'une semaine qu'il avait appris que Chloe était sa fille.

— Tu ne crois pas que tu aurais dû m'en parler, avant ?

— C'est justement chez moi qu'il restera.

Elle le regarda en clignant des yeux, perplexe.

— Toi, tu as une maison.

— Oui, Mallory, même un homme à tout faire négligé et au chômage comme moi a une maison.

Elle n'allait pas le laisser la culpabiliser, car ce n'était pas du tout ce qu'elle avait sous-entendu.

— Tu ne vis pas au Sleep Tite ?

Il sortit un trousseau de clefs de sa poche.

— Depuis ce matin, je vis là-bas.

Il se retourna et montra la maison de l'autre côté de la rue.

— Ne t'enflamme pas, ajouta-t-il, je ne l'ai pas achetée, je la loue.

Elle était sidérée.

— Tu as loué cette maison.

Elle semblait incapable de faire autre chose que de répéter ce qu'il disait. Elle regarda la maison en question. Elle était plus petite que la sienne, mais paraissait un peu plus récente. Elle ne s'était même pas rendu compte qu'elle était inhabitée, et encore moins qu'elle était à louer, ce qui en disait long sur ses qualités de voisine.

— Mais… pourquoi ?

— Parce qu'elle était libre et parce qu'elle est proche de chez vous.

Il poussa un profond soupir, faisant de la buée dans l'air froid.

— Dieu sait que ça se retournera sûrement contre moi, marmonna-t-il.

Elle n'était pas bête, alors pourquoi avait-elle tant de mal à comprendre tout ce qu'il disait ?

— Pourquoi ?

— Pourquoi m'installer en face de chez toi ? dit-il en descendant les marches du porche. J'aurais aussi bien fait de planter ma tente en plein milieu du feu de camp.

Son ton était loin d'être flatteur.

— Personne ne t'a demandé de le faire, répliqua-t-elle, blessée.

Il lui jeta un regard furtif.

— A quoi bon offrir un corniaud à Chloe si elle ne peut pas le voir quand elle en a envie ? Bon, est-ce que tu vas m'aider à le lui apporter avant que cet endroit ne fourmille de petites filles, oui ou non ?

Bien sûr, son installation inattendue en face de chez elle était due à Chloe. Malgré tout, elle était abasourdie. Elle le suivit quand même, mais il lui fallut presque courir tellement il allait vite.

— Tu te rends compte que tu vas devoir garder ce… ce chien même quand nous repartirons à New York ?

Il devait bien en avoir conscience.

— Mon remplacement n'a pas une durée indéterminée, je suis attendue. Nous nous mettrons d'accord pour que ton droit de visite soit équitable, bien sûr, mais je n'ai jamais eu l'intention d'avoir un chien.

Il s'arrêta au milieu de la rue étroite et fit demi-tour pour être face à elle.

— Equitable d'après qui ?

Elle le regarda fixement, stupéfaite.

— Qu'est-ce qui t'arrive ? Il y a à peine une semaine, tu partais en courant à l'idée que Chloe puisse être ta fille.

— Puisse être ma fille ? Pourtant tu en étais tellement sûre !

Elle fut prise d'une ridicule envie de pleurer, sentit des larmes lui brûler les yeux. Elle ne comprenait même pas pourquoi ils se fâchaient, ni comment ils étaient passés aussi facilement d'un moment d'agréable camaraderie à… ça.

— Mais j'en suis sûre, et toi aussi ! dit-elle en lui plantant le doigt sur la poitrine.

Il lui saisit la main et l'écarta. Il ne lui faisait pas mal, mais l'empêchait complètement de bouger.

— Si tu ne voulais pas que je fasse partie de sa vie, il ne fallait pas l'amener ici.

Il lui lâcha la main et tourna les talons, se dirigeant à nouveau vers la maison.

Elle le suivit, se demandant à quel moment elle avait perdu le contrôle de la situation, les pans de son manteau flottant au vent. Elle ne le rattrapa que lorsqu'il s'arrêta sur le seuil. Dès qu'il ouvrit la porte, un aboiement aigu se fit entendre à l'intérieur.

Elle n'avait jamais été du genre à crier, mais c'était pourtant exactement ce qu'elle avait envie de faire en cet instant précis. Elle aurait voulu donner un grand coup de poing dans quelque chose, dans le dos puissant de Ryan, par exemple.

Elle serra les poings et le suivit, refermant violemment la porte derrière elle.

— C'est ce que tu aurais voulu ? Ne jamais savoir que tu avais une fille ? Ne jamais laisser personne se glisser sous cette magnifique et précieuse carapace que tu t'es construite ?

Il s'arrêta net et se retourna si vite qu'elle en eut le souffle coupé. Il l'attrapa par la taille et la plaqua contre la porte. Elle poussa un petit cri.

— Qu'est-ce que tu fais ?

Il ne desserra pas son étreinte et s'approcha d'elle, impitoyable, se colla contre elle du torse aux hanches.

— Je te l'ai déjà dit, ce n'est pas Chloe qui me pose un problème.

Elle leva le menton, essayant désespérément d'ignorer son écrasante virilité, et sa propre réaction, bien trop féminine.

— D'accord, c'est moi, le problème, et c'est comme ça que tu règles la question, dit-elle en s'efforçant de prendre un ton plein de dédain, en me… brutalisant.

Il eut un rire sans joie et pressa encore davantage son torse contre ses seins.

— Parmi toutes les façons dont j'ai rêvé de te brutaliser, il y en avait très peu qui se faisaient à la verticale !

Elle rougit. Elle était furieuse, et il n'avait pas l'air très content non plus, mais il était excité et elle aussi, et ils le savaient tous les deux.

Le chiot continuait à japper, ses aboiements incessants se mêlant à la confusion totale qui semblait lui emplir la tête.

— Arrête de rêver de moi.

De toutes les choses qu'elle aurait pu, qu'elle aurait dû dire, c'était ça qui lui était venu à l'esprit ? Elle aurait voulu pouvoir disparaître.

— Crois-moi, dit-il, la mâchoire contractée, si je pouvais, je le ferais.

Cette humiliation était la cerise sur le gâteau.

Il jura tout bas.

— Je ne te demande pas de me plaindre.

— Ne t'en fais pas, il n'y a pas de risque.

Elle aurait voulu que son ton cinglant l'aide à sécher ses yeux humides, mais ce n'était pas le cas. Elle vit à nouveau sa mâchoire se serrer.

— Je ne peux pas être ce que tu veux, Mallory.

— Je n'attends rien de toi !

— Ce n'est pas vrai ! Tu veux un père pour Chloe.

Elle se sentit encore plus humiliée. En dépit de son amour pour Chloe, plus fort que tout, elle oubliait sans cesse que tout ce qui se passait entre Ryan et elle était lié à sa fille. De toute évidence, l'attirance qu'il éprouvait pour elle n'était qu'un désagrément fâcheux à ses yeux.

— Tu penses que tu ne peux pas être son père, alors tu lui offres un chiot qu'elle va devoir laisser ici dans quelques mois ?

— Je ne peux pas me contenter de n'avoir de père que le nom. D'ailleurs, voulais-tu vraiment trouver son père, Mallory ? Ou cherchais-tu seulement un visage et un nom pour remplir les pages vierges dans l'album de bébé qui est sur ton étagère dans ta chambre, pour pouvoir le ramener avec toi à New York et que tout marche comme sur des roulettes ?

Elle était mal à l'aise, choquée de constater à quel point ce qu'il disait était proche de la vérité.

— Tu as fouillé dans ma chambre ?

Il lui lança un regard courroucé, lourd de sous-entendus.

— C'est Chloe qui me l'a montré. Il m'est arrivé d'être chez toi le soir alors que tu n'y étais pas.

— J'ai des urgences à l'hôpital, dit-elle avec colère.

Il ne pouvait pas savoir combien elle se sentait déchirée chaque fois que son métier détournait son attention de sa fille, il ignorait qu'elle avait le sentiment de manquer à ses devoirs envers elle dans l'intérêt de sa carrière.

— Je suis médecin, et c'est ce qui me permet de faire vivre ma famille ! Bon sang, Ryan ! Tu es bien placé pour comprendre qu'il y a des exigences auxquelles on ne peut pas se soustraire, et je n'ai eu que deux urgences cette semaine !

— Combien en as-tu par semaine à New York ?

Elle entrouvrit les lèvres, mais aucun son ne sortit de sa bouche.

Enfin, elle déposa les armes, se laissa emporter par ses émotions. Ses épaules s'affaissèrent.

— Beaucoup trop, répondit-elle d'une voix rauque.

Il fit glisser ses mains sur ses hanches.

— Ryan…

Elle s'interrompit, ne sachant pas vraiment elle-même ce qu'elle voulait dire.

Elle sentit ses doigts se contracter.

— Alors ? On joue avec le feu…, murmura-t-il.

Puis, il pencha la tête vers elle et l'embrassa.

- 12 -

Ryan vit Mallory écarquiller les yeux au moment où il posait ses lèvres sur les siennes.

Si elle avait protesté, il aurait arrêté, mais il était presque sûr qu'elle n'en ferait rien, et il avait raison.

Elle avait un goût aussi dangereusement doux que la première fois qu'il l'avait embrassée, mais leur premier baiser avait été fugace, violent.

Cette fois-ci… Cette fois-ci, il prendrait son temps, pour découvrir la forme de ses lèvres sensuelles qui l'obsédaient depuis qu'il avait posé les yeux sur elle, pour goûter la douceur dont il n'avait eu qu'un bref aperçu.

Mallory se montrait tout à fait consentante. Elle inclina la tête en arrière, entrouvrit les lèvres, laissa sa langue jouer avec la sienne…

Il avait envie de la dévorer, de la savourer…

Il avait envie d'elle.

Il aurait pu prétendre que la férocité de ses appétits était due au fait qu'il n'avait pas fait l'amour depuis si longtemps, mais il n'avait pas pour habitude de se mentir à lui-même.

Seule Mallory était à l'origine de sa fougue, et elle seule pouvait l'apaiser.

Si lui faire l'amour ne serait-ce qu'une fois pouvait calmer ses ardeurs, il n'hésiterait pas une seconde, sans se soucier des conséquences de ses actes.

Il lui agrippa les hanches. Elle écarta légèrement les jambes, et il put s'approcher encore un peu plus de la chaleur de son corps.

Elle lui glissa les mains autour du cou, lui passa les doigts dans les cheveux, et poussa de petits gémissements à le rendre fou.

Il pressentait cependant que, pour la première fois de sa vie, une seule fois ne lui suffirait pas.

Loin de là.

Le peu qu'il connaissait maintenant de Mallory lui suffisait pour savoir qu'elle n'était pas du genre à avoir des aventures sans lendemain.

Il n'avait pas loin de quarante ans, il ne s'était jamais vraiment engagé auprès d'une femme, et ce n'était pas maintenant qu'il allait commencer, alors que la seule chose qu'il avait à offrir était une âme tourmentée et pleine de regrets.

Il n'allait surtout pas faire endurer cela à la femme qui élevait sa fille.

— Attends…, murmura-t-elle.

Elle détacha ses lèvres des siennes, appuya son front contre son épaule. Le parfum de ses cheveux, frais comme une brise d'été, l'enivrait… Il se rendit compte qu'une odeur de pamplemousse prédominait, et se demanda comment cette fragrance pouvait être appétissante au point qu'il ait envie d'enfouir son visage dans sa chevelure.

Elle était haletante.

— Attends… Je… Nous… Nous ne pouvons pas faire ça.

C'était bien ce dont il avait essayé de se persuader, alors pourquoi ne pensait-il qu'à l'embrasser à nouveau ? Il brûlait du désir de caresser la blancheur de son cou, de découvrir la chaleur de sa peau entre ses seins…

Il retira ses mains de ses hanches.

— Non, on ne peut pas, grommela-t-il d'un air farouchement déterminé.

Il recula d'un pas et se détourna, mais il vit qu'elle vacillait sur ses jambes, qu'elle s'appuyait à la porte.

— D'accord…

Même ce simple mot, prononcé d'une voix tremblante, attisait son désir, lui donnait envie de savoir si elle ferait des petits bruits lorsqu'il lui ferait l'amour, si elle gémirait doucement sous l'emprise du plaisir, si elle pousserait un cri quand ils jouiraient ensemble…

— La fête, ajouta-t-elle, toujours pantelante. Chloe nous attend.

Cette remarque aurait dû lui faire l'effet d'un seau d'eau glacée, mais ce n'était pas le cas.

Le chiot continuait à aboyer dans la cage où il l'avait mis le matin même, au milieu de la salle à manger vide.

Il évita de regarder Mallory pour ne pas avoir encore plus de mal à s'éloigner d'elle, et alla ouvrir la cage de métal.

Le petit chien bondit aussitôt dans ses bras, frémissant d'excitation, donnant des coups de langue sur tout ce qui se trouvait à sa portée.

Il mit la main sous le petit ventre rond du chiot et l'emmena dans le jardin de derrière. C'était un petit jardin mais, contrairement à celui de Mallory, il était clôturé. Il posa le chien par terre, au pied des marches du porche, et celui-ci se précipita aussitôt vers la clôture. Son petit corps aurait été presque invisible dans la neige sans ses taches marron.

Il regardait attentivement le chien, mais cela ne l'empêcha pas de sentir la présence de Mallory derrière lui, car tout son corps fut aussitôt sur le qui-vive.

Heureusement, elle ne le frôla même pas quand elle passa à côté de lui sous le porche pour regarder le chiot gambader dans la neige.

— Je suppose que je devrais m'estimer heureuse que Chloe ne t'ait pas dit qu'elle rêvait d'avoir un cheval.

Elle semblait être redevenue elle-même, avoir retrouvé son calme, mis à part le fait qu'elle était comme résignée.

Il posa la main sur la balustrade métallique du porche, pour s'empêcher d'essayer à nouveau de la toucher, car sa maîtrise de soi avait atteint ses limites.

— J'aurais eu moins de mal à me procurer un cheval que ce petit-là. Mon oncle a un haras et, autrefois, mon cousin et moi avions l'intention de nous lancer dans l'élevage de chevaux.

Mallory lui lança un regard inquiet.

— N'y pense même pas.

— Après tout, Noël est dans moins de deux semaines.

— Ryan…

— Détends-toi, je plaisante.

Si Chloe voulait faire du cheval, elle pourrait en faire facilement sans avoir besoin de posséder un cheval en propre.

Mallory se tourna à nouveau vers le chien.

— Tant mieux.

— De toute façon, cela n'a jamais vraiment dépassé le stade de la discussion, avec Axel.

Principalement à cause de son travail, lui qui était toujours en mission.

— Lui et Evan ont plutôt bien réussi, cela dit.

Il parlait pour ne rien dire, pour se changer les idées.

— Evan ?

— Evan Taggart, le vétérinaire. C'est un ami, il est marié à ma cousine Leandra.

D'un hochement de tête, il montra le petit chien qui était revenu sur les marches.

— C'est lui qui m'a trouvé le petit corniaud.

Elle prit le chien dans ses bras.

— Je ne suis peut-être pas vétérinaire, Ryan, mais je sais très bien que ce n'est pas un bâtard.

Elle caressa les petites oreilles du chien.

— Qu'est-ce que c'est, comme race ? Une sorte d'épagneul ?

— C'est un Cavalier King Charles.

— Même son nom a l'air cher ! Combien t'a-t-il coûté ?

— C'est un cadeau, on ne doit pas demander le prix d'un cadeau.

— En d'autres termes, il t'a coûté cher.

Elle paraissait perplexe.

— Chloe n'a pas besoin que tu lui offres des cadeaux coûteux, Ryan. Tout ce qu'elle souhaite, c'est passer du temps avec toi et cela ne changera pas, même quand elle saura que tu es son père.

— Tu penses que je tente de m'attirer son affection ?

— Quelle autre raison pourrait bien te pousser à dépenser de l'argent que tu n'as probablement pas ?

Il se retint de rire.

— Si tu savais comme tu te trompes, Mallory…

— Ce n'est pas la peine d'être susceptible, moi je n'aurais pas les moyens d'acheter un chien aussi cher.

— Ne t'en fais pas pour ma situation financière, je suis loin d'être dans le besoin.

Mallory frottait sa joue contre la petite tête toute

soyeuse du chiot, et il se demanda si elle s'en rendait seulement compte.

Il s'arracha à sa contemplation. Il fallait vraiment qu'ils aillent retrouver Chloe et Kathleen, qui faisait office de chaperon…

Il caressa le nez du chien.

— Evan l'a trouvé il y a deux jours. Il n'était pas sûr de pouvoir l'amener à Weaver pour aujourd'hui. Je t'en aurais parlé, Mallory, si j'en avais eu l'occasion.

Elle n'avait pas l'air convaincue, mais elle ne semblait plus furieuse contre lui.

Il savait que c'était probablement plus parce qu'elle avait dans les bras cet adorable petit chiot remuant que grâce à lui, mais sa fierté n'était pas mal placée et il s'en contenterait.

Il se rendit compte qu'il regardait fixement les doigts de Mallory alors qu'elle caressait lentement les oreilles duveteuses du petit chien, et il ouvrit la porte d'un coup sec en lui faisant signe d'entrer.

— Je lui ai acheté une laisse, mais j'ai pensé que c'était à Chloe de choisir le reste. Si elle ne trouve pas ce qu'elle veut en ville, nous pourrions peut-être aller à Braden ensemble demain, il y a une grande animalerie là-bas.

Il sortit une couverture violet vif de la cage.

— C'est une couverture de bébé, dit-il, embarrassé. Je l'ai achetée à la boutique de Tara, c'est la seule chose violette que j'aie trouvée. Le chiot l'aime bien…

Mallory se pétrifia à côté de la cage, le petit chien dans les bras. Les rayons de soleil qui filtraient à travers la fenêtre tombaient sur ses cheveux et les faisaient scintiller comme s'ils étaient parsemés de filaments d'or…

A peine se fut-il fait cette réflexion qu'il se dit qu'il

devait vraiment ressentir un grand manque pour avoir des pensées aussi poétiques.

— Tu tiens vraiment à elle, murmura-t-elle.

Il haussa les épaules, gêné.

— Qu'est-ce que tu croyais ?

Elle paraissait hésitante, vulnérable.

— Je ne sais pas, admit-elle après un silence. Pas… ça, c'est tout.

Il aurait bien voulu savoir ce qu'elle entendait par « ça ».

— Je ne sais pas comment tu te représentes le rôle de père, je fais juste ce que j'ai l'impression de devoir faire. Ce n'est pas comme si je m'attendais à découvrir que j'avais une fille ce mois-ci…

Il n'avait aucune expérience en tant que père, mais il en avait eu deux, et deux bons, qui lui avaient donné l'exemple. Il était probablement très loin de la perfection, mais il faisait tout son possible.

— Si ça ne te va pas…, commença-t-il.

— Non, l'interrompit-elle vivement. Non, non, c'est bien, c'est parfait !

Elle soupira.

— Je gâche tout, je le sais. Je suis désolée.

Elle frotta à nouveau sa joue sur la tête du chiot, qui ferma les yeux de plaisir.

— Tiens, dit-elle en enveloppant le chien dans la couverture et en le lui mettant dans les bras. C'est à toi de le montrer à Chloe, c'est ton cadeau.

Il la regarda, cherchant l'entourloupe, mais ne vit rien. Elle avait seulement une drôle d'expression, qu'il ne parvenait pas à interpréter.

— Tu n'es plus fâchée ?

Elle eut un sourire ironique.

— Elle va être folle de joie grâce à toi, ce serait vraiment stupide de ma part de ne pas m'en apercevoir, même si nous n'avons pas encore mis au point tous les détails de sa garde.

— Dans la vie, les détails ne sont pas toujours réglés à l'avance.

— Je croirais entendre grand-mère !

— J'ai simplement appris que nous ne pouvons contrôler que très peu de choses.

Elle resserra la ceinture de son manteau autour de sa taille fine.

— Raison de plus pour contrôler ce que nous pouvons contrôler.

Elle se dirigea vers l'entrée, regardant autour d'elle dans la pièce vide.

— Tu n'as même pas de chaise pour t'asseoir.

— Et alors ? Je n'ai eu les clefs que ce matin, avant d'aller chercher le chien, et je n'aurai pas de mal à me procurer des meubles.

Elle avait l'air incrédule.

— A Weaver ?

Il esquissa un sourire.

— Même dans cette bonne vieille ville de Weaver. Ma chérie, j'ai de la famille partout dans le coin, et il y a toujours des meubles dont personne ne se sert dans la cave ou le grenier de quelqu'un. Il n'y a qu'une seule chose que je veux acheter.

— Quoi donc ?

Il s'approcha pour ouvrir la porte et se retrouva à nouveau assez près d'elle pour sentir le parfum délicat de ses cheveux.

— Mon lit, répondit-il.

Etant donné qu'elle était médecin, il s'étonnait toujours de voir avec quelle facilité il la déconcertait.

Une ombre rose se répandit sur ses pommettes saillantes, descendit sur son cou, et probablement au-delà.

De toute évidence, c'était un jeu à double tranchant que de s'amuser à la décontenancer, puisqu'il venait de faire renaître le désir en lui.

Si elle en eut conscience, elle parvint à le cacher en levant le menton et en passant la porte sans lui adresser un autre regard.

Le chiot poussa un faible gémissement et lui donna un coup de langue sur la main, comme par solidarité masculine…

— Espérons que Chloe ne voudra pas t'appeler Princesse, dit-il au petit chien avant de refermer la porte derrière lui et de suivre Mallory de l'autre côté de la rue.

Chloe trépignait d'impatience lorsqu'ils allèrent enfin la retrouver dans le salon.

— Qu'est-ce qui a bien pu vous prendre tout ce temps ? On a fini d'accrocher les chaussettes de Noël, mamie et moi, mais j'ai attendu et attendu…

Soudain, elle aperçut la tête marron et blanc du chiot qui dépassait de la couverture violette, et elle s'interrompit.

L'expression de plus en plus émerveillée sur son visage et l'étonnement qui se lisait dans ses grands yeux bleus suffirent à émouvoir Ryan.

Il sursauta quand Mallory lui posa la main sur le bras. Elle le regardait tendrement, comme si elle savait exactement ce qu'il ressentait.

C'était sûrement le cas.

Elle avait eu les six précédents anniversaires de Chloe pour elle toute seule, elle avait eu de nombreuses occasions de découvrir comment se laisser attendrir par une petite fille.

Son propre cœur n'était pas à l'abri derrière la forteresse qu'il s'était créée.

— Est-ce que c'est…

Chloe ne semblait pas capable d'aller au bout de sa question, sans doute de crainte que la magie du moment ne soit rompue si elle le faisait.

Il croisa le regard de Mallory, qui hocha imperceptiblement la tête, comme pour l'encourager, elle qui avait eu envie de l'étrangler à peine quelques minutes plus tôt.

Il s'agenouilla pour se mettre à la hauteur de la petite.

— Ce n'est pas vrai, dit-elle dans un souffle.

Le chiot, qui avait senti soit le vent de la liberté, soit sa nouvelle compagne de jeu, se tortilla pour s'extirper de la couverture qui l'emmitouflait et sauta par terre. Ses toutes petites pattes glissèrent sur le parquet alors qu'il se précipitait vers les bras grands ouverts de Chloe.

— Ce n'est pas vrai, répéta-t-elle plusieurs fois en s'asseyant par terre.

Le petit chien grimpa sur ses genoux, lui posa les pattes sur la poitrine, et se mit à lui lécher le visage.

— Je l'adore ! murmura-t-elle avec ferveur. Oh, monsieur Ryan, c'est le plus beau cadeau d'anniversaire du monde ! J'ai vraiment le droit de le garder, maman ?

Ryan s'éclaircit la voix, s'apprêtant à lui expliquer que le chiot resterait chez lui, mais Mallory lui posa la main sur l'épaule comme pour l'arrêter.

— Oui, répondit-elle d'une voix chargée d'émotion, tu as vraiment le droit de le garder.

— Seigneur ! s'écria Kathleen en arrivant dans la pièce pour voir ce qui causait une telle agitation, un bol de punch rose dans les mains. Regardez-moi ça ! Ma Gretchen, la maman de ta maman, avait un chiot exactement comme celui-ci quand elle était petite.

— Il est merveilleux, n'est-ce pas, mamie ?

En dépit de son plâtre, Chloe faisait de son mieux pour retenir le chiot surexcité qui essayait de lui grimper sur l'épaule.

— Tout à fait merveilleux, acquiesça Kathleen.

Elle repartit à la cuisine avec le bol de punch, les yeux brillants de joie.

— C'est une grosse responsabilité, d'avoir un chien, dit Mallory. Il faudra que tu veilles à ce qu'il ait bien à manger et à boire…

— Oui, oui !

— Et que tu le fasses sortir pour lui apprendre à être propre…

— Oui, oui !

Elle tourna sur ses genoux, puis se releva maladroitement, sans jamais lâcher le chiot qui se tortillait.

— Oh, merci, maman !

Elle passa son bras libre autour des hanches de Mallory, qui lui caressa les cheveux.

— De rien, ma chérie, mais c'est Ryan que tu dois remercier, c'est lui qui t'offre le chiot.

Chloe vint passer son bras autour de lui.

— Merci, monsieur Ryan ! Je l'adore, et je vous adore !

Elle avait probablement dit ces mots pour manifester son enthousiasme et parce qu'elle était folle de joie, mais elle le regardait d'un air tellement heureux qu'il n'était pas sûr de s'en remettre un jour.

— Je crois que « Ryan » suffira, suggéra-t-il d'un ton bourru.

— Peut-être qu'autre chose serait encore plus approprié, dit Mallory d'une voix douce et un peu voilée.

Elle le regarda furtivement.

— Chloe, il faut que je te dise quelque chose à propos de Ryan.

Un sentiment d'angoisse le submergea brusquement. Allait-elle tout révéler maintenant ? Sans lui laisser le temps de se préparer, juste avant le goûter d'anniversaire ?

Allait-elle le prendre au dépourvu, comme lui l'avait prise au dépourvu avec le chiot ? L'enjeu était pourtant bien plus grand ici…

— Mallory…

Chloe le regardait en riant.

— Je sais déjà quelque chose sur lui, c'est qu'il est sous le gui… et toi aussi !

Manifestement décontenancée par la remarque de sa fille, Mallory suivit des yeux le doigt de Chloe, pointé au-dessus de leurs têtes.

Un bouquet de gui était attaché au chambranle de la porte par un ruban rouge.

— D'où est-ce que ça sort ?

— C'est mamie et moi qui l'avons suspendu. Mamie a même dû monter sur une chaise !

Elle éclata de rire quand le chiot sauta de ses bras pour courir en cercle autour de ses pieds.

— Elle dit que si deux personnes se retrouvent en même temps sous le gui, elles doivent s'embrasser.

Mallory le regarda du coin de l'œil, apparemment aussi interloquée et méfiante que lui.

Il résolut le problème assez simplement, en prenant Chloe dans ses bras et en la tenant entre lui et Mallory, qui sourit timidement, visiblement partante pour cette solution.

Le chien était comme fou, il courait à leurs pieds en jappant, surexcité.

Ryan embrassa Chloe sur une joue, Mallory sur l'autre.

— Voilà ! Comme ça, nous avons tous eu un baiser !

Chloe leva les yeux au ciel.

— Bien sûr que non !

Elle parvint à lui passer son bras plâtré autour du cou et elle le poussa un peu vers Mallory.

— Vous devez vous embrasser l'un l'autre !

— Chloe ! la gronda Mallory avec un rire nerveux. Il faut vraiment que nous finissions de nous préparer pour tes invitées, elles vont bientôt arriver, et il faut aussi que tu trouves un nom pour ton petit chien.

— J'ai déjà un nom, se hâta-t-elle de dire, et mamie a dit que tout était prêt pour ma fête et qu'il ne manquait plus que mes copines.

Il réussit à ne pas sourire devant l'expression consternée qui passa un instant sur le visage de Mallory avant qu'elle n'ait eu le temps de se ressaisir.

Elle se pencha devant Chloe, tendit le cou pour déposer une bise rapide sur sa joue à lui.

— Très bien, voilà.

Chloe le regarda, manifestement déçue par la piètre tentative de sa mère. De toute évidence, elle attendait de lui qu'il fasse un peu mieux que cela.

Le problème, c'était précisément que lui et Mallory savaient à quel point ils pouvaient faire mieux, mais pas avec une fillette adorable mais manipulatrice entre eux.

Bon sang ! Il avait déjà affronté des situations de vie ou de mort avec moins de prudence.

Il posa la main sur la nuque de Mallory, dans les boucles soyeuses de son abondante chevelure, et l'attira vers lui. Puis, il posa ses lèvres sur les siennes et la relâcha aussitôt.

Il remit Chloe par terre sans regarder Mallory, mais il aperçut en revanche l'œil inquisiteur de Kathleen, qui avait apparemment assisté à la dernière partie de la scène.

Il avait presque l'impression d'avoir à nouveau dix-sept ans et d'avoir été surpris en train d'embrasser Anya Johannson sur la banquette arrière de la voiture de sa mère. A l'époque, Anya n'avait que quatorze ans, et il avait été privé de sortie pendant un mois et sermonné par son grand-père, Squire, qui avait des idées bien arrêtées sur le genre de comportement que l'on attendait d'un Clay.

Mallory semblait aussi déterminée que lui à ne pas croiser son regard.

— Alors, Chloe, dit-elle en rajustant le bandeau dans les cheveux de sa fille, quel nom as-tu choisi pour ton petit chiot ?

— Abercrombie.

C'était tellement loin de tout ce à quoi il aurait pu s'attendre qu'il ne put s'empêcher de rire.

— Où es-tu allée chercher un nom pareil ?

Chloe se contenta de lui adresser un regard faussement outré.

— Abercrombie est le nom du meilleur ami de Princesse Violette, expliqua Mallory.

Elle sourit et, l'espace d'un instant, la terre sembla s'arrêter de tourner. Elle le regardait comme si tout allait bien se passer, comme si tout était normal. Elle était la mère de Chloe, il était son père.

Il était mort de peur.

— Bon, dit-elle en tendant la main à Chloe, maintenant viens t'asseoir avec Ryan et moi, une minute. Nous avons quelque chose d'important à te dire.

— C'est bien ton petit ami ! s'écria Chloe. Je le savais !

Mallory rougit à nouveau.

— Non, ma chérie, ce n'est pas… mon petit ami, mais…

Elle lui jeta un regard furtif, ni d'excuse ni de défi, mais déterminé.

— … mais Ryan est quelqu'un de très spécial, et je ne veux pas attendre plus longtemps pour te le dire. Vois-tu, c'est… eh bien, c'est ton père.

Il attendit le choc, l'explosion, la dénégation ou l'horreur…

Cependant, Chloe se contenta de cligner des yeux en assimilant la nouvelle.

Puis, elle eut un sourire plus éclatant que jamais et tourna à nouveau vers lui un regard émerveillé.

— Je savais que ce serait le plus bel anniversaire de toute ma vie ! Maintenant nous ne sommes plus obligées de quitter Weaver, n'est-ce pas ?

- 13 -

— Vous avez un patient qui vous attend en salle deux, dit la voix désincarnée de Nina dans l'Interphone du bureau de Mallory, qui sursauta légèrement. Un rendez-vous de dernière minute.

Mallory jeta un coup d'œil à sa montre. Sa journée de travail était presque finie. Ce lundi après-midi avait été très calme, il y avait eu très peu de patients. Ses émotions, en revanche, avaient été passablement agitées, comme elles l'étaient depuis que Chloe était arrivée à la conclusion hâtive qu'elles resteraient à Weaver parce que Ryan était son père.

Elle n'avait pas eu le cœur de la détromper le jour de son anniversaire, et n'avait pas eu l'occasion de le faire depuis.

Ryan aussi s'était montré particulièrement discret sur le sujet.

— Merci, Nina, dit-elle dans l'Interphone.

Elle remit les photos de l'anniversaire qu'elle regardait dans leur pochette et la posa sur son bureau.

C'était Kathleen qui avait pris la plupart des photos, et ils avaient fait développer la pellicule chez un photographe de Braden la veille, lorsque Ryan les y avait emmenées, elle et Chloe, pour acheter à Abercrombie un panier et un collier dignes de ce nom.

Kathleen n'utilisait jamais d'appareil photo numérique,

elle préférait la bonne vieille méthode de l'argentique. Quoi qu'il en soit, elle avait réussi à prendre une multitude de clichés, non seulement du goûter d'anniversaire, mais aussi du jour où Chloe et Ryan avaient fait le bonhomme de neige.

Il y en avait tellement de Chloe et de Ryan… De Chloe, de Ryan et d'elle.

On aurait dit que Kathleen avait été bien résolue à les présenter comme la famille qu'ils étaient et n'étaient pas à la fois.

Mallory savait que si elle avait vraiment voulu détromper Chloe de l'idée qu'elles allaient rester à Weaver, elle aurait trouvé le temps : quand ils étaient allés à Braden, en la mettant au lit la veille au soir, ou ce matin même, avant de la conduire à l'école…

Elle poussa un profond soupir et passa son stéthoscope autour du col de son gilet tout en sortant dans le couloir pour se diriger vers la salle d'examen. Elle prit le dossier dans la pochette accrochée au mur à côté de la porte, et le nom de la patiente lui sauta aux yeux : Courtney Clay.

Les sourcils froncés, elle jeta un coup d'œil au dossier, frappa doucement à la porte et entra. Courtney était assise sur la table d'examen et feuilletait un magazine. Elle portait sa tenue d'infirmière bleu pâle. Mallory referma la porte derrière elle.

— Vous n'avez pas l'air de quelqu'un qui vient pour une visite de routine.

C'était pourtant ce que Nina avait écrit sur la fiche.

— Ce qui est logique, puisqu'il est écrit dans votre dossier que le Dr Yarnell vous a fait faire un bilan de santé il y a moins de six mois.

Elle posa le dossier sur la paillasse et s'assit sur le tabouret à roulettes.

— Tout va bien ? Avez-vous un problème dont vous ne vouliez pas parler à Nina ?

La sœur de Ryan ne serait pas la première patiente à venir sous un faux prétexte, mais aucune infirmière ne l'avait encore fait.

Courtney referma le magazine qu'elle consultait et le posa sur la chaise à côté de la table d'examen.

— Je veux savoir ce qu'il y a entre mon frère et vous.

Mallory prit une profonde inspiration, assimilant ce qu'elle venait d'entendre alors que les pensées se bousculaient dans sa tête.

Elle fit rouler son stylo entre ses doigts et se demanda ce que Ryan voudrait qu'elle réponde, ce que Courtney savait déjà. Ils n'avaient dit la vérité à Chloe que deux jours plus tôt, et les seules personnes qui étaient au courant étaient Kathleen et les parents de Ryan.

Depuis l'histoire du gui et ce qui s'était passé avant, il se tenait à une distance respectueuse. Il ne lui avait pas dit s'il avait l'intention d'annoncer la nouvelle à quelqu'un, pour l'instant. Elle considérait qu'elle en avait fait assez en amenant Chloe à Weaver, et estimait que c'était à lui de décider de ce qu'il ferait quant à sa famille.

Cependant, elle arrivait à peine à dormir la nuit tant elle désirait connaître ses intentions. Non seulement pour Chloe, mais aussi avec elle.

Elle parviendrait beaucoup plus facilement à gérer ses émotions si elle arrivait à comprendre ce qu'elle ressentait pour lui. En attendant, elle était constamment tendue.

Elle regarda Courtney. Son teint était très différent de celui de Ryan, mais ils se ressemblaient, ils avaient tous deux le nez fin, les sourcils arrondis… Comme Chloe.

— Que vous a dit Ryan ?

Le regard de Courtney était sombre.

— S'il m'avait dit quoi que ce soit, croyez-vous que je serais ici ? Ryan ne me parle presque plus, docteur Keegan, depuis… depuis qu'il est revenu. Je ne sais même pas pourquoi, mais manifestement il y a quelque chose entre vous, alors si je peux apprendre de votre bouche ce qui se passe, je m'en contenterai.

L'expression de Courtney était tellement triste, tellement troublée, que Mallory éprouva un élan de compassion.

Elle posa son stylo. Ce n'était pas une conversation entre une patiente et son docteur.

— C'est quelque chose dont vous devriez vraiment parler avec lui.

— Il a toujours été là pour me tirer d'affaire. Nous avons toujours été très proches. Un jour, il m'a même sauvé la vie.

Elle releva une de ses manches courtes sur son épaule pour lui montrer une cicatrice.

— J'avais douze ans, je jouais sur la balançoire du jardin public, je m'amusais à me balancer très haut puis à sauter, vous voyez ?

Mallory hocha la tête.

— Enfin bref, je me suis balancée trop fort et je me suis entortillée dans les chaînes en essayant de sauter. J'avais perdu connaissance quand il m'a retrouvée. Je me suis réveillée à l'hôpital et il était là, à côté de moi.

Sa voix se brisa, elle cligna des yeux pour refouler des larmes et rabaissa sa manche.

— Je n'étais même pas censée être au parc. Mon père était de garde et ma mère était à l'hôpital, je devais rentrer de l'école toute seule mais je me suis arrêtée en chemin. Ryan était en permission, il était dans la marine à l'époque. Je n'avais même pas une demi heure de retard, mais il est parti à ma recherche.

— Heureusement, dit Mallory dans un souffle.

Elle comprenait mieux la réaction excessive qu'il avait eue lorsque Chloe s'était cassé le bras.

— Il a toujours été mon héros. J'étais anéantie quand il a été porté disparu. Nous avons fini par organiser une cérémonie commémorative pour lui, et soudain, l'hiver dernier, il est réapparu le soir où Axel et Tara se sont mariés. C'était un véritable miracle ! Je peux accepter le fait qu'il ait changé, parce que tout ce qui compte, c'est qu'il soit en vie et qu'il soit revenu. Depuis qu'il a commencé à vous fréquenter, on voit qu'il va bien, qu'il est heureux. On m'a dit qu'il avait même quitté ce fichu motel pour s'installer dans une maison juste en face de la vôtre.

Elle regarda autour d'elle.

— Je voudrais être sûre qu'il va rester comme ça.

— Courtney…

— Je sais que vous n'allez pas rester ici éternellement. Que va devenir mon frère quand vous partirez, docteur Keegan ?

Elle poussa un petit soupir, dépitée.

— Je comprends votre inquiétude.

— Vraiment ?

Courtney leva le menton dans un mouvement rebelle comme le faisait parfois Ryan.

— Avez-vous déjà perdu un frère ?

— J'ai perdu ma mère quand j'avais quinze ans, répondit-elle avec douceur, et ma sœur est morte il y a sept ans. Et contrairement à Ryan, elles ne reviendront jamais.

Le beau visage de Courtney s'assombrit.

— Mon Dieu… Je suis désolée.

Mallory posa sa main sur la sienne.

— Il n'y a pas de quoi être désolée. Vous êtes la sœur de Ryan, vous le connaissez bien mieux que moi. Donnez-lui du temps.

Il avait tellement changé, en quelques semaines seulement, depuis qu'il avait appris que Chloe était sa fille. Il était attentionné, quand il voulait bien se laisser aller à le montrer. Elle aurait voulu pouvoir le dire à Courtney, ne serait-ce qu'elle pour qu'elle voie de quoi il était capable.

Courtney lui pressa la main avec empressement.

— Tenez-vous à lui ?

Mallory entrouvrit les lèvres, mais les mots lui manquèrent. Oui, elle tenait à lui. C'était le père de sa fille.

« Il est bien plus que cela… »

Elle chassa cette pensée de son esprit.

— C'est plus compliqué que cela, Courtney…

— Pourquoi ? Parce que c'est le père de Chloe ?

Elle sursauta, stupéfaite.

— Il vous l'a dit, alors !

— Ça ne risque pas.

Courtney lui lâcha la main et descendit de la table d'examen pour arpenter la petite pièce.

— On ne parle que de ça, en ville.

Mallory faillit s'étrangler.

— Comment ? Pourquoi ? Nous ne l'avons dit à personne !

Cette remarque sembla l'amuser, et aussi susciter sa compassion.

— Vous n'avez vraiment pas l'habitude des petites villes, n'est-ce pas ? Les potins vont bon train à Weaver, docteur Keegan. Si ma mère ne m'avait pas appelée ce matin pour me le dire, j'aurais appris la nouvelle par Bonnie Tanner, qui la colportait ce matin à la cafétéria de l'hôpital.

— Tanner… Jenny Tanner était au goûter d'anniversaire de Chloe.

— C'est la fille de Bonnie.

Mallory soupira. Bien sûr… Elle-même n'avait raconté leur secret à personne, Ryan non plus…

Mais Chloe ?

— Je suis désolée, dit-elle doucement.

— Pour quoi ? De toute évidence, c'est pour Chloe que vous êtes venue à Weaver.

— Oui, et c'est elle qui est responsable du changement que vous avez remarqué chez votre frère, pas moi.

— Je crois que vous vous trompez sur ce point. Je vous demande juste, eh bien… de faire attention, dit-elle d'un air grave. Il m'étranglerait s'il savait que je vous ai dit ça.

Elle voulait bien le croire…

— Vous prenez soin de votre grand frère, c'est normal.

Elle était bien placée pour comprendre cela, elle qui avait essayé de sauver Cassie.

— Oui, dit Courtney, qui sembla gênée l'espace d'un instant. Bon, eh bien… voilà. Il faut que je vous laisse travailler. C'est juste que je ne voulais pas que quelqu'un surprenne notre conversation, et c'est le seul endroit auquel j'ai pensé.

— Les ragots ne se répandent pas jusque dans la salle d'examen ?

— Non.

Elle passa une main dans ses cheveux brillants et prit son manteau accroché à la patère avant d'ajouter :

— Je suppose que vous serez à la fête de Noël organisée par la mairie samedi ?

Mallory aurait aimé pouvoir dire qu'elle y avait songé, mais ce n'était pas le cas. Chloe et Kathleen lui avaient toutes les deux parlé de l'événement, comme presque tous ses patients depuis qu'elle habitait ici.

— Je n'ai encore rien prévu, répondit-elle honnêtement.

— Toute la famille y sera, ce serait bien que vous y alliez aussi, tous les quatre.

Elle n'imaginait vraiment pas que Ryan se mettrait volontairement dans ce genre de situation, mais elle garda cette pensée pour elle. Cet homme était plein de surprises, après tout.

Alors, qu'en savait-elle vraiment ?

— On verra.

Elle prit le dossier de Courtney et la raccompagna à la réception.

— Vous ne travaillez pas, aujourd'hui ?

Courtney fit non de la tête.

— Je n'ai pas encore commencé ma journée, je travaille de nuit, de 17 heures à 5 heures du matin.

— C'est long.

— Ce n'est pas si mal. C'est assez calme, la nuit, en général. Merci encore…

Elle sourit à Nina et se dirigea vers la porte.

Mallory regarda la jeune femme sortir sans trop savoir ce qu'elle avait fait pour mériter ses remerciements.

Elle se tourna ensuite vers Nina. Il était 16 heures pile et elle s'affairait déjà à fermer à clé tous les classeurs de rangement.

— Vous allez à la fête de Noël, Nina ?

Elle vit la secrétaire se raidir aussitôt.

— Je n'ai pas de cavalier, répondit-elle d'une voix tendue.

— Je croyais que c'était plutôt une fête familiale qu'autre chose.

Nina la regarda par-dessus son épaule.

— Qui se termine par un dîner dansant, dit-elle comme si n'importe quel imbécile était au courant. Une femme ne va pas à ce genre de soirée sans petit ami.

Mallory réprima l'envie de lui demander à quelle époque elle vivait.

— Et si vous y alliez avec des amies ?

Elle ne se serait pas risquée à essayer de deviner quel âge avait Nina, mais celle-ci devait bien avoir une dizaine d'années de plus qu'elle.

— Vous pourriez peut-être y aller en groupe et ne pas vous soucier d'avoir un cavalier. C'est ce que je faisais avec mes amies, à New York.

C'est ce qu'elle avait fait les rares fois où elle ne travaillait pas et où elle était sortie sans Chloe.

Elle se rendit compte que cela faisait bien longtemps que cela ne lui était pas arrivé.

— Qu'est-ce que ça peut vous faire ? dit Nina d'une voix particulièrement hargneuse.

— Je me le demande, répliqua-t-elle d'un ton sec, pour le regretter aussitôt. Ecoutez, Nina, je ne sais vraiment pas ce que j'ai fait pour vous contrarier, mais nous allons devoir travailler ensemble pendant encore un moment et…

— C'est ça ! l'interrompit-elle.

Elle sortit violemment son sac à main du dernier tiroir de son bureau, qu'elle referma brutalement.

— Comme si j'avais besoin qu'on me rappelle que

Dan est parti en Asie ! Si vous n'étiez pas venue ici, il n'y serait jamais allé.

Nina sortit comme une flèche avant qu'elle n'ait eu le temps de vraiment comprendre ce qu'elle lui avait dit, mais la porte se rouvrit à peine quelques secondes plus tard.

— Nina…

C'était Ryan.

— Les femmes sortent toujours en trombe de ton cabinet comme ça ?

Même s'ils n'avaient rien prévu de particulier, elle s'attendait à voir Chloe surgir à ses côtés, mais la porte se referma doucement derrière lui et il était bel et bien seul.

— C'était Nina, dit-elle distraitement. Je crois que je sais enfin ce qu'elle a contre moi. Où est Chloe ?

— Avec ta grand-mère et Abercrombie.

Il ouvrit la fermeture Eclair de son blouson en regardant autour de lui.

— Je suis passé chez toi en repartant de chez J.D., mais elles m'ont chassé de la maison.

Quelque chose lui disait qu'il ne venait pas directement de chez sa cousine. Elle ne l'avait jamais vu autrement qu'en jean, avec un tee-shirt ou un pull-over, mais aujourd'hui, il portait une chemise en soie ivoire et un pantalon anthracite. Ce n'était pas vraiment le genre de vêtements que l'on portait pour travailler dans une grange ou avec des chevaux.

— Elles devaient être en train de préparer les cadeaux de Noël, en déduisit-elle.

Elle s'efforça de ne pas céder à la tentation violente de rester là à l'admirer un moment.

Pourquoi fallait-il qu'il soit si beau ?

— Pas pour moi, j'espère, dit-il.

Elle rit.

— Pourquoi ça, pas pour toi ? Pour qui veux-tu que ce soit si elles t'ont mis dehors ?

Il se passa la main dans les cheveux, manifestement déconcerté, et, bien qu'elle eût un peu honte de ressentir cela, cela lui fit plaisir car c'était très souvent elle qui se trouvait dans cette situtation-là. Malgré tout, elle eut pitié de lui.

— Ne t'inquiète pas, c'est probablement un cadeau fait maison, quelque chose de comestible, comme un gâteau au citron ou des cookies.

Oubliant de se demander ce qu'il était venu faire là, elle alla fermer la porte à clé.

Il semblait assez soulagé.

— Ça va, alors.

Elle retint un sourire et contourna le bureau de Nina pour mettre le téléphone sur répondeur.

— Courtney est passée te voir ?

Elle leva les yeux et vit qu'il regardait fixement le dossier qui était encore sur le bureau. Elle le prit et le mit dans le tiroir, les classeurs étant déjà fermés.

— Oui, elle est passée.

Il fronça les sourcils et la suivit dans le couloir alors qu'elle se dirigeait vers l'arrière de la clinique, éteignant les lumières sur son passage.

— Pourquoi ?

— C'est une de mes patientes, Ryan.

Elle secoua légèrement la tête.

— Que veux-tu que je te dise ?

— Elle est malade ? Enceinte ?

— Pour l'amour du ciel !

Elle se tourna vers lui, les mains sur les hanches.

— Même si c'était le cas, et je ne dis pas que ça l'est,

je ne pourrais pas en discuter avec toi sans sa permission, même si c'est ta sœur.

Il devait bien comprendre cela, mais il s'obstina.

— J'ai le droit de savoir si elle va bien.

Elle poussa un profond soupir. Ce n'était pas la première fois qu'elle était confrontée à ce genre de réaction, beaucoup de pères ou d'époux inquiets réagissaient ainsi, mais c'était très inattendu de la part de Ryan.

— Non, elle ne va pas bien, répliqua-t-elle en levant une main pour éviter qu'il ne tire des conclusions hâtives, mais seulement parce qu'elle s'inquiète pour toi.

Elle reconnut aussitôt son expression fermée, ses lèvres serrées, son front lisse, l'impassibilité de son regard bleu saphir.

— Elle ne devrait pas perdre son temps à s'inquiéter pour moi.

— Ce n'est pas parce que c'est ton avis que c'est celui de tout le monde.

Elle entra dans la minuscule salle de repos, débrancha la cafetière posée sur le petit réfrigérateur, et éteignit la lumière. Au passage, elle frôla involontairement Ryan et se sentit bêtement troublée. Ils ne s'étaient pas retrouvés en tête à tête depuis le samedi matin précédent, chez lui, et elle gardait un souvenir dangereusement précis de ce qui s'y était passé.

— En tout cas, ce n'est certainement pas l'avis de Courtney.

— Elle est venue ici pour parler de moi avec toi ?

Elle commençait à regretter d'avoir abordé le sujet. Ryan savait bien que les rapports entre lui et sa sœur étaient tendus, il était le seul à en connaître la raison, et il ne se confiait pas plus à elle qu'à Courtney.

Il n'y avait plus rien à fermer ou à éteindre, et elle se dirigea donc vers son bureau.

— Elle m'a demandé si nous irions à la fête, ce week-end.

C'était loin d'être tout ce que Courtney avait dit, mais au moins en lui répétant cela, elle n'avait pas l'impression de trahir un secret.

— Apparemment, la nouvelle sur Chloe fait le tour de la ville. Chloe a dit à l'une de ses copines de classe que tu étais son père et il semblerait que ce soit parti de là. Ta mère l'a dit à Courtney avant qu'elle ne l'apprenne par quelqu'un d'autre.

Puisque lui ne l'avait pas fait…

— Pourquoi Chloe l'a-t-elle dit à sa copine ?

— Pourquoi ne l'aurait-elle pas fait ? Tu n'as peut-être pas remarqué qu'elle était surexcitée d'apprendre la nouvelle ?

Chloe était surexcitée, ravie, enchantée.

— Elle a été très heureuse d'apprendre que tu étais son père, et elle a eu envie d'en parler avec ses amies, manifestement.

Elle s'assit à son bureau et tripota l'épaisse pochette qui contenait les photos prises par Kathleen. Ryan en avait un double, et elle se demandait s'il y avait vu la même chose qu'elle : un semblant de famille.

Elle le suivit des yeux alors qu'il arpentait son bureau, s'arrêtant de temps en temps pour regarder des photos et des livres que Dan avait laissés sur les étagères et auxquels elle n'avait pas touché.

Il était très agité et ne faisait rien pour le cacher, et il lui communiquait sa nervosité.

— Est-ce que tu es venu ici pour me parler de Chloe ?

Il s'arrêta enfin de faire les cent pas et sortit une enveloppe de la poche intérieure de son blouson.

— En quelque sorte, oui. Tiens.

Il laissa tomber l'enveloppe devant elle sur le bureau.

— Qu'est-ce que c'est ?

— Une enveloppe, répondit-il d'un ton sec, elle ne va pas te mordre, alors ouvre-la.

Elle aurait voulu qu'il ne puisse pas deviner ses pensées aussi aisément.

— Ne sois pas aussi impatient.

Il émit un petit grognement.

— Je suis toujours impatient quand je suis avec toi.

Elle se sentit blessée et leva brusquement les yeux vers lui, mais cela n'arrangea rien : aussitôt, elle fut profondément troublée, et elle s'empressa de baisser à nouveau les yeux sur l'enveloppe.

Soudain, cela lui semblait beaucoup plus dangereux de se laisser happer par son regard de braise. Elle ouvrit l'enveloppe et en sortit des feuilles pliées, dont un chèque s'échappa.

Elle regarda le bout de papier et fronça les sourcils en voyant le nombre de zéros qui s'alignaient. Elle reposa le chèque sur son bureau et s'appuya tout au fond de son fauteuil à roulettes, tellement fort qu'il buta contre le meuble derrière elle.

— C'est une blague ?

Il prit le chèque au bord du bureau et le posa au centre du sous-main en cuir.

— Je n'ai jamais trouvé qu'autant d'argent était si drôle que ça.

C'était une somme astronomique, et c'était bien sa signature à lui en bas à droite et son nom à elle au milieu.

— Tu ne peux pas avoir tant d'argent…

Pourtant, il paraissait tout à fait sérieux.

— J'aurais peut-être dû faire des études d'homme à tout faire, plaisanta-t-elle.

La blague tomba à plat.

— Je vais sûrement regretter de t'avoir posé la question, mais qu'est-ce que tu as bien pu faire pour gagner autant d'argent ?

— Et si je te disais que j'en ai hérité ?

Elle l'observa attentivement. C'était sans doute possible. Depuis qu'elle était ici, elle avait appris que la famille Clay était plutôt aisée, dans l'ensemble, principalement grâce au Double-C Ranch. Ils étaient exceptionnellement nombreux et singulièrement heureux en affaires, mais le père de Ryan était shérif à la retraite et sa mère dirigeait l'hôpital : elle doutait que Rebecca gagne autant d'argent.

De toute façon, quelque chose dans l'expression de Ryan lui disait que cela n'avait rien à voir avec sa famille.

— Je dirais que tu me mens, et je suis prête à parier que tu n'as pas non plus gagné ça dans la marine, sinon tous les jeunes gens vigoureux du pays se seraient déjà engagés à l'heure qu'il est. Alors… ?

Elle leva un sourcil interrogateur, attendant qu'il s'explique.

— J'étais bien payé chez HW Industries.

Elle émit un petit grognement moqueur.

— Pas à ce point-là ! Cassie avait mis de côté un beau petit pécule, mais il a été dilapidé en un an, essentiellement à cause des frais médicaux de Chloe.

— Que veux-tu dire ? dit-il en se penchant vers elle, les mains posées sur le bureau. Chloe a été malade ?

— Elle était prématurée, lui rappela-t-elle, elle avait un problème au cœur, il a fallu l'opérer. Elle va très bien, maintenant, mais même avec une mutuelle, ce genre de soins coûtent cher, et j'étais bien contente de pouvoir puiser dans les économies de Cassie.

D'autant plus qu'elle avait été incapable de travailler pendant des mois après la mort de sa sœur.

Elle prit le chèque et l'agita entre eux.

— Tu n'arriveras pas à détourner mon attention, Ryan. Qu'est-ce que c'est que cette histoire de chèque ?

— Ce serait plus simple si tu lisais les papiers qui vont avec, dit-il d'un ton bougon.

Cela faciliterait peut-être les choses, mais elle redoutait de le faire. Elle avait légalement adopté Chloe, mais Ryan était son père biologique et, apparemment, il était très riche.

Quelle chance aurait-elle face à lui s'il abordait la question de la garde ?

Elle soupira, finit par prendre les papiers, et les déplia d'une main tremblante. Cependant, ce n'était pas ce qu'elle craignait, c'était un testament.

Ryan laissait tout ce qu'il possédait à sa fille, Chloe Kathleen Keegan, et faisait de Mallory sa curatrice jusqu'à sa majorité.

Elle sentit sa poitrine se serrer. Elle regarda la seconde feuille. C'était une sorte de relevé de compte, mais elle n'en avait jamais vu de tel.

— Je ne comprends pas.

— C'est un fidéicommis pour toi et Chloe. Tu peux t'en servir pour ce que tu veux, les études de Chloe, un logement pour vous trois, des frais médicaux, le remboursement de ton prêt étudiant… Tout est réglé, il faudra seulement que tu passes à la banque pour signer quelques papiers.

Quelques papiers. Elle avait l'impression de rêver. Elle

posa enfin les yeux sur la dernière ligne du document, et le montant du chèque lui parut soudain moindre en comparaison.

Ryan était en fait immensément riche.

— Et si je voulais aller vivre à Tahiti ? demanda-t-elle faiblement. Si je dilapidais cet argent bêtement ?

Il sourit.

— Tu ne ferais pas ça…

— Qu'en sais-tu ?

— Je le sais parce que tu es la mère de ma fille, et tout ce que tu fais, tu le fais pour elle. Je le sais parce que j'ai confiance en toi.

- 14 -

Mallory avait les yeux qui piquaient. Elle replia soigneusement les papiers et les remit avec le chèque dans l'enveloppe, qu'elle posa au centre du sous-main.

Tout était silencieux dans la clinique, à part le filtre de l'aquarium, qui émettait un faible gargouillis.

Finalement, elle regarda Ryan.

— Qu'attends-tu en échange de tout ceci ?

Il plissa les yeux.

— En échange ?

— Oui, en échange.

Un élan de nervosité la poussa à se lever, mais elle se retrouva plantée là, ne sachant où aller à part de l'autre côté du bureau, plus près de lui. C'était soit ça, soit se rasseoir, et elle avait terriblement besoin d'être debout car cela lui donnait une impression d'égalité avec lui, bien qu'elle sût que c'était illusoire.

— La promesse que je ne remmènerai pas Chloe avec moi à New York, j'imagine ?

Il eut un rire brusque, sans joie.

— Je n'essaie pas d'acheter Chloe, Mallory, je n'essaie pas de te la prendre. Bon sang ! Si c'était ce que je voulais, je serais ici avec mon avocat !

Elle croisa les bras sur sa poitrine, avec le sentiment de sombrer plus profondément dans un gouffre rempli de questions auxquelles elle désespérait d'avoir un jour des réponses.

— Qu'est-ce que tu veux, alors ?

— L'impossible.

Il se détourna et alla regarder par la fenêtre qui donnait sur la rue. Dehors, la nuit commençait déjà à tomber.

— Je veux que ma vie redevienne ce qu'elle était, et cela n'arrivera jamais.

Elle tripota le stéthoscope qu'elle avait oublié de retirer.

— A cause de Chloe ?

— A cause de moi.

Il se tourna vers elle, mais son visage était à contre-jour et elle ne pouvait rien deviner à son ton, plat et impassible, qui lui serrait le cœur.

— A cause des choses que j'ai faites et que je ne peux pas réparer.

Elle osait à peine respirer, de peur qu'il ne s'arrête… de peur qu'il ne continue, et qu'elle ne soit pas capable de soulager ses blessures, quelles qu'elles soient.

— Quelles choses ?

— Tu veux vraiment savoir comment je me suis procuré cet argent ?

Elle n'en était pas sûre… Il avait peut-être été impliqué dans quelque chose d'illégal, quelque chose de louche et…

Elle chassa de son esprit ces idées ridicules.

Ce n'était pas n'importe qui, c'était Ryan.

Cassie lui avait fait confiance et, même si cela n'avait pas été le cas, elle-même savait, au fond de son cœur, qu'elle pouvait lui faire confiance. Sinon, elle n'aurait jamais dit à Chloe qu'il était son père.

— Oui, répondit-elle doucement, je veux le savoir.

— J'ai contribué à acheter et à vendre de belles jeunes filles, comme ma sœur, au plus offrant. Des jeunes filles innocentes d'à peine quinze ans, parfois, à la peau blanche et aux cheveux blonds.

Pendant un moment qui lui sembla durer une éternité, elle eut l'impression que son cœur s'était arrêté de battre.

Elle ne voyait pas son visage, mais elle voyait qu'il avait les poings serrés.

Sans même s'en rendre compte, elle fit un pas vers lui.

— Je ne te crois pas.

— Pourquoi ? Parce que tu penses que je ne l'avouerais pas si c'était vrai ?

Sa voix était dénuée de toute intonation.

Elle fit un autre pas vers lui. Il était coincé entre le bureau, la fenêtre, et… elle.

— Parce que tu serais incapable de faire une chose pareille.

— Eh bien pourtant, crois-moi. J'ai travaillé aux côtés d'un homme qui est le diable incarné et je n'ai pas réussi à l'arrêter. Alors si tu es maligne, et je sais comme toi que c'est le cas, prends cet argent et fuis-moi.

Il ne lui donnait pas cet argent pour tenter de la faire rester, mais pour l'inciter à partir, au contraire.

— C'est ça dont il s'agit, n'est-ce pas ? Ce n'est qu'un prétexte, pour toi, un moyen d'essayer de me convaincre que tu n'es pas fait pour être père.

— As-tu écouté un mot de ce que je viens de dire ?

— Je t'écouterai quand tu diras la vérité ! La vérité, et non pas… des horreurs que tu as en tête !

Elle tremblait de la tête aux pieds, mais elle n'avait pas l'intention de se laisser impressionner, elle n'allait pas se taire maintenant, alors qu'elle avait en face d'elle quelqu'un qui importait tant à ses yeux.

Quelqu'un ?

Ryan.

Elle alla se poster juste en face de lui.

— De quoi as-tu peur ? Chloe t'adore, tu es déjà attaché à elle. Le plus dur est passé, alors pourquoi essayer de te débarrasser de nous maintenant ?

Elles seraient obligées de partir bien assez tôt.

Il avait eu l'air à l'aise quand ils étaient allés à Braden, qu'ils s'étaient baladés dans les magasins, et qu'ils avaient déjeuné au restaurant avant de repartir, Chloe endormie entre eux sur le siège du pick-up.

Que s'était-il passé entre-temps qui pût lui faire prendre de telles mesures ?

— Pour l'instant, Chloe voit en moi l'attrait de la nouveauté, dit-il, mais elle allait très bien avant que je ne fasse partie de sa vie et elle ira très bien quand je n'en ferai plus partie.

A ces mots, elle se sentit submergée par une immense vague de désarroi.

— A t'entendre, on croirait que tu as déjà décidé de disparaître de sa vie !

Il desserra les poings, la prit par les épaules, s'efforçant visiblement de se contenir, et la poussa pour qu'elle ne lui bloque plus le passage.

Il la relâcha comme s'il ne pouvait supporter de la toucher.

— Je n'ai pas l'intention d'accepter cet argent, Ryan, dit-elle dans son dos alors qu'il s'apprêtait à quitter son bureau. Je n'en prendrai pas un centime.

Il s'arrêta et fit demi-tour pour lui faire face à nouveau.

— Bon sang, Mallory ! Aie au moins l'intelligence de ne pas refuser ça !

— C'est probablement la chose la plus intelligente que j'aie jamais faite. Tu penses que cet argent, que la façon dont tu prétends l'avoir gagné, te donne le droit de sortir de la vie de ta fille, mais tu te trompes !

— Tu as un nom pour la page blanche de ton album de bébé, et maintenant tu as assez d'argent pour donner à Chloe tout ce dont elle peut avoir besoin pour grandir et devenir comme toi.

— Mais surtout pas comme toi, c'est ça ? C'est ce que tu sous-entends, n'est-ce pas ?

— Je ne suis pas le genre d'homme que tu devrais vouloir comme père pour ta fille.

— Que veux-tu que je fasse alors, Ryan ? dit-elle en écartant les mains en signe d'impuissance. Que je trouve un homme gentil et convenable à épouser pour que lui puisse aider Chloe à faire ses devoirs, lui apprendre à conduire, faire fuir son premier petit ami, et l'accompagner à l'autel le jour de son mariage ? C'est ce que tu veux ?

Il donna un coup de poing dans la bibliothèque et elle sursauta.

Cependant, lorsqu'il parla enfin, sa voix était calme :

— Non.

Il paraissait tout simplement… terrassé.

Brusquement, elle eut envie de pleurer, et cela n'avait rien à voir avec leur fille. Même sans Chloe, elle aurait senti son cœur se briser pour lui.

Pourtant, sans Chloe, ils n'auraient même pas été là.

Comme s'il n'avait même plus la force de se tenir debout, il s'assit sur le bord du bureau et se passa les mains sur le visage.

— Non, répéta-t-il.

Tremblante, elle s'avança vers lui, leva lentement la main et repoussa délicatement les cheveux épais qui lui tombaient sur le visage. Elle lui embrassa doucement le front, comme elle embrassait Chloe lorsqu'elle ne voulait pas la réveiller.

— Ça va aller, murmura-t-elle.

Il ferma les yeux et soupira sans bruit. Puis, il la prit par la taille et l'attira vers lui, posa sa tête sur son épaule.

Elle le prit dans ses bras, appuya sa joue contre sa tête. Elle ne pouvait peut-être rien faire d'autre, mais elle était prête à tout pour le réconforter.

Elle resta donc là sans bouger, à le tenir simplement dans ses bras, le cœur lourd, alors qu'il la serrait tellement fort contre lui qu'elle sentait presque son angoisse frémir en lui, comme un animal pris au piège.

Dehors, il faisait de plus en plus noir, et le bureau, plongé dans l'obscurité, n'était éclairé que par la faible et douce lueur de l'aquarium.

Elle ne savait pas exactement à quel moment la tension entre eux s'était évanouie, mais elle avait bel et bien disparu. Les mains de Ryan étaient posées à plat sur son dos, son souffle chaud lui caressait le cou, et sa mâchoire légèrement râpeuse frottait contre sa propre joue.

Puis, soudain, il posa sa bouche sur la sienne, et ce fut comme si ses lèvres l'avaient attendu.

Comme si elle l'avait attendu toute sa vie.

Ils ne jouaient pas, ne se faisaient pas attendre l'un l'autre, ne tentaient pas de se séduire. Leur baiser était tout simplement infini, dévorant, profond, et elle voulait qu'il ne s'arrête jamais.

Pourtant il le fallait bien, et leurs lèvres finirent par se détacher.

Elle pencha la tête en arrière, inspira profondément.

Elle sentait la pression de chacun de ses doigts sur son dos à travers son gilet, et elle brûlait du désir de sentir ses mains à même sa peau.

— Nous allons faire l'amour maintenant, murmura-t-il d'une voix rauque, qui la fit tressaillir au plus profond de son être.

— Le canapé, balbutia-t-elle, à la réception.

Il se redressa et fit glisser ses mains sur ses hanches, resserrant son étreinte pendant un long moment.

Elle avait l'impression qu'il imprimait sa marque dans sa chair. Elle eut le souffle coupé lorsque, soudain, il la souleva, lui faisant perdre l'un de ses escarpins. Il l'embrassa à nouveau, balayant ainsi les derniers doutes qui la retenaient.

Puis, la tenant toujours dans ses bras, il l'emmena hors du bureau, remonta le couloir plongé dans l'obscurité, et s'arrêta dans le hall, où il la déposa sur le canapé avant de s'allonger avec elle.

Elle saisit fébrilement sa chemise, la sortit de son pantalon pour pouvoir caresser sa peau brûlante. Ryan n'était pas moins impatient, il défit les petits boutons de nacre de son gilet couleur pêche. Lorsqu'il arriva au dernier, il lissa délicatement les pans comme s'il déballait un cadeau très précieux.

Puis, lentement, si lentement qu'elle aurait pu en crier, il posa sa bouche dans le creux de sa gorge et fit glisser ses mains sur son ventre avant de les refermer sur ses seins.

Elle se cambra, et il émit un petit grognement viril et approbateur, tellement excitant qu'une nouvelle bouffée de désir l'envahit.

Il dégrafa ensuite son soutien-gorge et caressa ses

tétons. Elle lui empoigna les cheveux et l'attira vers elle pour l'embrasser de nouveau.

Il poussa un autre grognement, et leur baiser se fit plus torride, plus fougueux. Quand il s'éloigna encore, elle gémit, frustrée.

Il se leva et elle s'apprêtait à protester, mais elle se tut en entendant le cliquetis de la boucle de sa ceinture, le bruissement de ses vêtements qu'il retirait. Dans le noir, elle devinait seulement sa large silhouette, le reflet de sa peau quand il bougeait.

Il lui posa à nouveau les mains sur les hanches, trouva d'un geste assuré la fermeture Eclair de son pantalon, l'ouvrit, et la déshabilla avec des mouvements tellement déterminés qu'elle se sentit comme prise de vertiges.

Enfin, il n'y avait plus rien qui les séparait.

Elle fit glisser ses jambes sur les siennes, le long de ses mollets et de ses cuisses puissantes, passa la main sur son torse musclé, sur ses côtes, sur ses hanches…

— On aurait dû allumer la lumière, murmura-t-elle dans un souffle, qui se changea en un gémissement quand il posa sa bouche sur son téton. J'ai envie de te voir…

— Tu n'aimerais pas ce que tu verrais.

— Ça m'étonnerait…

Ses mains descendirent le long de son dos, elle agrippa ses fesses fermes et bien galbées, essaya de l'attirer vers elle, pour mettre fin à ce supplice, donner et recevoir du plaisir.

— Tu me tues…

— Maintenant tu comprends ce que je ressens… C'est ce que j'imagine presque chaque fois que je ferme les yeux.

Il descendit lentement sur elle, jusqu'à ce que ses lèvres effleurent les siennes, que son torse puissant écrase ses seins. Il lui caressa langoureusement les cuisses, jusqu'à ce que sa main atteigne son intimité brûlante.

Elle se cambra, la tête inclinée en arrière, et gémit de plaisir.

— Ryan, je t'en prie…

Ses caresses étaient trop enivrantes, trop intenses, elle se sentait déjà vaciller, et elle voulait le sentir en elle. Elle enroula ses jambes autour des siennes.

— Ryan, je n'en peux plus…

— Moi non plus.

D'un mouvement de hanches, il la pénétra.

Elle haleta, chavirée par le plaisir qui déferlait en elle.

Il prit sa main dans la sienne, leurs doigts s'entremêlèrent. Leur respiration était saccadée, les battements de leurs cœurs effrénés.

C'était bien plus que du sexe.

C'était la fusion totale de leurs êtres : elle ne savait plus où finissait son corps, où commençait celui de Ryan.

La sensation de plaisir qui l'étreignait se fit encore plus puissante, elle les lia l'un à l'autre dans une frénésie dévorante de sensualité, les engloutit dans un tourbillon de perfection.

Lorsqu'il murmura son nom dans un gémissement viril et qu'il la serra dans ses bras avec une telle force qu'elle eut l'impression qu'il ne la lâcherait plus jamais, elle sut qu'il n'y avait qu'un endroit au monde où elle devait être, et que c'était bien là.

Dans les bras de Ryan.

— Il y a quelque chose qui me rentre dans la hanche, dit-elle après un long moment.

La terre s'était arrêtée de tourner, les battements de leurs cœurs s'étaient espacés, mais elle savait que plus rien ne serait comme avant.

Il rit.

— Sans blague !

Elle lui donna une petite tape sur l'épaule.

— Je suis sérieuse !

Elle se tortilla, essaya d'attraper l'objet métallique qui lui faisait mal.

— Je vais finir par faire une crise cardiaque si tu continues à gigoter comme ça, se plaignit-il d'un ton si indolent et satisfait qu'elle ne put s'empêcher de sourire dans le noir.

Il la serra étroitement contre son torse, roula sur le côté, passa la main entre elle et le canapé, trouva l'objet et le retira.

— Quelqu'un a joué au docteur…

Elle aperçut dans le noir le contour indistinct de son stéthoscope.

— On dirait bien.

Il continua à rouler sur le côté jusqu'à ce qu'elle se retrouve allongée sur lui.

— Quand j'étais petit, ma mère était très stricte et ne me laissait jamais jouer avec son matériel de médecin.

Il mit les écouteurs dans ses oreilles et plaça le pavillon sur sa poitrine, effleurant avec son poignet son téton encore sensible. Elle le suspectait de l'avoir fait exprès, et ne s'en plaignit pas.

— Ton cœur bat très vite, commenta-t-il d'un ton faussement sérieux.

— C'est ta faute.

Elle avait peine à croire qu'elle le désirait à nouveau,

alors que tout son corps était encore vibrant du plaisir qu'ils avaient pris ensemble.

Elle lui prit le stéthoscope des mains et commença à se laisser glisser sur lui, mais il la maintint en place et, bien qu'elle sût qu'il ne pouvait la retenir indéfiniment, se laissa faire volontiers.

Elle cala sa tête dans le creux de son cou et posa la main sur son torse puissant.

Elle n'avait pas besoin de stéthoscope pour entendre les battements réguliers de son cœur. Ils étaient tellement apaisants qu'elle aurait presque pu s'endormir, mais il lui caressait lentement le dos, et les frissons qui la parcouraient n'avaient rien d'apaisant, eux.

— Je crois que Nina a un faible pour le Dr Yarnell, murmura-t-elle au bout d'un moment.

Il rit.

— Tu es officiellement une habitante de Weaver, maintenant ! Je crois bien que tu viens d'émettre ton premier commérage…

— Peut-être.

L'idée d'être plus qu'une habitante temporaire n'avait jamais été aussi séduisante que maintenant, mais elle avait bien conscience qu'il n'avait jamais suggéré qu'elle envisage de rester à Weaver.

De plus, sa carrière l'attendait à New York… Elle ne voulait pas y penser pour l'instant.

Elle fit glisser son pied sur son mollet, passa le bout de sa langue sur son cou. Il avait un goût salé, ensorcelant…

— Je ne plaisantais pas à propos de la crise cardiaque, ronchonna-t-il tout bas.

— Ah ?

Elle prit un air faussement innocent, tandis qu'elle

faisait audacieusement descendre sa main sur son torse pour la refermer ensuite sur son sexe.

Il en eut le souffle coupé.

— Mallory…

Il avait beau protester, il était excité, et elle aussi.

Elle s'assit sur lui et guida son sexe tendu. Elle se tint un instant immobile au-dessus de lui pour faire durer le plaisir.

Les muscles de Mallory se contractèrent autour de lui, et il émit un grognement étranglé.

— Il y a un problème ?

Il lui saisit fermement les hanches, réprimant l'envie de la plaquer sur le dos et de la pénétrer aussi fougueusement qu'il l'avait fait un peu plus tôt.

— Qu'est-ce que tu ressens ?

Elle s'abaissa sur lui, très légèrement, mais cela suffit à lui faire serrer la mâchoire. Il avait un mal fou à ne pas se laisser aller à ses ardeurs…

— C'est… parfait.

Il espérait sincèrement qu'elle se tourmentait autant que lui en le faisant languir ainsi.

— Tu es parfait, ajouta-t-elle en le laissant glisser encore un peu en elle.

Toutes les règles du jeu semblaient changer : plus il essayait d'avoir le contrôle de la situation, plus elle lui échappait.

Il s'était fait cette réflexion quand ils s'étaient embrassés sous le gui, et aussi pendant l'anniversaire de Chloe, quand ils avaient été entourés par toutes les petites filles et qu'il n'avait pas eu envie de s'enfuir, simplement parce que Mallory était là.

Puis ils étaient allés à Braden tous les trois, le lendemain, et il n'avait pas ressenti le besoin de s'en aller, il avait simplement désiré rester avec elles.

Il s'était alors demandé où cela les mènerait tous.

Il était donc passé à la banque et s'était occupé du fidéicommis. Il avait appelé son cousin par alliance, Brody Paine, qui était avocat. Celui-ci lui avait expliqué comment rédiger son testament. Puis, comme si cela ne suffisait pas, il avait fait ce chèque.

Enfin, il avait tout mis sous le nez de Mallory, sachant qu'elle voudrait une explication et qu'il n'aurait pas besoin de s'enfuir une fois qu'elle l'aurait eue car c'était elle qui s'enfuirait.

Seulement voilà, elle ne l'avait pas cru, et ne s'était pas enfuie.

Maintenant, alors qu'elle le laissait la pénétrer avec une lenteur presque douloureuse, il ne pouvait que tenir bon.

Elle posa la paume de sa main sur son torse, à l'endroit précis où son cœur rouillé palpitait, et elle se pencha au-dessus de lui jusqu'à ce que sa bouche frôle la sienne.

— Où es-tu, Ryan ? murmura-t-elle d'une voix douce, pressante, effleurant délicatement ses lèvres. Reviens avec moi…

Il avait les yeux qui brûlaient. Il se contenta de resserrer son étreinte sur la courbe parfaite de ses hanches et d'entrer brusquement en elle.

Il l'entendit haleter, sentit ses doigts se contracter sur son torse.

Puis elle se remit à bouger sur lui, poussant de petits gémissements. Il ferma les yeux et se laissa envahir par la passion.

- 15 -

— Je suis désolée de ne pas t'avoir appelée plus tôt, grand-mère.

Mallory regarda Ryan de l'autre côté du bureau de Nina.

— J'ai eu un… un rendez-vous de dernière minute.

Même de l'autre bout de la pièce, il la vit rougir et, comme si elle le savait, elle tourna la tête.

— Toi et Chloe avez déjà mangé, n'est-ce pas ?

Elle coinça le téléphone entre son oreille et son épaule et remonta son pantalon sur ses longues jambes fines. Il n'oublierait jamais cette vision.

A son tour, il finit de se rhabiller. A chaque vêtement qu'il enfilait, la paix qu'il avait trouvée au cours des quelques heures qui venaient de s'écouler lui paraissait un peu moins réelle.

Il se rendit compte qu'elle avait terminé son coup de fil lorsqu'elle s'approcha de lui pour prendre son soutien-gorge sur la table basse couverte de vieux magazines. Elle se retourna pour le mettre, comme si elle avait un accès de timidité.

— Chloe a passé une bonne journée et elle s'apprête à aller se coucher, annonça-t-elle.

Il remarqua que son ton était faussement enjoué, et la sensation de sérénité qu'il avait éprouvée lui échappa encore un peu plus.

Il ramassa le reste des vêtements : sa chemise à lui, le gilet de Mallory.

— Tiens.

— Merci.

Elle enfila son gilet puis lui saisit soudain la main.

— Regarde tes doigts !

Il les plia.

— Je n'ai rien de cassé.

Ses doigts étaient rouges.

Elle soupira.

— Ce n'est pas étonnant, quand on donne des coups de poing dans des étagères.

Elle l'entraîna avec elle dans le couloir, jusque dans la première salle d'examen.

— Assieds-toi.

A son grand regret, elle finit de boutonner son gilet avant de fouiller dans le tiroir sous la paillasse.

Elle prit des compresses de gaze et nettoya ses écorchures.

— Bon sang, Mallory ! dit-il en retirant précipitamment sa main, surpris par la douleur cuisante. Mets de l'acide dessus, pendant que tu y es !

Elle lui adressa un regard amusé et tendit la main pour qu'il lui rende la sienne, ce qu'il fit, se sentant un peu ridicule.

Elle recommença à tamponner ses blessures et, bien que cela le piquât atrocement, il s'efforça de ne plus crier. Elle eut rapidement terminé.

— Tu veux une sucette ? lui demanda-t-elle.

Son ton était angélique mais son sourire absolument malicieux.

— Je préférerais un baiser.

Sans le quitter des yeux, elle lui prit la main et l'embrassa délicatement.

— Et ça ? demanda-t-elle en caressant du bout des doigts la cicatrice qu'il avait sous le bras. Qui a fait un bisou dessus pour te consoler ?

Il s'immobilisa. Il aurait dû se douter qu'elle allait la voir, elle était immanquable en travers de ses côtes à la lumière.

Il aurait pu mentir, lui dire n'importe quoi de plus acceptable que la vérité, mais c'était la vérité qu'il devait lui dire pour qu'elle se rende compte que certaines choses étaient irrémédiables.

— La prostituée qui m'a trouvé dans une ruelle à Kuala Lumpur.

— Les points de suture ont été plutôt mal faits.

Elle ne semblait pas du tout aussi choquée que ce à quoi il s'était attendu.

— Oui, eh bien, les circonstances n'étaient pas les meilleures.

La fille qui l'avait trouvé l'avait emmené chez l'un de ses amis, qui avait recousu l'entaille avec des moyens rudimentaires et pas tout à fait stériles. Aucun d'entre eux n'avait voulu se faire remarquer, des autorités ou des hommes de Krager.

Elle posa la main sur sa cicatrice et la sensation le troubla.

— Comment est-ce arrivé ?

— On m'a donné un coup de couteau.

Elle posa sur lui son regard grave et tendre à la fois et lui demanda d'une voix très douce :

— Que s'est-il réellement passé avec ces filles dont tu m'as parlé, Ryan ? Que faisais-tu vraiment ? Qui étaient-elles ?

— Les filles de quelqu'un, les sœurs de quelqu'un… Les seules fois où il n'avait pas vu leurs visages terrifiés lorsqu'il fermait les yeux, c'était quand il avait pensé à Mallory.

— Des jeunes filles enlevées n'importe où, n'importe quand, séquestrées jusqu'à ce que ce monstre organise une autre vente.

Il se pinça l'arête du nez. Krager était de plus en plus riche et insaisissable, et le nombre de ces pauvres filles n'avait pas cessé d'augmenter. A chaque fois qu'il avait réussi à divulguer l'heure et l'endroit d'une vente, Krager était parvenu à s'échapper. Le mieux qu'ils avaient fait avait été d'arrêter quelques-uns de ses hommes.

— J'ai perdu trois ans à essayer de gagner la confiance des malfrats les plus haut placés pour me rapprocher de leur chef, Krager, et démanteler tout le réseau, mais cela n'a jamais suffi. Même les gens les plus proches de lui ne le connaissaient pas vraiment. Personne n'a jamais réussi à l'épingler, parce que personne n'a jamais pu avoir toutes les pièces du puzzle. Son réseau est ahurissant, il sévit dans huit pays différents, d'après ce que nous savons, mais peut-être plus encore.

— Nous ? demanda-t-elle d'une voix faible, l'air épouvanté.

Il se sentit soudain accablé au-delà de toute expression.

— HW Industries. C'est une agence privée qui s'occupe de sécurité, nationale et internationale. Nous travaillons avec le gouvernement de temps en temps, mais pas toujours.

— Cassie travaillait pour cette agence ? Elle disait qu'elle travaillait comme traductrice.

— C'était vrai, elle n'était pas sur le terrain. Même des

sociétés comme celle-là ont besoin d'une administration et de techniciens. Cassie ne t'a pas menti.

— Comment s'est-elle retrouvée à travailler pour eux ?

— HW recrute un peu partout des personnes qui ont des compétences spécifiques pour qu'elles accomplissent des tâches bien précises.

— Quelles étaient tes compétences ?

— Les chiffres, les schémas. Le fait que j'aie travaillé dans les services de renseignements de la marine a joué, j'avais une plus grande connaissance des armes que la plupart des gens.

C'était peu dire, et il aurait voulu ne plus jamais toucher à une arme de sa vie.

— Et celle-là ? demanda-t-elle en passant le doigt sur une autre cicatrice irrégulière.

Il baissa les yeux sur ses mains.

— Il y avait une fille, qui avait été enlevée lors d'une sortie scolaire et qui ressemblait terriblement à Courtney, dit-il d'un ton bourru. Elle était grande, belle, l'innocence même. J'avais entendu dire que Krager prévoyait quelque chose de spécial pour elle.

Il ne savait pas si c'était dû à l'accumulation des années, au fait qu'elle lui faisait tant penser à sa petite sœur, ou simplement au fait qu'il perdait la tête, mais il avait craqué.

— Je ne connaissais même pas son vrai nom. Les gardes l'appelaient Nadia. J'ai essayé de l'aider à s'enfuir, comme je l'avais fait avec d'autres avant elle, en les cachant dans des piles de linge sale, mais elle ne me faisait pas plus confiance qu'aux autres salauds qui la surveillaient et, au lieu de la sauver, je me suis fait poignarder, elle a été droguée et de nouveau enfermée.

— Oh, Ryan…

Mallory avait des larmes sur les joues.

— Ne me plains pas moi, plains plutôt ces pauvres filles, plains plutôt Nadia. Quelques jours plus tard, alors que j'étais allongé dans une chambre minable, blessé mais vivant, et toujours aussi loin de faire arrêter ce fou furieux, elle a sauté du yacht du monstre qui l'avait achetée. C'est un pêcheur local qui a retrouvé son corps. Sans lui, on n'aurait même pas parlé d'elle aux informations. Personne n'est jamais allé identifier le corps. J'ai échoué, conclut-il d'un ton dur. Tout ce que j'ai vu, tout ce que j'ai fait… Tout cela n'a servi à rien, Mallory.

— Tu n'as pas toujours échoué.

Elle lui prit le visage dans les mains et passa ses pouces sur ses joues. Il ne s'en était même pas aperçu, mais lui aussi avait pleuré.

— Tu as aidé beaucoup de filles à s'échapper.

— Je n'ai pas aidé Nadia. J'ai été démasqué, j'ai gâché toute la mission, et je ne suis même pas resté pour réparer mes erreurs. Je suis allé à Bangkok et j'ai essayé de tout oublier, y compris les gens que j'avais abandonnés ici.

— Si on t'avait poignardé deux centimètres plus haut, tu serais mort. Tu n'as pas poussé cette pauvre fille, et tu es là maintenant, avec ta famille.

Elle le regarda droit dans les yeux, alors que lui avait envie de détourner le regard.

— Tu n'aurais rien pu faire de plus, tu n'avais personne à appeler à la rescousse. Tu étais seul pour les défendre.

— N'essaie pas de me faire passer pour un héros, Mallory. Krager sévit toujours, il continue à faire ce qu'il a toujours fait, et si ce n'était pas lui, il y aurait quelqu'un à sa place. Il y aura toujours des parents qui ne sauront pas vers qui se tourner, des frères et des sœurs qui rechercheront des gens qu'ils aiment sans jamais les trouver.

— Raison de plus pour renouer avec la famille qui te cherche toi, ici et maintenant ! Bon sang, Ryan ! Tu es entouré de gens qui t'aiment.

— Ils ne m'aimeront plus quand ils sauront ce que j'ai fait.

— Moi, je le sais, et je…

Elle s'interrompit mais il était trop tard.

Les mots flottaient déjà entre eux : « je t'aime ».

Une vague de douleur le submergea.

— Ne confonds pas l'amour et le sexe, parvint-il à dire.

— Je suis médecin, dit-elle doucement, je pense que je sais faire la différence entre les deux.

— Tu me connais à peine.

Les arguments rationnels se bousculaient dans sa tête.

— Et toi, tu me connais ?

— Quoi ?

— Qui suis-je, Ryan ? A part la mère de Chloe. Sais-tu qui je suis vraiment ?

Il avait envie de répondre non, ou de prétendre qu'il ne voyait pas ce qu'elle voulait dire, mais il ne pouvait se résoudre à la regarder dans les yeux et à le faire.

— Tu sais ce qu'il y a dans ma tête, et tu as vu ce que j'ai dans le cœur, dit-elle en lui prenant la main et en la posant sur sa poitrine.

Oui, il savait qu'elle était généreuse et altruiste.

— Avoir de la compassion, ce n'est pas non plus de l'amour.

— Crois-moi, dit-elle d'un ton moqueur, je n'ai pas pitié de toi. Tu es têtu, tu as des opinions très arrêtées…

— Un peu comme toi ?
— … tu ne fais jamais ce à quoi je m'attends…
— Comme quand tu as cédé pour Abercrombie ?
— … et tu m'as aidée à prendre conscience que je pouvais arrêter de m'en vouloir, pour Cassie.

Elle hésita, attendant probablement qu'il rétorque quelque chose, mais il n'avait rien à dire à cela.

Elle lui caressa les épaules, lui prit les mains.

— Puisque toi tu peux m'aider à arrêter de me sentir responsable de la mort de Cassie, pourquoi ne peux-tu pas me laisser faire la même chose pour toi ? Tu essayais de faire de ce monde un monde meilleur, Ryan, pour des jeunes filles comme ta sœur, ou comme ta fille. Tu as aidé certaines d'entre elles à s'enfuir, tu l'as dit toi-même.

— Krager est toujours là.
— Veux-tu repartir, alors, essayer de l'arrêter ?

Il avait déjà dit non à Cole. Il secoua la tête.

— Peut-être que ce n'est pas ton destin de le trouver.

Il fit la grimace.

— Sans blague…

Elle lui pressa tendrement la main.

— Ne fais pas ça, ne dénigre pas ce que tu as déjà donné, ce que tu as sacrifié. Tu n'as pas à abandonner ta propre famille pour te punir de ne pas avoir pu faire quelque chose que personne d'autre n'a pu faire non plus. Si tu veux aider quelqu'un, commence par t'aider, toi, et c'est seulement ensuite que tu trouveras peut-être un moyen d'aider ces familles qui ne savent pas vers qui se tourner. Mais je t'en prie, murmura-t-elle d'une voix rauque, ne crois pas que le temps m'empêchera de te voir tel que tu es, non seulement ici…

Elle lui embrassa le front.

— … mais aussi ici.

Elle lui posa la main sur le cœur.

— Et si je ne peux pas toujours protéger Chloe ?

— Bienvenue dans le monde des parents !

Il assimila ses paroles, toujours inquiet.

— Je ne veux pas tout gâcher.

— Personne ne le veut. On fait du mieux qu'on peut, avec ce que l'on a. Avec Chloe, c'est facile. On ne peut pas ne pas l'aimer, elle a un cœur en or.

— Elle a ton cœur.

Il vit qu'elle avait à nouveau les larmes aux yeux.

— Je crois qu'elle tient surtout de toi, et de Cassie.

Ce fut à son tour de lui prendre les mains. Elles étaient si délicates… Pourtant Mallory était loin d'être fragile.

Elle était forte, intelligente, indépendante et très belle…

— Qu'est-ce qu'on fait, maintenant ?

Elle prit une profonde inspiration.

— On rentre à la maison rapidement pour dire bonne nuit à Chloe.

Ce n'était pas ce qu'il avait voulu dire, mais il se rendit compte que, pour l'instant, cela suffisait.

Il descendit de la table d'examen pendant qu'elle rangeait l'antiseptique et les pansements.

Il n'y avait plus aucune trace de ce qui s'était passé à la clinique lorsqu'ils s'en allèrent.

— Vous permettez ?

Mallory regarda l'homme qui venait de tapoter l'épaule de Ryan.

C'était samedi, le soir du dîner dansant de Noël, et ce n'était vraiment pas une soirée réservée aux couples.

Même Nina avait dû accepter de se faire à l'idée, car

elle était bien là. Mallory l'avait aperçue en arrivant, mais Nina avait fait semblant de ne pas la voir. Il y avait des hommes à l'air timide, portant des bottes et des chapeaux de cow-boys, qui dansaient avec leurs petites filles, et des jeunes femmes, dont Courtney, qui se déhanchaient sur la piste, sans un homme à l'horizon, bien qu'il y en eût plus d'un qui les observait à côté de la buvette. Le gymnase avait été décoré d'une myriade de guirlandes vertes et de rubans rouges. Ce n'était pas aussi chic que certaines des fêtes auxquelles elle avait assisté à New York, mais c'était absolument charmant, et beaucoup plus amusant.

Elle avait dansé avec le père de Ryan, avec son cousin Axel, avec son cousin par alliance Evan — qui lui avait demandé, l'air amusé, comment allait le chiot —, avec Jake Forrest, le beau fiancé de J.D. Clay, et même avec l'un des fils jumeaux résolument précoces de Jake, bien qu'elle ne sût toujours pas s'il s'était agi de Connor ou de Zach.

C'était maintenant Squire Clay, qui s'apprêtait à interrompre sa première danse avec Ryan.

— Si tu promets de bien te tenir, dit Ryan à son grand-père.

Squire eut un sourire espiègle, une lueur malicieuse dans le regard. Il avait les cheveux blancs et des yeux bleu vif, et elle comprit immédiatement en le voyant de qui les hommes de la famille Clay tenaient tous leur beauté.

Ryan n'était pas particulièrement en forme ce soir, mais il était là et il faisait de son mieux. Il avait dansé une fois avec sa mère et une fois avec Chloe, et le sourire qu'il lui adressait maintenant était sûrement le plus naturel qu'elle lui ait vu depuis qu'ils étaient arrivés.

— Méfie-toi de lui. Il flirte toujours avec toutes les plus belles femmes de l'assemblée.

Elle ne put s'empêcher de jeter un coup d'œil aux tables rondes qui avaient toutes été repoussées sans cérémonie pour permettre aux gens de danser. Gloria, la femme de Squire, les regardait avec un sourire indulgent et entendu. Elle était assise à côté de Kathleen et, au cours du dîner, toutes deux n'avaient fait que bavarder.

— Bien sûr que je choisis les plus belles femmes, dit Squire en lui tendant les bras. M'accordez-vous cette danse ?

Elle sourit et glissa sa main dans celle de Squire.

— Avec plaisir, monsieur Clay.

— Mon petit, je ne réponds qu'aux noms de Squire et grand-père, alors choisissez, dit-il en souriant. Votre petite Chloe est adorable, dit-il alors qu'ils tournoyaient à travers la foule des danseurs.

Elle ne put s'empêcher de ressentir une légère méfiance. Maintenant que tout le monde savait que Chloe était la fille de Ryan, les gens, qu'ils soient de la famille ou non, se montraient infailliblement bienveillants.

— Elle s'amuse vraiment bien ce soir.

Depuis qu'ils étaient arrivés, Chloe n'avait été qu'une silhouette confuse en mouvement, avec la robe de dentelle violet et blanc que Kathleen lui avait faite, et elle avait passé la soirée à danser.

Aucun homme n'était à l'abri de son charme : ni le petit Ben Scalise qui n'avait que quatre ans, ni les jumeaux Forrest qui avaient quelques années de plus qu'elle, ni même Ryan. Quand elle ne dansait pas, Chloe partageait joyeusement son temps entre les membres de sa nouvelle famille, assise sur leurs genoux.

— Mon petit-fils aussi profite de la soirée, dit Squire, et c'est grâce à vous.

Elle secoua la tête.

— C'est grâce à Chloe.

C'était sa fille qui avait trouvé la brèche dans la carapace de Ryan.

— Chloe ne serait pas ici sans vous. Les secrets ne durent jamais bien longtemps, dans cette famille. Je sais que cela n'a pas dû être facile pour vous de décider de venir ici.

De fait, la décision de partir à la recherche du père de Chloe avait été beaucoup plus facile à prendre que ce qu'elle avait à affronter maintenant.

Elle ne se faisait pas d'illusions quant à ce qu'il y avait entre elle et Ryan. Ils seraient toujours liés grâce à Chloe, mais ce n'était pas parce qu'elle était amoureuse de lui qu'il ressentait la même chose, qu'il ressentirait un jour la même chose.

Quand il serait temps pour elle de repartir à New York avec Chloe et Kathleen, elle trouverait un moyen de s'en accommoder.

Elle ne savait absolument pas comment elle s'y prendrait, mais elle avait encore des mois devant elle. Pour l'instant, elle comptait bien profiter au maximum de ce qu'on lui offrait.

— Je n'ai aucun regret, dit-elle à Squire. Vous avez une merveilleuse famille, je n'aurais rien pu souhaiter de mieux pour Chloe.

— Et pour vous ?

Elle ne savait pas quoi répondre à cela.

— Je suis heureuse du moment que Chloe est heureuse.

Quelque chose dans les yeux de Squire lui disait qu'il n'était pas convaincu, mais il n'ajouta rien. La chanson se termina et les musiciens annoncèrent qu'ils faisaient une pause.

Elle retourna à table avec Squire. Il s'assit à côté de Gloria et lui prit la main avec une telle tendresse que Mallory se sentit émue. Elle jeta un coup d'œil autour d'elle, se demandant où était passé Ryan, et elle se rendit compte que tous les couples de l'assemblée affichaient le même attachement profond.

— Je vais prendre un peu de punch, dit-elle à la cantonade.

Chloe était à l'autre bout de la pièce avec une dizaine d'autres enfants, qui examinaient les paquets-cadeaux rouge et vert empilés sous l'immense sapin de Noël.

— Je viens avec toi, dit Rebecca en se levant.

Le bord de sa robe bleu nuit traînait légèrement par terre car elle avait enlevé ses chaussures à talons hauts, avec le plus grand naturel. Mallory l'enviait, mais sa robe à elle était courte, et elle ne pouvait pas nécessairement se permettre d'avoir la même attitude que Rebecca.

— Je voulais te parler, en fait, dit Rebecca alors qu'elles se dirigeaient vers la buvette.

Mallory aperçut enfin Ryan, qui se tenait à côté de la porte et discutait avec un homme aux cheveux blancs qu'elle ne connaissait pas. Elle s'efforça de reporter son attention sur Rebecca.

— Me parler de Chloe ?

— Non, de l'hôpital, répondit Rebecca en remplissant un gobelet, qu'elle lui tendit.

A ce moment-là, Nina arriva pour remplir son propre verre.

— Bonjour, docteur Clay.

Elle jeta à peine un coup d'œil à Mallory.

— Docteur Keegan.

— Vous êtes ravissante ce soir, Nina, dit Rebecca.

Nina passa la main sur sa longue robe de velours, manifestement embarrassée.

— Je suis venue avec des amies, dit-elle en regardant Mallory du coin de l'œil avec un air de défi.

Mallory n'allait pas s'offenser, maintenant qu'elle connaissait la raison de l'animosité de Nina.

— C'est l'un des meilleurs moyens de s'amuser. Je suis contente que vous ayez décidé de venir.

— Janie a insisté, elle m'a dit qu'elle et Tom n'iraient pas sans moi, alors me voilà.

Elle remplit plusieurs verres, les prit avec précaution et s'éloigna.

— Bon, revenons à nos moutons, dit Rebecca.

Elle s'interrompit à nouveau et son sourire s'élargit lorsqu'elle vit Ryan s'approcher d'elles.

— Ryan, veux-tu du punch ?

— Ça ira, merci.

Il passa son bras autour de Mallory, lui prit son verre des mains et but une gorgée. Elle en fut toute troublée.

— Ce serait meilleur avec un peu plus d'alcool, ajouta-t-il.

Elle était sûre que Rebecca avait remarqué qu'il lui avait pris la main, mais cela ne la dérangeait pas le moins du monde.

— Qui était l'homme auquel tu parlais ?

— Cole Black.

Ce nom lui fit un choc. Rebecca, elle, avait l'air contente.

— Cole est ici ? Cela fait des mois que nous ne l'avons pas vu !

— Il est dehors, il discute avec Tristan et Jefferson. Il va aller voir Angel et Brody, après. Tu ferais mieux de te dépêcher si tu veux le voir avant qu'il parte.

Mallory essayait de suivre la conversation, mais était complètement perdue. Elle savait que Tristan et Jefferson étaient les oncles de Ryan, que Tristan était le patron de CeeVid et que Jefferson possédait un ranch, mais elle ne savait pas comment ils connaissaient Cole Black.

Cependant, elle n'eut pas le temps de se poser davantage de questions, car Ryan l'attira à l'écart.

— Nous allons trouver un endroit tranquille pour les dix prochaines minutes, coûte que coûte, lui murmura-t-il à l'oreille. Tu as déjà fait l'amour dans un placard ?

— Pendant seulement dix minutes ?

Elle avait pris un ton pince-sans-rire, mais elle avait rougi.

Il la regarda de haut en bas, la déshabillant du regard.

— Avec cette robe superbe et le désir que j'ai pour toi ? Chérie, cinq minutes suffiront.

— Alors ça nous laissera le temps de récidiver.

Il éclata de rire et la poussa encore plus rapidement vers les portes, mais un boulet de canon en robe violette surgit devant eux à ce moment-là.

— Venez, s'écria Chloe en les tirant tous les deux par la main. Le Père Noël distribue les cadeaux maintenant !

Ryan croisa son regard. « Les joies de la paternité », chuchota-t-elle pour que lui seul l'entende. Il eut un sourire ironique.

Ils changèrent de cap et suivirent Chloe jusqu'à l'autre bout de la pièce. Presque tout le monde s'était rassemblé là. Effectivement, un gros homme jovial déguisé en Père Noël distribuait les cadeaux aux enfants qui les déballaient fébrilement. Chloe en reçut un elle aussi.

Ryan se tenait debout derrière Mallory. Elle lui murmura :

— Qui offre tout cela ?

Il y avait tellement de gens autour d'eux que probablement personne ne vit Ryan lui glisser les mains autour de la taille, approcher dangereusement ses doigts de ses seins.

— Le Père Noël.

Elle lui écrasa doucement le pied et il étouffa un rire.

— CeeVid, lui chuchota-t-il à l'oreille. Tristan fait ça depuis des années, maintenant.

Elle observa les enfants surexcités. Chloe avait vraiment trouvé une famille merveilleuse.

— Qui fait le Père Noël ?

— Je ne sais pas. Ce n'est pas Tristan, il est dehors, avec Cole.

Elle posa ses mains sur celles de Ryan, empêchant ses doigts de s'égarer et de la rendre folle. Elle sentait la chaleur de son torse puissant contre son dos.

Lorsque Chloe brandit d'un air triomphant le trio de jeux vidéo éducatifs qu'elle avait déballé, elle se dit que la soirée était tout simplement parfaite.

Jusqu'à ce qu'elle entende un cri perçant, suivi de la voix de Nina :

— Dan !

- 16 -

— Je n'arrive pas à croire que le Dr Yarnell a demandé Nina en mariage comme ça, devant tout le monde, dit Courtney le lendemain après-midi.

Elle leva les yeux de l'album qu'elle était en train de colorier avec Chloe.

— Et si elle avait refusé ? Sérieusement : il part pendant des semaines et des semaines, il revient plus tôt que prévu, il se déguise en Père Noël et il lui passe la bague au doigt ? Elle aurait au moins pu se faire un peu désirer.

Sur la table devant elle, il n'y avait plus que les restes d'un dîner dominical très informel composé de pizzas et de nuggets de poulet.

Elle regarda Mallory.

— Qu'en penses-tu ?

Mallory n'avait pas du tout envie de participer à cette conversation, mais elle ne pouvait pas y échapper. Ils étaient chez Emily et Jefferson et, pour la première fois, Ryan avait accepté d'assister au fameux dîner du dimanche.

— Je crois que… Nina a peut-être pensé que sa fierté ne valait pas la peine de renoncer à ce qu'elle voulait vraiment. Il faut reconnaître que c'était plutôt romantique.

— Bien résumé ! dit Emily.

Elle tenait son petit-fils dans les bras, un bébé au visage angélique.

Mallory redevint silencieuse. Elle n'arrêtait pas de jeter

des coups d'œil à Ryan, qui était en pleine conversation avec Evan Taggart.

Le retour si théâtral du Dr Yarnell, qui avait brusquement mis un terme à son congé sabbatique, l'empêchait elle de rester à Weaver.

Elle savait que Ryan devait comprendre les conséquences du retour de Dan. Ce qu'elle ignorait, c'était si cela lui importait ou non : il ne lui avait rien dit.

Elle se rendait compte maintenant qu'elle avait trop peur pour le lui demander.

La tranche de pizza qu'elle s'était forcée à avaler lui restait sur l'estomac. Elle se leva, ramassa les assiettes en carton et les gobelets usagés.

— Je peux t'apporter quelque chose, grand-mère ?

Kathleen était absorbée dans les albums photos que Gloria avait apportés. Elle secoua la tête.

— Non merci, ma chérie.

Mallory partit à la cuisine avec ce qu'elle avait dans les mains.

Rebecca la suivit.

— La poubelle est là, dit-elle en ouvrant un placard.

— Merci.

— Quelle belle soirée, hier !

Mallory hocha la tête et se lava machinalement les mains. Elle aurait volontiers fait la vaisselle pour s'occuper, mais il n'y en avait pas.

Elle se détourna de l'évier et Rebecca lui tendit une serviette.

— Envisagerais-tu de travailler à l'hôpital ?

Surprise par cette question inattendue, elle s'immobilisa.

— Je ne savais pas qu'il y avait un poste disponible.

— Il n'y en a pas, pas vraiment, mais il pourrait y en

avoir un si la demande en était faite au conseil d'admi nistration.

Perplexe, Mallory poussa un profond soupir. Elle plia la serviette, la posa à côté du vieil évier.

— Rebecca, vous n'êtes pas obligée de faire ça. Ce n'est pas parce que Dan est revenu que je vais disparaître avec Chloe pour toujours. Je veillerai à ce qu'elle passe le plus de temps possible ici, à Weaver.

— Je n'essaie pas de t'acheter. J'allais t'en parler hier soir, mais nous avons été interrompues. Bien sûr, pour nous, ce serait merveilleux que Chloe vive ici définitivement, mais en réalité l'hôpital a besoin de toi, Mallory, et je me plais à penser que tu serais heureuse à Weaver. Cela dit, tu ne gagnerais pas autant d'argent qu'à New York.

La question de l'argent était presque drôle, car elle n'avait pas réussi à convaincre Ryan de reprendre son chèque. L'enveloppe était toujours dans son bureau.

Ou plutôt, dans le bureau de Dan.

— Dis-moi au moins que tu vas y réfléchir, la pressa Rebecca.

— Réfléchir à quoi ? demanda Ryan en entrant dans la cuisine d'un pas nonchalant.

— A venir travailler à l'hôpital maintenant que le Dr Yarnell est revenu, lui répondit sa mère.

Ryan lui jeta un profond regard et Mallory se sentit mal à l'aise.

— Chloe n'aurait pas besoin de faire des allers et retours tout le temps, dit-il d'une voix où ne perçait aucune émotion.

Bien sûr, il avait raison, mais elle avait nourri l'espoir qu'il remarquerait que cela signifiait qu'elle aussi serait là tout le temps.

Elle n'avait pas confondu le sexe avec l'amour, mais de toute évidence lui non plus.

— Il faut aussi que je pense à ma grand-mère.

C'était vrai : sa grand-mère avait laissé derrière elle son cercle d'amis, et elle l'avait fait en pensant que c'était temporaire.

Son pager vibra dans sa poche et elle le sortit précipitamment, contente de cette interruption. Elle lut le message.

— J'ai un accouchement.

— Je vais te conduire à l'hôpital, dit Ryan.

Rebecca sembla un peu déçue.

— J'aurais dû amener ma propre voiture, dit Mallory en jetant un coup d'œil furtif à Ryan. Tu aurais pu rester, comme ça.

— Mallory pourrait prendre ton pick-up, Ryan, suggéra Rebecca, et s'il se fait tard, nous vous raccompagnerons, ton père et moi.

C'était une bonne idée. Bien qu'elle eût envie d'être avec Ryan, elle vit qu'il hésitait : une partie de lui avait envie de s'en aller, une autre avait envie de rester.

Il sortit les clefs de son pick-up de sa poche et les lui tendit.

— Parfait ! dit Rebecca. Réfléchis à ma proposition, Mallory.

Elle lui pressa affectueusement le bras et sortit.

Mallory se força à sourire, mais Ryan lui attrapa la main.

— Qu'y a-t-il ?

— Rien.

Il avait l'air sceptique, mais il changea de sujet.

— Le pick-up a une boîte de vitesses, tu sais t'en servir ?

Elle hocha la tête. Soudain, il l'attira vers lui et déposa un baiser sur ses lèvres. Submergée par une vague d'émotions, elle se laissa faire, désarmée.

Lorsqu'il releva la tête, elle s'empressa de dire :

— Je ferais mieux d'y aller, ou le bébé de Peggy Duke va arriver sans moi.

C'était très exagéré : c'était le premier enfant de Peggy, et l'accouchement prendrait probablement des heures.

— C'est sûrement un des derniers messages que je reçois, ajouta-t-elle, incapable de se retenir, Dan ne va pas tarder à prendre directement ses appels.

Elle retourna dans le salon dire au revoir à tout le monde et embrasser Chloe, qui ne se plaignit pas, cette fois-ci, de cette urgence. Puis, avant de faire quelque chose de vraiment stupide, comme supplier Ryan de lui dire qu'il ressentait quelque chose que manifestement il ne ressentait pas, elle prit son manteau et lui conseilla de rester au chaud à l'intérieur. Elle se hâta de descendre les larges marches qui donnaient sur une allée circulaire.

Il la suivit quand même, sans manteau, les mains dans les poches de son jean. Le vent jouait avec ses cheveux et plaquait sa chemise bleu foncé sur son torse.

Elle monta dans le pick-up et mit le contact, les mains tremblantes.

— Mallory…

— Ça fait longtemps que je n'ai pas conduit une voiture avec une boîte de vitesses, mais je vais y arriver.

Elle savait qu'elle parlait pour ne rien dire, mais elle ne pouvait pas s'en empêcher. Elle fit semblant d'examiner les pédales et le levier de vitesse.

— Ne ris pas si je n'y arrive pas.

— Je ne ris pas.

Non, il ne riait pas, effectivement. Il la dévisageait et, si elle ne se hâtait pas de partir, elle allait devenir folle.

Elle saisit la poignée de la portière et, au bout d'un moment qui lui sembla durer une éternité, il s'écarta et elle la reclaqua.

Le pick-up était imprégné de son parfum, un parfum enivrant, réconfortant et douloureux à la fois. Elle prit une profonde inspiration, lui fit au revoir de la main d'un air désinvolte, et démarra. Elle ne cala pas et ne rentra dans aucune des voitures garées là, ce qui était étonnant car ses mains tremblaient et ses yeux étaient embués de larmes.

Elle s'éloigna de lui, de la chaleur de la maison et de ses habitants. Que ressentirait-elle lorsqu'elle partirait pour de bon si déjà, maintenant, elle ne pouvait le supporter ?

— Tu vas rester là jusqu'à ce qu'elle revienne ?

Ryan se retourna et vit son père, debout sous le porche.

— Peut-être. Au moins, elle est obligée de revenir, elle, ajouta-t-il tout bas comme pour lui-même.

— A t'entendre, on croirait que tu as peur qu'elle ne le fasse pas.

Il n'était pas d'humeur à se livrer à une discussion. Il remonta les marches.

— C'est le cas. Tu as une cigarette ?

Sawyer eut un sourire narquois.

— Non. Ta mère est de plus en plus stricte, là-dessus.

Ryan reporta son attention sur l'allée et le jardin enneigé.

— C'est une chic fille, dit Sawyer.

— Chloé ?

— Oui, elle aussi, mais je parlais de ton médecin, dit-il avec un hochement de tête en direction de la route déserte.

— Ce n'est pas mon médecin.

Elle était cependant la mère de sa fille, son amante, même s'ils n'avaient fait l'amour que deux fois, et elle était probablement aussi la clé de son bonheur.

— Voudrais-tu qu'elle le soit ?

Il serra les mâchoires, ne répondit pas. Au bout d'un moment, son père soupira et reprit :

— J'ai parlé à Cole hier soir, il m'a dit qu'il voulait vraiment que tu retournes travailler pour lui.

Ce sujet-là ne le mettait pas plus à l'aise que celui de Mallory.

— Je ne savais pas qu'il était aussi bavard.

Sawyer sourit.

— Nous nous connaissons depuis très longtemps, lui et moi. Il ne te l'a peut-être pas dit, mais il était aussi inquiet que nous quand tu as été porté disparu. Il ne veut toujours pas en dire plus sur ta dernière mission, cela dit.

— Il ne veut probablement pas te dire que j'ai échoué. Il s'imagine que je peux arranger les choses, maintenant ?

Il secoua la tête et jura tout bas.

— Je ne peux pas y retourner, papa.

C'était une véritable torture pour lui de l'admettre.

— Je sais que je devrais, mais…

— Qui a dit ça ? l'interrompit Sawyer en le prenant par les épaules.

— Personne dans cette famille n'a jamais rien abandonné, à part moi.

— Personne n'a jamais abandonné la famille, répliqua Sawyer, les sourcils froncés, mais il y a eu des moments où nous avons tous appris à laisser tomber quelque chose. Il n'y a pas de honte à savoir quand il est temps de faire cela, fiston. Parfois, c'est ce qui demande le plus de courage.

Il avait l'impression que sa tête allait exploser.

— Il n'y avait rien d'honorable dans ce que j'ai fait. Une fille est morte à cause de moi, et il y en a probablement d'autres…

Sa voix se brisa.

— … qui préféreraient être mortes plutôt que d'avoir la vie qu'elles ont en ce moment.

— Si tu veux retrouver ton honneur, Ryan, fais en sorte que cette fille ne soit pas morte en vain, mais fais-le pour toi, pas parce que tu crois devoir le faire pour moi, pour ta mère, ou pour Cole. Nous savons déjà de quoi tu es capable, nous. Moi, je le sais, et j'ai toujours été fier de t'avoir comme fils.

Sa mâchoire se contracta et il lui donna une petite tape sur la tête.

— Par contre, si tu fais l'idiot avec ton médecin, je vais devoir demander à mon médecin d'avoir une petite conversation avec toi.

— En quoi est-ce que je fais l'idiot ? Elle dit qu'elle m'aime, mais elle refuse de prendre quoi que ce soit qui vienne de moi, même pour Chloe !

— Et toi, est-ce que tu l'aimes ? Lui as-tu dit ?

Ryan fit la grimace, ce qui suffit apparemment à son père comme réponse, car il se contenta de le dévisager en secouant lentement la tête.

— Seigneur… Les femmes ont besoin d'entendre ces mots, mon grand.

— A quoi cela m'avancera-t-il ? Même quand on lui offre la possibilité de travailler à l'hôpital, elle n'est pas intéressée ! Elle va retourner à New York, et je ne peux absolument rien y changer.

— As-tu déjà pensé à lui demander de rester ?

— Vous avez un beau petit garçon, dit Mallory en souriant à Peggy Duke et en lui tendant le nouveau-né qui criait.

Peggy avait l'air épuisée. Son jeune mari, Drew, serrait sa main dans la sienne.

— C'est un garçon ?

— Oui, et il est parfait ! Vous êtes prête à le prendre dans vos bras ?

Peggy hocha la tête avec enthousiasme. Mallory prit la couverture que l'infirmière lui avait donnée et en enveloppa le bébé avant de le placer dans les bras de sa maman.

— Merci.

— Je vous en prie.

Peggy embrassa son mari, riant alors même que des larmes de joie et d'épuisement coulaient sur ses joues.

Mallory se dit que c'était vraiment le meilleur moment de son travail. Elle n'avait jamais été envieuse auparavant, mais c'était le cas maintenant, alors qu'elle finissait de s'occuper de la jeune maman avec l'infirmière. Elles étaient devenues invisibles, exclues de la bulle de bonheur qui s'était formée autour de Peggy et Drew.

Elle avait l'habitude de cela. Quand son travail fut terminé, elle quitta la pièce et se dirigea vers les vestiaires. Les jeunes parents devaient être dans leur chambre, en train de s'extasier devant les petits orteils et les petits doigts de leur fils.

Elle se pinça l'arête du nez, refoulant les larmes qui lui montaient aux yeux.

— C'est un garçon ou une fille ?

Elle s'arrêta net et laissa retomber sa main. Ryan se tenait devant la porte des vestiaires. Elle sentit son cœur se serrer.

— Un garçon.

— Comment l'ont-ils appelé ?

— Je ne sais pas, dit-elle faiblement.

Elle retira son bonnet et se passa nerveusement la main dans les cheveux. Elle avança et ses tennis crissèrent sur le carrelage.

— Que fais-tu ici ? Tu as besoin de ton pick-up ?

L'accouchement avait pris moins de temps que prévu, mais cela faisait quand même plusieurs heures qu'elle était partie.

— J'ai besoin de toi.

Son bonnet lui glissa des mains et atterrit sur le sol.

— J'ai besoin de toi, répéta-t-il d'une voix plus douce en la regardant droit dans les yeux.

— Je ne vais pas partir avec Chloe.

— Il ne s'agit pas de Chloe.

— Il s'agit toujours de Chloe, c'est pour elle que nous sommes ici.

— Ce n'est pas pour elle que j'ai besoin de toi.

Elle se mordit l'intérieur de la joue, n'osant interpréter ses paroles.

— Je travaillerai ici, à l'hôpital. Chloe pourra te voir tout le temps. Nous officialiserons les choses. Le mari de ta cousine, celui qui est avocat… pourra rédiger cela pour nous.

— Nous n'avons pas besoin de Brody pour officialiser les choses.

Sa gorge se serra.

— Pourquoi ? Ton testament est bien officiel, lui.

Tout comme le fidéicommis, et le chèque qu'elle n'encaisserait jamais.

— Un contrat de mariage le serait aussi.

Elle tressaillit. Il la mettait au supplice…

— Tu n'es pas non plus obligé de m'épouser pour être officiellement le père de Chloe.

— Je suis obligé si je veux être ton mari.

Il la prit par les épaules.

— Je te demande de m'épouser, Mallory. Prends un poste ici si tu veux, ou retourne à New York : je m'en fiche, parce que je te suivrai quoi que tu fasses !

Elle le regarda fixement, essayant en vain de déchiffrer la lueur dans ses yeux bleus.

— Chloe…

— Bon sang ! Je suis vraiment désolé de te dire ça, mais si tu prononces encore une fois le nom de notre fille maintenant, je vais…

Il s'interrompit, souffla bruyamment, se reprit.

— J'adore Chloe. J'aurai sûrement peur toute ma vie de n'être pas le père qu'elle mérite, mais c'est de toi que j'ai besoin.

Il pressa ses doigts un peu plus fort sur ses épaules.

— J'ai dit que je ne voulais plus jamais rien ressentir, mais je me mentais à moi-même. C'est grâce à toi que je peux à nouveau ressentir des choses, Mallory, que je veux les ressentir. Je veux te voir tous les matins quand j'ouvre les yeux.

Elle retint son souffle. Ses yeux s'emplirent de larmes… Ryan desserra son étreinte.

— Je veux te serrer dans mes bras le soir, murmura-t-il, et savoir que tu seras là quand je me réveillerai le lendemain matin.

Elle inspira profondément, bouleversée.

Il s'approcha d'elle, l'enveloppant dans cette chaleur, ce parfum qui l'avait séduite dès qu'elle l'avait rencontré.

— Je veux faire l'amour avec toi, rire avec toi, pleurer avec toi…

Il lui passa les pouces sur les joues, essuyant les larmes qu'elle ne parvenait plus à retenir.

— J'aime ton intelligence et, surtout, ton cœur, et j'aimerais tout ça même si Chloe n'était pas là, mais elle est là, et c'est encore bien mieux. Je crois qu'elle fera une grande sœur géniale.

Elle laissa échapper un rire entrecoupé de sanglots.

— Tu veux d'autres enfants ?

Il sourit, mais son expression était totalement vulnérable.

— C'est toi qui m'as fait renaître. Je n'ai jamais aimé personne comme je t'aime. Je ne sais peut-être pas ce que je vais faire de ma vie, mais je sais que je ne veux rien faire sans toi à mes côtés.

Ses yeux brillaient, et elle comprit enfin que la lueur qui les animait était celle de l'amour.

— Alors, reprit-il d'une voix rauque, veux-tu m'épouser ?

Elle s'essuya les joues, se mit sur la pointe des pieds et passa ses bras autour de lui.

— Je ne veux pas rentrer à New York, murmura-t-elle, la vie est plus douce ici pour fonder une famille.

Il la serra contre lui, les yeux pétillants.

— Est-ce que ça veut dire oui ?

C'était une question, mais bien plus encore : c'était la promesse de toute une vie qui s'ouvrait devant eux.

Elle tendit les lèvres vers lui.

— Oui.

Épilogue

— Ryan… Papa, je veux dire, dit Chloe en riant. Quand est-ce qu'on y va ?

Ryan serra la main de Mallory et la regarda, l'air amusé.

— Ne me dis pas que tu es pressée d'aller te coucher, Chloe ?

Elle leva les yeux au ciel.

— C'est la veille de Noël !

Les mains posées sur les genoux de Ryan, elle se pencha vers lui.

— Le Père Noël va passer, chuchota-t-elle comme si c'était un grand secret.

Mallory ne pouvait pas s'arrêter de sourire. Pour elle, le Père Noël était déjà passé, et elle avait été gâtée.

Cela faisait peut-être moins d'un mois que Ryan avait frappé à sa porte, mais elle avait l'impression qu'il était dans leurs cœurs depuis toujours.

— Ce n'est pas parce que nous resterons un peu plus longtemps que le Père Noël ratera notre maison, dit-elle à Chloe. Ce n'est même pas encore l'heure d'aller au lit.

Chloe poussa un profond soupir et se redressa.

— Ça va être la plus longue nuit de ma vie, gémit-elle.

A ce moment-là cependant, Zach Forrest passa dans son champ de vision et elle se précipita sur lui comme un boulet de canon, manquant de peu le grand sapin de Noël à côté de la baie vitrée.

— Tu sais, dit Mallory d'un ton songeur en contemplant le sapin, comme elle le faisait depuis que Ryan leur avait trouvé un endroit pour s'asseoir après le repas, cet angelot me fait penser à ma sœur. Tu trouves ça bizarre ? demanda-t-elle avec un sourire timide.

Il eut l'air amusé.

— Non, je ne trouve pas.

Ils étaient au Double-C Ranch. C'était une immense maison, le seul endroit assez grand, d'après Ryan, pour accueillir tout le monde lors des réunions de famille.

Bien installée sur le profond canapé, elle regardait les membres de cette grande famille aller et venir. Elle en était tout étourdie.

— Il va me falloir un moment pour me souvenir de tous les prénoms.

Ryan entrelaça ses doigts aux siens.

— Nous avons toute la vie devant nous.

Elle avait du mal à croire que c'était possible, mais il la regardait pourtant avec une telle tendresse…

Axel se posta devant eux.

— Alors, le mariage est prévu pour quand ?

Il avait l'air d'autant plus viril qu'il tenait son bébé contre son épaule. Ryan avait dit à Mallory qu'Axel serait son témoin.

Elle-même avait demandé à Courtney d'être sa demoiselle d'honneur. Sa future belle-sœur avait aussitôt accepté, sans chercher à cacher qu'elle avait les larmes aux yeux.

— Dans une semaine exactement.

Axel sourit et haussa les sourcils, les yeux écarquillés. Il tapota doucement le dos de son fils.

— La veille du jour de l'an… Moi qui trouvais que Tara et moi avions fait vite ! Pas mal, Ryan !

Quelqu'un l'appela et il s'éloigna après leur avoir fait un clin d'œil.

Ryan la regarda.

— Ce n'est pas trop rapide, n'est-ce pas ? Ça ne te laisse pas le temps de préparer un grand mariage.

— Je ne veux pas d'un grand mariage, je veux simplement que les gens que nous aimons soient là. Nous en avons déjà parlé.

Elle s'extirpa du canapé et lui tendit la main.

— Viens, je veux reprendre du dessert avant qu'il n'y en ait plus.

Il rit et se leva à son tour.

— Tu es magnifique, lui murmura-t-il à l'oreille.

Une bouffée de désir l'envahit. Elle supposait que c'était à cela qu'elle devait s'attendre pour les cinquante prochaines années… Elle l'espérait.

— Hum hum ! fit une voix grave à côté d'eux.

Elle rougit en voyant Cole Black.

— Ce n'est pas bien d'interrompre un homme qui embrasse sa fiancée, dit Ryan.

Elle sourit en pensant que si Cole ne lui avait pas envoyé les affaires de Cassie, elle n'aurait jamais rencontré Ryan.

— Joyeux Noël, monsieur Black !

— Appelez-moi Cole, je vous en prie. On se verra la semaine prochaine pour discuter de ton idée, ajouta-t-il à l'intention de Ryan.

Ryan envisageait de monter une agence permettant aux gens de retrouver des personnes disparues.

— Nous en discuterons après notre lune de miel, dit-il.

Elle lui pressa tendrement la main et ils échangèrent un regard complice.

— D'accord, dit Cole en souriant.

Il sortit une enveloppe de la poche intérieure de sa veste et la tendit à Ryan.

— Voilà l'autre renseignement que tu m'as demandé.

Il aperçut sa belle-fille, Angeline.

— Excusez-moi, dit-il avant de s'éloigner.

Ryan lui tendit l'enveloppe.

— C'est pour toi.

— Qu'est-ce que c'est, cette fois-ci ?

— Rien d'inquiétant. Ouvre-la.

Elle lui jeta un coup d'œil soupçonneux et l'ouvrit.

— Qu'est-ce que c'est ? répéta-t-elle en feuilletant les quelques papiers, des photocopies de vieux documents et des articles de journaux.

— Hollins mène des enquêtes approfondies sur chacun de ses employés, dit Ryan.

Elle regarda plus attentivement les dates sur les documents.

— Est-ce que c'est un autre membre de ta famille ?

— Non, de la tienne.

Il prit le dernier article et le posa au-dessus des autres.

— Il s'agit de ton père, Mallory, dit-il d'une voix douce. Ces informations étaient dans le dossier de Cassie.

Elle regarda fixement le texte et la photo d'un beau jeune homme en uniforme.

Elle lut la légende :

— George M. Cassie. Mais… Comment est-ce possible ? Ma mère ne nous a jamais rien dit à son sujet, son nom n'était même pas sur nos certificats de naissance.

Elle leva les yeux vers lui.

— Cassie était-elle au courant ?

Il secoua la tête.

— Ça m'étonnerait. Elle n'avait aucune raison de voir son dossier personnel, et puis, elle te l'aurait dit, non ?

Elle passa son doigt sur le visage de la photo.

— Ton père est mort pendant la chute de Saïgon, avant ta naissance. L'article parle de lui et de la famille qu'il a aidée à s'échapper avant de mourir. C'était un héros, Mallory…

Elle serra les documents contre sa poitrine et se tourna vers lui.

— Merci, dit-elle d'une voix chargée d'émotion. Je ne m'attendais pas à ça… C'est un merveilleux cadeau de Noël.

— Maman ! s'écria Chloe qui surgit à ce moment-là et la tira par la manche de sa robe de lainage rouge. Venez, grand-père Squire distribue des cadeaux à tout le monde ! Mamie a eu une boule de bowling, dit-elle en riant. Elle dit qu'elle va s'en servir, en plus, parce qu'il y a une équipe de bowling qui joue tous les jeudis soir, et ce ne sont presque que des vieux messieurs qui n'ont pas de petites amies !

Mallory lui caressa la joue en riant. Apparemment, Kathleen avait bien l'intention de s'adapter à Weaver.

— Nous ferions mieux d'aller voir ça de plus près, dit Ryan avec sérieux. Passe devant, nous te suivons.

Il mit son bras autour de Mallory et la serra contre lui.

— Après les cadeaux, et après avoir repris du dessert, nous pourrons y aller ?

Elle appuya sa tête sur son épaule, et son regard s'attarda

sur l'angelot au sommet du sapin, telle une sentinelle qui veillait sur les festivités.

Elle sourit.

— Bien sûr…, répondit-elle.

CHRISTINE WENGER

Un charme si troublant

éditions Harlequin

Titre original : THE TYCOON'S PERFECT MATCH

Traduction française de MARIE-CLAUDE CORTIAL

83/85 boulevard Vincent-Auriol 75646 PARIS CEDEX 13.
Service Lectrices — Tél. : 01 45 82 47 47
www.harlequin.fr

- 1 -

Lorsqu'elle ralentit à l'entrée de la grand-rue de Hawk's Lake, petite ville nichée au cœur des Adirondacks, Marigold Sherwood sentit un frisson d'excitation la parcourir.

Après un voyage de six heures depuis Boston, elle était enfin arrivée !

Sous le charme, elle contempla les vastes demeures victoriennes, avec leur pelouse vert émeraude, leur barrière de bois peint et leurs encadrements de portes et de fenêtres aux chaudes couleurs de pain d'épice.

Dans les jardins, jonquilles, jacinthes et tulipes, bercées par la brise, semblaient la saluer sur son passage. Les forsythias illuminaient les rues de leur jaune éclatant, et les lilas n'allaient pas tarder à fleurir.

Son cœur se gonfla d'émotion.

Pendant son enfance, elle avait passé de nombreux étés idylliques à Hawk's Lake. Cela faisait si longtemps ! Mais rien ne semblait avoir changé, et aucun lieu ne pouvait être mieux approprié pour retrouver cette sensation de bonheur qu'elle gardait enfouie au fond d'elle.

Oui, elle avait bien fait de se décider à venir. Ce lieu était idéal pour passer ces deux mois de congé loin du bureau, où la pression devenait insupportable depuis quelque temps.

Ici, toutes les conditions étaient réunies pour se détendre, se ressourcer mentalement et physiquement. A la fin de son séjour, elle ne se sentirait plus étrangère à elle-même comme elle en avait eu la douloureuse impression ces dernières semaines. Elle saurait enfin qui était la véritable Marigold Sherwood et ce qu'elle voulait.

Elle avait hâte de sortir de sa camionnette de location pour se dégourdir les jambes au soleil. Comme cela allait être bon de se promener en se délectant du parfum des fleurs ! Cela ne lui était pas arrivé depuis une éternité, avec la vie de folle qu'elle menait à Boston.

L'agence immobilière ne devait plus être très loin.

En s'arrêtant à un carrefour pour laisser passer une escouade de jeunes filles à vélo, elle vérifia sur la carte l'adresse que Julie, son assistante, avait imprimée pour elle.

De fait, c'était juste au prochain croisement.

Elle se gara sur un des emplacements qui longeaient la rue principale, entre les belles maisons victoriennes, descendit de voiture et avisa la pancarte plantée au milieu de la pelouse verdoyante.

« Agence immobilière Brian Hawkins ».

En dessous, en lettres blanches, était inscrit : « Notaire ».

Elle prit une profonde inspiration.

Le seul nom de Brian Hawkins lui provoquait un pincement au cœur.

Brian faisait partie de la célèbre famille Hawkins, qui descendait des fondateurs de la ville et possédait la plus grande propriété de Hawk's Lake. Elle avait toujours admiré cette villa, bien qu'elle n'ait jamais cessé d'avoir un attachement très fort pour Sherwood Lodge, la maison d'été de ses parents.

Pendant des années, à la fin du mois de juin, une fois les cours terminés, elle n'avait eu qu'une hâte : retourner à Hawk's Lake et se lancer dans un tas d'aventures avec Mélanie, Jack et Brian Hawkins. Et à chaque rentrée, en septembre, elle avait éprouvé le même déchirement en quittant ce paradis pour rentrer à Boston. Cependant, une fois au collège, très exactement à partir de la cinquième, c'était surtout Brian qu'elle brûlait de revoir. Ses yeux bleus au regard intense avaient pour effet de lui couper les jambes et de faire battre son cœur plus vite chaque fois qu'il les posait sur elle… Et c'était ce même Brian Hawkins qui lui avait brisé le cœur alors qu'elle venait d'avoir seize ans.

Poussant un profond soupir, elle observa la maison aux murs crème qui avait autrefois abrité la parfumerie Pamela, lieu fabuleux pour la jeune fille qu'elle avait été.

En gravissant l'escalier, elle remarqua le style belvédère de la porte d'entrée et fit une pause.

La simple vue de ce porche ramenait tant de souvenirs. Combien de fois n'était-elle pas venue dans cette parfumerie avec Mélanie, la sœur cadette de Brian ? Mme Newley, la propriétaire de ce lieu enchanteur, leur offrait de la citronnade et des cookies. Et maintenant, douze ans plus tard, elle en retrouvait l'odeur et le goût sur sa langue. Avec Mélanie, elle avait l'habitude de s'asseoir autour d'une petite table et de bavarder pendant des heures, inventant des récits d'aventures aux intrigues compliquées tout en sirotant leur citronnade…

Elle fit un violent effort pour revenir au moment présent.

Ce retour sur les lieux de son adolescence était particulièrement émouvant. Et son imagination devait lui jouer des tours, car elle aurait juré que l'odeur des parfums et des bougies vendus par Mme Newley flottait encore dans l'air.

D'un pas lent, elle entra dans l'agence.

Assise derrière un bureau, une dame d'âge mûr leva les yeux de son ordinateur. Aussitôt, son visage plutôt rond se fendit d'un sourire jusqu'aux oreilles.

— Mais c'est la petite Marigold Sherwood ! s'écria-t-elle. Bienvenue à Hawk's Lake, ma chère.

— Madame Newley ? Oh, j'étais justement en train de penser à vous !

Mme Newley se leva et s'approcha d'elle.

— Cela fait si longtemps ! Mais Brian m'avait prévenue que vous deviez arriver aujourd'hui.

La prenant dans ses bras, elle l'embrassa chaleureusement.

— C'est si bon de vous revoir, dit Marigold en lui déposant un baiser sur chaque joue. Le simple fait de me retrouver dans votre maison me rappelle de merveilleux souvenirs.

— Comment allez-vous, Marigold ? Et que devenez-vous ? Nous n'avions plus aucune nouvelle. Etes-vous mariée ? Avez-vous des enfants ?

Au lieu de répondre, Marigold posa les yeux sur sa main gauche, qu'un diamant avait orné pendant quelque temps.

Le pincement de déception habituel se manifesta au niveau de son estomac, et elle se força à sourire.

— Je vais très bien. Mais non, je ne suis pas mariée, et je n'ai pas d'enfants.

Mme Newley secoua la tête d'un air incrédule.

— Qu'est-ce qu'ils ont qui ne va pas, les hommes de Boston ?

Marigold émit un petit rire, qu'elle aurait souhaité plus désinvolte. Malgré elle, elle regarda de nouveau son doigt dénudé tandis que le visage de Jason Fox, son ex-fiancé, se dessinait dans son esprit.

« Oublie-le ! » s'exhorta-t-elle pour la énième fois.

— Qu'est-il arrivé à votre boutique de parfums ? questionna-t-elle au lieu de répondre.

— J'ai eu envie de voyager plus souvent, d'aller voir mes enfants et mes petits-enfants. C'est pourquoi j'ai vendu la maison à Brian Hawkins pour son agence immobilière. Mais quand il a vu à quel point c'était difficile pour moi de quitter les murs entre lesquels j'avais toujours vécu, il m'a suggéré de rester. On peut dire que je suis arrivée en prime avec la maison ! plaisanta-t-elle.

Elle se mit à rire avant de faire remarquer :

— Brian Hawkins a toujours eu un cœur d'or.

Marigold acquiesça d'un bref signe de tête.

Comment oublier le jour où Brian avait refait tout le trajet de distribution du journal parce qu'il lui en restait un et qu'il craignait d'avoir oublié un client ? Et quand il travaillait comme caissier au magasin d'alimentation Clancy's, elle se souvenait que, un jour, un petit garçon n'avait pas assez d'argent pour payer ses bonbons. Brian avait pris dans sa propre poche les pièces manquantes. Et ce n'était probablement pas la seule fois où il avait dépanné quelqu'un.

Oui, Brian avait un cœur d'or.

Sauf quand il s'agissait d'elle.

Se ressaisissant, elle adressa un sourire aimable à Mme Newley.

— Ainsi, vous travaillez pour Brian ?

— Oui, à mi-temps.

— Mais alors, vous avez peut-être la clé de mon ancien cottage ? Et je suppose que j'ai un contrat à signer ? A moins que Julie ne s'en soit déjà occupée ?

Comme Mme Newley ouvrait de grands yeux, elle précisa :

— Julie est mon assistante.

Ce serait parfait si celle-ci avait déjà réglé l'aspect paperasse. Avant de quitter Sherwood Enterprises pour ces deux mois de vacances plus que méritées, elle avait elle-même apposé sa signature au bas d'un document des centaines de fois par jour, et la moindre vue d'un stylo lui donnait la nausée.

— Je peux vous remettre la clé, mais c'est Brian qui a le contrat, déclara Mme Newley.

Elle consulta la grande horloge placée dans un coin de la pièce.

— Il ne devrait pas tarder à arriver. Il est allé faire visiter une maison pas très loin d'ici.

Essayant de chasser de son esprit l'idée qu'elle allait revoir Brian, Marigold se tourna vers la fenêtre.

— Je n'arrive pas à croire que je suis ici ! s'exclama-t-elle sur un ton enthousiaste. Cela fait douze ans que je n'ai pas mis les pieds à Hawk's Lake. Vous vous rendez compte ?

Mais avant que Mme Newley ne puisse répondre, elle s'enquit malgré elle :

— Comment va Brian ?

— Très bien. Il est toujours célibataire.

Mme Newley eut un petit rire primesautier.

— Ah, si seulement j'avais trente ans de moins ! Je me demande pourquoi il ne s'est jamais marié.

Elle retourna s'asseoir derrière son bureau et se mit à fouiller dans un tiroir.

— Votre clé est ici. J'aurais dû la chercher avant, mais j'ai eu tellement de travail…

L'esprit ailleurs, Marigold hocha la tête.

Ainsi, Brian Hawkins était resté célibataire.

Allait-il la reconnaître ? Etait-il toujours aussi sérieux que lorsqu'ils étaient adolescents ? Etait-il toujours aussi beau ?

Elle soupira silencieusement, observant le grand bureau design installé devant une rangée de fenêtres.

A en juger par l'ordre qui régnait sur ce bureau, la réponse à sa deuxième question était positive. Ce bureau ne pouvait être que celui de Brian, qui avait toujours été très soigneux et organisé. Apparemment, il n'avait pas changé.

Quant à elle… Elle n'avait pas changé non plus, du moins sur ce plan-là. Son bureau à Boston était un véritable capharnaüm.

Oui, sans doute n'aurait-elle aucun mal à le reconnaître.

Mais lui, quelle serait sa réaction en la voyant ? Serait-il simplement poli et indifférent ?

C'était probable. Contrairement à elle, il avait dû oublier le premier — et dernier — baiser qu'ils avaient échangé pendant le dernier été qu'elle avait passé à Hawk's Lake.

Elle, elle ne l'avait pas oublié, et le souvenir de ce baiser l'avait tourmentée plus d'une fois.

Elle avait seize ans cette année-là. Par un radieux après-midi de juin, elle cueillait des myrtilles avec Brian, et ils les dégustaient aussitôt. Ils avaient évoqué les tartes délicieuses que la mère de Brian, qui était décédée au début de l'année, confectionnait encore l'été précédent. Brian lui avait alors confié combien celle-ci lui manquait. Quand sa voix s'était brisée sous l'effet de la tristesse, elle avait passé les bras autour de son cou, et il l'avait embrassée.

Son baiser avait d'abord été très doux, plutôt timide, puis il s'était accentué… Jusqu'au moment où Brian s'était redressé et écarté d'elle, visiblement choqué.

Depuis, le contact de ses lèvres chaudes et sensuelles la hantait.

Une porte s'ouvrit derrière elle.

— C'est moi, madame Newley.

Marigold sursauta. En se retournant, elle se heurta au nouveau venu, faisant gicler le contenu de la tasse qu'il tenait à la main.

— Oh, je suis désolée !

Elle sortit de son sac un paquet de mouchoirs en papier et s'accroupit pour éponger le café sur le sol.

Se relevant, elle plongea le regard dans les yeux turquoise de l'homme qui la dominait de toute sa hauteur. Fascinée, elle oublia tout autour d'elle.

Le garçon un peu timide qu'elle avait connu était devenu un homme viril et plus séduisant que jamais.

Brian était vêtu d'un costume impeccable qui semblait coupé sur mesure. Sa cravate s'harmonisait avec la couleur de ses yeux, et ses cheveux étaient aussi noirs et luxuriants que lorsqu'il avait seize ans. Il n'avait rien perdu de ce charme qui lui avait toujours fait battre le cœur.

De son côté, il l'examinait avec un air si grave qu'elle sentit ses joues s'empourprer.

« Détends-toi, Brian », lui avait-elle maintes fois conseillé en lui ébouriffant les cheveux avant de se sauver. Une poursuite s'ensuivait, et ils se retrouvaient à bout de souffle, heureux d'être ensemble.

Si seulement elle avait été capable de suivre elle-même ce judicieux conseil !

— Bienvenue à Hawk's Lake, Marigold.

Brian lui serra la main comme s'ils venaient de conclure une affaire, et elle lui sourit en retour.

La main de Brian était douce et chaude, mais elle aurait mille fois préféré une accolade, comme au bon vieux temps… Ce qui n'avait bien sûr rien à voir avec une envie quelconque d'être serrée dans ces bras musclés, se défendit-elle intérieurement.

— Merci, Brian. Cela fait un bout de temps, dit-elle sans le quitter des yeux. Comment va ta famille ?

— Mon père a pris sa retraite, mais il n'arrive pas à s'éloigner du garage Hawkins. Mélanie s'est remariée et a eu un autre enfant. Kyle, son fils aîné, a déjà sept ans. Quant à Jack, il construit des voitures de course quand il n'est pas en train d'en piloter une lui-même.

Elle l'écoutait vaguement, trop occupée à l'étudier.

Qu'était devenue cette lueur impulsive qui avait toujours brillé dans ses yeux ?

Bien sûr, plusieurs années s'étaient écoulées, mais elle avait toujours pensé qu'elle retrouverait au moins en partie le Brian aventurier dont elle se souvenait. Or si ce Brian-là semblait capable de conquérir le monde, il était maintenant beaucoup plus pondéré. Mais peut-être était-il tout simplement satisfait de sa vie ?

— Et toi ? Qu'est-ce que tu deviens ? questionna-t-elle.

— Je dirige cette agence immobilière. Je m'occupe aussi des livres de comptes de chaque établissement de cette ville, notamment ceux du garage Hawkins, et je fais tout ce que l'on me demande de faire…

Il termina sa phrase sur un ton peu enthousiaste, et son sourire perdit de son éclat.

Apparemment, il n'était pas si heureux que cela.

— Je me souviens que tu voulais quitter Hawk's Lake

et partir travailler dans la finance à New York, fit-elle remarquer, suivant son intuition. Mais apparemment, tu as préféré rester ici ?

Si Brian avait pris un travail correspondant à ses rêves, il aurait été obligé de partir. Il n'y avait rien d'autre dans ces montagnes que des boutiques de souvenirs, des logements et des restaurants pour touristes. Aucune entreprise vraiment importante n'aurait l'idée de s'installer ici.

Brian enfonça les mains dans ses poches, fronçant légèrement les sourcils.

Apparemment, elle avait touché une corde sensible.

— J'ai passé plusieurs années à Wall Street. Mais j'ai dû revenir ici parce que l'on avait besoin de moi, expliqua-t-il.

— Pourquoi n'es-tu pas reparti ?

— En laissant tout cela ?

Avec un sourire un peu forcé, il indiqua d'un geste large le splendide panorama.

— Et puis, comme je te le disais, on avait besoin de moi ici…

Il y avait du sarcasme dans la voix de Brian. Visiblement, la question l'avait perturbé.

Elle hocha la tête et s'efforça de prendre un ton neutre.

— Tu parais très occupé. Et tu dois être heureux d'être revenu dans ce merveilleux endroit.

Il releva les sourcils.

— Merveilleux ?

Avant qu'elle n'ait le temps de comprendre son expression, il se tourna abruptement vers Mme Newley et lui tendit la main.

— Pouvez-vous me passer les clés de Sherwood Lodge, s'il vous plaît ?

Marigold prit une profonde inspiration, tandis qu'une vague de chaleur bienfaisante l'envahissait.

Sherwood Lodge ! Elle allait bientôt s'y trouver, et tout redeviendrait comme avant.

Elle regarda tour à tour Mme Newley et Brian.

— Vous continuez à nommer le cottage ainsi ? dit-elle, étonnée. C'est une belle surprise.

— Marigold, tu sais comment ça se passe, ici. Tout le monde donne un nom à sa maison dans les Adirondacks, et il est rare que quelqu'un le change.

— Oui, mais tout de même, je suis étonnée. Cela fait si longtemps, et…

Elle se mordilla la lèvre inférieure.

Comment lui faire comprendre ?

C'était si important pour elle que le nom de ce cottage qu'elle avait toujours considéré comme sa véritable maison soit resté le même. Cette maison aurait dû rester dans la famille, elle aurait dû tôt ou tard en hériter. Exactement comme de l'entreprise Sherwood.

Elle réprima un soupir.

Son père allait bientôt prendre sa retraite, et elle était fille unique, la dernière de la lignée des Sherwood. Si elle n'acceptait pas de reprendre le flambeau, son père céderait l'entreprise familiale à une personne extérieure à la famille. Ce serait un crève-cœur pour lui. Et Violet, son arrière-grand-mère, qui l'avait créée en fabriquant des poteries dans sa grange, se retournerait dans sa tombe.

Plongée dans ses réflexions, elle secoua discrètement la tête.

Bien sûr, il lui serait toujours possible de siéger au conseil d'administration avec ses parents et sa grand-mère, mais ce ne serait plus jamais pareil.

Mais il était hors de propos de penser à ça. Brian ne

savait certainement pas à quel point c'était ingrat de faire un travail où il fallait maintenir la pression, ce qui sapait toute énergie et créativité. Bien sûr, lui aussi était impliqué dans l'affaire de ses parents. Mais la différence entre eux, c'était qu'il n'était pas fils unique, et il ne serait jamais responsable du destin d'une compagnie qui brassait des millions de dollars.

La voix de Mme Newley la tira de ses pensées.

— Les voici, Brian, dit celle-ci en tendant une enveloppe.

Une seconde plus tard, Marigold sentit la chaleur de la main de Brian sur son épaule.

— Tu dois être fatiguée après ce long voyage. Il est temps de t'installer.

La pression de cette main recréait un contact interrompu par les quelques mots qu'ils avaient échangés…

Elle se morigéna silencieusement.

Elle avait une conscience aiguë de la présence de Brian, mais elle ne devait pas se laisser perturber pour autant. Après tout, ils étaient de vieux amis, rien de plus.

Cependant, ce contact amical avait une portée beaucoup plus grande qu'elle voulait bien l'admettre.

Brian avait-il oublié qu'il lui avait brisé le cœur douze ans plus tôt ?

— Te rappelles-tu le chemin qui mène au cottage ? interrogea-t-il.

S'écartant de lui, elle eut un petit rire.

— Je pourrais y aller les yeux fermés. Ce n'est vraiment pas nécessaire que tu me conduises là-bas. Tu as certainement des choses plus importantes à faire.

Elle aurait bien une autre occasion de le revoir et de refaire connaissance avec lui. Beaucoup de choses avaient changé pendant toutes ces années, mais ce n'était visiblement pas le moment d'en parler.

— Si, je t'accompagne. Je veux m'assurer que tout va bien. Normalement, il y a de l'eau chaude et du chauffage, et le ménage a été fait à fond. Mais je préfère tout vérifier par moi-même, expliqua Brian. Si c'est impeccable, tu n'auras plus qu'à signer les papiers, et la maison sera à toi pour tout l'été.

Elle acquiesça d'un vague signe de tête.

Brian ne faisait que son travail, mais elle éprouvait le besoin d'être seule.

Elle devait réfléchir sérieusement à la décision qu'elle allait prendre au sujet de l'entreprise familiale. Cependant, le plus urgent était d'oublier Jason.

Quelle idiotie d'être tombée amoureuse de ce garçon !

Cerise sur le gâteau, Jason n'avait pas été le premier à se servir d'elle pour gravir des échelons professionnels. Si elle comptait bien, il était en fait le troisième.

Elle avait vraiment un problème avec les hommes. Comment pourrait-elle diriger l'entreprise familiale alors qu'elle ne possédait pas la moindre perspicacité en ce qui concernait la gent masculine ?

Cependant, au milieu de ce marasme, une chose restait sûre et certaine : Brian était parfaitement apte à lui tourner la tête. Or, il lui rappelait le passé, et elle avait besoin de penser à l'avenir.

Elle devait garder ses distances par rapport aux hommes en général et par rapport à Brian Hawkins en particulier. Elle voulait bien prendre des risques professionnels, mais il était hors de question qu'elle joue à la roulette russe avec son cœur.

- 2 -

Encore une fois, Brian jeta un coup d'œil dans le rétroviseur.

Si Marigold l'avait suivi d'encore plus près, elle aurait percuté sa voiture. Contrairement à ce qu'elle avait affirmé, elle ne devait pas se souvenir si bien que ça du trajet qui conduisait à Sherwood Lodge.

En la voyant dans l'agence immobilière, il en avait eu le souffle coupé.

Elle était renversante dans ce haut vert qui faisait ressortir la couleur émeraude de ses yeux, assorti d'un short mettant en valeur ses longues jambes au galbe parfait. Elle n'avait plus grand-chose à voir avec la jeune fille maigrichonne qu'il avait connue douze ans plus tôt, même si celle-ci possédait déjà à cette époque un charme hors du commun.

Mais au fond, pourquoi était-il tellement étonné ? Si quelqu'un avait une notion aiguë du temps qui passe, c'était bien lui. N'avait-il pas souvent l'impression d'essayer de le rattraper, alors que, à trente ans, il avait encore tant de choses à accomplir ?

Quant à elle, Marigold Sherwood réussissait ce qu'il avait toujours rêvé de réussir. Elle était sur le point de prendre la tête d'une compagnie figurant parmi les cinq cents plus riches de la planète.

Marigold…

Il l'avait toujours connue avec un air épanoui, des yeux pétillants de joie. Mais aujourd'hui, c'était de la tristesse qui se lisait dans son regard. Qu'avait-il pu lui arriver ?

Elle travaillait dans l'entreprise familiale et prenait actuellement un long congé. C'était tout ce que son assistante avait bien voulu lui dire.

Difficile d'imaginer que Marigold avait besoin de vacances. Son travail était génial ! Il s'agissait notamment de créer de la vaisselle de luxe en cristal et en porcelaine pour la commercialiser ensuite. C'était un défi constant, et ce devait être particulièrement excitant de prendre des décisions dans lesquelles des millions de dollars étaient en jeu !

Frustré, il se passa une main dans les cheveux.

Son vieux rêve d'accéder à la direction d'une entreprise de cette dimension ne l'avait pas quitté.

A vrai dire, il avait toujours suivi avec le plus grand intérêt les activités de l'entreprise Sherwood depuis qu'il avait rencontré Tom Sherwood, le père de Marigold. Tom possédait un dynamisme apparemment inépuisable, et c'était toujours passionnant de l'écouter parler de son travail. Il arrivait à celui-ci d'évoquer un projet sur lequel il s'était penché personnellement puis de lui demander son opinion.

Brian sourit.

Quand il donnait son avis au père de Marigold à la demande de ce dernier, celui-ci s'exclamait toujours chaleureusement : « Mais c'est une idée fabuleuse, jeune homme ! Tu as un vrai tempérament d'homme d'affaires ! »

Chaque fois qu'il entendait ces mots, il avait l'impression de s'élever en plein ciel.

Le jour où son propre père lui avait offert d'organiser

une fête de fin de cycle secondaire, il avait préféré investir la somme qui aurait été dépensée à cette occasion dans des actions de Sherwood et de deux autres sociétés, et il avait considérablement agrandi son portefeuille au cours des années suivantes. Il avait étudié à fond chaque rapport annuel.

Dans les lettres que M. Sherwood lui envoyait comme à tous les actionnaires, il était toujours question de Marigold à un moment ou à un autre. En lisant entre les lignes, il n'avait pas eu de mal à comprendre que, partie du bas de l'échelle en dépit de sa position d'héritière, elle gravissait les échelons grâce à son propre mérite.

C'était un très bon point pour elle.

Il avait toujours rêvé de se prouver — et de prouver aux autres — qu'il était capable de diriger une grande entreprise. Malheureusement, il était loin d'avoir atteint son but, comme le lui avait douloureusement rappelé sa conversation de tout à l'heure avec Marigold.

Il soupira.

Oui, Marigold avait réussi. Et lui, il avait lamentablement échoué.

Renfrogné, il emprunta la route serpentant derrière les villas de style victorien qui ponctuaient la côte sud de Hawk's Lake.

Sherwood Lodge était la plus grande d'entre elles.

Au moment où l'assistante de Marigold lui avait téléphoné pour demander si la villa était libre, cette dernière souhaitant y passer ses vacances, la maison était louée. Avec l'aide de Mme Newley, il avait remué terre et ciel pour en reloger les occupants. Bien sûr, il aurait pu répondre que la villa n'était pas disponible. Cependant, même après douze ans de silence de la part de Marigold, il avait senti que cette requête était importante pour elle.

Il se gara sur le parking proche du hangar à bateaux.

Avant même qu'il n'ait eu le temps de couper le contact, Marigold s'était déjà garée. Elle descendit de voiture et courut vers la plage du lac.

Il la suivit plus lentement, car elle avait sûrement besoin de se retrouver seule.

Il l'entendit pousser un cri de joie puis se mettre à rire. Quand il la rejoignit, elle contemplait la villa d'un air extasié.

Voilà la Marigold dont il se souvenait !

La maison avait été repeinte en gardant les couleurs d'origine : murs bleu pâle, avec des volets chantournés blanc cassé découpés d'une petite silhouette de voilier. Le toit à quatre pans était recouvert de bardeaux rouges. L'escalier était particulièrement réussi avec son auvent en grès bleuté. Il aimait beaucoup aussi l'allée recouverte de dalles de granit rose qui contournait la villa, reliant l'entrée de derrière à celle de devant.

— C'est tellement merveilleux de revenir chez soi ! murmura la jeune femme.

Puis elle baissa brusquement les yeux, gênée.

Il l'observa sans rien dire.

Bien sûr, la maison n'était plus à ses parents, elle avait dû l'oublier dans l'émotion du moment.

Prenant une profonde inspiration, elle le regarda de nouveau.

— Je veux dire que c'est merveilleux de revoir cette maison. Tu l'as très bien entretenue, Brian. Merci, dit-elle d'une voix émue.

— C'est tout naturel, répondit-il en souriant.

Marigold avait parlé de revenir « chez elle ».

Lapsus intéressant, si l'on considérait qu'elle n'avait pas mis les pieds à Hawk's Lake depuis plus de douze ans !

Cela valait la peine d'avoir relogé les autres locataires, rien que pour voir cette expression heureuse sur son visage.

— Je suis contente que tu aies gardé les mêmes couleurs, continua-t-elle.

Inclinant la tête, il l'observa un instant.

Se trompait-il, ou était-ce des larmes qui brillaient dans ses yeux ?

— Marigold, tu vas bien ?

La jeune femme mit tout ce qu'elle put de nonchalance dans un haussement d'épaules.

— Je suis sans doute un peu trop sentimentale.

— Tu aurais pu partir n'importe où en vacances, mais tu as préféré revenir ici. Pourquoi ?

Elle ne répondit pas, mais son sourire s'évanouit.

Quel imbécile ! Il se serait battu pour avoir fait disparaître le sourire de Mari.

— Pardon, dit-il avec empressement. Cela ne me regarde pas. Je vais te rentrer tes bagages.

— Non. Ça, je le ferai plus tard. Mais tu pourrais m'aider à sortir mon tour et mon four.

— Tes quoi ?

— Le tour avec lequel je fabrique mes poteries et le four à céramique dans lequel je les fais cuire. Le four est portable, ce n'est pas une pièce énorme… Remarque, je peux ne pas le sortir tout de suite de la voiture. Peut-être dans deux ou trois jours.

Elle souriait de nouveau.

— J'ai l'intention de me faire un peu de vaisselle pendant mon séjour.

Il prit un air faussement sérieux.

— Désolé, mais ce n'est pas prévu dans le contrat de location.

Il ouvrit le classeur qu'il portait sous le bras et fit semblant de lire.

— Règle Brian N° 12 : interdiction absolue de « se faire » de la vaisselle. En un mot, interdiction d'en casser ou d'en jeter par la fenêtre. Ceci arrive juste après la règle N° 11 qui interdit le nudisme sur la plage.

Il fit une pause et lui adressa un sourire malicieux.

— Cependant, si tu insistes, je suis prêt à supprimer cette règle-ci.

Le rire de Marigold parut ricocher sur la surface du lac, comme lorsqu'ils étaient enfants.

C'était bon de la voir heureuse. Cependant, son plaisir se transforma soudain en inquiétude.

— Tu sais, je n'aime pas trop te savoir toute seule ici. Il n'y a pas grand monde dans les parages en dehors de la saison.

— Ne te fais pas de souci pour moi, je ne risque rien, dit-elle d'un ton ferme. Crois-moi, je suis impatiente de me retrouver seule dans ce lieu paisible. De toute façon, quoi qu'il arrive, j'ai mon téléphone portable.

Il secoua la tête.

— Les communications ne passent pas bien dans ces montagnes, figure-toi. Mais j'ai fait rouvrir la ligne fixe pour toi.

— Tu as pensé à tout ! Merci. Je suppose que je dois communiquer le numéro à mon assistante ? dit Marigold d'un ton hésitant.

Au lieu de répondre, il la considéra, intrigué.

L'attitude de Marigold était étrange. D'un geste qui paraissait automatique, elle se frottait l'annulaire gauche, comme si elle ajustait une bague imaginaire.

Qu'est-ce que cela signifiait ?

Son amie d'enfance ne s'était jamais mariée — Mme Newley

lui avait révélé cette information sur le ton de la confidence, Dieu seul savait pourquoi. Mais peut-être Marigold venait-elle juste de rompre avec quelqu'un, ce qui expliquerait pourquoi elle venait se cacher à Hawk's Lake pendant deux mois entiers ?

— Si tu as besoin d'un fax, je peux t'en apporter un, dit-il.

— Euh… Non, merci bien.

Elle se passa une main sur le front comme si elle avait mal à la tête.

— Je n'ai pas apporté mon ordinateur portable, et je n'aurai pas besoin de fax, expliqua-t-elle sur un ton maussade.

— Très bien. Si ton assistante a une information importante à te communiquer, elle pourra toujours la faxer à mon bureau ou me l'envoyer par e-mail. Je t'apporterai le papier.

— Merci, Brian, mais ce ne sera pas nécessaire, je t'assure. Tu n'auras qu'à m'appeler, et j'irai le chercher. De toute façon, il y a peu de risque pour que cela se produise. J'ai insisté pour qu'elle m'oublie pendant ces deux mois.

Marigold prit une profonde inspiration.

— Et puis, je ne veux pas perturber ton emploi du temps.

— Ce ne serait pas un dérangement, je t'assure, protesta-t-il avec un grand sourire. Je l'ai déjà fait pour d'autres locataires.

Elle hocha la tête.

— Je te raccompagne à ta voiture.

Il en resta muet.

Apparemment, son ancienne amie d'adolescence le mettait à la porte.

Cela faisait pourtant des années qu'ils ne s'étaient pas vus… Eh bien, elle ne devait pas avoir envie de renouer une relation avec lui, amicale ou autre !

— C'est bon de te revoir, Brian, dit-elle comme si elle avait lu dans ses pensées, en levant sur lui ses grands yeux verts.

Une vague de chaleur le parcourut.

— Je me faisais la même réflexion. Cela fait un bon bout de temps, mais tu n'as pas beaucoup changé.

— Je n'avais que seize ans la dernière fois que tu m'as vue. J'ai forcément changé !

— Bon, c'est vrai. Tu es plus grande, et tu n'as plus ton appareil dentaire, dit-il d'un air faussement sérieux.

Il l'observa de la tête aux pieds.

— Et puis, il y a encore d'autres choses qui ont changé, continua-t-il à voix basse.

Comme ces courbes très féminines…

Il avait maintenant une drôle de sensation au creux de l'estomac.

En réalité, Marigold était devenue femme avant qu'elle ne quitte Hawk's Lake, même si elle n'avait que seize ans à l'époque. Il s'en souvenait parfaitement.

Un beau jour, elle lui était apparue dans un maillot de bain deux pièces que ses charmes remplissaient à merveille. Elle sentait bon le jasmin, et non plus le chewing-gum à la chlorophylle. Elle avait mis du brillant à lèvres, et il avait eu du mal à détourner le regard de sa bouche pulpeuse. Brusquement, il avait eu envie de s'allonger près d'elle sur le pont au lieu d'aller jouer au basket avec ses copains. Cette nouvelle Marigold, il l'appréciait beaucoup. Peut-être même un peu trop…

Chassant ses souvenirs, il fourragea dans ses poches et lui tendit la clé.

— Voilà. Tu es chez toi.

— Merci. Veux-tu que je signe le contrat maintenant ?

A en juger par le ton qu'elle avait pris, Marigold n'avait pas la moindre envie de signer le moindre papier pour l'instant. Et elle n'avait pas envie non plus qu'il entre avec elle dans la villa, c'était évident.

Il n'hésita qu'un court instant.

Parfait, cela lui fournirait un prétexte pour revenir le lendemain. Du même coup, il pourrait s'assurer que rien ne manquait et qu'elle était confortablement installée. Cela n'aurait rien d'extraordinaire, il le faisait pour tous ses locataires. Alors, pourquoi pas pour une amie d'adolescence particulièrement belle et seule en cette arrière-saison ?

— Je vais t'attendre ici au cas où tu aurais des questions à me poser ou s'il y avait un problème quelconque, proposa-t-il. Nous nous occuperons des papiers un autre jour. Tu verras, rien n'a changé, ou peu de chose. J'ai juste rafraîchi les murs et refait l'installation électrique et la plomberie. Rien de très visible. Vas-y, entre et…

Avant qu'il n'ait fini sa phrase, elle avait tourné les talons et se précipitait vers la maison. Avant d'ouvrir la porte, elle lui adressa un sourire par-dessus son épaule.

— Je reviens tout de suite !

Il sourit, surpris par ce curieux fourmillement qui se manifestait au creux de son estomac.

Depuis quand n'avait-il pas été aussi excité ?

Il aimait sa famille, et c'était formidable de vivre ici. Mais la venue de la jolie Marigold Sherwwood le ramenait à une réalité longtemps occultée : quelque chose lui manquait pour qu'il se sente tout à fait complet.

Il laissa sa pensée dériver vers les années qu'il avait passées à New York.

Pendant qu'il suivait des cours à l'université dans le but de décrocher un master, il avait fait partie d'un club de jazz et avait beaucoup hanté les cafés. Les soirs d'été, il travaillait comme barman dans l'un des bars fréquentés par la faune de Wall Street. Et puis, sur la recommandation d'un de ses professeurs, il suivait un stage dans une agence de courtage parmi les plus fameuses de la Grosse Pomme.

Il avait apprécié ses employeurs, ce qui avait été réciproque. Ils l'avaient embauché à la fin de ses études et lui avaient ensuite accordé trois promotions en cinq ans.

Enfin, il jouait en Bourse et réalisait son rêve !

Mais au bout de ces cinq ans, il avait reçu un appel de sa sœur qui lui avait expliqué frénétiquement que l'on avait besoin de lui à la maison. Mélanie lui avait rappelé que leur père avait eu un accident au garage et qu'il se retrouvait avec une jambe et un poignet cassés. Celui-ci allait sortir de l'hôpital, et elle ne pouvait pas s'occuper de lui avec un bébé sur les bras et un mari toujours sur les routes. Quant à leur frère Jack, il fréquentait des courses automobiles en professionnel. A cause des engagements de ses sponsors, il ne pouvait pas se libérer pour le moment.

Après avoir calmé Mélanie, Brian avait pris deux semaines de vacances. Il était revenu bon gré mal gré dans cette petite ville assoupie de Hawk's Lake, dont la plus grande attraction était la pizzéria qui diffusait à longueur de soirée une musique d'une ringardise inégalée.

Il avait fait de son mieux ensuite pour repartir vers la vie trépidante qu'il s'était construite à New York, mais il y avait toujours eu quelque chose pour l'en empêcher.

Qu'aurait-il pu faire ? Son frère Jack vivait sa vie sur le même rythme que sa façon de conduire. Mélanie avait besoin d'aide pour prendre soin de leur père. Quant à ce dernier, l'inaction et l'immobilisme le mettaient de mauvaise humeur, et il supportait mal de se sentir invalide. Sa famille avait besoin de lui.

De plus, n'avait-il pas promis à sa mère avant son décès qu'il veillerait sur son père et la fratrie ? Il lui avait fait cette promesse afin qu'elle les quitte paisiblement, certaine que tout irait bien pour eux…

Non, il n'avait tout simplement pas pu repartir.

Finalement, après plusieurs années, tout s'était arrangé. Chacun avait réussi à trouver son bonheur. Chacun, sauf lui.

Quand avait-il commencé à se contenter de la vie qu'il menait ? Où étaient passées ses ambitions ?

Il serait plus que temps aujourd'hui de rallumer la flamme de ses rêves.

- 3 -

Marigold soupira, extasiée.

Sherwood Lodge avait autant de charme que dans ses souvenirs.

Le plancher d'acajou luisait sous les derniers rayons du soleil, et à travers les fenêtres en berceau, on voyait le lac, bleu comme l'azur. Les pans du plafond cathédrale en pin naturel étaient soutenus par des fermes en cerisier. Le même style se retrouvait dans les six chambres — une au rez-de-chaussée, quatre au premier étage, et une au second. Chaque chambre possédait sur la galerie sa propre porte à moustiquaire, dont la forme en berceau contribuait beaucoup au charme de la maison.

Cerise sur le gâteau, les plus proches voisins habitaient à cinq cents mètres. C'était idéal ! Personne ne viendrait frapper à sa porte, elle aurait toute la tranquillité qu'elle désirait.

Elle gravit en courant l'escalier jusqu'à la tourelle.

Celle-ci avait été sa pièce préférée quand elle était petite. Par temps de pluie, elle jouait à la princesse, ses poupées faisant office de dames de compagnie. Du donjon de son château, elle guettait l'arrivée du prince charmant, qui ressemblait étrangement à Brian Hawkins. Ou alors, elle lisait, ou bien elle écrivait son journal intime. Souvent, elle s'asseyait à la fenêtre et regardait si quelqu'un arrivait pour jouer avec elle.

Chaque été, ses parents venaient passer un mois à Sherwood Lodge. Même en vacances, ils n'arrêtaient pas de parler du travail et passaient leur temps dans leur bureau, pendus au téléphone. Cependant, ils trouvaient parfois le temps de venir faire un pique-nique ou nager dans le lac avec elle. Et quand elle était encore plus petite, ils l'emmenaient promener en la tenant par la main. Mais à la fin du mois, ils retournaient à Boston, et c'était sa grand-mère Rose qui venait prendre la relève à Sherwood Lodge, où elle passait le reste de l'été.

Les choses avaient changé pendant la semaine suivant son seizième anniversaire : son père avait annoncé que la maison serait vendue à la famille Hawkins et qu'ils ne retourneraient plus jamais à Hawk's Lake.

Elle sentit son cœur se serrer au souvenir de cet événement terrible.

Son petit monde s'était brusquement écroulé comme un château de cartes. Inconsolable, elle avait passé la majeure partie de l'été enfermée dans la tourelle à écrire dans son journal humide de larmes. Elle avait demandé mille fois à ses parents pourquoi ils étaient obligés de vendre, elle les avait suppliés de ne pas le faire, mais rien ne les avait fait revenir sur leur décision.

Elle entendait encore les paroles de son père.

« Nous n'avons pas vraiment besoin de Sherwood Lodge, Marigold. Nous n'avons tout simplement pas de temps pour y séjourner. C'est une décision raisonnable. Il arrive parfois de faire des sacrifices. »

Une décision raisonnable ?

Pas de son point de vue à elle ! Elle se sentait chez elle dans cette villa. Elle n'y était pas constamment seule comme à Boston. Là, elle sentait qu'elle faisait partie d'une famille. Ses parents faisaient attention à elle, ou du moins un peu plus que le reste de l'année…

Amère, elle en était arrivée à la conclusion que, en réalité, ils préféraient se consacrer au travail plutôt que passer du temps avec elle.

C'était trop douloureux de ne plus pouvoir séjourner tout l'été à Hawks'Lake, aussi n'avait-elle pas réagi quand Mélanie avait tenté de reprendre contact avec elle. Quant à Jack, elle n'avait jamais été assez proche de lui pour s'attendre à ce qu'il lui fasse signe. Mais avec Brian, c'était une autre histoire. Il avait été son premier amour, et le premier garçon qu'elle avait embrassé. Aussi son cœur s'était-il brisé en mille morceaux quand elle avait constaté qu'il ne venait même pas lui dire au revoir.

Puis, au fil du temps, l'idée de rétablir le contact avec les Hawkins avait paru de plus en plus bizarre. Surtout avec Brian.

Revenant au moment présent, elle baissa les yeux sur l'objet de ses pensées qui l'attendait toujours, nonchalamment appuyé au capot de sa voiture de sport.

Il était si beau ! Elle en avait le souffle coupé.

Brian et elle avaient pris l'habitude de se promener ensemble autour du lac et de s'y baigner. Elle n'avait pas besoin de faire beaucoup d'effort pour le revoir en maillot de bain, allongé sur la petite jetée, son corps bronzé ruisselant d'eau et luisant sous le soleil.

Curieusement, ce passé paraissait soudain très proche…

Allons, à quoi cela servait-il de ruminer ce genre de pensées ? Si elle avait pris un congé sabbatique, c'était pour se reposer et réfléchir, pas pour se lancer dans une aventure amoureuse.

Elle passa un doigt sur son annulaire gauche, rêveuse.

Encore quelques semaines plus tôt, cet annulaire arborait une bague de fiançailles offerte par Jason Fox.

Il s'était bien moqué d'elle. Dire qu'elle avait cru qu'il l'aimait ! En réalité, il s'était servi d'elle pour obtenir un poste de vice-président dans l'entreprise. A peine avait-il obtenu le poste en question qu'il avait commencé à prendre ses distances. Elle n'avait été pour lui qu'un tremplin grâce auquel il était arrivé à ses fins. Comme elle avait été naïve de croire qu'un homme pouvait l'aimer pour elle-même !

Elle redressa résolument les épaules.

Elle devait absolument s'accrocher à sa décision de rester à l'écart de la gent masculine. A commencer par le trop séduisant Brian Hawkins.

C'était très gentil de sa part de se faire du souci parce qu'elle allait résider toute seule dans cette maison. Mais cela ne l'inquiétait pas. Elle avait beau être éloignée du village, Hawk's Lake lui semblait être un lieu où il était encore inutile de fermer sa porte à double tour.

Cependant, elle fermerait malgré tout — et pas seulement sa porte, son cœur aussi.

De plus, il était temps qu'elle se remette à la poterie. Elle sentait déjà la fraîcheur de l'argile sous ses doigts pendant qu'elle actionnerait le tour. Elle ferait aussi de longues promenades au grand air. Chaque soir, elle contemplerait le coucher du soleil sur le lac, et chaque matin elle irait assister à son lever. Elle se ferait plaisir aussi en enfourchant sa bicyclette pour se rendre au village lorsque l'envie l'en prendrait. Il y avait tant de choses à faire !

Oui, elle allait retrouver la douce vie de Hawk's Lake, et cela l'aiderait à reprendre le dessus.

Mais ce qu'elle souhaitait par-dessus tout, c'était se retrouver *elle-même*. Or, si elle revoyait Brian, jamais elle n'atteindrait ce but.

Brian attendait patiemment devant la maison.

Enfin, Marigold réapparut, un sourire radieux aux lèvres, et se dirigea vers lui à grands pas.

Elle paraissait déjà beaucoup plus heureuse que tout à l'heure, lorsqu'il l'avait revue pour la première fois dans le bureau de l'agence.

— Est-ce que Sherwood Lodge est restée fidèle à ton souvenir ? interrogea-t-il.

— Tout est encore *mieux* que dans mon souvenir !

— J'en suis très heureux.

Elle fit claquer ses doigts.

— Le porche de la cuisine est l'endroit parfait pour installer mon tour de potier, et je mettrai le four dans le hangar à bateaux. Est-ce qu'il y a de l'électricité à cet endroit ?

Se croisant les bras, il fronça légèrement les sourcils.

— Oui.

— Ne t'en fais pas, je protégerai le plancher du porche. J'ai apporté des grandes feuilles de plastique et un tapis. Et je te promets aussi de ne pas faire brûler le hangar ! dit-elle avec un petit rire.

Il hocha la tête.

— Je sais que tu prendras soin de cette maison comme si elle t'appartenait, dit-il doucement.

La jeune femme jeta un coup d'œil nostalgique à la maison.

— Si cela pouvait être encore le cas !

Il ravala un juron.

Quelle maladresse de rappeler à Marigold que sa famille avait vendu Sherwood Lodge !

— Je suis désolé, Marigold. C'était stupide de ma part. Je ne voulais pas insinuer que…

— Oh, je sais ! dit-elle en agitant la main pour clore le débat. N'y pense plus. Mais je ne veux pas te retenir, Brian. Tu es très occupé.

Elle étouffa un bâillement.

— Et moi, je suis éreintée. Ce doit être à cause de l'air pur, j'ai perdu l'habitude. Je ferais bien la sieste.

Elle sursauta.

— Oh non ! J'ai oublié mes draps !

— Pas de problème.

Il retourna vers sa voiture et sortit du coffre deux sacs en plastique contenant deux taies d'oreiller, une paire de draps et trois serviettes de toilette, qu'il lui tendit.

— J'en apporte toujours, au cas où.

Marigold eut une petite exclamation admirative.

— Je te reconnais bien là ! Tu as toujours été très prévoyant.

Il referma le coffre de sa voiture et se dirigea vers la portière du conducteur.

— Est-ce que tu as faim ? interrogea-t-il.

— Je *meurs* de faim.

Elle se frotta le front et s'exclama de nouveau :

— Oh zut ! J'avais tellement hâte d'arriver que j'ai oublié aussi de faire des provisions. En revanche, j'ai pris tellement de vêtements que je pourrais rester ici une année entière…

Il se mit à rire.

Marigold paraissait bien plus détendue, maintenant.

Ils parlaient enfin sans qu'il y ait de tension entre eux, et elle se mettait même à plaisanter.

Quelques années plus tôt, quand elle était partie, ils n'étaient pas en très bons termes. Il fallait espérer qu'elle n'avait pas gardé de rancune contre lui.

Il était jeune alors, et un peu perdu dans les sentiments qu'il éprouvait pour elle. A cette époque, une seule chose était certaine dans sa tête : il avait un projet grandiose qui consistait à entrer dans le monde des affaires par la grande porte. Mais dans ce projet, il n'y avait pas de place pour Marigold.

Rétrospectivement, il se rendait bien compte qu'il avait agi comme un imbécile.

— Ne t'inquiète pas pour la nourriture, Marigold. Le scout a refait surface en moi. J'ai rempli le réfrigérateur avec des produits de base. Tu en as pour quelques jours avant d'être obligée de refaire des courses.

— Tu as prévu du café ?

Il acquiesça d'un signe de tête.

— Et une bouteille de vin, ajouta-t-il.

— Tu es un ange, Brian.

— Euh… Merci. Mais ce n'est pas l'avis de tout le monde.

— Alors, tu es un démon ?

Il lui adressa un clin d'œil malicieux.

— A toi de trouver.

— Tu es resté tellement gamin ! dit-elle en riant.

Il ne fit pas de commentaire.

Il aurait pu passer toute la soirée à discuter avec Marigold et à la taquiner, mais elle lui avait envoyé un signal qu'il ne pouvait pas ignorer.

Il lui fit un petit salut en inclinant la tête et retourna

vers sa voiture. Une fois au volant, il agita la main par la vitre baissée et démarra.

Demain, il reviendrait voir si tout allait bien

Lorsque Brian fut parti, Marigold resta un instant immobile.

Le silence était impressionnant. Il n'y avait aucun bruit de circulation, aucun coup de klaxon, aucun chantier. Pas de conversation sous les fenêtres, et pas de sonneries de téléphone ou de fax. On n'entendait que le murmure de l'eau qui venait caresser la rive du lac.

Elle déposa les sacs de linge sur le siège avant de la camionnette.

Cela pouvait attendre, elle s'en occuperait plus tard.

Puis elle sortit une chaise longue qu'elle transporta jusqu'à la plage sablonneuse, au bout de la pelouse, s'y installa et laissa son regard errer sur la surface de l'eau, miroitante sous les rayons du soleil.

Au loin, un oiseau poussa un cri, tandis qu'une libellule venait se poser sur sa manche.

Elle sourit pour elle-même.

Cela portait bonheur, d'après la croyance populaire. Et elle avait le plus grand besoin d'un porte-bonheur.

Comme l'air du soir rafraîchissait, elle enfila un gilet et regarda le soleil descendre à l'horizon dans une symphonie d'or et de cramoisi.

Quand il eut disparu, elle sortit ses valises de la camionnette. En trois allers-retours, elle eut terminé.

Il faisait nuit maintenant, une nuit très sombre, et son estomac se mit à gargouiller.

Elle réchauffa deux hot dogs dans le four et sortit une assiette, un verre et des couverts.

C'était vraiment adorable de la part de Brian d'avoir prévu un tel ravitaillement, songea-t-elle. Mais ce n'était pas étonnant. Il avait toujours été prévoyant, et plus gentil qu'il ne voulait le laisser paraître…

Enfin, pas toujours. Le dernier jour qu'elle avait passé à Sherwood Lodge, il l'avait blessée jusqu'au plus profond d'elle.

Son repas terminé, elle s'empara d'une valise et des sacs de linge de maison prêté par Brian et grimpa l'escalier qui conduisait à son ancienne chambre. Faisant une pause sur le seuil, elle alluma la lumière et regarda autour d'elle.

Sur deux côtés, une fenêtre ouvrait sur le lac. Le mur de droite avait une porte-fenêtre à moustiquaire en rez-de-chaussée, qui faisait face au jardin latéral et au hangar à bateaux.

C'était de cette fenêtre qu'elle guettait les enfants Hawkins, autrefois, en espérant qu'ils allaient lui demander de venir jouer avec eux. Les jours pluvieux, elle lisait ou écrivait dans son journal intime. Parfois, bercée par le bruit des vaguelettes, elle s'endormait sur le petit divan recouvert de chintz.

S'arrachant à ses souvenirs, elle posa ses bagages sur le plancher, se dirigea vers le lit et passa lentement les doigts sur le métal frais décoré de fleurs de tournesol.

Incroyable, c'était encore son vieux lit aux montants de cuivre ! Combien de fois ne s'était-elle pas lovée sous les couvertures, écoutant le murmure qui s'élevait du rez-de-chaussée quand ses parents discutaient ?

Rien ne pouvait lui arriver quand ils étaient là tous les deux. Elle était vraiment heureuse à ces moments-là. Cette villa était le seul endroit où elle se soit entièrement sentie chez elle.

Faisant un effort pour chasser sa nostalgie, elle fit le lit puis se déshabilla, enfila un pyjama et se glissa entre les draps frais après une toilette sommaire.

Le vent s'était mis à souffler, faisant gémir le cadre des fenêtres. Bientôt, une pluie serrée se mit à tambouriner sur le toit et les vitres.

Comme elle s'endormait à moitié, un bruit violent retentit soudain.

Affolée, elle se redressa sur son lit, le cœur battant à tout rompre.

Ce n'était qu'un volet mal attaché qui claquait contre le mur.

Elle se recoucha et se blottit sous la couette dénichée dans le placard du couloir.

Le volet reproduisit son claquement sec, mais elle n'avait pas le courage de se lever, d'ouvrir la fenêtre et d'affronter la tempête pour le fixer.

Fermant les yeux, elle se retourna dans son lit.

La nuit allait être longue.

Au milieu de la matinée, Brian s'engagea sur la route boueuse menant à Sherwood Lodge, roulant lentement pour éviter les flaques d'eau qui s'étaient formées tout au long de la nuit.

Il était impatient de revoir Marigold.

Cela faisait douze ans qu'il n'avait pas revu la jeune femme. Elle était encore une adolescente efflanquée la dernière fois qu'elle était retournée à Boston à la fin de l'été. Et voilà qu'elle était devenue une femme superbe !

Cette constatation l'avait littéralement empêché de dormir. C'était comme s'il avait reçu un coup de poing dans l'estomac.

A chaque femme qu'il avait rencontrée, il manquait toujours quelque chose, il n'aurait su dire quoi, et cela faisait très longtemps que les femmes ne piquaient plus ni son intérêt ni sa curiosité. Mais son amie d'enfance trouvait le moyen de faire les deux.

Cependant, ce n'étaient pas seulement ces retrouvailles avec Marigold qui l'avaient perturbé. Le fait de penser à la réussite sociale de son ancienne camarade de vacances l'avait fait réfléchir à sa propre vie et à ce qu'il avait manqué. Brusquement, il avait pris conscience d'un fait : aucune des aspirations de sa jeunesse ne s'était réalisée.

N'était-ce pas trop tard pour tenter de nouveau la carrière de ses rêves ?

Naturellement, il ne reprochait pas à Marigold d'avoir une profession brillante. Sherwood était son entreprise familiale, tout comme le garage Hawkins était son entreprise familiale à lui. Mais cette comparaison équivalait à comparer un melon avec un grain de raisin.

Bien sûr, le garage était renommé pour ses voitures anciennes, et les nombreux clients venaient aussi bien d'Europe que du continent américain. Mais l'entreprise Sherwood était rien de moins qu'une multinationale.

Poussant un long soupir, il se gara sur le parking adjacent au hangar à bateaux avant de gravir les quelques marches qui menaient à la petite véranda.

Il allait frapper, quand Marigold ouvrit la porte et sursauta.

— Oh, Brian, tu m'as fait peur ! Je ne t'ai pas entendu arriver.

Devant son apparition, il eut le souffle coupé.

Elle était vêtue d'un jean et d'un T-shirt gris perle. Ses cheveux blonds et brillants étaient sagement attachés en queue-de-cheval, dégageant l'ovale très pur de son visage. Bien qu'elle paraisse fatiguée, sa beauté était éclatante.

Elle portait un livre sous le bras gauche et une tasse de café à la main.

— J'allais sortir pour lire en sirotant mon café, dit-elle.

Elle observa son costume-cravate.

— Tu travailles, aujourd'hui ? Nous ne sommes pas samedi ?

Il acquiesça d'un léger signe de tête.

— Si, mais je viens d'un rendez-vous avec un client qui doit avoir un contrôle fiscal après-demain. Il voulait me demander conseil.

Comme Marigold faisait semblant de frissonner, il se mit à rire.

— Est-ce que tu l'as aidé ? interrogea-t-elle.

— Je crois que oui.

— Est-ce que tu t'occupes de sa comptabilité ?

— Non. Si je le faisais, il n'aurait pas rendez-vous avec le fisc.

Marigold ne put s'empêcher de sourire.

— C'est ce qui s'appelle être sûr de soi. Je devrais peut-être te demander de t'occuper de la comptabilité chez Sherwood ! Nous avons toujours le fisc sur le dos.

— Il suffit que tu me le demandes, et j'arrive, dit-il.

Puis il serra brusquement les mâchoires.

Etait-ce bien lui qui avait émis ces paroles ? Il n'arrivait pas à le croire.

— Si je croyais que tu parles sérieusement, je sauterais sur l'occasion, repartit Marigold.

Songeur, il hocha vaguement la tête.

Si Marigold l'engageait dans l'entreprise de ses parents,

ce serait seulement en tant que comptable. Et il avait beaucoup plus d'ambition que cela.

Marigold but quelques gorgées de café et posa sa tasse en souriant.

— Au fait, monsieur le propriétaire, je n'ai pas beaucoup dormi la nuit dernière. Il y a un volet mal accroché qui n'a pas arrêté de faire du bruit.

— Désolé. Je vais m'en occuper.

— Merci.

Elle pointa du doigt le classeur qu'il portait sous le bras.

— Est-ce que ce sont les papiers que je dois signer ?

Avec un petit signe de tête affirmatif, il lui tendit le classeur et sortit un stylo de la poche intérieure de sa veste.

— Je peux vérifier l'inventaire avec toi si tu veux, proposa-t-il.

— C'est inutile, la maison est parfaite, ou du moins elle le sera lorsque tu auras maîtrisé ce volet fou. Et j'ai l'habitude de signer chaque jour plusieurs contrats. Je peux bien me débrouiller avec ce petit formulaire.

Il resta silencieux.

Elle venait de lui rappeler que ce « petit formulaire » était complètement insignifiant dans son monde à elle.

Mais peut-être n'avait-elle pas voulu le lui faire sentir ? Peut-être était-il devenu trop susceptible à cause de la réussite de Marigold, alors que lui-même n'était pas arrivé très loin.

Il ferait aussi bien de fixer le volet et de retourner au village.

— J'ai un jean dans ma voiture. Est-ce que je peux aller me changer dans ta salle de bains pour m'occuper de l'objet du délit ?

— Bien sûr. Merci, Brian, dit-elle en se dirigeant vers la chaise longue.

Prenant une profonde inspiration, il retourna vers sa voiture d'un pas vif.

Ce qu'il devrait se dépêcher de faire, c'était retourner dans sa salle de gymnastique pour évacuer sa frustration, ou se lancer dans un jogging sur le sentier qui serpentait autour de Mist Mountain. Peut-être cela l'aiderait-il à comprendre les raisons réelles qui l'avaient empêché de retourner à Wall Street ?

Depuis des années, il éprouvait un sentiment de culpabilité et de responsabilité, fardeau qui avait mis ses rêves en veilleuse.

Après s'être changé, il déposa son costume dans sa voiture, puis il alla chercher une échelle dans la grange. Il la débarrassa de ses toiles d'araignée à l'aide d'un vieux balai en maïs et l'apporta dans la villa… non sans jeter au passage un coup d'œil à Marigold.

Elle était en train d'étudier le contrat de location.

« Le petit contrat de rien du tout. »

A voix basse, il poussa un juron.

Ce n'était pas la faute de Marigold s'il avait abandonné ses rêves. Il était le seul responsable et le seul à blâmer.

Il allait grimper le long du mur, quand un canard vola par-dessus la tête de Marigold en caquetant bruyamment.

Sursautant, elle poussa un cri et laissa les papiers lui échapper sur la pelouse.

Faisant un effort pour ne pas éclater de rire, il redescendit de l'échelle et se précipita. Alors qu'il s'approchait, elle releva la tête et se mit à rire. Comme il l'aidait à se lever, une décharge électrique lui picota la main. Une fois qu'elle fut debout, il la prit dans ses bras pour la stabiliser. Leurs fronts s'effleurèrent tandis qu'elle regardait les papiers éparpillés sur l'herbe fraîche.

— C'était un canard ? dit-elle d'une voix mal assurée.

Il sourit.

— Oui. Rien qu'un canard.

Comme la jeune femme restait dans ses bras, il retint son souffle. Brusquement, toute sa frustration s'évanouit.

Maintenant, elle riait comme une petite folle, et il sentait le moindre tressaillement de son corps contre le sien.

— Si tu savais comme je me trouve idiote !

— Il n'y a vraiment pas de quoi.

— Si tu dis à quiconque que j'ai eu peur d'un canard, je nierai farouchement !

— Je ne dirai rien. Bouche cousue, promesse de pirate.

Il porta son pouce et son index à ses lèvres et fit le geste de tourner une clé puis de la jeter par-dessus son épaule.

C'était leur façon de faire un serment quand ils étaient enfants et qu'ils craignaient d'être punis après avoir commis une bêtise.

— Promesse de pirate ? répéta-t-elle doucement, les yeux fixés sur ses lèvres.

Elle cligna plusieurs fois des paupières avant de détourner le regard.

Il prit une profonde inspiration. Soudain, il avait la gorge sèche comme du parchemin.

A quoi jouait Marigold ?

— Je n'arrive pas à croire que tu te souviennes de cela, dit-elle d'une voix étrange, comme si elle parlait pour elle-même.

— Bien sûr que je m'en souviens.

Ils ramassèrent les papiers, et il les remit dans le classeur.

— Ils sont un peu humides, mais ils sont signés, dit Marigold.

— Merci.

Il posa le classeur sur la chaise longue.

— Je le prendrai tout à l'heure. Je vais m'occuper du volet.

Tandis qu'il tournait les talons, Marigold tendit la main pour le retenir, mais elle la laissa retomber avant de l'avoir touché.

— Brian… Tu dois te demander ce que je suis venue faire à Hawk's Lake, douze ans après, dit-elle doucement.

Il acquiesça d'un signe de tête.

— En effet.

— Autrefois, j'étais toujours heureuse ici — ou presque toujours, s'empressa-t-elle d'ajouter en regardant le lac.

Ce n'était pas la peine de demander à Marigold pourquoi elle n'avait pas été *toujours* heureuse. Il connaissait la réponse : c'était à cause de lui.

Au cours du dernier été qu'elle avait passé à Hawk's Lake, ils avaient échangé leur premier baiser. Les lèvres de la jeune fille étaient douces et chaudes, comme des mûres chauffées au soleil. Il en sentait de nouveau le goût sur ses propres lèvres…

Mais pour l'instant, elle le regardait avec des yeux élargis.

Peut-être se remémorait-elle la même chose ?

— Nous avons vraiment passé du bon temps quand nous étions gamins, reconnut-il. Chaque début d'été, j'étais follement impatient de te voir arriver.

— J'ai passé des étés merveilleux ici, reprit-elle. C'est là que j'ai vécu les meilleurs moments de ma vie, et j'ai envie de recommencer. C'est une des raisons pour lesquelles je suis revenue.

Il enfonça ses mains dans les poches de son jean.

Oui, lui aussi avait passé les meilleurs moments de sa vie pendant ces étés magnifiques. Et cela grâce à la présence de Marigold. Chaque fois qu'ils étaient ensemble, il se sentait bien dans sa peau. Il lui confiait ses rêves de quitter Hawk's Lake et de se faire un nom dans le monde des affaires. Marigold ne se moquait pas de lui, contrairement à sa sœur et à son frère.

« Tu y arriveras, Brian, disait-elle toujours. Je sais que tu y arriveras. »

Le fait de discuter avec elle nourrissait son âme, et il avait l'impression de s'élever au sommet de l'univers.

Ses aventures avec elle nourrissaient aussi son esprit. En même temps que leurs jeux de pirates, ils résolvaient sans fin des énigmes imaginaires, attrapaient suffisamment de mauvais sujets pour remplir deux prisons et sauvaient la vie de nombreux innocents.

Et puis, juste avant que Marigold ne retourne à Boston pour ne plus revenir, il avait commis la bêtise de sa vie.

L'idée de lui dire au revoir était insupportable, aussi avait-il décidé de ne pas le faire. Il avait choisi la facilité et accepté un travail dans un camp d'été non loin de Hawk's Lake, où il avait passé la fin de ses vacances…

Il soupira silencieusement.

Cela faisait une éternité qu'il ne s'était pas baigné dans le lac ou qu'il n'avait pas fait de promenade en barque, rien que pour le plaisir. Depuis des années, il n'allait plus à la pêche, ne faisait plus de ski nautique. Pourquoi ? Le lac n'était qu'à quelques centaines de mètres de Hawk's Roost, le lieu de vacances familial. Il ne prenait même plus le temps de jouer au golf, alors que sa maison était tout près du terrain.

En réalité, sa vie consistait à travailler, uniquement à travailler. Et cela depuis très longtemps.

Mais l'excitation de Marigold était contagieuse. Brusquement, cela lui semblait urgent de redécouvrir toutes ces choses amusantes avec elle — et peut-être plus.

— Il fait encore un peu froid pour nager, mais dans un mois, ce sera parfait, déclara-t-il. En attendant, nous pourrions faire des randonnées et des pique-niques. Je peux nous dégoter deux bicyclettes et…

Elle posa une main douce sur son avant-bras.

— Tu n'as pas compris.

— Qu'est-ce que je n'ai pas compris ?

Marigold soupira.

— Je suis navrée, Brian. J'aimerais faire tout cela, mais je suis venue ici parce que je suis à un tournant de ma vie et que j'ai besoin d'être loin de tout : de mon travail, de Boston et des hommes en général.

Faisant une pause, elle lui adressa un pâle sourire.

— J'espère que tu ne m'en veux pas, mais j'ai besoin de réfléchir et de prendre quelques décisions. Je ne peux pas me permettre de me laisser distraire.

Le sourire de Brian s'évanouit.

— Je comprends. Tu veux que je te laisse tranquille.

- 4 -

Marigold devint écarlate.

Brian voulait revivre avec elle les plus beaux souvenirs de leur enfance, et elle réagissait avec ingratitude. Il la regardait comme si elle venait de le gifler, et d'une certaine façon, c'était ce qu'elle venait de faire.

Son explication n'en était pas une.

— Ce n'est pas toi qui es en question, dit-elle vivement, et j'aimerais beaucoup te voir plus souvent, mais…

Elle se mordilla la lèvre.

Brian n'avait pas besoin de savoir tout cela. De plus, comment continuer sans paraître présomptueuse ? Ce n'était pas comme s'il lui avait proposé de sortir avec lui. Il voulait seulement être gentil.

Brian ôta son sweat-shirt, laissant brièvement apparaître un ventre parfait sur lequel il tira aussitôt son T-shirt bleu ciel.

— Je comprends, dit-il avec un petit geste de la main pour qu'elle cesse ses explications. Mais crois-moi, Marigold, ajouta-t-il en commençant à grimper à l'échelle, après deux semaines passées seule ici, tu vas supplier pour avoir de la compagnie.

Brian examina le volet qui avait perturbé la nuit de Mari.

Un des gonds était détaché.

Pendant l'hiver, il était préférable de fermer les volets pour se protéger de la neige et du vent, mais pendant les beaux jours, ils pouvaient rester ouverts. Pour l'instant, il ne pouvait rien faire d'autre que clouer le volet, ce qui était impensable, ou revisser le gond — mais il n'avait pas les outils nécessaires sur place. Marigold allait être obligée de supporter encore le bruit jusqu'au lendemain matin.

Songeur, il resta quelques secondes perché sur son échelle.

Les paroles de Marigold étaient plus perturbantes qu'il n'aurait cru.

Lui qui avait voulu accueillir la jeune femme dans les meilleures conditions pour rendre son séjour à Hawk's Lake le plus agréable possible, voilà qu'elle lui faisait comprendre qu'elle ne souhaitait pas sa présence ! Si elle désirait rester seule, c'était son droit absolu, mais c'était tout de même très décevant.

Il descendit de l'échelle et se dirigea vers sa Mustang.

Au fond, il exagérait peut-être. Après tout, il avait dû lui faire peur avec ce programme surchargé. Elle était là pour prendre du bon temps et pour s'organiser à son gré.

Brian mit le contact et allait faire opérer un demi-tour à sa voiture quand il aperçut quelque chose du coin de l'œil.

C'était Marigold, debout sur le pan incliné du hayon de sa camionnette. Elle tenait un diable sur lequel elle avait posé dans un équilibre précaire ce qui était probablement son tour de poterie.

Elle allait se faire mal si elle le recevait sur les pieds !

Coupant le contact de sa propre voiture, il s'élança vers elle.

— Pourquoi ne m'as-tu pas demandé de t'aider ?

— Je ne voulais pas te déranger, et je croyais y arriver toute seule. Mais ce n'est pas très pratique.

— Il va tomber.

Il prit le diable des mains de la jeune femme.

— Laisse, je vais le faire…, commença-t-elle.

— Toute seule, oui je sais.

Il resserra la boucle de la sangle pour maintenir le tour en place.

— Laisse-moi t'aider, continua-t-il.

Marigold ouvrit la bouche pour dire quelque chose, mais elle la referma aussitôt et secoua la tête. Elle marcha devant lui, évitant les flaques d'eau, pour lui ouvrir la porte latérale de la maison.

Il la suivit, les yeux fixés sur le diable qu'il poussait avec mille précautions, ce qui lui évitait de regarder le balancement des hanches de Marigold.

Il n'aurait jamais cru que le fait de la revoir le mettrait dans un tel état. Elle le rendait fou, et elle n'était là que depuis vingt-quatre heures !

Il poussa le diable dans la petite pente qui menait vers la porte latérale.

Il faisait vraiment tout de travers aujourd'hui. Dès qu'il en aurait fini avec ce tour, il filerait vers son bureau reprendre ses esprits.

Dans le hangar à bateaux, Marigold avait disposé de grandes feuilles de plastique transparent et un large tapis à rayures. Il y avait dans un coin des sacs contenant de l'argile et un seau en aluminium débordant d'éponges et d'outils de potier.

— Je ferai en sorte de ne rien salir, dit-elle.

Suivant ses instructions, il posa le tour en plein milieu de la pièce.

— Dis-moi, comment devient-on potier ? s'enquit-il.

L'air soucieux de Marigold s'effaça aussitôt, et un large sourire se répandit sur ses lèvres.

— Il faut de l'imagination pour trouver ce qui se cache dans une boule d'argile et pour le rendre visible. Ensuite, il faut donner une forme à l'objet, le décorer et le vernir, et enfin le faire cuire. Je ne connais rien de plus agréable au monde.

Il l'observa, fasciné.

Le visage de la jeune femme avait pris une expression animée. Mais comme elle se rendait compte qu'il l'étudiait, cette expression fit place à un sourire gêné.

— Est-ce que nous pouvons aussi déballer mon four à céramique maintenant ? interrogea-t-elle en évitant son regard.

On aurait dit que c'était pénible pour elle de lui demander son aide.

En retournant vers la camionnette, il tendit le bras pour le poser sur les épaules de la jeune femme, mais celle-ci s'écarta aussitôt.

La réaction de Marigold était inattendue. Ce n'était pourtant qu'un geste amical. Pourquoi se montrait-elle si nerveuse ?

Tandis qu'ils marchaient en silence, il fit en sorte de laisser un large espace entre elle et lui.

Il fixa le four — plus petit et plus léger qu'il n'imaginait — sur le diable, qu'il fit rouler jusqu'au hangar à bateaux. Il l'installa à l'endroit indiqué par Marigold et le brancha.

— Et voilà, tu es installée. Je prendrai les outils nécessaires pour le volet et je reviendrai le réparer le plus tôt possible, mais j'ai bien peur que ce ne soit pas avant deux ou trois jours.

— Merci, Brian. J'apprécie beaucoup ce que tu fais.

Ils se séparèrent, et il reprit le volant, perplexe.

La joie de retrouver son amie d'enfance s'était vite transformée en interrogations.

Qu'est-ce qui avait pu blesser Marigold Sherwood au point que celle-ci n'ait plus qu'une idée : se cacher seule dans une maison au cœur des bois ?

Marigold suivit du regard la Mustang sur la route étroite jusqu'à ce que celle-ci disparaisse de sa vue.

Alors, elle poussa un soupir de soulagement : enfin, elle allait pouvoir se détendre.

Aussi frustrant que ce soit, elle ne pouvait pas se voiler la face : Brian avait fait le tour de ce qu'il connaissait d'elle, et il n'avait pas reconnu grand-chose.

Mais aussi, qu'espérait-il ? Pensait-il vraiment retrouver la jeune fille qui cueillait des fleurs dans les champs et qui roulait à bicyclette sans toucher le guidon ?

Elle était devenue présidente de Sherwood, une très grosse société. Ses devoirs et ses responsabilités étaient difficilement imaginables. Le gagne-pain de trois mille personnes dépendait de ses capacités, et de sa prévoyance. Et elle était la dernière d'une lignée d'hommes et de femmes — en fait, essentiellement des femmes — qui avaient créé cette puissante industrie à partir d'un simple atelier artisanal.

D'accord, elle était revenue à Hawk's Lake pour se ressourcer, mais elle n'avait pas besoin de Brian Hawkins pour se rappeler ces jours paradisiaques. Elle ne voulait pas non plus être attirée par lui, ni sentir ses mains sur elle, même s'il ne s'agissait que d'un geste amical. Elle était trop vulnérable pour l'instant, et le fait d'avoir pensé à lui pendant toutes ces années ne l'avait pas aidée.

Que faisait-il, pensait-il encore à elle, était-il marié ? Ces questions avaient tourné indéfiniment dans sa tête. Dans ses rêves les plus fous, jamais elle n'aurait imaginé qu'il était devenu cet homme superbe et qu'il aurait encore le même pouvoir de lui faire battre le cœur.

C'était lui qui avait brisé son cœur d'adolescente, douze années plus tôt. Et c'était à cause de lui qu'elle avait bien pris garde de donner son cœur à aucun autre homme. Et lorsqu'elle avait fini par flancher pour quelqu'un, cela n'avait pas duré longtemps.

Qu'est-ce qui n'allait pas chez elle ?

Poussant un profond soupir, elle se dirigea vers la véranda.

C'était bon de savoir que le tour et le four à céramique étaient prêts à fonctionner. Elle était impatiente de sentir de nouveau l'argile sous ses doigts et de faire sortir un bel objet de la terre brute.

Baissant les yeux sur ses mains parfaitement manucurées, elle esquissa un sourire.

Demain matin, elles n'auraient plus cette apparence sophistiquée.

Pendant deux jours, Marigold resta seule.

Elle ne voulait surtout pas penser à Brian, ni à son travail. C'était si bon de créer et de vivre l'instant présent !

Six pots de dimensions variées trônaient à présent sur la table, qu'elle avait protégée avec des feuilles de papier journal.

Elle les examina un instant.

Les journées d'apprentissage avec Rose semblaient si proches ! Sa grand-mère s'asseyait à côté d'elle et lui entourait les épaules d'un bras encourageant.

« Sens bien l'argile dans tes doigts, ma chérie, disait-elle. Quand tu l'as bien en main, tu peux commencer à tourner. Fais attention. Pas trop d'eau, sinon elle sera trop molle. Voilà, c'est très bien. Parfait. Tu es douée, tu es bien une Sherwood ! »

Ensuite, celle-ci détachait l'objet du tour à l'aide d'un fil pour le mettre à sécher.

Marigold était toujours impatiente d'enfourner ses créations. Quand enfin Rose rouvrait le four à céramique quelques heures plus tard, c'était aussi palpitant que de découvrir les cadeaux de Noël au pied du sapin.

C'était chaque fois une merveilleuse surprise.

« C'est très beau, Marigold, disait Rose en examinant ses œuvres. Si ton arrière-grand-mère pouvait voir cela, elle serait fière de toi. »

Violet, la mère de Rose, avait créé l'atelier de poterie Sherwood dans l'écurie située derrière sa maison à Stockbridge, Massachusetts. Au fil des ans, les plus belles porcelaines avaient pris le nom des femmes de la famille : Violet, Lily, Rose, Marigold…

Revenant au moment présent, Marigold se frotta le front.

Si elle ne reprenait pas le flambeau, cela sonnerait le glas de l'entreprise. Du moins la famille n'en aurait-elle plus le contrôle. Elle ne pouvait pas faire cela.

Et pourtant, l'idée de diriger Sherwood le reste de sa vie était loin d'être réjouissante. Sans parler du stress que cela représentait, elle voulait avoir des enfants, et il était hors de question qu'elle leur fasse vivre la même enfance qu'elle avait eue. Ses parents toujours trop occupés n'étaient jamais là. L'entreprise semblait les intéresser mille fois plus que leur fille.

Elle eut une brève vision de son bureau encombré et ferma les yeux.

Dieu merci, à Hawk's Lake, il n'y avait pas Internet, pas d'e-mails auxquels répondre, pas d'appels téléphoniques toutes les trente secondes. Il n'y avait pas non plus de réunions interminables, et elle n'avait pas à prendre en compte les centaines de détails qui venaient lui compliquer la vie. Ce lieu était paisible, serein, silencieux à souhait.

Comme si un esprit malin avait lu dans ses pensées, le téléphone sonna.

Elle sursauta et se précipita vers la cuisine, faisant de son mieux pour effacer de sa pensée l'idée que c'était peut-être Brian.

— Allô ?

— Marigold ! C'est Mélanie Hawkins. Bienvenue à Hawk's Lake !

Marigold s'assit en souriant.

C'était merveilleux d'entendre la voix de son amie d'enfance.

— Mel, comment vas-tu ?

— J'ai hâte de te revoir. Je t'invite à une petite soirée demain. C'est l'anniversaire de mon fils Kyle.

Marigold n'hésita qu'une seconde.

D'accord, elle voulait se retrouver et réfléchir à sa vie, mais elle n'allait pas laisser passer la chance de revoir de vieux amis.

— Je serai très heureuse de venir, Mélanie.

*
* *

Marigold gara sa voiture devant l'épicerie de Hawk's Lake.

Clancy's n'était pas uniquement une épicerie. C'était plutôt un bazar où, outre de l'alimentation, l'on trouvait toutes sortes d'articles, depuis les chaussures de sport jusqu'aux cannes à pêche et autres appâts, en passant par les vêtements pour toute la famille, les livres, le matériel pour l'artisanat d'art, les jouets, les batteries de cuisine. Il y avait même des barques et des motoneiges à l'extérieur. Sur la porte d'entrée, une pancarte proclamait : « Si nous n'avons pas ce que vous cherchez, c'est que cela n'existe pas. »

Il y avait très peu de monde, contrairement aux magasins toujours bondés de Boston.

Elle acheta quelques produits alimentaires, un cadeau pour Kyle… Et du vernis à ongles.

Poussant son Caddie entre les rayons, elle fronça les sourcils, contrariée.

Après tout, c'était normal qu'elle veuille paraître sous son meilleur jour à cette petite fête. Cela n'avait rien à voir avec Brian.

Mais à quoi bon se leurrer ? Si elle n'avait eu aucune chance de rencontrer Brian à cette soirée où elle était invitée, elle aurait certainement été moins pointilleuse au sujet de son apparence.

Poursuivant ses emplettes, elle remplit son Caddie d'articles de base dont elle avait besoin, mais aussi d'un tas de choses dont elle aurait parfaitement pu se passer.

C'était difficile de résister, car les prix n'avaient rien à voir avec ceux pratiqués à Boston. Elle chercha aussi un cadeau pour Angeline, la petite sœur de Kyle.

Plus loin, elle examina les vêtements pour femme, l'esprit ailleurs.

C'était bon de savoir que Mélanie était heureuse. Elle adorait ses enfants. Mais elle-même, en aurait-elle jamais ? Avec sa profession, elle n'aurait jamais le temps de s'en occuper.

Insidieusement, une profonde tristesse se glissa en elle.

Ses parents ne s'étaient pas beaucoup occupés d'elle à cause de leur emploi du temps surchargé dans l'entreprise. Comment pourrait-elle faire mieux si elle essayait de créer une famille ?

Brusquement, elle poussa une petite exclamation.

Sur un cintre était suspendue une minuscule robe d'été à smocks avec des boutons de rose, absolument adorable.

Elle la prit et ajouta un agneau en peluche.

Quel bonheur de prendre du temps pour faire des achats ! Cela ne lui était pas arrivé depuis une éternité.

Bien décidée à ne pas gâcher le moment présent, elle regarda autour d'elle et passa deux fois dans les allées pour s'assurer qu'elle n'avait rien oublié.

Alors qu'elle se dirigeait vers les caisses, une voix grave la fit tressaillir.

— Bonjour, Marigold.

Son cœur se mit à battre violemment, et elle leva les yeux.

— Bonjour Brian…

Brusquement, elle avait le souffle court.

Il était renversant dans sa chemise de golf et son short kaki. Une ceinture de cuir marron foncé lui ceignait la taille. Il était tout simplement parfait. Une odeur de pin se dégageait de lui. Ce devait être son after-shave.

— Est-ce que je peux t'aider ? proposa-t-il en contemplant d'un air amusé sa débauche d'achats.

— Je me débrouillerai, Brian. Merci. Tu ne travailles pas aujourd'hui ?

Il hocha la tête.

— Si, mais j'avais besoin de deux ou trois bricoles pour le bureau.

Brusquement, il fit claquer ses doigts.

— J'ai failli oublier ! Une certaine Julie t'a envoyé un fax à mon bureau, il y a une heure environ. J'allais te le porter.

— Je le prendrai avant de retourner à la villa.

Après être passés à la caisse, ils sortirent du supermarché et firent quelques pas sur le trottoir.

— Veux-tu que je te dépose ? proposa-t-elle.

Brian sourit, découvrant des dents éclatantes de blancheur.

Son sourire était vraiment désarmant.

— Avec ce temps magnifique ? objecta-t-il. Non, je vais marcher. Il n'y a guère que trois cents mètres. A tout à l'heure, Marigold.

Elle ouvrit le coffre de sa voiture, mais au lieu de le remplir, elle suivit bêtement Brian des yeux.

Il se retourna et lui fit signe en souriant.

Furieuse d'avoir été prise en flagrant délit, elle baissa le nez, les joues en feu.

Il était temps de se concentrer sur ce qu'elle avait à faire.

Dix minutes plus tard, elle entrait dans le bureau de Brian.

Mme Newley n'était pas là. Assis à son bureau, Brian parlait au téléphone. Il lui montra le fauteuil en face de lui.

Elle souleva la planche du comptoir qui séparait la salle

d'attente du lieu de travail et se dirigea vers le bureau entouré de vitres.

Brian lui adressa un sourire et cacha l'émetteur du téléphone avec sa main.

— Attends une minute, murmura-t-il. J'ai quelque chose à te demander.

Il lui tendit quelques feuilles de papier, et elle jeta un coup d'œil au fax de Julie.

Apparemment, il n'y avait rien d'urgent.

Répondant au sourire de Brian, elle reposa les papiers sur le bureau.

Brian termina sa conversation et posa le téléphone. Mais, à peine raccroché, l'appareil sonna de nouveau.

— Excuse-moi, dit Brian en prenant la communication. J'attends une offre pour un immeuble. Le vendeur est très impatient. Sinon, je laisserais le répondeur.

— Pas de problème.

Elle rangea le fax dans son sac sans quitter Brian des yeux.

Il était vraiment dans son élément, parlait avec assurance, aussi à l'aise que n'importe quel directeur de chez Sherwood.

Une fois encore, à peine eut-il raccroché que le téléphone se remit à sonner.

Brian eut une mimique d'excuse.

— Je suis vraiment navré. Ce n'est pas toujours comme cela.

— Ne t'inquiète pas, dit-elle. Pour une fois, j'ai tout mon temps

Elle tourna les yeux vers la fenêtre ouverte.

Des fillettes sautaient à la corde sur le trottoir. Elles riaient et poussaient de grands cris. Un moteur de tondeuse à gazon ronronnait un peu plus loin, et l'odeur de l'herbe fraîche envahissait le bureau.

Quelle différence avec Boston ! Là-bas, les fenêtres de son bureau étaient presque toujours fermées contre le bruit et la pollution, et la vue se limitait à d'autres immeubles de bureaux, édifices de brique, de ciment gris et de verre.

La conversation téléphonique se termina enfin.

— Excuse-moi. J'espère être enfin tranquille cinq minutes.

— Je connais. Mon téléphone n'arrête pas de sonner. Je déteste cela.

Brian fit une petite moue amusée.

— Moi, je ne déteste pas. Je trouve ça dynamisant.

Elle se leva. Il était temps de partir.

Brian parut hésiter un instant puis se lança.

— Marigold, accepterais-tu de venir avec moi à l'anniversaire de mon neveu, demain soir ? Il aura sept ans.

Elle ouvrait la bouche pour lui dire que Mélanie l'avait déjà invitée, mais il leva la main.

— Je sais que tu préfères rester seule, mais ma famille a vraiment envie de te revoir. Je te promets que tu ne t'ennuieras pas. Il y aura un barbecue. Nous prendrons le repas autour d'un feu de bois.

Elle le regarda en hésitant tandis qu'il tapotait la surface de son bureau du bout d'un crayon.

Etait-il nerveux à l'idée qu'elle refuse ?

— Mélanie m'a déjà proposé de venir, Brian.

— Oh. Je l'ignorais. Je ne l'ai pas vue ni eue au téléphone aujourd'hui.

Il poussa un profond soupir.

— Et que lui as-tu répondu ?

— Que je serais ravie d'y aller.

Brian eut un sourire radieux, et ses yeux turquoise s'illuminèrent.

— J'en suis très heureux.

L'espace parut se rétrécir entre eux. Brusquement, elle avait la gorge sèche, et la tête lui tournait un peu.

C'était idiot, pourquoi se mettre dans un état pareil ? Ce n'était pas comme si elle allait sortir avec Brian.

— Je ferais mieux d'emporter mes provisions chez moi, dit-elle d'une voix un peu tremblante.

Comme elle tendait la main pour prendre le fax posé sur le bureau, Brian fit de même au même instant. Sa main effleura la sienne et s'attarda près d'elle.

Elle était chaude et forte, tout comme le reste de sa personne.

A contrecœur, elle retira sa main.

— Accepteras-tu que je t'emmène chez Mélanie demain soir ? interrogea Brian.

— Merci, mais je peux y aller avec ma voiture.

— Laisse-moi t'emmener, Marigold. Tu ne risqueras pas de te perdre, et ce sera plus relaxant pour toi.

Elle hésita.

— D'accord, finit-elle par dire presque malgré elle. J'ai hâte d'y aller et de voir le bébé de Mélanie, et tout le monde !

Baissant les yeux, elle se mordilla la lèvre.

La tentation était grande d'ajouter que c'était surtout lui qu'elle avait hâte de revoir.

Une fois dehors, elle observa quelques instants les fillettes qui sautaient à la corde.

Dire qu'elle-même avait fait partie des meilleures « sauteuses » de Boston !

Voyant qu'elle les regardait, l'une des fillettes lui proposa d'entrer dans le jeu.

— Il y a longtemps que je ne me suis pas entraînée ! protesta-t-elle en riant.

— Mais vous pouvez y arriver. Ma mère y arrive bien !

— D'accord.

Elle posa son sac sur la pelouse. Puis, sans réfléchir, elle jeta un coup d'œil par-dessus son épaule.

Brian la regardait derrière la baie vitrée. Il lui fit un signe d'encouragement.

Elle haussa les épaules en souriant.

— Prête ? dirent les deux fillettes.

Regardant tourner la corde, elle attendit le bon moment pour sauter dans le cercle. Puis elle se retira, mais la corde lui effleura le pied.

— Essayez encore, dit l'une des fillettes.

Au second essai, elle resta longtemps et tourna plusieurs fois sur elle-même, tandis que ses petites camarades de jeu accéléraient la manœuvre.

Elle continua en riant. Mais elle commit l'erreur de regarder Brian. Quand leurs regards se croisèrent, elle perdit le rythme. La corde vint frapper le bout de sa chaussure, mettant son équilibre en péril.

Elle se reprit, mais pendant ce temps, Brian était sorti de l'agence, craignant à l'évidence qu'elle ne se soit fait mal.

Voyant que tout allait bien, il lui fit signe en souriant.

Elle avait le souffle un peu court. Elle remercia les fillettes et se tourna de nouveau vers Brian.

Il applaudissait.

Elle lui fit une petite révérence, attrapa son sac et se dirigea d'un pas décidé vers sa camionnette.

Il y avait une éternité qu'elle ne s'était pas sentie aussi heureuse.

- 5 -

Brian entra sur le parking de Sherwood Lodge.

Assise dans le patio, Marigold contemplait quelque chose du côté du lac. A côté d'elle, un sac débordait de paquets-cadeaux.

Posant un doigt sur ses lèvres, elle se tourna vers lui.

Il s'approcha doucement et s'assit à côté d'elle.

— Est-ce qu'ils ne sont pas adorables ? murmura-t-elle en tendant la main vers la plage.

Six canetons étaient blottis près de leur mère, faisant une sieste au soleil.

Il hocha la tête. Ce spectacle de la nature lui était si familier qu'il était blasé.

— Adorables, reconnut-il cependant, en les voyant à travers les yeux de Marigold.

Celle-ci se mit à rire.

— Je pourrais les regarder toute la journée. Mais jc suppose que nous devons partir.

Comme s'ils avaient compris ce qu'elle disait, les canards se réveillèrent et s'éloignèrent vers le lac.

De son côté, Marigold ne fit pas mine de se lever.

L'observant, il resta un instant silencieux.

Elle paraissait détendue. Il y avait peu de temps qu'elle était arrivée, mais elle semblait déjà avoir plus d'énergie, et ses joues avaient retrouvé des couleurs.

— Marigold, pourquoi es-tu revenue à Hawk's Lake ? Je veux dire, quelle est la véritable raison ?

La jeune femme croisa les mains sur ses genoux.

— Je te l'ai déjà dit. J'avais besoin de vacances.

— Mais il y a autre chose. T'est-il arrivé quelque chose à Boston ? Est-ce que tu as un problème ?

— Eh bien…

Elle baissa les yeux sur son annulaire gauche, puis elle les leva vers le ciel comme si la réponse était inscrite dans l'azur.

— Non, tout va bien.

Il attendit, mais elle ne dit rien de plus.

— Est-ce que je peux t'aider d'une façon ou d'une autre ?

Elle soupira.

— Si quelqu'un est capable de comprendre, Brian, c'est toi. Tu travailles dans l'entreprise de ta famille, comme moi. Tu t'occupes de la comptabilité du garage et d'un tas d'autres choses.

Acquiesçant d'un léger signe de tête, il fit doucement remarquer sans la quitter des yeux :

— Parfois, cela peut être très dur de travailler dans l'entreprise familiale.

Elle se tourna vers lui, le regard plein d'anxiété.

— Absolument, reconnut-elle. Surtout si l'on est enfant unique, comme moi.

Il hocha encore la tête.

— Ou si tes frères ont des problèmes auxquels ils ont du mal à faire face et que tu sois obligé d'endosser leurs responsabilités, continua-t-il.

— Ou si tu es le dernier de la lignée, dit Mari.

— Ou si tu as des rêves que tu as dû mettre en veilleuse.

— Oui, dit-elle en soupirant. Ou encore si tu viens juste de rompre avec un homme…

Il releva les sourcils.

— Pardon ? Désolé, cela ne m'est jamais arrivé.

Baissant les yeux, Marigold eut un rire un peu triste.

— Il ne vaut pas la peine que je te parle de lui.

— Franchement, je me doutais bien qu'il y avait une histoire comme celle-là, dit-il doucement.

Ce fut au tour de Marigold de hausser les sourcils. Mais elle resta silencieuse.

— J'avais remarqué que tu regardais souvent ta main gauche et que tu touchais ton doigt là où il devrait y avoir une bague…

Son regard rencontra celui de la jeune femme.

— Est-ce que c'était sérieux entre vous ?

— Je le croyais. Mais, en fait, je l'ai cru trois fois.

Des larmes brillaient maintenant dans les yeux de Marigold.

Il aurait voulu en savoir davantage, apprendre comment ce salaud lui avait brisé le cœur. Mais c'était trop délicat.

D'un élan spontané, il lui prit la main, et cette fois, elle la lui laissa.

— Oublie-les, conseilla-t-il. Aucun d'eux ne méritait une femme comme toi.

— Merci, dit-elle d'une voix à peine audible.

— Maintenant, remets-toi. Nous allons passer une soirée formidable chez Mel.

Il allait tout faire pour la distraire afin qu'elle oublie cet odieux personnage.

Il pointa du doigt le sac plastique rempli de cadeaux.

— Tu n'aurais pas dû.

— Oh, c'est trois fois rien ! Je me suis bien amusée. J'ai trouvé un jeu pour ton neveu.

— C'est très gentil de ta part. Kyle va être aux anges.

Il ramassa le sac de cadeaux, et ils se dirigèrent vers sa voiture.

En route vers la maison de Mélanie, ils discutèrent sans interruption.

— Est-ce que tu te souviens de Sunshine Cottage ? interrogea-t-il.

— Oui, c'était votre maison.

— Oui, et celle de nos grands-parents avant nous. Mélanie a toujours adoré cette maison, et c'est là qu'elle vit désormais. Son mari Sam l'aime beaucoup aussi. Elle lui rappelle celle de son enfance au Canada.

Dès qu'ils arrivèrent, Mélanie courut vers eux en poussant un cri de joie et prit Marigold dans ses bras.

— Marigold, tu as changé, naturellement, mais malgré cela, je t'aurais reconnue n'importe où !

Marigold sourit.

— C'est bon de te revoir.

— Voici mon mari, Sam, annonça fièrement Mélanie.

Elle lissa la couverture du bébé que tenait Sam.

— Et cette poupée est Angeline. Angie pour les intimes. Quant à ce garçon adorable, il se nomme Kyle, et il a sept ans.

— Oh, maman, arrête ! dit Kyle en rougissant jusqu'à la racine de ses cheveux châtain clair.

Marigold prit le temps de poser quelques questions à Kyle et de lui souhaiter un joyeux anniversaire. Puis, se penchant sur le bébé, elle lui parla doucement.

Pendant ce temps, Brian l'observait.

Indéniablement, la jeune femme avait une expression de regret en parlant avec les enfants.

— Etes-vous la petite amie d'oncle Brian ? interrogea Kyle.

Il retint son souffle.

Il fallait s'attendre à ce genre de question de la part de son neveu.

Marigold prit une profonde inspiration.

— Je suis une vieille amie à lui. Je jouais souvent avec ta maman et tes oncles quand nous étions petits. Mes parents avaient une villa ici, où nous venions chaque été. Elle se nomme Sherwood Lodge.

— Vous n'avez pas l'air si vieille que cela, fit remarquer Kyle très sérieusement.

Puis il s'éloigna en courant pour accueillir son grand-père et son oncle Jack qui venaient juste d'arriver.

— Voulez-vous prendre Angeline dans vos bras ? proposa Sam à Marigold. J'ai deux ou trois bricoles à terminer si je ne veux pas me faire disputer par Mélanie.

Elle eut un petit rire.

— Oh oui, mais je ne sais pas très bien comment m'y prendre. Je n'ai pas souvent l'occasion de voir un bébé.

— Moi non plus. Jusqu'à sa naissance, je n'avais pas la moindre expérience, dit Sam.

Il lui tendit Angeline.

— Il suffit de soutenir sa tête de l'autre main.

Il lui montra comment faire.

En quelques secondes, la jeune femme se trouva à l'aise avec le bébé dans les bras, et son regard se fit rêveur tandis qu'elle le contemplait.

— Je suis si heureuse que tu sois là, Marigold ! déclara Mélanie en lui posant un bras sur les épaules. Cela fait si longtemps que tu es partie.

Pendant qu'elles se dirigeaient vers le salon en bavardant avec animation, il sortit les paquets du coffre de la voiture et les transporta dans la grande maison. Prenant par le jardin, il grimpa l'escalier qui conduisait au grand porche décoré pour l'occasion de ballons et de guirlandes.

Dehors, Kyle jouait au foot sur la pelouse avec ses copains.

Brian sortit une chaise pour Marigold qui portait toujours le bébé, et il lui présenta son père, Ed Hawkins, et son frère Jack. Il lui proposa de prendre Angie, mais Marigold refusa en riant. Le simple fait de frotter le dos du bébé semblait la rendre heureuse. De temps à autre, elle lui murmurait quelques mots à l'oreille, et Angie enfouissait son petit visage rose dans l'épaule de la jeune femme.

Il aurait pu les contempler toutes les deux pendant des heures.

Marigold s'était brusquement transfigurée. Ses yeux pétillaient et toute sa personne exprimait le bonheur.

C'était bien la première fois qu'il s'intéressait tellement à une femme portant un bébé dans ses bras. Pourquoi remarquait-il la moindre chose en ce qui la concernait ? s'interrogea-t-il non sans une pointe d'inquiétude.

— Tu ferais une merveilleuse mère, ne put-il s'empêcher de commenter.

— Peut-être. Mais je risque d'avoir des difficultés à trouver le père. Mon choix n'a jamais été formidable en ce qui concerne les hommes.

Il hocha vaguement la tête.

Les paroles de Marigold faisaient vibrer deux cordes sensibles en lui. Celle du regret et celle de l'incompréhension.

Comment pouvait-on faire du mal à Marigold ? Car à l'évidence, le sexe masculin l'avait fait souffrir.

Il fallait être vraiment idiot. Et lui-même était le premier des idiots.

N'avait-il pas été le premier à lui faire du mal ?

A contrecœur, Marigold rendit Angeline à sa mère. Il était temps que Mélanie la nourrisse.

C'était bon de se trouver dans cette famille soudée comme les doigts de la main. Si elle était dans sa propre famille, sa mère serait pendue au téléphone, son père enverrait des e-mails à n'en plus finir sur son BlackBerry, et il n'y aurait pas de chasse au trésor.

Elle se tourna vers Brian.

— Est-ce que tu veux venir avec moi ? J'ai un cadeau à cacher dans le bois pour Kyle.

— Bien sûr, c'est une très bonne idée !

Alors qu'ils essayaient de s'éloigner discrètement pour ne pas attirer l'attention de Kyle, Jack et les autres hommes de la famille leur demandèrent malicieusement où ils allaient.

— J'ai joint une carte de trésor à la carte d'anniversaire de Kyle, répondit-elle.

Elle sortit une petite boîte métallique de son sac.

— Brian et moi allons la cacher dans le bois. A l'intérieur, j'ai mis des pièces en chocolat, des chewing-gums enveloppés de papier doré et d'autres bricoles.

— Il va adorer cela, dit Brian. Bon, allons-y avant qu'il ne nous voie !

La prenant par le bras, il l'entraîna vers le petit bois par le sentier tortueux.

La main de Brian était chaude et douce sur sa peau nue, et elle s'en serait bien passée. Mais voilà, c'était sa propre faute. Si elle avait chaussé des baskets au lieu de garder ses talons aiguilles, Brian ne se serait pas senti obligé de la soutenir dans ce chemin plein d'ornières.

Elle fit un violent effort pour calmer son cœur qui s'était mis à battre la chamade, et ils marchèrent quelques minutes en silence, puis elle déclara d'une voix plus émue qu'elle ne l'aurait souhaité :

— La carte du trésor que je vais donner à Kyle, c'est toi qui l'avais faite.

Brian tourna vers elle un regard ébahi.

— Et tu l'as gardée pendant tout ce temps ?

Elle se mit à rire.

— Toutes celles que tu as faites, je les ai gardées dans mon journal intime.

Il s'arrêta, de plus en plus incrédule.

— Et tu les as apportées dans tes bagages ?

— Oui.

Elle planta son regard dans le sien.

— Et avant que tu ne m'en demandes la raison, je vais te répondre : c'est au nom du bon vieux temps. Je regrette d'avoir perdu le coffret du trésor. Je ne sais pas où il est passé.

Brian releva un sourcil intrigué.

— J'imagine qu'il y avait un tas d'autres choses dans ton journal intime. Est-ce qu'il y était question de moi ?

Elle ne put retenir le feu qui lui montait aux joues.

— Oh oui, tu étais la star !

Plongeant un regard pénétrant dans le sien, il lui prit sa main libre.

— Est-ce que j'étais la star d'une comédie ou d'une tragédie ?

Elle n'hésita qu'une seconde.

— Les deux, répondit-elle.

Elle soutint son regard, tandis que son sourire s'évanouissait.

— Tu m'as brisé le cœur.

— Je sais, dit-il doucement. Je ne voulais pas, mais tu étais si jeune. Et moi, j'étais trop…

— Immature ?

— Probablement. Ce qui ne m'empêchait pas d'être vraiment amoureux de toi, Marigold…

Il fit une pause.

— Je t'ai fait du mal, alors que c'était la dernière chose que je souhaitais.

Elle ouvrit la bouche pour lui poser une question : pourquoi ne lui avait-il jamais écrit ni téléphoné ?

Mais elle était trop près de lui, et les yeux de Brian l'hypnotisaient.

Elle referma la bouche sans rien dire.

Dans une seconde, il allait l'embrasser, elle en était sûre. Mais s'il croyait qu'elle allait le laisser faire, il se trompait. Elle *ne pouvait pas*, tout simplement.

Elle était venue ici pour s'éloigner de la vie épuisante et décevante qu'elle menait à Boston, et voilà qu'elle s'empressait de tomber de nouveau amoureuse. Décidément, elle était incurable !

Des rires d'enfants résonnèrent derrière eux, la ramenant à la réalité.

Elle détourna les yeux et regarda la boîte en métal qu'elle portait dans sa main droite.

Elle était censée cacher ce cadeau dans le bois. Que faisait-elle là à se pâmer sous le regard de braise de Brian ?

Ils étaient assez loin de la maison maintenant, il était temps de cacher le trésor. Et en se baissant pour l'enfouir, elle pourrait dissimuler son embarras à Brian.

Elle fit un violent effort pour s'éloigner de lui.

— Hmm, fit Brian en lui libérant la main.

Elle glissa la boîte sous une couche de feuilles mortes au pied du mur qui séparait la propriété de celle des voisins.

— C'est exactement l'endoit où tu avais caché ma broche en forme de papillon, dit-elle en s'efforçant de prendre un ton plus léger.

— Oui, je me souviens. Tu l'avais trouvée en moins de cinq minutes.

Elle posa les mains sur ses hanches.

— Je n'ai jamais dit que tes cartes étaient compliquées.

Elle éclata de rire en même temps que lui.

Ils étaient redevenus comme avant, ou presque... Cependant, elle ne devait pas se laisser emporter trop loin. Elle avait réussi à se contrôler alors que Brian était prêt à l'embrasser, mais en serait-elle capable s'il y avait une prochaine fois ?

Brian n'en revenait pas.

Alors que Marigold lui avait clairement fait comprendre qu'elle désirait être seule et qu'elle souhaitait qu'il n'y ait entre eux qu'un lien d'amitié, il avait failli l'embrasser !

Si elle était venue à l'anniversaire de Kyle, c'était pour revoir toute la famille et en particulier Mélanie, c'était évident. Et plutôt décevant.

A vrai dire, il n'avait aucune excuse de ne pas lui avoir écrit ni téléphoné, si ce n'est qu'il avait une foule de projets personnels. D'énormes projets.

A cette époque, il n'était pas prêt à renoncer à ses rêves...

Cela, il ne pouvait pas l'expliquer à Marigold. Il lui paraîtrait trop superficiel et arrogant. Comment lui dire qu'il avait laissé passer ses ambitions au premier plan — avant l'intérêt qu'il avait pour une amie, et plus précisément pour la jeune fille qu'il aimait ?

Plongés dans leurs pensées, ils revinrent en silence.

Kyle les attendait pour découvrir ses cadeaux. Le costume de pirate que Marigold lui avait offert fit des jaloux parmi ses copains, et la chasse au trésor se déroula parmi les hurlements de surexcitation et les rires.

Maintenant, Angeline était de nouveau blottie contre l'épaule de Marigold. De sa main libre, cette dernière mangeait un hamburger pendant que le père de Brian la régalait d'histoires des jours anciens à Hawk's Lake, à l'époque où Ezra Hawkins avait établi une forge au bord du lac et où la ville grandissait lentement autour de celle-ci.

Quand Mélanie vint reprendre Angie pour la mettre au lit, Marigold ne cacha pas sa déception.

Jack et Sam avaient allumé un feu de bois. Kyle et ses copains, assis sur de grosses bûches, s'apprêtaient à faire rôtir leurs guimauves au bout de longues tiges.

Mélanie posa une main sur les épaules de Brian.

— Je voulais t'en parler avant, mais je n'en ai pas eu le temps. J'ai des problèmes avec Buzz. Ils continuent à m'envoyer des enjoliveurs qui ne sont pas les bons pour la Ford 32.

— Ne t'inquiète pas pour cela. Je m'en occuperai demain matin, et tu auras tes enjoliveurs dans deux jours.

— Merci, Brian. Je savais bien que je pouvais compter sur toi.

Jack fit claquer ses doigts.

— Cela me rappelle... Brian, je dois faire embarquer

une voiture pour le New Hampshire. Bobby Regent, le chanteur, veut l'essayer pendant qu'il se trouve là-bas. Il a envie de l'acheter. Mais j'aimerais passer par une autre compagnie que la Killborn Brothers. Est-ce que tu as une idée ?

— Oui. J'ai des informations dans mon bureau, au garage, et…

Brian soupira.

— Veux-tu que je m'en occupe à ta place ?

Jack eut un sourire ravi.

— J'espérais bien que tu me le proposerais. Merci.

Brian sortit son BlackBerry de sa poche et y porta quelques notes, puis il se renversa dans son fauteuil et posa ses deux mains derrière sa tête.

Il y avait un tas de choses dont il avait à s'occuper, le lendemain. Il avait intérêt à se lever tôt.

Marigold choisit ce moment pour poser une main sur l'accoudoir de son fauteuil.

— Brian, il y a longtemps que je n'ai pas passé une si bonne soirée. Ce doit être merveilleux d'avoir une famille comme la tienne.

Il se mit à rire.

— Tu as raison. Sans eux, la vie à Hawk's Lake serait plutôt ennuyeuse.

— Tu le penses vraiment ?

— Il vaudrait mieux dire que je le sais. Sincèrement, je trouve que tu as de la chance de vivre à Boston.

— Là, tu plaisantes.

Il secoua la tête.

— Non. C'est une ville excitante, comme New York. J'adorais vivre là-bas. C'est vraiment un endroit fantastique, où il y a toujours quelque chose à faire. Hawk's Lake est une ville morte dès 5 heures de l'après-midi.

Tu exagères ! Mais même si c'est vrai, ce n'est pas plus mal. Les gens peuvent se retrouver en famille.

D'accord, il n'avait jamais vu la chose sous cet aspect.

— Sans oublier nos magnifiques magasins, comme Clancy's, plaisanta-t-il.

— Brian, Clancy's est le lieu le plus incroyable que j'aie jamais vu ! On y trouve de tout. De plus, il est très bien situé, assez près de toutes les petites entreprises, et le parking est gratuit. Bref, ce n'est pas un casse-tête pour faire ses courses.

Il ne put s'empêcher de rire.

— Quel argument pourrais-je opposer à cela ?

— Tu ne peux pas critiquer Hawk's Lake devant moi, continua Marigold avec enthousiasme. J'étais tellement impatiente de revenir ! Je regrette seulement de ne pas être revenue plus tôt.

— Moi aussi.

— C'est vrai ?

— Bien sûr.

Il lui prit la main, qu'il embrassa tendrement.

Comme Jack émettait un long sifflement, il haussa les épaules.

Il avait oublié qu'ils n'étaient pas seuls. Toute la famille était réunie autour du feu de bois, et tous les regards étaient rivés sur eux : Sam et Ed échangeaient un regard complice, Kyle et ses amis riaient, et Marigold ressemblait à une biche prise dans la lumière des phares.

Seigneur, qu'était-il en train de faire ?

Il laissa retomber la main de Marigold et leva les yeux vers le ciel.

— Il y a des nuages. Si la nuit était claire, je t'emmènerais sur le lac. La vue est stupéfiante.

Se penchant vers lui, elle chuchota :

— Alors, il y a quelque chose que tu aimes à Hawk's Lake, après tout ?

— Une seule chose.

Il sourit.

— Mais depuis que tu es là, cela en fait deux.

— Ce n'est pas la peine de me raccompagner jusqu'à la villa, dit Marigold quand Brian se gara devant Sherwood Lodge.

Il était hors de question qu'il l'embrasse sur le seuil de la porte, et elle n'avait pas envie de l'inviter à prendre un dernier verre.

D'accord, elle en avait peut-être envie. Elle allait encore être attirée par lui, aussi sûr que un et un font deux…

Bon, il n'y avait pas de quoi s'affoler. C'était sans doute parce qu'elle était encore vulnérable après sa séparation d'avec Jason Fox.

Elle soupira silencieusement.

Non. La vérité, c'était qu'elle ne pouvait pas reprendre sa relation avec Brian comme s'ils avaient encore respectivement seize et dix-huit ans. Trop de temps s'était écoulé, et elle n'était plus la jeune fille innocente qu'elle avait été. De plus, si elle décidait de prendre la direction de l'entreprise familiale, elle ne reviendrait probablement plus jamais à Hawk's Lake. Elle aurait plus de travail qu'elle ne pouvait même l'imaginer.

Si elle refusait de reprendre le flambeau, elle briserait le cœur de ses parents et de grand-mère Rose…

— Merci, Brian, s'empressa-t-elle de conclure. J'ai passé une merveilleuse soirée.

Comme il était minuit passé, elle n'avait pas besoin de faire semblant de bâiller pour prendre congé de lui.

Les nuages avaient fini par se disperser, faisant place à la lune, qui se réfléchissait dans le lac. Le chemin était parfaitement éclairé par l'astre nocturne.

Ce qui n'empêcha pas Brian de sortir de la voiture et de la contourner pour venir lui ouvrir la portière, comme le gentleman qu'il incarnait toujours.

— Je ne voudrais pas que tu rencontres une moufette ou un ours, plaisanta-t-il.

Elle éclata de rire.

— J'avais oublié ce genre de danger.

— Encore un aspect négatif à ajouter à Hawk's Lake ! ironisa-t-il.

— Mais ils sont très mignons. Et c'est nous, les intrus, pas eux, fit-elle remarquer.

Les yeux de Brian scintillèrent, superbes, tandis qu'il se lançait dans le programme des jours à venir.

Se forçant à l'écouter, elle détourna les siens.

— Si cela ne te dérange pas, disait-il, je viendrai réparer le volet demain. Ce ne sera pas long. Ensuite, je te laisserai tranquille.

— C'est parfait, dit-elle. Moi, demain, j'irai faire une promenade, et ensuite je me remettrai à la poterie. J'écrirai peut-être aussi mon journal.

Brian glissa ses mains dans ses poches.

— Ce qui fera une journée bien remplie, ironisa-t-il.

— Ce qui fera une journée *de détente*. Tu devrais essayer, de temps à autre ! D'après Mélanie, tu n'arrêtes pas de travailler. Sam, Ed et Jack m'ont dit la même chose.

Brian fit une petite grimace.

— Ils savent de quoi ils parlent. Ce sont eux qui ont toujours du travail pour moi.

Elle hocha la tête.

— Ce soir, j'ai remarqué en effet que Mélanie et Jack comptent beaucoup sur toi. Mais toi, tu as sauté sur l'occasion de les aider. Et, évidemment, ils n'attendaient que cela.

Brian eut un haut-le-corps.

— Moi, j'ai sauté sur l'occasion ? s'étonna-t-il.

— Absolument ! Tu ne peux donc pas les rendre entièrement responsables.

Elle se glissa hors de la voiture.

Ce qu'elle avait constaté ce soir entre Brian et son frère et sa sœur n'était certainement pas une exception. Ceux-ci avaient manifestement pris l'habitude de le solliciter quand ils n'avaient pas envie de résoudre un problème par eux-mêmes. Brian avait toujours été prêt à aider tout le monde.

— Merci encore, Brian. Je suis heureuse d'avoir revu ta famille. Et je ne parle pas de la joie que j'ai éprouvée à porter Angie.

— J'ai cru que tu allais l'enlever ! dit-il, plaisantant à moitié.

Elle rit.

— J'en mourais d'envie.

— Tu étais vraiment très… Très belle, avec le bébé.

Elle ne releva pas.

Que répondre à ce genre d'affirmation ?

Quant à Brian, à son avis, il ferait un père remarquable. Elle l'avait vu pendant la chasse au trésor, faisant semblant de donner aux enfants de mauvaises indications, comme s'il ne voulait pas qu'ils trouvent le cadeau. Il s'était autant amusé qu'eux. Et chaque fois qu'il se penchait sur Angie, les grands yeux bleus de la fillette s'élargissaient tandis qu'elle proférait de petits sons inintelligibles, mais qui exprimaient sans conteste le bonheur qu'elle trouvait à la proximité de son oncle.

— Comment se fait-il qu'un célibataire aussi mariable que toi ne se soit pas fait passer la bague au doigt ? s'enquit-elle d'un air faussement détaché.

Brian haussa les épaules.

— On ne peut pas dire qu'il y ait un choix énorme à Hawk's Lake, fit-il remarquer.

Il l'accompagna jusqu'au porche, et elle s'arrêta sur la marche inférieure de l'escalier.

Elle détestait les instants comme celui-ci. Allaient-ils s'embrasser, oui ou non ?

Elle allait se pencher vers Brian, quand celui-ci se décida à lui déposer un rapide baiser sur la joue. Puis il tourna les talons et partit à grands pas vers sa voiture.

Il lui fit un signe d'adieu en démarrant.

Elle ne pouvait pas se cacher l'évidence criante : elle était cruellement déçue.

En même temps, c'était un soulagement que rien ne se soit passé.

Mais est-ce qu'elle pouvait vraiment appeler « soulagement » cette horrible impression que rien ne se passait jamais dans sa vie comme elle l'aurait désiré ?

- 6 -

Marigold s'étira et consulta le réveil d'un œil vague.

10 heures ! Depuis quand n'avait-elle pas fait une telle grasse matinée ?

Elle se jeta sous la douche puis enfila un pull et un jean. Après un solide petit déjeuner, elle se rendit au patio, sa deuxième tasse de café à la main.

Le lac était baigné de brouillard. Sur le bord, un héron perché sur ses longues pattes grêles fouillait l'eau peu profonde du bout de son bec.

Fascinée, elle contempla ce spectacle paisible tout en sirotant son café.

C'était un beau motif à reproduire sur une poterie.

Doucement, elle marcha vers le porche où elle s'empara de papier et d'un crayon. Puis elle revint s'asseoir face au lac et commença à dessiner l'oiseau.

A la quatrième esquisse, elle obtint le résultat désiré.

Autant commencer sur une surface plane. Elle allait tourner deux plats en poterie puis reporterait la scène sur l'un d'eux.

Alors qu'elle empoignait un sac d'argile, un bruit de moteur se fit entendre.

Sans doute Brian qui venait réparer le volet.

Le cœur battant brusquement plus vite, elle suspendit son mouvement.

Que cela lui plaise ou non, elle devait bien admettre

que la compagnie de Brian lui plaisait par-delà toute mesure. Pourtant, c'était une journée parfaite pour être seule, pour se retrouver dans son art…

Elle prit une profonde inspiration.

Après tout, pourquoi paniquer ? Brian n'avait-il pas dit qu'il n'en aurait pas pour longtemps à faire cette réparation ?

Elle se dirigea vers le porche pour l'accueillir.

Brian était vêtu d'un costume impeccable. Finalement, il ne devait pas venir pour le volet.

Pourtant, il se rendit directement dans le hangar à bateaux, d'où il sortit une échelle.

Il n'allait-il tout de même pas travailler dans cette tenue ?

— Bonjour, dit-elle en ouvrant la porte.

Il sourit.

— Jour brumeux, tu veux dire. Dommage qu'il n'y ait pas de soleil aujourd'hui.

— Peu importe, j'aime ce temps.

Elle huma l'air humide.

— La brume dégage des odeurs délicieuses, tu ne trouves pas ?

Il l'imita, respirant profondément.

— Ça sent le poisson.

— Tu recommences ! Non, ça ne sent pas le poisson, mais l'eau du lac.

Il releva un sourcil.

— Où vivent les poissons, d'après toi ?

Elle ne put s'empêcher de sourire.

— Tu es vraiment impossible. Mais, dis-moi, tu ne vas pas te changer avant de grimper à l'échelle ?

— Je n'ai pas apporté de vêtements de travail, et je dois passer au garage. Ensuite, je vais signer un contrat pour Jack à Lake George. Je dois m'occuper aussi d'une vente de voiture pour Mélanie à Glens Falls. Il s'agit d'une très rare Cadillac *Tulipe* de 1908.

— Qu'est-ce que Mélanie et Jack ont à faire par ce fabuleux matin brumeux, pour que tu sois obligé de les remplacer ?

Brian haussa les épaules.

— Jack s'envole pour Talladega où il va rencontrer des amis qui font des courses automobiles avec lui. Quant à Mélanie, elle va parler devant la classe de Kyle cet après-midi. Elle expliquera en quoi consiste son métier de restauratrice de voitures anciennes. Apparemment, c'est une journée de présentation de métiers pour les écoliers. Voilà, tu sais tout.

— Est-ce que tu les remplaces souvent comme ça ?

Ses yeux turquoise plongèrent dans les siens.

— Naturellement ! Il s'agit de ma famille.

Le cœur palpitant, elle soutint son regard.

Brian finit par détourner la tête et se racla la gorge.

— Bon… Je ferais mieux de faire cette réparation et de te laisser tranquille.

— Veux-tu une tasse de café ?

— Je veux bien, si cela ne te dérange pas.

— Absolument pas. Il est déjà prêt.

Elle baissa les yeux sur les chaussures parfaitement cirées de Brian.

— Je n'aime pas jouer les mères poules, mais je doute que ces chaussures soient idéales pour grimper à une échelle. Tu ne risques pas de glisser ?

— Je ferai attention.

Il ôta sa veste et la lui tendit. Avant qu'elle n'ait eu le temps de placer un autre mot, il empoigna les montants de l'échelle et commença à grimper en costume de ville, chemise immaculée brodée aux initiales « BH » et cravate lie-de-vin.

Décidément, cet homme avait une tête de pioche. Et il n'y avait que lui pour porter une chemise ornée de son monogramme !

Elle alla chercher le café, versa du lait dans un petit pot à crème, remplit le sucrier et posa le tout avec deux tasses sur un plateau de bois. Puis elle disposa dans une assiette quelques cookies qu'elle avait achetés chez Clancy's.

Un bruit sourd répété se fit entendre sur la façade.

Apparemment, tout allait bien. Brian n'était pas tombé de l'échelle, il s'était mis au travail.

Après avoir attrapé un torchon, elle emporta le plateau dans le patio et essuya la rosée sur les chaises afin que Brian ne mouille pas son costume.

Quelques minutes plus tard, il revint vers elle, l'échelle entre les mains.

— Voilà qui est fait, annonça-t-il.

Il posa l'échelle contre le mur et vint s'assoir à la petite table de fer.

Elle poussa le plateau vers lui.

— Puis-je te poser une question ? lança-t-elle après quelques secondes de silence

— Je t'écoute.

— Est-ce que c'est ton choix d'avoir repris l'affaire familiale ?

— Tu parles du garage ?

Elle hocha affirmativement la tête.

Brian haussa les épaules.

— J'ai grandi dans ce garage. J'ai commencé très jeune à passer des commandes, à tenir les comptes. Mélanie a beaucoup de créativité, aussi a-t-elle trouvé son bonheur avec les voitures anciennes. Quant à Jack, il aime la vitesse et le glamour, c'était donc naturel qu'il se passionne pour les courses.

— Mais ce n'était pas prévu que tu t'occupes de cette affaire ?

Brian secoua la tête.

— Papa n'a jamais forcé aucun de nous à reprendre le garage. Il était heureux que j'étudie. Et quand il a vu que je me débrouillais comme un chef en tant que trader, il a compris que je n'avais pas l'intention de revenir à Hawk's Lake.

Il sirota pensivement son café.

— Et toi ? As-tu eu l'impression que tu avais le devoir de reprendre l'entreprise Sherwood ? s'enquit-il en posant sa tasse.

Elle resta quelques secondes songeuse.

— Pas vraiment, finit-elle par répondre. Depuis toute petite, j'étais impatiente de travailler avec mes parents. Je ne voyais pas d'autre moyen de me trouver près d'eux. Ils avaient toujours un emploi du temps surchargé. Il me semblait que si je faisais partie de l'entreprise, ils seraient obligés de s'occuper de moi aussi.

Elle s'interrompit et se mordilla la lèvre, effarée.

Qu'était-elle en train de raconter là ? Elle n'avait jamais admis cela devant quiconque, et voilà qu'elle mettait son âme à nu.

— Et maintenant ?

Les yeux magnifiques de Brian étaient rivés sur elle. Il paraissait sincèrement intéressé.

Comment ne pas continuer ?

— Eh bien, maintenant… Je ne sais plus quoi faire. Je sais seulement que j'ai besoin de m'éloigner quelque temps.

Brian émit un petit sifflement.

— Je ne me rappelle pas avoir eu envie de prendre des vacances pendant les cinq ans que j'ai passés à Wall Street. J'adorais ce rythme fou.

— Alors, pourquoi n'y es-tu pas retourné ? Tu es venu ici pour dépanner ta famille, d'accord, mais pourquoi es-tu resté ensuite ?

— *Primo,* il y a eu un contrôle fiscal. *Secundo,* nous avons agrandi le garage par deux fois, et j'ai voulu superviser les travaux. Mon père n'est pas très doué pour ce genre de chose. *Tertio,* Mélanie est tombée enceinte et, comme tu le sais, elle a perdu son mari. Je l'ai aidée pour qu'elle puisse élever Kyle. Et voilà, tout s'est enchaîné.

— Tu as bien dit que tu « voulais » superviser les deux extensions du garage ?

Les yeux de Brian s'élargirent.

— C'est ce que j'ai dit ? Il aurait été plus juste de dire que je ne pouvais pas faire autrement.

— Après tout, cela ne te déplaît pas du tout que ta famille fasse appel à toi.

Brian considéra le lac, les sourcils relevés.

— Ou peut-être ai-je simplement le sens des responsabilités familiales, grommela-t-il.

Visiblement, il n'avait plus envie de parler de cela pour le moment. Mais elle remettrait le sujet sur le tapis dans quelques jours.

— J'ai dit à mes parents que j'avais besoin d'un congé de deux mois, mais ce n'est pas si simple, continua-t-elle.

— Je m'en doutais un peu.

— Nous allons partager l'entreprise. Mes parents s'occuperont des nouvelles acquisitions et de l'accord des licences. Tout le reste me reviendra, et je prendrai la tête de l'entreprise — si j'accepte. Mais il faut que je réfléchisse avant, pour savoir si je veux vraiment ce poste.

— C'est une merveilleuse opportunité qui se présente à toi !

— Peut-être, mais je ne suis pas sûre d'en vouloir. Cela représente une tonne de travail. J'en emporte déjà à la maison, je planche pendant les week-ends. Je n'ai plus aucune place pour une vie privée. Les seuls hommes avec lesquels je suis sortie sont eux-mêmes cadres à Sherwood.

Elle eut un petit rire amer.

— Nos rendez-vous ressemblaient plutôt à des réunions.

— Ce travail ne te plaît plus ?

Elle soupira.

— C'est une charge trop lourde. Cependant, est-ce que j'ai le choix ? C'est l'entreprise dont je vais hériter.

Brian se pencha vers elle.

— Tu n'as pas vraiment répondu à ma question.

— C'est vrai.

Elle plongea les yeux dans ceux de son ami.

Il la regardait d'un air préoccupé, comme l'indiquaient les lignes creusées sur son front.

— Pour te répondre franchement, je ne sais plus si cela me plaît encore, finit-elle par dire.

Brian se détourna de Marigold pour contempler le lac, songeur.

Que ne donnerait-il pas pour être à la place de la jeune femme et se voir confier ce genre de responsabilités. Etre directeur général de Sherwood !

En ce moment, tout était calme à Hawk's Lake, et s'il le désirait vraiment, il pouvait faire une tentative. Mélanie était follement heureuse avec son nouveau mari, et entre ses restaurations de voitures et ses enfants, elle n'avait pas le temps de s'ennuyer. Quant à Jack, il faisait un peu moins de compétitions sportives et passait davantage de temps au garage, où il travaillait à perfectionner des véhicules de course. Ed avait pris sa retraite, mais il était plus présent que jamais sur les lieux de travail. Et, pour terminer ce tableau, lui-même pouvait laisser sans état d'âme son agence immobilière entre les mains expertes de ses agents et de Mme Newley.

Peut-être pourrait-il continuer à s'occuper des comptes à distance ? Il engagerait un employé à plein temps qui rentrerait les données dans l'ordinateur. Et, à ses moments perdus, il viendrait voir un peu comment les choses se déroulaient. D'autre part, il pourrait peut-être demander à Marigold de lui donner un coup de main de temps à autre, entre professionnels.

Brusquement, une boule lui serra la gorge.

S'il ne quittait pas Hawk's Lake maintenant, il ne le ferait jamais. Alors, qu'attendait-il ?

Il avait toutes les chances d'obtenir ce poste si Marigold décidait de ne pas le prendre. Qui plus est, et cela ne gâtait rien, les parents de Marigold le connaissaient et l'avaient toujours apprécié. Avec une recommandation de la part de leur fille, il serait un candidat aussi valable qu'un autre, pour ne pas dire plus.

Il ouvrit la bouche pour demander à Marigold ce qu'elle en pensait… Mais il la referma aussitôt.

Ce n'était certainement pas le moment d'aborder ce sujet. Perdue dans ses pensées, la jeune femme semblait se trouver à mille lieues de lui.

Ravalant un soupir, il but une gorgée de café.

— Est-ce que tu aimerais faire une balade en barque un soir, pour admirer les étoiles ? proposa-t-il.

Elle tourna vers lui un regard perdu.

— Je… Je ne crois pas.

Il se mit à rire.

— Excuse-moi, c'est nul. Mais si tu me permets de te dire ce que je pense, il me semble que si j'étais à ta place, je profiterais le plus possible de mon séjour ici, argumenta-t-il.

Marigold réfléchit quelques instants.

— Pourquoi pas ? C'est d'accord, répondit-elle.

— Formidable !

Il avala en toute hâte son café, prit un cookie et se leva pour partir.

— Il faut que j'y aille. J'ai une journée très chargée.

— N'oublie pas ta veste.

Se précipitant à l'intérieur de la maison, elle alla chercher le vêtement. Elle lui adressa un léger sourire en le lui tendant, mais tout de suite après ses épaules s'affaissèrent comme si elles portaient un lourd fardeau.

Bon sang, il aurait dû prendre le temps de la laisser parler, qu'elle lui dise ce qui la tourmentait, et répondre à ses questions. Au lieu de quoi, il lui avait rendu les choses plus pénibles encore.

— Je te verrai après-demain soir, dit-il. Et si tu as besoin de parler, je serai tout ouïe.

Marigold lui jeta un regard dubitatif.

— Vraiment ?

— Promis.

Il soutint son regard.

— Les amis sont faits pour ça, non ?

Au cours des quarante-huit heures suivantes, Brian ne tint pas en place. Il n'avait qu'une hâte : emmener

Marigold sous les étoiles. Quand arriva enfin le moment prévu, il était fou d'impatience.

Il aida la jeune femme à monter à bord de la vieille barque, empoigna les rames et s'éloigna du ponton.

Avec le lac frémissant sous la lune et le chant presque assourdissant des criquets, toute la nature semblait presque aussi impatiente que lui. Il aurait juré que les étoiles étaient plus brillantes que d'habitude. Quant à Marigold, elle paraissait beaucoup plus détendue, et même heureuse.

— Si nous changions de place ? proposa-t-elle au bout d'un moment. J'ai envie de ramer.

Comme ils se levaient en même temps, la frêle embarcation se mit à tanguer.

Tendant les bras pour aider Marigold à se tenir debout, il la prit par les hanches, tandis qu'elle vacillait et se raccrochait à son T-shirt.

Comme elle levait vers lui un regard affolé, il plongea le regard dans le sien et y reconnut le même tourment qui l'habitait.

Il allait se pencher sur elle pour goûter ses lèvres, quand Marigold s'éclaircit la gorge.

— Je n'aurais pas dû me lever si vite, j'ai failli nous envoyer tous les deux à l'eau, déclara-t-elle très vite, d'une voix un peu rauque, avant de se laisser tomber plus que de s'asseoir sur le banc de bois.

Il se creusa la cervelle pour trouver quelque chose à dire, mais son cœur battait trop fort, troublant ses neurones.

Faisant contre mauvaise fortune bon cœur, il s'installa en face d'elle, le regard rivé sur son visage.

Marigold empoigna les rames avec la plus grande fermeté possible et dirigea la barque vers le milieu du lac. Bientôt, elle trouva son rythme, et ils glissèrent silencieusement sur l'eau, les rames produisant de petits cercles qui allaient s'élargissant. Seul le clapotis de l'eau troublait le silence.

— C'est le paradis, finit-il par dire.

Il étendit les jambes et croisa les chevilles.

— Etre guidé par une belle femme sur ce lac enchanteur ! Que rêver de plus ? continua-t-il, un brin sarcastique.

Pour toute réponse, Marigold l'éclaboussa en relevant une rame.

— Eh ! Cette eau est glaciale ! s'écria-t-il avec une grimace.

Elle éclata de rire.

— Tu l'as bien cherché !

Il se posa une main sur le cœur dans un geste théâtral.

— Je plaide coupable.

Le rire irrésistible de Marigold faisait remonter en lui des images du passé. Brusquement, il revoyait cet été lointain où il avait pris conscience qu'elle n'était plus une petite fille mais une femme.

Il avait toujours évoqué cette année comme celle « du Bikini rose ». L'année suivante avait été celle « du baiser ».

Marigold avait seize ans, et lui, il s'apprêtait à partir pour l'université de New York. Cette année-là, il n'avait pas eu le courage de lui dire au revoir.

— Mari, il y a quelque chose que je voudrais mettre au point entre nous.

Il prit une profonde inspiration.

— J'ai souvent pensé à toi depuis le dernier été que nous avons passé ensemble à Hawk's Lake.

Faisant une pause, il l'observa.

A en juger par son expression, Marigold était sceptique. Ralentissant son rythme, elle se mordilla la lèvre.

— Pourquoi ne m'as-tu jamais fait signe ?

Il se passa une main nerveuse dans les cheveux.

— Je n'en sais rien. Plus le temps passait, et plus cela devenait difficile.

Marigold secoua la tête.

— J'étais vraiment furieuse contre toi.

Elle leva les yeux sur lui.

— En fait, j'étais furieuse contre tout et tout le monde. Avoir seize ans, ce n'était pas drôle. Mon univers changeait beaucoup trop vite. Et mon meilleur ami était parti sans me dire au revoir.

— Bon sang, Marigold, tu n'avais que seize ans, et moi dix-huit. Si tu veux connaître la vérité… J'avais peur.

— Peur ? De quoi ?

Il fit un effort pour trouver les mots justes.

— J'avais peur de mes sentiments pour toi. Et puis, tu étais plus jeune que moi. Deux ans, à cet âge-là, cela me paraissait une grosse différence. Tu allais retourner à Boston pour toute l'année. Qu'est-ce que j'avais à t'offrir ? Des années d'études m'attendaient. Et toi, tu vivais dans un autre monde, avec des événements particuliers à la société qui t'environnait, et l'entreprise de ta famille.

— Mais tu étais mon meilleur ami, Brian ! dit-elle d'un ton oppressé.

Il hocha piteusement la tête.

Impossible de ne pas comprendre qu'il l'avait considérablement blessée.

— Toi aussi, tu étais ma meilleure amie. Et c'est pour cette raison que je devais te laisser partir. Pour que tu vives ta vie.

Lâchant une des rames, Marigold essuya les larmes qu'elle n'avait pas pu retenir.

— Je n'arrive pas à croire que cela me fasse encore

si mal après toutes ces années, dit-elle d'une voix entrecoupée de sanglots.

Elle le regarda de nouveau, gravement.

— Mais je crois comprendre, maintenant. Au fond, tu n'avais pas tort.

— Merci.

Plongés dans leurs pensées, ils restèrent silencieux.

Tout était calme, seul le doux clapotis causé par les rames rompait le silence à intervalles réguliers.

Fasciné, il ne pouvait détourner les yeux de la jeune femme.

Illuminée par le clair de lune, Marigold paraissait angélique, presque irréelle.

Mais il ne rêvait pas. Elle était bel et bien revenue à Hawk's Lake. Et cette fois, il n'était pas question qu'il la laisse s'éloigner de sa vie.

— Regarde les étoiles, finit-il par murmurer.

Elle rejeta la tête en arrière et sourit.

— C'est fou, j'ai l'impression qu'il suffirait de tendre la main pour les cueillir.

Il contempla son cou gracile.

Il brûlait d'y poser les lèvres, mais Marigold était visiblement décidée à se comporter en simple amie. Il valait donc mieux qu'il se fasse une raison.

— J'ai apporté du vin, annonça-t-il. Est-ce que tu en veux ?

— Oui, quelle bonne idée !

Il tira de sa poche une petite bouteille et un ouvre-bouteille. Quelques secondes plus tard, il remplit deux verres en plastique.

— Porterons-nous un toast ? suggéra-t-il en levant le sien.

Marigold l'imita.

— Buvons à Hawk's Lake, le plus bel endroit au monde ! clama-t-elle.

Il lui sourit.

Il n'avait qu'une envie, en cet instant : s'asseoir près d'elle et passer un bras autour de ses épaules. Mais elle allait probablement mal réagir, c'était inutile de courir ce risque.

— Je sais que tu n'es pas de mon avis, Brian, mais c'est parce que tu as toujours vécu ici. Tu considères que tout cela est banal, tu n'y fais même plus attention.

Songeuse, elle sirota son vin.

— Moi, j'aimerais passer le reste de ma vie ici.

Il s'étonna.

— Le reste de ta vie ! Tu finirais par t'ennuyer à mourir. Qu'est-ce que tu ferais ?

Elle releva les sourcils.

— Tu veux vraiment le savoir ?

Sans cesser de la dévorer des yeux, il acquiesça d'un signe de tête.

— Eh bien, pour commencer, je ferais de la poterie et je vendrais mes pièces dans les boutiques de cadeaux de cette ville. Et puis…

Elle soupira.

— Mais tout cela est ridicule. Je vais probablement être obligée de repartir.

— Tu as réfléchi ?

— En fait, je n'arrête pas d'y penser. Mais pour l'instant, je n'ai pas envie de parler du travail qui m'attend. Pas par une si belle nuit. Merci quand même d'avoir posé la question.

Electrisé, il se leva d'un bond et, sans plus réfléchir, vint s'asseoir près de Marigold. Il posa un bras sur ses épaules et la serra contre lui.

Comme un vieil ami aurait pu le faire, songea-t-il.

Mais dès qu'il sentit son parfum qui évoquait celui des fraises sauvages, il sentit son cœur chavirer.

C'était dur de se conduire comme un ami, et encore plus dur de savoir qu'il avait perdu toute chance d'être un jour un peu plus que cela.

Faisant un violent effort pour oublier son désir, il leva la tête vers la voûte constellée.

Après avoir posé son verre au fond de la barque, Marigold l'imita, et ils se laissèrent bercer en silence par le léger tangage.

Mais bientôt, elle tourna la tête vers lui, un sourire très doux sur les lèvres.

C'en était trop.

Lui prenant le menton entre deux doigts, il se pencha sur elle pour l'embrasser. Afin de lui laisser le temps de protester si elle n'était pas d'accord, il posa d'abord un baiser sur son front.

Le sourire de Marigold s'élargit, ne laissant plus de doute.

Il l'embrassa sur les lèvres. Puis, du bout de la langue, il suivit le contour de ses lèvres voluptueuses.

Elle lui enlaça le cou et lui rendit son baiser au centuple, tandis qu'un petit râle de plaisir s'échappait de sa gorge.

— Brian ? fit-elle en fermant les yeux.

Il ne réagit pas.

Il ne pourrait jamais être rassasié. Marigold était la seule femme au monde qui serait toujours présente à son esprit. Il s'en rendait compte maintenant : inconsciemment, il lui avait toujours comparé les femmes qu'il avait fréquentées. Et aucune d'elles n'était à la hauteur. Aucune ne lui avait fait éprouver comme elle cette impression d'être chez lui quand il était dans leurs bras.

Il sentit un petit coup sur son avant-bras, et la barque se mit à tanguer un peu plus fort. Puis Marigold se dégagea.

Il releva la tête.

— Qu'y a-t-il ?

— Brian, que sommes-nous en train de faire ?

Ses yeux étaient élargis par le choc.

— Nous nous embrassons, répondit-il en souriant.

— Ce n'est pas possible !

— Pourtant, je suis bien persuadé que nous ne faisons pas autre chose.

Marigold paraissait tendue. Avec un petit rire nerveux, elle se pencha vers l'eau et mit sa main en coupe, prête à l'asperger de nouveau.

— D'accord, je l'ai sans doute bien mérité, dit-il en riant. Mais admets que tu ne t'es pas défendue. Bien au contraire.

Elle laissa l'eau couler entre ses doigts.

— Ce n'est pas toi, c'est moi. Je ne veux pas compliquer les choses entre nous, je préfère que nous restions amis. J'ai pris quelques pauvres décisions en ce qui concerne les hommes.

Il se redressa.

— Est-ce que j'ai la tête d'une « pauvre décision » ?

— Tu sais très bien ce que je veux dire.

Il poussa un profond soupir.

— D'accord.

Il reprit les rames.

— Veux-tu que nous nous limitions strictement à une relation de travail ?

Marigold ouvrit de grands yeux étonnés.

— Une relation de travail ?

— Eh bien…

Que voulait-il dire par là exactement ? Il ne pouvait tout de même pas lui annoncer qu'il convoitait son poste. Du moins, pas maintenant, alors qu'elle était encore en conflit avec elle-même pour se décider.

— Marigold, je sais que tu as peur de souffrir, mais je te jure que ce n'est pas dans mes intentions. Je ne suis pas comme tous ces types…

Il tourna les yeux vers l'eau.

Après tout, il n'était peut-être pas si différent des autres. Peut-être même était-il pire. Les autres ne désiraient généralement qu'une promotion, alors que lui, il briguait son poste à elle !

Cependant, en ce qui concernait leur relation à tous les deux, ses intentions étaient bel et bien sincères.

Mais comment lui prouver sa sincérité ?

Marigold poussa un léger soupir.

— Laisse-moi un peu de temps, Brian. J'ai trop de problèmes à régler en ce moment.

Il acquiesça d'un hochement de tête.

— D'accord. Prends tout le temps qu'il te faudra.

Il serra les mâchoires.

Le temps était son ennemi de toujours. A la fin de chaque été, pendant son adolescence, il lui avait repris Marigold, avant de l'éloigner de lui pendant des années.

Mais cette fois, ce n'était pas le temps qui aurait le dernier mot.

- 7 -

Marigold était installée dans le grand fauteuil au coin de la cheminée, son journal intime sur les genoux, et elle mordillait son stylo.

La page qu'elle avait sous les yeux restait désespérément blanche, depuis près d'une heure que Brian était parti.

Elle finit par reposer journal et stylo et ferma les yeux.

C'était idiot, mais elle était aussi troublée que la première fois où Brian l'avait embrassée, douze ans plus tôt. Incapable de se concentrer sur quoi que ce soit, elle ne pensait qu'à ça. Ce baiser qu'ils avaient partagé sous les étoiles lui brûlait délicieusement les lèvres. Elle sentait encore son regard pénétrant posé sur elle et son corps pressé contre le sien dans le doux bercement de la barque.

Décidément, il y avait trop de tension amoureuse entre eux. Un baiser allait certainement en amener un autre, et ensuite…

Pourrait-elle affronter une relation avec Brian Hawkins ?

Nul besoin de boule de cristal pour savoir qu'elle risquait fort de tomber de nouveau amoureuse de lui — si ce n'était déjà fait.

Quand elle avait seize ans, Brian lui avait infligé une telle déception qu'elle avait cru ne jamais s'en remettre.

A peine leur premier baiser échangé, il avait disparu de sa vie.

Et maintenant, ils se retrouvaient de nouveau dans le même cas.

Elle n'avait pu le chasser de son esprit depuis le moment où elle l'avait revu, le jour de son arrivée. Elle avait tout fait pour que leur relation se maintienne sur un plan amical, mais aujourd'hui, elle ne pouvait plus se voiler la face : ce n'était pas de l'amitié qu'elle éprouvait pour cet homme. Elle le désirait de tout son être.

Ils avaient un passé commun, mais avaient-ils un avenir commun ?

Quand Brian l'avait embrassée sur la barque, elle avait fait appel à des trésors de volonté pour le repousser, sans succès. Mais ils étaient adultes, désormais. Peut-être qu'une aventure avec lui serait le meilleur moyen d'en finir définitivement avec cette histoire ?

Ce serait la meilleure chose qui puisse lui arriver… A moins que cela ne fasse qu'envenimer la situation ?

La sonnerie du téléphone déchira le silence, et elle sursauta, tirée de sa rêverie.

Elle prit une profonde inspiration.

Vite, calmer ce cœur affolé.

— Allô ?

— Marigold, c'est Brian. Je suis sur le chemin du retour à Sherwood Lodge. Si cela ne t'ennuie pas, j'aurais besoin d'emprunter ta camionnette. Il y a eu un accident.

Elle eut un coup au cœur. En une seconde, sa bouche devint sèche comme du parchemin, l'empêchant de poser les questions qu'elle voulait lui poser.

— Je ne voulais pas t'effrayer, continua Brian. C'est pour cela que j'ai préféré t'appeler.

— Est-ce que tu vas bien ? finit-elle par dire. Puis-je t'aider ?

Joignant le geste à la parole, elle saisit son manteau et son sac.

— Tout va bien, ne t'inquiète pas. J'arrive devant chez toi.

Elle raccrocha le téléphone et se précipita à l'extérieur.

Brian était déjà là et courait vers la camionnette.

Elle ouvrit les portières avec la télécommande et lui lança le trousseau de clés.

— Conduis, puisque tu sais où tu vas, dit-elle en grimpant sur le siège du passager. Que se passe-t-il ?

Ils roulaient déjà à vive allure en direction de Hawk's Lake.

— J'ai reçu un bip de Sam.

Elle frissonna.

— C'est Mel ? Il lui est arrivé quelque chose ? Et les enfants ?

— Ils vont bien, la rassura-t-il. Ce n'est pas cela. Personne n'a été blessé, pour autant que je sache. Mais tu sais que Sam dirige le service des urgences dans la région. Il paraît qu'un car de tourisme pour personnes du troisième âge est sorti de la Route 28. Ils avaient fait une halte pour dîner et repartaient pour Utica. Le chauffeur a été surpris par un couple de daims qui a débouché sur la route. Il a braqué, et le car s'est retrouvé le nez dans un fossé. Il faut faire descendre les passagers par la portière arrière du bus. Une équipe médicale a été dépêchée, ainsi que des volontaires. La police est déjà sur place.

— Je ferai tout ce qu'il me sera possible, dit-elle. Est-ce que tu es pompier bénévole ?

— Oui. Il n'y a pas de pompiers à plein temps ici.

Elle hocha la tête.

Cela n'avait rien de surprenant, dans une petite ville comme celle-ci. Quant à Brian, il avait toujours fait partie des organisations où il était question de protéger les autres.

— Nous n'avons qu'une ambulance, expliqua-t-il. C'est pourquoi j'ai pensé à ta camionnette, avec le hayon qui descend. Certaines personnes âgées sont en fauteuil roulant.

Elle hocha la tête.

Dans sa précipitation pour venir l'aider, elle n'avait pas songé à lui demander pourquoi il voulait son véhicule.

— Excellente idée, approuva-t-elle.

Le ciel était à présent sombre et brumeux. Heureusement, Brian connaissait la route comme sa poche, et de plus il était un parfait conducteur.

Dans la lumière des phares, elle distingua des biches sur le bord de la route.

Pourvu qu'elles ne traversent pas, songea-t-elle en croisant les doigts.

Alors qu'ils abordaient le dernier virage, des girophares percèrent l'obscurité. Deux pompiers dirigeaient la circulation.

Brian ralentit et baissa sa vitre.

Un homme doté d'une moustache impressionnante se pencha et jeta un coup d'œil à l'intérieur du véhicule.

— Salut, Brian.

— Salut, Alex. Tout se déroule normalement ?

— Oui. Nous sommes en train d'évacuer les passagers par l'arrière du bus. Ils vont être dirigés vers la caravane de secourisme afin d'être examinés par le Dr Weatherby. Un bus de rechange devrait arriver sous peu.

— Où est Sam ? interrogea Brian.

— Il est près du bus, armé de son porte-voix. Il dirige les opérations, comme d'habitude.

Alex fit signe à une voiture de passer.

— Sam a-t-il dit à Mélanie de prendre le gros câble pour remorquer le bus ?

Alex hocha la tête.

— Oui. Elle arrive.

— Où puis-je me garer ? interrogea Brian. Indique-moi un coin près d'ici, au cas où nous aurions besoin de la camionnette.

— Mets-toi devant le restaurant Pine Cone.

Brian roula très lentement en passant sur le lieu de l'accident, et Marigold observa la scène.

Le gros bus argenté était incliné dans le fossé, contre un mur de pierre. Des débris de verre brillaient sur le sol, tels des morceaux de glace. De nombreuses personnes devaient avoir subi des coupures. Les volontaires étaient nombreux et paraissaient efficaces. D'autres arrivaient pour venir donner un coup de main supplémentaire.

Brian se gara au bord de la route, en face du bus, tout près de la caravane.

— Allons-y.

La prenant par l'avant-bras, il se dirigea vers Sam, qui répondait aux questions des victimes.

Sam leur fit un signe de tête en guise de bonjour.

— Apparemment, il n'y a pas de blessés graves, mais pas mal de bosses et d'hématomes. Quelques coupures aussi.

— Bien. Que pouvons-nous faire pour nous rendre utiles ? demanda Brian.

— Toi, tu peux aider les passagers à quitter le bus.

— D'accord.

Il s'éloigna à grands pas, et ses longues jambes eurent tôt fait de franchir la distance qui le séparait du bus.

Marigold le suivit des yeux.

Il avait si belle allure…

— Marigold ?

La voix de Sam l'arracha à sa contemplation.

Ce n'était pas le moment de rêvasser, aussi suggestifs que soient l'allure dégagée et le jean serré de Brian. Heureusement qu'il faisait nuit et que Sam ne pouvait pas voir ses joues en feu !

— Toi, tu trouveras des couvertures dans le camion blanc, dit le beau-frère de Brian.

Elle regarda dans la direction qu'il lui indiquait.

— Peux-tu les passer aux personnes qui se trouvent dans la caravane ? Il fait de plus en plus froid et humide. Un bus de remplacement va arriver, mais vois ce que tu peux faire pour que chacun soit installé le plus confortablement possible. Le restaurant prépare du café. Tu pourrais peut-être aider à le servir, aussi.

— Bien sûr.

Elle se précipita vers le camion blanc, dont elle ouvrit la portière arrière.

Plusieurs couvertures de laine verte, sans doute prêtées par l'armée, y étaient empilées.

Grimpant dans la camionnette, elle en prit autant qu'elle put et les emporta vers la caravane de secours accrochée à un gros camion.

A l'intérieur se trouvaient une trentaine de personnes âgées serrées sur des banquettes.

Elle se mit au travail, distribuant les couvertures, et dut faire plusieurs va-et-vient. Puis des bénévoles arrivèrent, auxquels elle demanda un coup de main.

La plupart des voyageurs prenaient l'accident avec

philosophie, comme s'il s'agissait d'une simple aventure. Quelques personnes plus âgées se plaignant du froid, elles eurent droit à une couverture supplémentaire.

Entre deux allers-retours, elle aperçut Brian.

Il aidait les derniers passagers à quitter le bus, accompagnant jusqu'à la caravane ceux qui paraissaient le plus fragiles.

Elle lui jeta un coup d'œil admiratif.

Il arrivait à rasséréner tout le monde, plaisantant avec certaines personnes ou donnant des paroles réconfortantes, selon la réaction de chacun.

Le car finit par être vide, et Mélanie se mit au volant du gigantesque camion-remorque qui venait du garage Hawkins. Jack et Brian lui firent des signes de la main tout en s'affairant avec des chaînes et des crochets.

A les voir, se dit Marigold, il était clair que tous trois avaient grandi autour d'un garage, car ils paraissaient aussi à l'aise que des poissons dans l'eau. Leurs gestes étaient précis, et ils ne perdaient pas une minute, sachant exactement ce qu'il fallait faire.

Enfin, grâce à l'aide de tous, bénévoles et professionnels, le bus fut remis d'aplomb.

Le conducteur le conduisit jusqu'au Pine Cone, où il le gara sous les applaudissements des passagers réfugiés dans la caravane.

Alors, Brian vint la retrouver. Lui enlaçant la taille, il l'attira à lui.

— Beau travail, Marigold, lui murmura-t-il à l'oreille. Merci de nous avoir apporté ton aide.

Elle ne put s'empêcher de rougir de plaisir, mais elle se reprit aussitôt.

Après tout, elle n'avait guère fait que passer des couvertures et du café aux gens. Elle n'avait sauvé aucune vie.

Cependant, pourquoi bouder son plaisir ? Le compliment était agréable. Et puis surtout, il venait de Brian.

Puis quelqu'un appela celui-ci.

S'éloignant visiblement à regret, il se retourna et lui adressa un petit signe de la main en souriant.

Elle sentit son cœur se gonfler de joie.

Il n'y avait aucun autre endroit où elle aurait préféré se trouver que dans les bras de Brian, ni aucune personne dont elle aurait préféré la compagnie à la sienne.

Une aventure avec lui ne serait peut-être pas une si mauvaise chose, après tout ?

Quand le bus de remplacement arriva, Brian poussa un ouf de soulagement.

Ils avaient eu beaucoup de chance, car aucun des passagers n'avait besoin d'aller à l'hôpital.

Après nombre de remerciements et de poignées de main dont Marigold reçut une bonne part, ceux-ci se mirent en file pour monter dans le véhicule, qui s'éloigna sans encombre. Après quoi, tous les habitants qui s'étaient mobilisés s'engouffrèrent dans la salle du Pine Cone, dont le propriétaire avait préparé des pizzas, du café et des pichets de soda et de bière.

C'était un lieu chaleureux avec ses bancs de bois et ses tables recouvertes de nappes vert foncé. Les murs étaient revêtus de planches de pin noueux et décorés de photographies représentant les différents sommets des Adirondacks.

Brian choisit cette occasion pour présenter Marigold à la petite communauté.

Certaines personnes se souvenaient de la famille

de la jeune femme, et on lui souhaita plusieurs fois la bienvenue.

Finalement, ils se dirigèrent tous deux vers la table à laquelle Jack, Mélanie et Sam étaient déjà installés.

— Ouf, quelle soirée ! s'exclama Marigold en s'asseyant. Savez-vous ce que je préfère à Hawk's Lake ?

— La pizza ? répondit Jack en riant.

Il lui tendit une part de pizza sur une assiette en carton.

— Oui, ça aussi, dit-elle avec un petit rire. Mais ce que j'aime par-dessus tout, c'est la solidarité qui existe dans cette ville.

— Et le fait que chacun n'ignore rien de tes moindres faits et gestes, ajouta Brian, mi-amusé mi-sérieux.

Tout le monde se mit à rire. Sauf Marigold.

Aïe, il avait encore raté une occasion de se taire.

Apparemment, sa façon de critiquer constamment Hawk's Lake déplaisait à la jeune femme. Cela semblait même la bouleverser… Et c'était assez logique, si l'on songeait qu'elle se sentait plus chez elle ici que nulle part ailleurs.

Gus Belden s'arrêta près de leur table, le tirant de ses réflexions. Il posa sa main charnue sur son épaule, qu'il pressa amicalement.

— Bravo à tous, vous avez fait du beau travail !

Il adressa un petit signe de tête à Marigold.

— Merci de nous avoir aidés.

— Je te présente Marigold Sherwood, dit Brian. Nous étions au lycée ensemble.

Il tourna la tête vers celle-ci.

— Et voici Gus Belden. Il a une boutique d'articles de pêche à Big Moose.

— Enchantée, dit Marigold en lui tendant la main.

Gus la lui serra avec énergie puis reporta son attention sur Brian.

— Matt Logan vient de me dire que son fils Josh doit se faire opérer d'une tumeur. Au poumon. Le médecin veut l'envoyer à St Jude's.

Brian écarquilla les yeux.

— Mais je viens juste de le voir ! Il m'a aidé à évacuer le bus.

Gus gonfla les joues en secouant la tête.

— Tu connais Matt, il est toujours prêt à aider. Le problème, c'est qu'il n'a plus d'assurance-maladie depuis qu'il a perdu son travail, quand la scierie de Big Moose a fermé.

— Eh bien, c'est nous qui l'aiderons, déclara Brian. Laisse-moi réfléchir…

Il tira un stylo de sa poche et se mit à griffonner quelques notes sur la nappe en papier.

— Je suis en train de penser à la caserne des pompiers… Nous pourrions y organiser une vente, non ? Les gains obtenus seraient pour l'opération de Josh.

Il écrivit encore quelques notes.

— Et si nous organisions aussi un barbecue, avec des jeux pour les gamins ?

— Génial ! Je savais que tu trouverais une solution, dit Gus.

— Sherwood donnera des porcelaines, des pièces de verrerie et des articles ménagers pour la vente, annonça Marigold.

Elle se pencha en avant.

— J'aimerais vraiment participer à cette action.

Brian lui prit la main.

— Cela ne m'étonne pas de toi.

Gus ôta sa casquette de base-ball, qu'il froissa dans ses mains.

— Merci, m'dame, c'est vraiment très gentil de votre part.

Brian tourna la tête vers lui.

— Réunis un comité pour organiser tout ça, Gus. Nous nous retrouverons dans mon bureau. Disons vendredi à 8 heures.

— C'est comme si c'était fait ! s'exclama Gus.

Il remit sa casquette sur sa tête et se dirigea vers une autre table.

Marigold leva son verre.

— Qu'est-ce que tu disais, tout à l'heure, Brian ? interrogea-t-elle d'un ton malicieux. Tu parlais des habitants de Hawk's Lake et de leur acharnement à aider les autres, qu'ils le veuillent ou non.

Et elle lui décocha un magistral clin d'œil.

— Tu sais très bien ce que je voulais dire, objecta Brian, boudeur.

Marigold leva les yeux au ciel.

— Savais-tu *vraiment* ce que tu voulais dire ? Tu essaies de renier cette ville, mais à la première occasion, tu y reviens sans faire de détour.

Un bon point pour elle, songea-t-il.

Mais il n'était pas question d'admettre qu'elle avait raison. Cela signifierait qu'il était satisfait de sa vie, qu'il avait abandonné ses rêves… Or, il n'était pas encore prêt à les abandonner.

Ils restèrent un instant silencieux, puis il consulta sa montre.

— Déjà 2 heures du matin ! Je crois qu'il est plus que temps de rentrer.

Après avoir dit au revoir à tous ceux qui avaient participé au sauvetage, ils reprirent la route de Sherwood Lodge.

— Quelle soirée ! soupira-t-il.

— C'était une soirée formidable !

Marigold se renversa sur le siège du passager.

— J'ai l'impression de m'être rendue utile à la communauté, tu te rends compte ?

— Tu n'avais pas besoin de cela. Je sais que les établissements Sherwood apportent de l'eau au moulin de différentes organisations caritatives, et maintenant tu vas faire un don au comité chargé de réunir des fonds pour l'opération du fils de Matt.

— C'est complètement différent. Ce soir, j'ai fait quelque chose personnellement.

— Est-ce que tu ne fais pas partie de plusieurs comités d'œuvres caritatives ?

— Comment le sais-tu ?

— Je reçois ton rapport annuel. Je suis actionnaire.

Marigold poussa une exclamation de surprise.

— C'est vrai ?

Il hocha la tête.

— Ce fut mon cadeau de fin d'études secondaires. J'ai dit à mon père que je voulais des actions dans l'entreprise de tes parents.

— C'est formidable…

Elle posa une main sur sa bouche pour étouffer un bâillement.

— Tu vas t'endormir, observa-t-il. Approche-toi de moi. Je n'ai pas envie que ta tête aille cogner contre la vitre.

— Ne t'en fais pas, tout va bien.

Mais elle se rapprocha quand même de lui.

Surpris et heureux, il posa un bras sur ses épaules et conduisit d'une seule main.

Quand elle posa la tête sur son épaule, son parfum vint lui chatouiller agréablement les narines.

C'était si bon, et cela paraissait si naturel d'être près de Marigold !

Ce soir, pour aider les passagers du bus, ils avaient travaillé ensemble comme les deux moitiés d'une même personne. Il avait senti une réelle connivence entre la jeune femme et lui. Rien ne semblait impossible à Marigold. Elle semblait capable de s'adapter à n'importe quelle situation…

Et cependant, elle mettait beaucoup de temps à prendre une décision au sujet de leur relation.

Bientôt, il entendit la respiration de sa compagne devenir calme et régulière.

Laissant son bras autour de ses épaules, il soupira d'aise.

Il avait envie de la protéger. Il trouverait bien un moyen de la mettre à l'abri, afin que plus personne ne puisse lui faire du mal.

Puis, brusquement, une idée extrêmement désagréable s'imposa à son esprit.

Bien sûr, il pouvait protéger Marigold des autres. Mais ce n'était pas aussi simple de la protéger de lui.

- 8 -

Pendant toute la semaine suivante, Marigold fit des efforts surhumains pour détourner sa pensée de Brian Hawkins.

Chaque matin, qu'elle tourne une poterie ou qu'elle fasse quoi que ce soit d'autre, le visage de Brian apparaissait à ses yeux. Pour se changer les idées, elle se promenait au bord du lac, mais alors, c'étaient leurs conversations qui lui revenaient. Et dès qu'elle essayait de se plonger dans un livre, elle n'arrivait pas à se concentrer parce qu'elle se demandait ce qu'il était en train de faire.

En fin de semaine, elle décida de retourner chez Clancy's.

Elle avait besoin d'un certain nombre d'articles, même si ce n'était pas urgent, et une petite virée dans ce fabuleux magasin l'aiderait peut-être à chasser Brian de son esprit.

En s'engageant sur la Route 28, elle baissa sa vitre et prit une profonde inspiration.

L'air était chargé d'une délectable odeur de pin et de cèdre. Le temps magnifique, chaud et ensoleillé, incitait à conduire lentement pour profiter du paysage, autant que les virages en épingle à cheveux. Elle les négocia avec la plus grande prudence.

Vingt minutes plus tard, elle se garait sur le parking du magasin.

Quittant son véhicule, elle se pencha pour caresser un chiot beagle qui n'appréciait visiblement pas d'être attaché et salua plusieurs personnes qui sortaient, chargées de paquets.

Une fois à l'intérieur de Clancy's, elle consulta sa liste.

Il lui fallait des solvants pour ses pinceaux.

Elle se dirigea vers le rayon de peinture.

Au tournant d'une allée, elle faillit heurter Brian avec son Caddie.

Il portait plusieurs boîtes d'enveloppes kraft et, à en juger par l'étonnement qui se peignait sur son visage, il était aussi surpris qu'elle.

Confuse, Marigold rougit jusqu'aux oreilles.

Ce n'était pas seulement cette rencontre inopinée qui la troublait. Malgré elle, elle revoyait Brian sous la clarté de la lune, et elle n'avait pas oublié le goût de ses lèvres.

S'efforçant de chasser ce souvenir importun, elle leva les yeux sur lui.

Comme à l'accoutumée, il était vêtu d'un costume clair, impeccable. Cependant, pour une fois, il ne portait pas de cravate.

Une petite plaisanterie ferait peut-être tomber la tension qui régnait entre eux…

— Tu n'es pas au bureau ? Ce vendredi serait-il férié ? questionna-t-elle d'une voix plus faible qu'elle ne l'aurait souhaité.

— Nous sommes mardi, corrigea Brian.

Il lui sourit, l'observant d'un regard pénétrant.

— Que fais-tu là ? Tu commençais à devenir folle, toute seule près du lac ?

Elle secoua la tête.

Non, elle n'était pas près de reconnaître qu'il avait raison.

— J'avais besoin de solvant… Et de café.

Il eut un petit rire.

— Nous ne pouvons pas continuer à nous rencontrer ainsi chez Clancy's. Il y a des endroits plus agréables ! Je m'apprêtais à aller déjeuner. Serais-tu d'accord pour te joindre à moi ?

Elle hésita un instant.

Devait-elle accepter ? Mais comment résister à cette adorable invitation ?

— J'aimerais beaucoup.

Leur choix fait, ils se dirigèrent vers la caisse. Une fois dehors, elle alla poser ses achats dans la camionnette.

Quand elle rejoignit Brian à sa voiture, celui-ci avait déjà baissé le toit de sa Mustang noire.

C'était formidable. La journée ne pouvait être mieux choisie pour rouler cheveux au vent.

Mais ils n'allèrent pas très loin. Brian s'arrêta bientôt devant la crêperie Aunt Betty.

Le restaurant était une ancienne grange décorée de canoës de bois de bouleau, de vieilles photographies et d'anciens ustensiles de cuisine suspendus aux parois de bois noircies par la fumée. Sur une pancarte était représenté un élan mangeant une grosse salade à une table de pique-nique, avec cette devise : « Installez-vous où vous voulez. »

— Je voulais te montrer cela, dit Brian.

Il pointa du doigt un cliché jauni accroché au mur à côté d'une paire de bois de cerf.

— C'est une photographie d'Ezra Hawkins, mon arrière-arrière-grand-père. Il a fondé Hawk's Lake en

1865. Ceci représente son ancienne forge, qui se trouvait du même côté que le garage.

Elle s'approcha afin d'examiner le cliché.

C'était surprenant que Brian tienne ainsi à lui raconter l'histoire de sa famille.

— Il était imposant, et si distingué. Je vois la ressemblance entre toi et lui.

Comme elle se retournait vers Brian, il lui enlaça la taille.

Elle tressaillit. Elle aurait dû s'écarter, mais c'était au-dessus de ses forces.

— Ce doit être extraordinaire d'être le descendant de celui qui a fondé cette ville, fit-elle remarquer. C'est grâce à tes ancêtres et à ta famille que tout cela existe !

Sans la quitter des yeux, Brian resta un instant silencieux.

— Oui, bien sûr. Vu comme cela…, dit-il d'un ton rêveur.

Elle se mordilla la lèvre.

Elle brûlait d'envie de lui prendre la main, mais il risquait de se faire des idées fausses.

Elle aurait tant aimé trouver un moyen pour connecter Brian à sa propre ville !

Quoi qu'il en soit, peut-être ce qu'elle venait de dire allait-il s'insinuer doucement dans son esprit. C'était un début.

— J'aimerais juste que tu te rendes compte de tout ce que tu as fait pour ce village, et à quel point tu es apprécié ici.

— Je sais, Marigold, mais…

Elle lui coupa la parole.

— Tu as également contribué à préserver le patrimoine

de Hawk's Lake. Sherwood Lodge en est un parfait exemple. Tu as même gardé les couleurs d'origine !

Les yeux bleus de Brian scintillèrent. Apparemment, ce qu'elle venait de lui dire lui faisait le plus grand plaisir.

— Je possède plusieurs propriétés historiques, dit-il. Je crois qu'il est important de sauvegarder le patrimoine.

Alors qu'ils traversaient la salle de restaurant, toutes les serveuses l'accueillirent avec un sourire radieux en lui faisant signe de s'asseoir dans leurs zones de service respectives.

Brian leur rendit leurs sourires et balaya la salle du regard.

Dans un coin, près de la fenêtre surplombant une petite cascade et un torrent à truites, il y avait une table pour deux qui était absolument parfaite pour eux. Marigold la lui montra du menton.

Il lui fit signe de passer devant lui, et ils allèrent s'y installer.

Au bord de l'eau, des pêcheurs en bottes de caoutchouc se tenaient dans l'eau jusqu'à mi-cuisses. Dans un jardin adjacent, des enfants jouaient sous la surveillance de leurs mères assises sur des bancs. L'un d'eux était en larmes, et sa mère lui tamponnait les yeux avec un mouchoir tout en lui caressant le dos pour le consoler.

Marigold sentit son cœur se serrer.

Aurait-elle jamais des enfants ? Et si elle en avait, arriverait-elle à les rendre heureux ?

Elle ferait tout pour qu'ils le soient. Et aussi, elle les aiderait pour leur travail scolaire et les verrait devenir des adultes responsables et pleins de joie de vivre.

Mais cette chance se présenterait-elle un jour à elle ?

Impossible de répondre. Le mieux était de vivre le moment présent.

A contrecœur, elle fit un effort pour sortir de ce rêve éveillé et examina le restaurant.

Ce n'était certainement pas le lieu le plus chic qu'elle avait fréquenté, mais il bénéficiait d'une vue imprenable.

— J'adorerais vivre ici, dit-elle après un long silence contemplatif.

Brian se renversa sur sa chaise.

— Eh bien, en voilà une déclaration ! Nous n'avons pas encore commandé, et tu ne me dis rien d'autre que ce que tu m'as déjà dit.

Elle jeta un coup d'œil par la fenêtre.

— Regarde dehors, Brian. Qu'est-ce que tu vois ?

Il suivit son regard.

— Je vois des gars qui pêchent, des gosses qui jouent. Rien que des activités printanières habituelles. Le bonheur de se retrouver dehors après un long hiver.

Elle lui sourit.

Hawk's Lake était l'endroit idéal pour fonder une famille. Elle aurait donné n'importe quoi pour être l'une de ces femmes surveillant leurs enfants dans le terrain de jeux.

L'un des hommes ramenait un poisson sous l'œil attentif des autres.

Elle n'avait aucun mal à imaginer Brian debout sur la berge, montrant patiemment à leurs enfants la meilleure façon de pêcher.

Leurs enfants ?

Elle tressaillit tandis que ses joues s'empourpraient.

D'accord, elle devait reconnaître que Brian Hawkins lui avait pas mal hanté l'esprit ces derniers temps, mais là, elle poussait un peu loin. Qu'elle ait envie de passer une ou deux nuits avec lui, pourquoi pas. Mais s'engager ? Songer au mariage ? Elle s'était brûlé les ailes trop souvent.

Elle soupira silencieusement.

C'était inutile d'ajouter ce sujet à sa liste déjà trop longue de sujets de réflexion.

— Et toi, qu'est-ce que tu vois ? interrogea Brian d'un air amusé.

— Je vois des familles qui prennent le temps de vivre, de profiter du bon air et de la nature.

Il haussa les épaules d'un air blasé.

— Passionnant !

Elle fit un effort pour maîtriser ses émotions.

— Tu ne comprends pas, Brian, dit-elle d'un ton plus sec qu'elle n'aurait souhaité. C'est une véritable chance de vivre dans une petite ville comme celle-ci, en pleine nature. La vie est beaucoup plus facile, sans parler des prix, bien plus bas que dans les grandes métropoles.

— Ils vont augmenter pendant l'été, quand les touristes arriveront. Cela, tu peux en être sûre. Quant à ces pêcheurs, je parierais mon petit doigt qu'ils sont là pour fuir leur épouse, tout comme ces femmes, sur le banc, sont en train de cancaner en passant le plus de temps possible loin de leur mari.

Elle sentit son sang bouillir d'indignation.

— Oh, tais-toi ! Pourquoi faut-il toujours que tu sois cynique ?

— Parce que tu es en train de fantasmer à propos de Hawk's Lake. Je ne fais que souligner les points négatifs de cette petite ville.

— Eh bien, je te demande de ne plus le faire en ma présence. Tu veux bien ?

— Tes désirs sont des ordres, répondit Brian en ravalant un sourire ironique.

Comme la serveuse s'approchait de leur table, elle poussa un soupir mi-soulagé mi-excédé.

Brian était décidément difficile à comprendre. Il avait tout ce qui existait de mieux, et il trouvait le moyen de mépriser cette chance. A l'évidence, il n'avait pas du tout la même conception qu'elle de la vie.

A cette idée, sa gorge se serra tandis qu'elle baissait les yeux sur le menu.

Elle avait eu l'intention de commander un sandwich poulet-salade, mais jamais elle n'arriverait à l'avaler. Finalement, elle se décida pour une soupe au poulet.

Brian prit un hamburger avec des frites et du ketchup.

La serveuse ne semblait pas pressée de s'éloigner de leur table. Elle regardait Brian d'un air gourmand et lui demanda plusieurs fois quelle cuisson il désirait pour sa viande. Il était clair qu'elle le trouvait très séduisant.

Mais y avait-il une seule femme au monde capable de réagir autrement ? s'interrogea Marigold avec un pincement au cœur.

Elle aussi, elle avait été fascinée par Brian Hawkins quand ils s'étaient retrouvés tous les deux dans la barque, et aussi quand ils avaient œuvré ensemble sur le lieu de l'accident. Et pourtant, alors qu'ils étaient maintenant confortablement installés dans cette chaleureuse crêperie, ils semblaient n'être plus du tout sur la même longueur d'onde. Elle devait se rendre à l'évidence : jamais elle n'arriverait à convaincre Brian de voir Hawk's Lake à travers ses yeux à elle.

Oh, et puis quelle affaire ! Pourquoi accordait-elle une si grande importance à cette différence de points de vue ?

La réponse était simple : parce qu'elle mourait d'envie de vivre à Hawk's Lake… Et avec Brian.

Mais, après tout, il y avait peut-être moyen de faire

changer celui-ci d'avis. Elle n'avait qu'à adopter une autre stratégie.

— Qu'est-ce qui t'attire dans les villes ? questionna-t-elle. D'accord, la plupart sont fabuleuses, mais pour fonder une famille, c'est beaucoup plus dur.

Brian haussa encore les épaules.

— J'ai passé les meilleures années de ma vie à New York avec trois copains. Nous avions des journées de travail qui n'en finissaient pas et qui incluaient les soirées et les week-ends. Malgré cela, nous nous amusions comme des fous. Et quand le patron avait besoin de nous, que ce soit à n'importe quelle heure du jour ou de la nuit, nous étions prêts.

Il fit une pause comme pour savourer de nouveau cette époque révolue.

— Je ne te parle pas du salaire, continua-t-il. Il était tout bonnement incroyable.

— Votre loyer aussi, il devait être incroyable, fit-elle remarquer d'un ton acide. Je parie que vous n'étiez pas trop de quatre colocataires pour arriver à le payer. Et je parie aussi que l'appartement n'en avait que le nom et qu'il était au dernier étage sans ascenseur. Mais comme tu étais jeune et que tu venais de terminer tes études, cela t'était égal. Cependant, combien de temps aurais-tu pu tenir à ce rythme, à ton avis ?

— Qui sait ? dit Brian avec une petite grimace. Quoi qu'il en soit, cette période a vraiment été la plus heureuse de ma vie.

— Et pourquoi n'est-ce pas maintenant, alors que tu as tout ce dont un homme puisse rêver ?

Brian éluda la question.

— Le temps file à toute vitesse, Marigold. Et j'ai beaucoup de projets en cours…

Il s'interrompit, car leurs plats arrivaient.

Il était temps, songea-t-elle. La discussion devenait un peu trop animée.

En mangeant, ils abordèrent des sujets plus légers. L'atmosphère s'étant détendue, ils dégustèrent ensuite tranquillement leur dessert — une merveilleuse tarte au citron nappée de crème fouettée — tout en sirotant un café.

Elle poussa un soupir de satisfaction.

Cela faisait une éternité qu'elle n'avait pas pris le temps de déjeuner au restaurant. D'habitude, elle priait Julie de lui commander un plat à la cafétéria située au rez-de-chaussée, ou chez le traiteur du coin de la rue qui livrait directement à son bureau. Mais il lui arrivait plus souvent qu'à son tour de sauter le repas de midi.

Voilà qui était une façon bien plus agréable de déjeuner.

Bien sûr, elle aurait peut-être trouvé le repas encore plus savoureux si Brian avait été plus souvent d'accord avec elle.

— J'ai un rendez-vous à 16 heures à la caserne des pompiers, mais si cela te fait plaisir, nous avons encore le temps de faire une promenade au bord de la rivière, proposa Brian. Tu auras tout le loisir d'observer les pêcheurs, ajouta-t-il d'un ton un peu ironique.

Marigold tourna vers lui un regard mi-rieur mi-réprobateur.

— Bonne idée.

Ils sortirent du restaurant, et il déposa sa veste sur le siège arrière de sa voiture. Puis ils contournèrent le bâtiment.

L'après-midi était superbe, et il avait bien l'intention de profiter de chacune des secondes passées auprès de la jeune femme.

— Alors, tu as une *réunion* ?

Marigold frissonna de façon exagérée.

— A vrai dire, le seul mot de « réunion » me donne mal au cœur. Quel bonheur de ne pas avoir à y penser !

— C'est une réunion amusante. Nous allons programmer les événements du village pour l'année prochaine, et nous allons discuter de certaines idées.

— Quel genre d'événements ?

— Traditionnels : le 4 Juillet avec ses feux d'artifice et son défilé, le Festival de la neige pour l'hiver prochain. Quoi d'autre ? Le week-end artisanal, l'exposition d'art.

Faisant une pause, il observa Marigold avec curiosité.

Elle paraissait enchantée.

— J'aimerais participer à chacun d'eux, dit-elle avec enthousiasme. Et permets-moi de te dire, Brian, que tu sembles aimer beaucoup ce genre d'occupation.

— Je dois dire que c'est vrai. C'est formidable de voir le village plein de gens qui s'amusent. Parmi eux se trouvent des personnes qui cherchent des fonds pour des causes caritatives. J'ai quelques bonnes idées pour deux ou trois événements nouveaux.

Le regard de Marigold brillait d'excitation.

Il eut un petit rire.

Qu'il le veuille ou non, en ce moment, il était évident qu'il éprouvait les mêmes sentiments qu'elle pour Hawk's Lake, même s'il jouait les indifférents.

— Expose-moi tes idées, dit-elle.

— J'aimerais organiser une danse villageoise à l'ancienne à l'occasion d'Halloween, avec des jeux pour les enfants et même pour les adultes. J'ai aussi demandé l'autorisation d'organiser un concours de pêche. J'ai reçu la réponse ce matin. Le maire est d'accord. Cela va attirer les foules, ce qui sera une source de bénéfice pour tout le monde. Les résidents gagneront de l'argent, et les concurrents emporteront de beaux souvenirs.

— Ce sont des bonnes idées, reconnut Marigold en lui posant une main sur le bras.

Il tressaillit. Ce simple contact de sa part l'électrisait.

— J'aimerais que tu te rendes compte de l'enthousiasme qu'il y a dans ta voix, continua-t-elle. En réalité, tu aimes beaucoup ce que tu fais ici : organiser des activités pour les habitants, trouver des idées pour attirer les touristes. C'est très important pour Hawk's Lake.

— Et toi, tu ne fais pas ce qui te plaît à Sherwood ?

Marigold détourna les yeux.

— Nous ne parlons pas de moi, mais de toi, dit-elle doucement.

Elle lui effleura l'épaule.

— Tu as beau dénigrer cet endroit, c'est bel et bien ton terrain de jeu personnel.

— Je m'adapte, je fais ce que je peux. J'évalue les dépenses et les profits, grommela-t-il.

— Ne sois pas si modeste ! Je suis sûre que tu en fais beaucoup plus que tu ne consens à l'admettre.

Il retint son souffle comme elle se pendait à son bras.

C'était sûr, maintenant il allait fondre comme neige au soleil.

— De plus, tu fais cela avec tout ton cœur, continua-t-elle avec ferveur.

Il resta sans voix.

Si Marigold avait raison, cela signifiait qu'il essayait de fuir un lieu qu'il aimait vraiment. Cela signifiait aussi qu'il voulait chercher ailleurs un autre travail, une autre vie, alors qu'il avait déjà tout à portée de main.

- 9 -

Marigold façonnait lentement l'argile sur son tour.

C'était le moment critique. Il fallait maintenant lui donner une forme arrondie, le plus régulière possible.

Comme des pas se faisaient entendre sur le gravier de l'allée, elle leva les yeux vers la fenêtre.

La silhouette de Brian se matérialisa derrière la vitre.

— Entre ! cria-t-elle. Je ne peux pas ouvrir la porte pour le moment.

Il vint se poster derrière elle, laissant flotter son parfum aux senteurs épicées.

— J'ai bientôt fini, dit-elle en jetant un coup d'œil à Brian par-dessus son épaule.

Il semblait fasciné.

Le bol avait maintenant exactement la forme qu'elle avait voulu lui donner. C'était parfait.

Levant le pied, elle laissa le tour s'arrêter et prit du fil pour détacher le bol de son socle.

Elle s'efforça de prendre un air décontracté.

— Bonjour !

Mais le simple fait de l'avoir regardé lui donnait le vertige.

Brian portait un jean délavé qui moulait admirablement ses hanches étroites et un T-shirt noir soulignant les lignes sinueuses de ses muscles. Il n'avait pas noué les lacets de ses baskets.

— Qu'est-ce qui t'amène ? interrogea-t-elle d'une voix quelque peu haletante, avant de se mordiller la lèvre, furieuse.

— Je veux repeindre des encadrements de fenêtre. Quelques-uns sont pas mal écaillés. Ne t'inquiète pas, je ne te dérangerai pas, je me ferai oublier.

Elle hocha la tête.

C'était difficile de le lui dire, mais sa seule présence la dérangeait de plus d'une façon.

Brian observa autour de lui les pièces qu'elle venait de tourner.

— C'est vraiment du beau travail !

Il fit le tour du porche et contempla les poteries qui étaient terminées.

— Est-ce que je peux en prendre une dans mes mains ?

— Bien sûr. Ce n'est pas si fragile.

C'était vraiment agréable qu'il s'intéresse à son travail et qu'il l'apprécie.

— J'aime beaucoup les animaux que tu as peints dessus. Les couleurs sont très belles, aussi. Et ce brillant… Comment l'obtiens-tu ?

— Avec des émaux et un vernis. C'est ma grand-mère qui m'a appris comment le préparer. Il y a quelque chose à ajouter pour obtenir les meilleurs résultats.

Elle lui fit un clin d'œil.

— Si tu veux, je te donnerai ma recette, bien que ce soit un secret de famille.

Brian se mit à rire.

— Je ne vois pas très bien ce que je pourrais en faire.

Elle sourit.

— Est-ce qu'il y a quelque chose qui te plaît particulièrement ? Je t'en ferai cadeau.

— J'aime beaucoup la chope avec le héron. Ou peut-être celle avec les canards.

Elle prit les deux sur l'étagère et les lui tendit.

— Elles sont à toi.

Leurs doigts s'effleurèrent, et Brian se retrouva avec un peu d'argile fraîche sur les mains.

— Oh, pardon !

Prenant un torchon propre, elle lui essuya la main en faisant de son mieux pour cacher son trouble.

Son cœur battait violemment, et elle avait la gorge sèche.

— J'ai quelque chose à te montrer dans le hangar, finit-elle par dire d'une voix mal assurée. C'est la partie du travail que je préfère. Mais si tu as cinq minutes, je vais d'abord faire un brin de toilette et me changer.

— Pas de problème.

Alors qu'elle se lavait les mains sous le robinet de la cuisine, elle observa Brian par la porte vitrée.

Il déambulait entre les étagères, examinant d'autres poteries.

Dix minutes plus tard, elle le rejoignit sous le porche, et ils se rendirent dans le hangar où son four à céramique était entreposé.

Elle le déverrouilla et ouvrit la porte.

— Regarde toutes ces couleurs, dit-elle. Est-ce que ce n'est pas extraordinaire ?

Elle guetta sa réaction tandis que Brian plongeait le regard dans le four hexagonal.

Il émit un long sifflement admiratif.

— Je comprends pourquoi tu préfères cette partie du travail !

Elle sortit les pièces l'une après l'autre.

Elles étaient toutes de couleurs différentes, de formes et de dimensions expérimentales.

Brian l'aida à installer le tout dans une brouette garnie de coussins.

— Marigold, si tu as envie de les vendre, je connais plusieurs boutiques dans la région qui seraient heureuses de les présenter.

Elle eut un large sourire, tandis que son cœur se mettait à battre plus fort.

— Tu parles sérieusement ?

— Le plus sérieusement du monde.

— Mon arrière-grand-mère, Violet Sherwood, a commencé de cette façon-là.

Faisant une petite pause, elle eut une moue amusée.

— Enfin, presque. Violet travaillait dans une écurie. Moi, dans un hangar à bateaux.

Brian lui sourit.

— J'ai quelques cartons dans ma voiture. On peut commencer à emballer ce que tu veux vendre, et je passerai quelques coups de téléphone à des boutiques en ville. A moins que tu ne préfères t'en occuper toi-même ?

Comment réagirait-elle si on lui refusait tout bonnement d'exposer ses œuvres ? Son art faisait partie d'elle-même, c'était trop intime pour qu'elle supporte un refus, et elle aurait certainement du mal à l'accepter. Il valait mieux que ce soit Brian qui téléphone. De plus, il connaissait tout le monde.

Elle secoua la tête.

— Je vais choisir quelques pièces. Si cela ne t'ennuie

pas trop, je préférerais que ce soit toi qui prennes contact avec les boutiques.

Elle resta songeuse quelques secondes.

C'était nouveau, cette sensation. Peu lui importait qu'un magasin ne prenne pas les produits Sherwood ou rejette certaines collections. Elle envoyait son équipe de vendeurs dans une autre région.

Sherwood était le legs familial, comme l'avait si justement fait remarquer Brian. Mais ses céramiques émanaient directement d'elle. Elle avait toujours eu envie d'en réaliser, mais elle n'en avait jamais pris le loisir.

Loin de Sherwood, elle trouvait le temps. Elle pouvait choisir de vivre comme elle l'entendait. Et, heureusement, elle avait pu mettre assez d'argent de côté pour que cela dure plusieurs vies.

Elle prit une profonde inspiration.

Elle aimait la compagnie de Brian et son sens de l'humour. Il connaissait son histoire familiale, et elle pouvait compter sur lui. Le fait qu'il soit revenu dans sa famille quand celle-ci avait eu besoin de lui en était la preuve. De plus, il était plein d'attentions. Il ne lui restait qu'à prendre conscience que, en réalité, Hawk's Lake était très important pour lui, beaucoup plus qu'il ne croyait. Elle allait l'aider en cela.

Et puis surtout, cela ne faisait pas l'ombre d'un doute, elle était terriblement attirée par lui. Et cette attirance était réciproque.

Il n'y aurait rien de mal à échanger avec lui quelques baisers et même plus, afin d'assouvir un désir largement partagé.

Alors, qu'est-ce qui rendait sa décision si difficile à prendre ?

Ce qu'elle souhaitait par-dessus tout, c'était être capable

de faire confiance à Brian. Mais pour cela, il fallait déjà qu'elle réunisse des trésors de confiance en elle.

Etait-ce possible ?

Pas si sûr. Elle avait trop souvent accordé sa confiance aveuglément, ce qui s'était soldé par de profondes blessures. Comment arriver à croire qu'un homme pouvait l'aimer uniquement pour ce qu'elle était ?

Perché sur l'échelle, Brian se mit à gratter le pourtour des vitres de la fenêtre de la chambre de Marigold. Après avoir changé le mastic, il jeta un coup d'œil autour de lui.

Il faisait de plus en plus chaud, ce qui était parfait. La pelouse allait sécher rapidement, et les fleurs sauvages ne tarderaient pas à s'ouvrir. Après cet hiver qui avait semblé interminable, c'était merveilleux de voir la nature s'épanouir.

Marigold allait être ravie, elle aussi. Elle avait toujours aimé composer des bouquets pour décorer la table de la cuisine.

Se remettant au travail, il décrocha le volet.

Il avait sérieusement besoin de peinture, ainsi que tous les autres. C'était l'affaire d'une ou deux semaines.

Soulevant le volet, il ne put s'empêcher de jeter un coup d'œil dans la chambre.

Le lit était fait, et un livre était resté ouvert sur le bureau situé sous la fenêtre.

— Brian ?

La voix de Marigold le fit tressaillir. Le volet lui échappa et tomba sur l'herbe après avoir heurté l'échelle.

S'il n'avait pas eu besoin d'être repeint, il en aurait besoin maintenant.

— Désolée, je ne voulais pas te déranger ! dit la jeune femme, la tête levée vers lui.

— Rien de grave. Il fait sans doute trop chaud pour travailler, dit-il en riant. Si nous faisions un tour en barque jusqu'à Secret Island ? Nous pourrions pique-niquer.

— Secret Island ? Tu as oublié l'horrible M. Hurley ? Tu sais, celui qui nous chassait chaque fois que nous y allions.

— Il n'y a plus de risque, je lui ai racheté l'île.

Marigold ouvrit de grands yeux.

— C'est merveilleux ! Quand nous étions petits, tu disais toujours qu'elle t'appartiendrait un jour. Tu te souviens ?

— Je me suis dit que ce serait un bon investissement.

En réalité, il ne pouvait pas supporter l'idée que quelqu'un d'autre foule le sol de *leur* île secrète.

Se protégeant les yeux d'une main, Marigold tourna la tête vers le lac et regarda la bande de terre qui le partageait en son milieu. L'extrémité ouest se détachait comme un doigt tendu.

Attendant patiemment sa réponse, il l'observa.

Visiblement, elle hésitait. Puis, brusquement, elle se retourna.

— Oh oui, Brian, s'écria-t-elle. allons-y !

— C'est vrai, tu es d'accord ? Formidable !

Il lui adressa un grand sourire, heureux de la voir si enthousiaste et impatient de se retrouver avec elle sur *leur* île.

— Je vais préparer un pique-nique, annonça-t-elle en rentrant dans la maison.

— D'accord. Je vais chercher le hors-bord à Hawk's Roost. Retrouvons-nous sur le quai.

— Génial !

Elle tourna les talons pour gagner la cuisine.

— Oh, Marigold ?

Elle fit une pause.

— Oui ?

— N'oublie pas ton maillot de bain !

Elle éclata de rire.

— Je te reconnais bien là ! Tu te baigneras si tu veux, mais ne compte pas sur moi. L'eau doit être glaciale.

— Pas du tout, elle est excellente !

Elle haussa les épaules en riant et rentra dans la maison d'un pas dansant.

Il s'empressa de descendre de son perchoir. En quelques enjambées, il rejoignit sa voiture.

Les volets pouvaient attendre. Pour l'instant, il avait des choses plus urgentes à faire.

Marigold poussa un soupir béat.

C'était merveilleux de glisser sur l'eau transparente du lac.

Le bateau, d'un jaune citron brillant, avait une forme aérodynamique. Il devait être parfait pour le ski nautique.

Les cheveux au vent, elle laissa sa main pendre par-dessus bord pour sentir l'écume sur sa peau, les yeux rivés sur Brian.

Celui-ci paraissait concentré sur la conduite du bateau, bien qu'ils soient seuls à naviguer. Le soleil baignait d'une lueur dorée son visage et ses mains, lui donnant une espèce d'aura, comme à un dieu antique. C'était merveilleux de le voir à la proue de son bateau.

— Tu te souviens quand nous venions en canoë jusqu'ici ? dit-elle. Cela nous prenait une bonne partie de la journée.

Nous nous prenions pour des explorateurs découvrant un nouveau monde. Et dès que nous mettions les pieds sur l'île, M. Hurley faisait son apparition.

— Un jour, il m'a dit qu'il avait eu plusieurs fois un regret en pensant à nous : celui de ne jamais nous avoir invités. D'après lui, s'il l'avait fait, cela aurait été la meilleure solution pour que nous n'ayons plus envie de venir.

Brian eut un petit rire.

— L'île aurait perdu une grande partie de son mystère à nos yeux.

Il se rangea habilement le long du quai et coupa le moteur. Souple comme un chat, il sauta du bateau et fixa la corde sur le quai.

— J'aurais aimé t'aider, protesta Marigold.

— Désolé, dit Brian.

Elle lui remit un sac de sport et un sac à dos puis lui tendit la main.

— Monte sur le siège, et je t'attrape, proposa-t-il.

Il la saisit fermement par la taille et s'assura qu'elle n'avait pas le vertige avant de la lâcher. Puis il lui glissa un bras autour de la taille, et ils descendirent le quai d'un pas égal.

C'était délicieux de la sentir tout contre lui. Ils étaient comme deux pièces sœurs dans un puzzle. Cela paraissait si naturel, comme s'ils avaient marché ainsi un million de fois !

Mais ce n'était pas le cas. Marigold ne tarderait pas à lui signifier qu'elle souhaitait retrouver son indépendance. Avisant un cottage en rondins presque entièrement dissimulé par les arbres, elle l'interrogea.

— Qui habite ici ?

— Personne pour l'instant. Je le loue pendant l'été à une famille. C'est toujours la même qui vient depuis plusieurs années.

— Est-ce que je peux le visiter ?

— Bien sûr, puisque c'est là que nous allons.

Ils remontèrent un sentier défoncé et jonché d'aiguilles de pin qui formaient un tapis rouille.

La cabane était entourée de pins, de sapins du Canada et de forsythias qui commençaient à fleurir.

Faisant une pause, Marigold étudia la structure toute simple.

— C'est beaucoup plus grand que je n'aurais cru.

— Attends de voir l'intérieur !

Il souleva plusieurs grosses pierres avant de trouver la clé.

— Il y a aussi un belvédère.

A peine entrée, Marigold s'immobilisa, admirative.

L'intérieur était vaste, rustique et confortable à la fois. Les murs étaient tapissés de planches de pin noueux dont la teinte naturelle éclaircissait la pièce. Une couverture rayée aux couleurs vives était accrochée à un mur, et des paniers fabriqués à la main et qui semblaient venir tout droit des Adirondacks étaient suspendus à des étagères. Des placards de bois entouraient une gigantesque cheminée au manteau de granit rose. Un escalier de pierre conduisait à une vaste pièce dans laquelle les murs étaient tendus eux aussi de couvertures colorées, comme dans un château.

La jeune femme alla jusqu'au fond de la pièce, où une cuisine moderne était installée derrière un comptoir.

— C'est absolument magnifique, Brian !

— Je savais que cela te plairait. Et maintenant, attends-toi à être encore plus étonnée.

La prenant par la main, il l'entraîna vers la petite

véranda et ouvrit la double porte-fenêtre donnant sur le belvédère construit en rondins.

Des dalles de pierre assez larges pour servir de sièges formaient une plateforme qui entourait un petit bassin.

Il tourna un bouton, et un murmure d'eau se fit entendre.

— C'est un bain bouillonnant ?

Plongeant son regard dans celui de Marigold, il lui pressa la main.

— Est-ce que cela t'intéresserait, par hasard ?

Marigold hésita un bref instant. Son cœur battait la chamade.

— Oui, finit-elle par répondre d'une voix à peine audible.

Elle retourna à l'intérieur de la maison. En un clin d'œil, elle se dévêtit et passa son maillot de bain. Puis elle revint dans le jardin de derrière.

Brian avait accroché ses vêtements à une branche d'arbre. Il lui apparut en maillot, dans toute sa splendeur : muscles effilés, taille fine, torse musclé.

Elle retint son souffle tandis qu'il l'observait sans vergogne de la tête aux pieds.

Heureusement qu'elle avait acheté un nouveau maillot, beaucoup moins échancré que l'ancien !

Quand il poussa un long sifflement, elle eut un petit rire gêné.

— Pas de Bikini rose ? railla-t-il en souriant.

— Pas de *quoi* ?

— Je crois me souvenir que c'était pendant l'été de tes quinze ans.

— Oh oui, je me rappelle, maintenant !

— Sûrement pas autant que moi.

Se ressaisissant, elle posa le sac de sport sur la table de rondins proche du bain bouillonnant.

— J'ai du vin et du fromage, annonça-t-elle.

— Excellent ! clama Brian.

Il lui tendit la main.

— On y va ?

Il attendit qu'elle ait monté le petit escalier qui conduisait au jacuzzi, puis il la rejoignit.

Poussant un profond soupir de bien-être, elle s'assit dans l'eau et allongea les jambes.

— On pourrait presque nager dans ce jacuzzi. Il est tellement grand ! s'exclama-t-elle.

L'eau était délicieusement chaude, et elle ne tarda pas à se détendre.

— Il y a une éternité que je n'ai pas fait ce genre de chose, dit-elle d'une voix paresseuse.

Brian s'assit à côté d'elle.

— Moi aussi. Les journées ne sont pas assez longues. Mais nous pourrions peut-être prendre le temps ? J'ai l'impression que nous avons tous les deux la fâcheuse habitude de nous croire indispensables au travail.

— J'en ai bien peur.

Elle contempla les cheveux soyeux de Brian que la brise agitait doucement.

— En fait, j'aurais dû prendre davantage de vacances. Je ne me serais pas autant épuisée au travail. Et toi, tu en as pris quelquefois ?

Brian se mit à rire.

— Pratiquement jamais. En fait, je n'avais pas l'impression de m'épuiser au travail. En guise de vacances, je suis allé deux ou trois fois aux courses automobiles voir

Jack concourir. Mais cela n'a jamais duré plus de quatre jours. Et il y avait des milliers de spectateurs.

Il s'assit plus bas dans le jacuzzi.

— Cela ne correspond pas à l'idée que je me fais des vacances, conclut-il.

— Je parierais que Jack et toi faisiez des ravages parmi les filles.

Brian haussa vaguement les épaules.

— Jack a sa part de groupies, reconnut-il.

— Oh, je suis sûre qu'elles grouillent aussi autour de toi.

Il remua, mal à l'aise.

— Je ne dirais pas qu'elles grouillent, mais je n'ai pas à me plaindre.

— Je n'en doute pas.

— Veux-tu un peu de vin ? proposa-t-il, essayant visiblement de changer de sujet.

Elle voulut se relever, mais il posa une main sur son bras.

— Ne bouge pas, Marigold. Je vais le chercher.

Il remonta les marches.

Elle le suivit des yeux.

Son maillot mouillé lui collait à la peau, moulant sans équivoque un renflement frontal qui attira son regard.

Brusquement, elle se sentit molle comme une poupée de chiffon, tandis que son cœur battait à un rythme fou.

Prenant une bouteille d'eau fraîche, elle s'aspergea le visage, mais cela ne fit rien pour la calmer.

Plonger dans le lac glacé serait peut-être plus efficace.

Alors que Brian revenait dans le bain bouillonnant, elle fit un violent effort de volonté pour détourner les yeux.

Mais c'était aussi difficile que de s'empêcher de respirer.

Brian lui tendit un verre de vin.

— Merci, dit-elle d'une voix un peu rauque.

Il leva son verre.

— Portons un toast. A toi, Marigold. Je te souhaite de trouver ce que tu cherches.

Elle leva le sien.

— Je bois à cette généreuse idée.

Elle sirota son vin.

— Merci, Brian. Tu sais, je crois que M. Hurley avait réellement un trésor : ce bain bouillonnant et cette situation extraordinaire. Je suis sûre qu'il regrette d'avoir vendu sa propriété.

— Cela m'étonnerait, dit Brian, l'esprit ailleurs.

Il rencontra son regard.

— Marigold, je te dois des excuses.

Après avoir posé son verre, il lui prit la main et plongea un regard pénétrant dans le sien.

— Je n'ai pas arrêté de sous-estimer Hawk's Lake. Je ne voulais pas gâcher le plaisir que tu éprouves en retrouvant ce lieu. C'était inconséquent de ma part.

Elle resta un instant pensive.

Que répondre à cela ?

Au fond, elle n'était pas obligée de dire quoi que ce soit.

Sans un mot, Brian lui prit le verre des mains et le posa sur le bord du jacuzzi. Puis, se penchant vers elle, il glissa un bras autour de sa taille et l'embrassa.

Répondant de tout son être à son baiser, elle laissa ses mains courir sur le torse puissant de Brian. Elle suivit du doigt un ruisselet qui coulait de ses cheveux sur sa poitrine dorée et qui passa sur un mamelon avant de disparaître sous la surface de l'eau.

Brian frissonna.

— Tu me pardonnes ? murmura-t-il contre ses lèvres.

Elle hocha vaguement la tête.

De quoi voulait-il se faire pardonner au juste ? Elle avait le plus grand mal à se concentrer sur ce qu'il disait.

— Oui, bien sûr, finit-elle par dire dans un souffle.

Brian la dévorait de ses yeux turquoise qui semblaient brûler sa peau déjà chaude. Elle entendit sa respiration devenir saccadée tandis qu'il l'installait à cheval sur ses jambes.

Elle avait la gorge sèche. Elle ne rêvait que d'une seule chose pour l'instant : sentir sur elle les mains de Brian.

Il les posa sur son dos et dégrafa doucement son soutien-gorge, dont il eut tôt fait de la débarrasser. Son regard s'attarda longuement sur ses seins nus, tandis qu'un sourire plus séduisant que jamais flottait sur ses lèvres.

Elle frissonna.

La fraîcheur de l'air caressa sa peau, mais bientôt les mains chaudes de Brian se refermèrent sur le globe de ses seins, et elle poussa un petit râle de plaisir tandis qu'il les titillait doucement.

La vapeur flottait autour d'eux, conférant à la scène l'aspect d'un rêve. C'était comme s'ils étaient seuls au monde. Mais *ce n'était pas* un rêve : ils se trouvaient bel et bien tous les deux seuls sur *leur* île.

A tâtons, elle trouva le haut du slip de Brian et le fit doucement glisser le long de ses hanches.

En retour, il glissa un doigt sous la culotte de son maillot et lui caressa les hanches puis les fesses.

Elle avait le vertige, et cette culotte la gênait. Prenant

les mains de Brian dans les siennes, elle l'incita à la lui ôter. Puis elle se leva pour s'en débarrasser, et celle-ci alla rejoindre le reste de leurs vêtements de bain sur le bord du jacuzzi.

Le cœur battant à tout rompre, elle se retrouva serrée dans les bras de Brian, les jambes entremêlées aux siennes, tandis que la vapeur les enveloppait.

Brian la souleva, et elle lui entoura la taille de ses jambes.

L'excitation de Brian était à son paroxysme.

— Marigold ? souffla-t-il.

Elle savait ce qu'il lui demandait. Retenant son souffle, elle acquiesça d'un léger signe de tête.

Cependant, il s'écarta d'elle et sortit prestement du jacuzzi.

— J'en ai pour une minute, dit Brian.

Elle sursauta et le suivit d'un regard effaré.

Que faisait-il ?

Il alla chercher son jean et fouilla dans les poches. Trouvant son portefeuille, il en sortit deux petits sachets.

Elle poussa un petit soupir de soulagement.

C'était donc cela ! Complètement subjuguée, elle n'avait pas pensé une seule seconde à se protéger. Heureusement, Brian n'avait pas perdu la tête.

Au lieu de venir se rasseoir dans le jacuzzi, il se mit sur le bord et déchira un sachet avec les dents, lui offrant une vue splendide sur sa superbe virilité.

— Ne bouge pas, Brian.

Elle tendit la main pour prendre le sachet.

— Laisse-moi faire.

Elle fit glisser le préservatif hors de son enveloppe. Puis, avec une dextérité dont elle ne se serait pas crue capable, elle l'enfila très lentement sur le membre érigé de Brian.

Il suivit ses gestes d'un regard embrumé. La seconde suivante, il se retrouva dans l'eau et la prit de nouveau sur lui. Puis il lui embrassa fougueusement les seins, prenant chaque téton dans sa bouche, lui infligeant un délicieux tourment.

Bientôt, elle n'en pouvait plus.

— Maintenant, Brian, s'il te plaît ! dit-elle, haletante.

Brian la regarda dans les yeux avant de la pénétrer lentement.

— Oui, oui, continue ! l'encouragea-t-elle d'une voix rauque.

Il l'emporta au milieu du jacuzzi, ses jambes à elle lui entourant la taille, et il s'enfouit complètement en elle.

Ils étaient soudés l'un à l'autre tandis que l'eau bouillonnait autour d'eux. C'était une sensation inouïe.

Elle lui mordilla le cou, tandis que le va-et-vient de Brian se faisait de plus en plus frénétique.

— Marigold, tu es merveilleuse !

Il la tenait toujours étroitement serrée contre lui, l'entourant de ses bras vigoureux. Les yeux fermés, il respirait lourdement.

— Je savais que ce serait ainsi. Merveilleux. Parfait, dit-elle dans un souffle.

Elle suivait son rythme comme si leurs deux corps n'avaient constitué qu'un seul être.

A l'apogée du plaisir, elle poussa un cri, et une incroyable sensation de détente absolue s'installa en elle.

Brian atteignit ce stade quelques secondes plus tard.

Quand la dernière vague de plaisir se fut éloignée,

elle ouvrit les yeux. Brian lui souriait, la dévorant du regard.

Elle lui rendit son sourire.

Elle n'osait plus bouger. Elle aurait pu rester ainsi pendant une éternité. C'était si bon, meilleur que dans ses rêves les plus fous…

Pas de regrets, se rappela-t-elle. Tout ce qu'elle voulait, c'était savourer cette journée fabuleuse, savourer cet instant incomparable.

Savourer cet homme.

- 10 -

Quelle aventure ! songea Marigold alors qu'ils approchaient du hangar à bateaux de Sherwood Lodge.

Dire qu'elle avait souhaité vivre une brève romance avec Brian afin de le faire sortir de ses pensées… Eh bien, c'était un bon début.

Cependant, il lui était difficile d'ignorer un sentiment grandissant d'anxiété.

Arriverait-elle à maintenir cette histoire sur un plan léger ?

Bien qu'ils soient restés éloignés l'un de l'autre pendant de nombreuses années, il y avait toujours quelque chose en Brian que… Oui, qu'elle appréciait un peu trop. Et il était hors de question d'envisager qu'il s'agisse d'amour. Cela l'entraînerait dans de dangereuses contrées où elle n'avait aucune envie de retourner. Du moins pas pour l'instant. Et peut-être jamais.

Elle soupira silencieusement.

Evidemment, ce serait plus facile si elle était seule comme prévu.

Cependant, alors même que cette idée lui traversait l'esprit, elle ne put s'empêcher de demander :

— Est-ce que ça te dit d'assister au coucher du soleil avec moi ?

— C'est une proposition honnête que je ne puis refuser, répondit Brian en souriant.

Main dans la main, ils se dirigèrent vers l'eau et s'installèrent sur les chaises longues.

— C'est si merveilleux, si relaxant, murmura-t-elle.

— La prochaine fois, il faudra emporter une bouteille de vin supplémentaire.

— Promis.

Brian lui mit son bras autour des épaules, et ils contemplèrent en silence le soleil qui descendait lentement à l'horizon.

Seul le clapotis de l'eau se faisait entendre.

Quelques minutes plus tard, Brian finit par briser le silence.

— Est-ce que tu as réfléchi, pour ce poste de directrice générale ? s'enquit-il d'un ton bizarre.

Elle tourna vers lui un regard ulcéré.

Elle avait remis sa décision à plus tard. Pourquoi fallait-il qu'il amène ce sujet sur le tapis maintenant, qu'il la fasse revenir si brutalement à la réalité ?

— J'y ai pensé, répondit-elle un peu plus sèchement qu'elle n'aurait souhaité.

— Mais tu n'as toujours pas pris ta décision ?

— Non.

— Pourquoi ne m'en parles-tu pas ? Quels sont les avantages et les inconvénients ?

Elle se redressa en fronçant les sourcils.

Pourquoi Brian voulait-il absolument avoir une réponse rapide ?

Mais cette question était stupide. Il ne faisait que s'intéresser à elle. Elle devait baisser sa garde et apprendre à accorder sa confiance. Après tout, il n'était pas impossible que des gens s'intéressent à elle sans arrière-pensée. Et Brian semblait faire partie de ceux-là.

— N'en parlons pas maintenant, dit-elle d'un ton tranquille.

Brian haussa les épaules.

— Excuse-moi, je ne voulais pas t'ennuyer.

Elle lui coula un regard en coin.

Peut-être s'imaginait-elle des choses ? Peut-être voulait-il seulement relancer la conversation ? Mais elle se sentait si bien. Toute parole semblait superflue…

Elle ferma les yeux, goûtant le silence et la fraîcheur du soir, mais un doute insinué en elle.

Qu'est-ce qui lui garantissait que Brian n'était pas comme les autres ?

C'était peut-être un peu prématuré de lui faire confiance. Tout aussi prématuré que de prendre une décision au sujet de Sherwood.

Zut. Au lieu de rester seule à Hawk's Lake afin de réfléchir et de se détendre comme elle en avait eu l'intention, elle avait tout compliqué en tombant dans les bras de Brian Hawkins.

Elle se leva.

— Si cela ne t'ennuie pas, je vais aller me coucher. Je commence à avoir mal à la tête.

Ce qui n'était pas loin de la vérité.

Elle s'éloigna sans attendre la réponse de Brian.

Sidéré, Brian regarda s'éloigner Marigold.

Que diable lui arrivait-il ? Cinq minutes plus tôt, elle semblait en pleine forme, et voilà qu'elle avait subitement mal à la tête ! Curieusement, cette migraine avait commencé quand il lui avait posé la question au sujet de ce poste dans l'entreprise de ses parents. Visiblement, cela avait suscité en elle de la méfiance, et elle n'avait plus prononcé un mot.

A l'évidence, cette petite question inoffensive l'avait drôlement contrariée.

Mal à l'aise, il prit les deux sacs qu'il avait laissés dans le patio et alla les poser sur une chaise sous le porche.

La maison était plongée dans le silence.

Il sortit à pas de loup et referma la porte derrière lui.

Ce fut à ce moment-là qu'il y repensa : il n'avait pas remis les volets en place.

Quel jour reviendrait-il, il n'en avait aucune idée. Mieux valait les entreposer dans la grange. Ensuite, il retournerait peut-être au bureau et se remettrait au travail malgré l'heure tardive.

Il devait tout faire pour éviter de penser à Marigold.

Sur le chemin de l'agence, il jeta un coup d'œil à la boutique de souvenirs.

Elle était encore ouverte.

Sans une seconde d'hésitation, il se gara et attrapa les deux chopes que Marigold lui avait données. Puis il grimpa l'escalier de la boutique.

Marigold croqua un cookie encore tiède.

Elle en avait fait cuire trois fournées ce matin. Elle avait jeté la première qui était brûlée. Pour la deuxième, elle avait été plus vigilante avec le four qui n'était pas de la première jeunesse. La deuxième et la troisième fournée refroidissaient maintenant sur une grille.

Ces cookies étaient délicieux, mais elle n'avait personne avec qui les partager.

Elle aurait pu inviter Mélanie à prendre le café si son

amie n'était pas si occupée par son bébé et son travail au garage.

Poussant un soupir, elle ouvrit la fenêtre et sirota son thé à la framboise acheté la veille chez Cathy's Tea Cozy tout en contemplant les eaux turquoise du lac, qui scintillaient sous les rayons matinaux du soleil.

La seule chose à faire maintenant, c'était de se concentrer sur ce magnifique environnement pour oublier Brian et l'entreprise Sherwood.

La vue était splendide. Elle avait une chance inouïe d'en bénéficier. L'odeur chaude et sucrée des cookies se mêlait à celle de la brise matinale encore fraîche. C'était délectable…

Elle fit un bond au bruit soudain du téléphone.

C'était toujours la même chose. Quand le téléphone sonnait, elle ne pouvait s'en empêcher. Avec le calme qui régnait ici en permanence, la sonnerie devenait une véritable agression.

Pourvu que ce ne soit pas Brian ! Où trouverait-elle le courage d'affronter la situation ?

— Allô ?

— Comment te portes-tu dans la nature, ma chérie ?

— Maman, quelle bonne surprise ! Je me porte à merveille. Et toi, comment vas-tu ? Et papa ?

— Tout le monde va bien. As-tu fait des rencontres intéressantes ?

Elle répondit par une question.

— Te souviens-tu de Brian Hawkins ?

Elle fit une pause pour reprendre son souffle.

Le simple fait de prononcer ce nom faisait resurgir des images des moments torrides qu'ils avaient passés ensemble la veille.

— Si je m'en souviens ! Je l'ai toujours trouvé charmant,

bien élevé, studieux. Il vient d'une très bonne famille, et si mes souvenirs sont bons, il est le descendant du fondateur de la ville.

— C'est exact, dit-elle avec un petit sourire.

Cette description faisait de Brian un membre de l'aristocratie aux yeux de sa mère. Comme si c'était la seule chose qui comptait !

— Et que fait-il maintenant ?

— Il tient une agence immobilière et dirige un garage spécialisé dans la restauration de voitures anciennes. Il est aussi pompier bénévole et membre de la chambre de commerce. C'est un homme très occupé.

Et il faisait encore d'autres choses fantastiques dont elle ne pouvait pas parler à sa mère, pensa-t-elle, sentant ses joues s'empourprer.

Elle prit une profonde inspiration.

Elle devait absolument se calmer. Si sa mère suspectait qu'elle vivait une romance avec cet homme, elle allait immédiatement imaginer une cérémonie nuptiale avec tapis rouge et grandes orgues.

Elle se rapprocha de la table pour boire une gorgée de thé.

— Brian a même des actions chez Sherwood, continua-t-elle. Il a des intérêts dans l'entreprise depuis plusieurs années.

Sa mère émit un petit bruit approbateur.

— Apparemment, vous avez repris un bon contact, tous les deux, dit-elle d'un air légèrement taquin. J'espère que vous ne faites pas de bêtises ?

Marigold esquissa un sourire.

Sa mère avait toujours su comment s'y prendre pour arriver à ses fins. Et pour l'instant, elle voulait savoir ce qui se passait entre Brian et elle.

D'une main nerveuse, elle s'enroula une mèche de cheveux autour des doigts.

Brian comptait-il vraiment dans sa vie ?

Mieux valait ne pas se poser la question, elle n'était pas prête à affronter la réponse.

Prenant le ton le plus léger possible, elle répondit :

— Il n'y a rien de sérieux, maman. De plus, je me rends compte que je ne rajeunis pas et que mon travail me donnera bientôt encore plus de responsabilités.

— Marigold, tu sais très bien que je ne parlais pas de cela. Je n'ai qu'une envie, c'est que tu sois heureuse. Pour ton père et pour moi, c'est la seule chose qui compte.

Sans faire de commentaire, Marigold mordit dans un second cookie.

Si ses parents avaient vraiment voulu la voir heureuse, ils auraient évité de vendre la villa, pour commencer. Et ils auraient choisi d'être plus souvent à la maison et moins sur leur lieu de travail.

— Je n'ai pas besoin d'un homme pour être heureuse, maman, déclara-t-elle du ton le plus ferme possible.

Il y eut un silence à l'autre bout de la ligne.

— T'es-tu décidée en ce qui concerne le poste de directrice générale ? reprit sa mère.

Ravalant un soupir, Marigold fronça les sourcils.

C'était donc ça que celle-ci désirait savoir ! Elle venait de lui poser la même question que Brian. Est-ce que le monde entier voulait connaître sa décision ?

Mais comment sa mère savait-elle qu'elle avait pensé prendre ce poste ? Elle ne lui en avait jamais parlé.

— Comment… Je n'ai dit à personne que je…

— Ton père et moi, nous avons pensé que ce n'était pas seulement l'attitude de Jason Fox qui t'avait incitée à prendre deux mois de vacances. Cela fait un moment que tu n'es plus toi-même. Tu n'as pas l'air heureuse.

Marigold releva un sourcil étonné.

Ses parents soupçonnaient-ils les tourments qu'elle avait endurés, son histoire avec Jason mise à part ? Pourquoi ne lui avaient-ils pas posé la question directement ?

Mais aussi, pourquoi ne leur en avait-elle jamais parlé ?

— Je ne crois pas que ce soit le bon moment pour discuter de cela, maman. J'espérais vous en parler à tous les deux, papa et toi. Mais puisque tu me le demandes, je penche plutôt vers l'envie de ne pas prendre ce poste.

Sa mère accueillit la nouvelle avec un grand silence.

— Maman ?

— Reviendras-tu au moins travailler dans l'entreprise, Marigold ? Ou es-tu en train de me dire que tu t'en vas définitivement ?

Elle sentit son cœur se serrer.

Sa mère était choquée, c'était presque palpable. Celle-ci avait beau n'être une Sherwood que par alliance, elle avait l'entreprise dans le sang.

De plus, elle avait développé un sixième sens. Comment pouvait-elle savoir que l'idée de quitter définitivement Sherwood lui était passée par l'esprit ?

— Je… Je ne sais pas, bégaya Marigold.

Elle prit une profonde inspiration.

— Ne t'en fais pas, maman. Si je décide de m'en aller, je vous aiderai à trouver quelqu'un pour me remplacer, et je formerai cette personne pour que la transition se fasse en douceur.

— Cela ne te ressemble pas, Marigold.

La voix de sa mère était de plus en plus triste.

Marigold ravala un soupir.

— Peut-être que si.

— Tu sais, ma chérie, je m'inquiète beaucoup à ton sujet, et pas seulement en ce qui concerne le travail. Tu es ma fille avant tout, et je crains qu'il ne t'arrive quelque chose dans ce coin perdu de montagnes.

Elle fit une courte pause avant de continuer sur un ton plus serein.

— Il est vrai que Hawk's Lake est un endroit magnifique, j'y ai moi-même passé de très beaux moments.

Marigold en resta sans voix.

Etait-ce bien sa mère qui parlait ainsi ? Elle qui, des années plus tôt, ne passait que quelques semaines d'été à Sherwood Lodge et ne cachait pas son impatience de retourner à Boston ?

Quand la conversation fut terminée, Marigold reposa le téléphone avec soulagement.

Maintenant que ses parents savaient qu'elle risquait de refuser ce poste et qu'elle ne travaillerait peut-être plus du tout pour l'entreprise, elle se sentait mieux, tout à coup. De plus, sa mère semblait accepter assez bien sa décision, ce qui n'était pas négligeable.

Cependant, cela paraissait trop facile pour être vrai. Elle n'avait certainement pas fini d'en entendre parler.

Chassant ces pensées importunes de son esprit, elle rangea les cookies maintenant refroidis puis remit en ordre la cuisine. Une fois cette tâche terminée, elle remplit la brouette de poteries à enfourner.

Quand le four commença à chauffer, elle alla s'installer sur la chaise longue avec son carnet de croquis et son crayon.

Regardant autour d'elle, elle chercha de nouvelles idées de dessins pour ses poteries.

Peut-être des plongeons arctiques, ou des truites, pourquoi pas ?

C'était une façon comme une autre de mettre ses problèmes entre parenthèses pendant quelque temps. Et le premier de ses problèmes n'était pas le moindre. Il se nommait Brian Hawkins.

Au fond, avait-elle réellement envie de ne plus penser à lui ?

Pas si sûr.

Le soleil se levait, perçant la brume matinale. La journée allait encore battre des records de chaleur.

Brian entra à regret dans le bureau du garage.

Il n'avait pas envie de rester enfermé par une si belle journée. Il pourrait peut-être rendre visite à Marigold un peu plus tard ?

Celle-ci n'avait pas décroché quand il avait téléphoné pour prendre de ses nouvelles.

A priori, elle allait bien, il n'y avait pas de quoi s'inquiéter. La ville était petite, après tout, et tout se savait très vite. Il savait par exemple qu'elle était passée à la boulangerie et à la bibliothèque pas plus tard que la veille.

A l'évidence, elle n'avait pas envie de lui parler. Restait à savoir pourquoi.

Poussant un profond soupir, il commença à faire des piles avec les dossiers qui jonchaient le bureau : une pile destinée à Jack, une autre pour Mélanie, et une pour son père. Puis il écrivit plusieurs notes d'instructions pour chacun.

Il aurait pu faire le travail lui-même, cela ne lui aurait pas pris plus de temps. Cependant, il valait mieux habituer insensiblement sa famille à son absence.

Même s'il n'obtenait pas le poste chez Sherwood, il enverrait sa candidature à d'autres sociétés. En haut de la liste se trouvait son ancienne agence de courtage à New York, où il avait travaillé en sortant de l'université. Il était resté en contact avec son patron et avec plusieurs de ses anciens collègues.

Quand il serait parti, sa famille devrait prendre en main la totalité des responsabilités liées au garage et à l'agence. Naturellement, il ne s'en irait pas sans avoir au préalable formé quelqu'un pour le remplacer.

Cependant, chacun des membres de sa famille lui manquerait.

Lorsqu'il eut terminé, il quitta le garage, pensif.

Il devait penser à réunir bientôt son père, son frère et sa sœur pour leur faire part de ses projets.

Une fois installé au volant de la Mustang, il appuya sur le bouton pour ouvrir le toit puis roula en direction de l'agence immobilière.

Là, c'étaient encore des piles de documents, de courriers et de mails qui l'attendaient.

Le *curriculum vitæ* qu'il avait imprimé la veille était resté sur le bureau. Il y jeta un nouveau coup d'œil avant de le poser sur la lettre à en-tête qu'il avait écrite trois jours plus tôt à Tom et Barbara Sherwood.

Pourquoi diable hésitait-il encore à leur envoyer sa candidature ?

Sans doute parce que Marigold ne lui avait pas encore donné sa réponse définitive quant à ce poste de directeur général. Et il ne voulait surtout pas marcher sur ses plates-bandes.

Marigold… Sa peau était si douce. Et ses lèvres tellement sensuelles. Et c'était si bon d'être enfoui au plus profond d'elle.

Chaque matin, à peine réveillé, il pensait à elle. Et chaque soir, il se mettait au lit en regrettant qu'elle ne soit pas près de lui. Pendant la journée, il avait le plus grand mal à se concentrer sur ses multiples occupations, se demandant sans cesse ce qu'elle était en train de faire.

Il rêvait de passer ses jours et ses nuits avec elle. De parler, de rire avec elle, de voir son air enchanté quand elle observait une famille de canards ou parlait de ses créations de céramiques. Et maintenant, il avait un souvenir supplémentaire : son regard émerveillé quand ils avaient fait l'amour.

Attrapant son *curriculum vitæ*, il secoua la tête.

Marigold comptait beaucoup pour lui. Si elle restait à Hawk's Lake et que lui s'en aille, comment ferait-il pour la quitter ?

Il avait abandonné ses rêves de carrière pour voler au secours de sa famille, mais pourrait-il abandonner ses rêves d'amour ?

- 11 -

Les dernières pièces faites au tour étaient particulièrement réussies. Il était temps de lancer une nouvelle cuisson.

Alors que Marigold se dirigeait vers le hangar à bateaux avec la brouette, un léger bruit de moteur se fit entendre, et elle tourna la tête.

C'était la voiture de Brian.

Un sentiment d'exaltation s'empara d'elle, aussitôt suivi d'une sourde inquiétude.

Pourrait-elle supporter qu'il lui pose de nouveau la question au sujet de son travail ?

S'il le faisait, elle tâcherait de rester calme et vigilante.

Comme Brian klaxonnait, elle lui adressa un signe de tête avant d'aller disposer les poteries dans le four.

Quelques secondes plus tard, Brian la rejoignait dans le hangar.

— Bonjour, Marigold. Content de voir que tu te sens mieux.

Ses cheveux noirs flottaient dans la brise. Il avait revêtu une tenue décontractée : short kaki — apparemment sa couleur préférée —, chaussures de randonnée avec chaussettes courtes et chemise bleu clair.

Il était superbe, comme d'habitude. Même habillé ainsi, il lui donnait des palpitations.

— Merci, répondit-elle d'une voix à peine audible, en se penchant vers le four.

Elle devait tout faire pour garder un ton désinvolte.

— Pas de travail aujourd'hui ? l'interrogea-t-elle en se redressant. C'est une fête nationale ?

Brian tendit les bras pour l'attirer à lui et l'embrasser, mais il ne rencontra que sa joue. Alors qu'il essayait de capter ses lèvres, elle recula.

Se balançant d'un pied sur l'autre, il enfonça les mains dans ses poches, visiblement vexé.

— Quelque chose ne va pas ? Tu es plutôt distante, aujourd'hui.

— Non, rien. Tout va bien.

Elle ne mentait pas, mais elle éprouvait aussi le besoin d'être prudente.

Brian releva un sourcil dubitatif.

— D'accord, si tu le dis. Bon, salut. Je vais faire une randonnée sur le mont Old Baldy. Je déteste être enfermé par un temps aussi radieux.

Et, sans ajouter un mot, il se dirigea vers sa voiture.

Elle hésita à lui courir après.

Elle ne voulait pas le laisser partir de cette façon, mais elle avait besoin de solitude et de réflexion.

Brusquement, Brian fit une pause et se tourna vers elle.

— Oh, j'allais oublier. Je suis passé dans les trois boutiques d'artisanat que je préfère. Je n'ai eu que des réponses enthousiastes. Tes poteries sont attendues avec impatience.

Il hésita une seconde avant d'ajouter d'un ton un peu cassant :

— Je voulais te proposer de faire une randonnée avec

moi. Nous aurions pu pique-niquer. Mais, apparemment tu n'es pas d'humeur.

Sans attendre sa réponse, il s'engouffra dans sa décapotable et démarra.

Elle le suivit du regard, frustrée.

Elle aurait dû être folle de joie d'apprendre de la bouche de Brian que ses créations plaisaient, qu'elle était considérée comme une artiste. Au lieu de cela, elle l'avait blessé. C'était pourtant la dernière chose qu'elle souhaitait.

Découragée, elle secoua la tête.

Elle n'arrivait même pas à démêler les sentiments qui se bousculaient en elle. Comment pourrait-elle les expliquer à Brian ?

Une fois les poteries enfournées, elle retourna s'asseoir sur la chaise longue et contempla pensivement le lac.

Tout cela serait risible si ce n'était pas si grave, songeait-elle. Elle allait peut-être diriger les établissements Sherwood, et elle n'arrivait pas à gouverner sa vie privée !

Cependant, elle devait au moins un remerciement à Brian. Après tout, c'était grâce à lui qu'elle avait ces débouchés pour ses poteries.

Si elle allait le rejoindre à Old Baldy pour lui parler, cela ne lui ferait pas courir un grand risque…

Arrivée au sommet de la colline, Marigold regarda autour d'elle.

Où aller ?

Brian n'était nulle part, à moins qu'il ne soit sorti du chemin.

Peut-être avait-il emprunté le sentier qui conduisait à la cascade. C'était un chemin étroit et plein d'ornières, que seuls les gens du pays connaissaient. Allait-elle seulement le retrouver ?

Se mordillant les lèvres, elle inspecta encore les lieux, et progressivement, elle se souvint.

Le sentier partait de ce petit bois situé à droite du chemin, juste avant le tournant.

Elle descendit le sentier sur une centaine de mètres, et bientôt la silhouette de Brian lui apparut entre les arbres.

Assis sur un gros rocher, il méditait face à la cascade.

— Brian !

Il se retourna aussitôt.

— Qu'est-ce que tu fais là ? Comment m'as-tu retrouvé ?

Il lui parlait sur un ton plutôt sec, mais il lui parlait, c'était le principal.

— Je suis désolée, je ne voulais pas te déranger, dit-elle.

Elle se dirigea vers lui.

— Pendant que je gravissais la colline, je n'ai pas cessé de penser au jour où ton père nous avait tous emmenés en balade. Je devais avoir une dizaine d'années. Je me souviens que nous nous étions mis sous la cascade…

— Oui, je me souviens, dit Brian comme à contrecœur.

— Puis-je m'asseoir à côté de toi ?

— Je t'en prie.

Elle se débarrassa de son sac à dos, dont elle sortit un sachet rempli de cookies frais.

— C'est une façon d'enterrer la hache de guerre, dit-elle en le lui tendant.

Puis elle s'assit sur un rocher proche de celui de Brian.

— Je voulais aussi te remercier pour mes poteries.

— Tu n'avais pas à te coltiner tout ce chemin pour me remercier. De plus, les amis sont faits pour cela, il me semble.

Ouf. C'était surprenant, mais il continuait de la considérer comme une amie. Elle pouvait vivre avec cela. Pourvu surtout qu'il n'ait pas d'autres projets en tête !

Elle lui sourit.

— Les personnes qui tiennent ces boutiques doivent avoir une confiance absolue en ton jugement, fit-elle remarquer. Elles n'ont jamais vu mon travail.

Si seulement elle pouvait lui faire confiance aussi aveuglément !

— Cela n'a rien à voir avec moi, Marigold. Souviens-toi, tu m'as donné deux chopes. L'une décorée d'un canard, l'autre d'un héron.

— Oui.

— Ils ont beaucoup aimé la forme et les motifs. Mavis, la propriétaire de La Colombe, voudrait un contrat d'exclusivité. Je suis sûr qu'elle te plaira.

Il eut un léger sourire.

— Quant à Annie, qui tient la boutique Raquette Lake, j'ai négocié avec elle une commission de 10 %. Je me suis renseigné. Dans certaines boutiques, la commission peut atteindre 15 à 20 %.

— C'est formidable ! Dommage que je n'aie pas un four plus grand.

— Ne t'inquiète pas, j'ai été très clair : elles savent que tu es une artiste et que tu n'as pas envie de produire en série. J'ai bien mis l'accent sur le fait que chaque poterie est une pièce unique.

Emue, elle resta un instant sans voix.

C'était incroyable qu'il se soit donné tout ce mal pour elle.

Brian s'était mis à grignoter un cookie.

— Ils sont absolument délicieux ! Y a-t-il quoi que ce soit que tu ne saches pas faire, Marigold ?

Elle baissa les yeux.

Oui, il y avait quelque chose qu'elle ne savait pas faire : trouver un homme qui l'aime pour ce qu'elle était et non pas pour lui servir de tremplin professionnel.

A moins que, avec Brian, les choses ne soient différentes ?

Levant les yeux vers lui, elle sourit.

— Brian, j'ai quelque chose à te dire.

Elle prit une profonde inspiration.

— J'ai un problème avec… Enfin, je n'arrive pas à te faire entièrement confiance.

Il ouvrit la bouche pour parler, mais elle leva la main.

— S'il te plaît, laisse-moi finir.

— Je t'ai déjà parlé des trois types qui se sont servis de moi pour grimper les échelons de leur carrière, chez Sherwood.

Brian hocha la tête.

— Oui, je me souviens.

Elle hésita un instant avant de se lancer.

— Eh bien, je n'ai pas envie que tu sois le quatrième.

— Marigold !

— Me fais-tu la cour pour obtenir quelque chose ?

Brian la regarda d'un air effaré. Puis, plongeant le regard dans le sien, il répondit d'un ton très grave :

— Absolument.

Elle sentit son cœur chavirer.

Ainsi, elle avait vu juste. Devant ses questions directes, Brian avait compris qu'il ne pouvait plus se dérober. Au moins pouvait-elle saluer sa franchise.

— Oui, je veux obtenir quelque chose de toi, poursuivit-il. Je te veux, *toi*. Rien que toi, Marigold.

Elle soutint longuement son regard, tandis que son cœur se gonflait de joie. Mais pouvait-elle le croire ?

— Je ne ferai jamais rien qui soit susceptible de te faire du mal… Quant à la confiance que tu peux m'accorder, toi seule peux en décider.

— Tu as raison, admit-elle.

C'était si déconcertant. Tout devenait simple, avec lui. Ou plutôt, tout *paraissait* simple.

Brian lui sourit.

— Y a-t-il autre chose qui te tracasse ? s'enquit-il.

— Je ne vais pas retourner à Boston, répondit-elle lentement. Je veux m'installer définitivement à Hawk's Lake.

Elle planta dans ses yeux un regard acéré.

— Mais j'aimerais que tu gardes cette information pour toi jusqu'à ce que j'aie l'occasion d'en parler à mes parents.

— Aucun problème. Bouche cousue, promesse de pirate.

Elle sourit et tourna les yeux vers la cascade tandis que le silence s'installait entre eux.

Au bout de quelques minutes, Brian l'interrogea.

— Es-tu sûre de ta décision, Marigold ? Vraiment sûre ?

— Oui, j'en suis sûre, et je suis soulagée. Je me sens plus légère et plus heureuse maintenant que j'ai fait le grand saut. Cependant, j'appréhende le moment où il me faudra annoncer ma décision à mes parents et à ma grand-mère. Ils vont être cruellement déçus.

Elle ramassa un caillou qu'elle se passa d'une main à l'autre, pensive.

— A vrai dire, continua-t-elle, j'ai commencé à en toucher deux mots à ma mère quand elle m'a téléphoné.

Elle le regarda dans les yeux.

— Maman s'était rendu compte que j'étais malheureuse ces derniers temps. Mais, comme mon père, elle croyait surtout que j'étais venue ici pour me remettre de mon échec sentimental.

— J'espère que tu trouveras le bonheur ici, Marigold. J'ai quelques nouvelles à t'apprendre, moi aussi.

Brian lui prit la main et la caressa.

— Je vais déménager.

Ravalant une exclamation de surprise, elle sentit son sang se glacer dans ses veines.

— Déménager ? répéta-t-elle sans comprendre.

— Il est temps que je reprenne ma carrière là où je l'ai laissée. Et je te dois des remerciements pour cela.

Elle écarquilla les yeux.

— A *moi* ? Qu'est-ce que j'ai bien pu faire pour mériter tes remerciements ?

— Tu m'as rappelé ce qui me manque. Toi, tu as réussi une carrière qui m'a toujours tenté. Et tu m'as incité à recommencer.

Elle n'en pouvait plus, le souffle lui manquait.

Quoi, elle allait rester à Hawk's Lake, et lui, il allait en partir ? Non, ce n'était pas possible.

— Quand ? balbutia-t-elle.

Les yeux de Brian brillaient d'excitation.

— Dès qu'une opportunité se présentera. J'ai gardé le contact avec mon ancien patron, il suffit qu'il ait un poste vacant. De plus, j'ai une petite liste d'entreprises auxquelles je vais envoyer ma candidature.

Elle hocha vaguement la tête.

Elle aurait dû être heureuse pour lui, et pour elle. Elle avait enfin pris une décision. Mais au fond d'elle, un grand vide venait de se creuser.

— Veux-tu marcher le long du torrent ? proposa Brian.

Il la prit par la main, provoquant un picotement le long de son bras, et ils descendirent le sentier défoncé, main dans la main.

Le torrent, qui rejoignait un petit lac plus bas, faisait un bruit assourdissant, de même que les battements de son cœur.

Elle aurait pu retirer sa main, mais elle ne voulait pas.

Une fois de plus, ils allaient se séparer.

Le temps allait passer très vite, maintenant que Brian voulait quitter Hawk's Lake. Il ne lui en restait pas beaucoup à passer avec lui. Elle devait faire son possible pour profiter de l'instant présent.

Elle soupira silencieusement.

En même temps, c'était un déchirement de savoir qu'elle ne pourrait pas partager longtemps avec lui le bonheur de se promener dans ce paysage.

Brian lui pressa doucement la main.

— Je connais un bon agent immobilier. Je suis sûr qu'il te vendrait Sherwood Lodge, dit-il.

— Oh, Brian ! Tu me le vendrais ?

C'était une petite consolation. Elle allait perdre Brian, mais elle retrouverait Sherwood Lodge.

Cependant, sa villa tant aimée ne comblerait jamais le vide laissé par le départ de son ami de toujours.

*
* *

Après avoir rejoint le petit lac, ils s'assirent sur l'herbe, et Brian resta un instant plongé dans ses réflexions.

L'idée de perdre de nouveau Marigold assombrissait sa joie de se retrouver bientôt à New York.

— L'un des avantages que j'ai en étant mon propre patron, c'est que je peux accomplir ce genre de chose sur un coup de tête, finit-il par dire.

— C'est vrai, reconnut Marigold. Mais dis-moi, pourquoi Hawk's Lake ne te donne-t-il pas satisfaction sur le plan professionnel ?

Il haussa les épaules.

— C'est si calme, ici. Il n'y a rien d'excitant, aucun défi à relever.

— Tu ne vois pas les bons côtés, rétorqua la jeune femme. Ici, tu n'attraperas ni cheveux blancs prématurés ni crise cardiaque !

Elle lui effleura le poignet.

— Pardon, je ne dis plus rien. Continue.

Il secoua la tête.

— Tu ne peux pas comprendre. Si tu étais née dans une petite ville où il n'y a pas de grosses entreprises, tu comprendrais peut-être pourquoi j'avais envie de travailler à Wall Street. Je veux transformer le monde de la finance. C'est dans ce but que j'ai étudié à l'université. C'est mon rêve.

— Et Hawk's Lake n'a pas besoin d'un financier ?

Il fit un signe de dénégation.

— Non. Et puis, de toute façon, ce ne serait pas la même chose. Il n'y aurait pas la même atmosphère, ni l'agitation, ni l'intensité, ni la compétition avec les autres. J'ai toujours voulu relever des défis, grimper les échelons corporatistes, arriver au sommet à la force du poignet. Ici, je suis un héritier, presque un rentier. Toute cette dynamique me manque.

Marigold prit quelques secondes pour digérer ces informations.

— Je ne veux pas avoir l'air de te faire la morale — même si c'est le cas —, mais le fait d'être en haut de l'échelle n'offre pas que des agréments. As-tu jamais été obligé d'annoncer à la fin de l'année à deux cents employés qu'ils n'auraient plus de travail dans deux ou trois mois ? Quel beau cadeau de Noël à leur faire !

— Marigold, je sais que tout n'est pas rose dans le milieu des affaires, mais c'est un vieux rêve pour moi de me retrouver au milieu de la mêlée. C'est ce que j'ai toujours voulu faire.

— Mais Brian, tu te trouves *déjà* en plein milieu de la mêlée ! Est-ce que ce n'est pas toi qui améliores la vie des habitants de Hawk's Lake ? Crois-tu qu'en manipulant des chiffres, même sur une grande échelle, tu auras ce pouvoir ? Tu as un impact extraordinaire ici, chaque jour que Dieu fait. Comment peux-tu ne pas t'en rendre compte ?

Il resta perplexe.

Bon sang, et si Marigold avait raison ?

Mais non. Elle était sincère, mais elle se trompait. D'accord, il aidait sa petite ville comme il le pouvait, mais il n'avait jamais eu l'intention de rester ici. Hawk's Lake n'avait jamais fait partie de ses rêves.

Marigold se mit à jouer avec un brin d'herbe.

— Tu me manqueras, dit-elle d'une voix à peine audible.

Il hocha la tête.

Elle lui manquerait aussi, peut-être encore plus.

De plus en plus perplexe, il se passa une main sur la nuque.

Qu'était-il en train de faire au juste ? Il avait enfin retrouvé Marigold après toutes ces années. Comment pouvait-il songer à partir ?

C'était bon d'être avec Marigold. Il aimait tout en elle. Mais, d'un autre côté, il se devait à lui-même d'aller jusqu'au bout de son rêve, et il ne pouvait pas lui demander de l'accompagner. Visiblement, elle n'avait plus aucun atome crochu avec le monde des affaires. Elle souhaitait mener une vie sereine, paisible, alors qu'il voulait de l'action.

Tout les séparait.

Il avait encore une chance de renouer avec le métier qu'il aimait. Peut-être sa dernière chance…

Après tout, il existait bien des couples qui avaient une relation à distance. Pourquoi pas eux ? Ils échangeraient des mails, des coups de téléphone, se verraient par le truchement d'une caméra d'ordinateur et autres technologies. Toutes choses qui leur permettraient de rester facilement en contact.

— Si je m'installe à Boston ou New York, je ne serai pas si loin, hasarda-t-il.

Marigold détourna les yeux.

— Si, Brian. C'est à des années-lumière d'ici.

Il soupira.

— Pour le moment, nous sommes ensemble. Nous ferions mieux d'en profiter au maximum.

Il se pencha vers elle pour l'embrasser.

Marigold avait l'air triste, mais sa tristesse disparut bientôt. Lui glissant les bras autour du cou, elle lui caressa les cheveux tandis que leurs lèvres se rejoignaient.

Il la renversa sur l'herbe encore baignée de rosée et contempla son visage.

Elle était sa Marigold. Sa fleur des champs.

Il l'aimait, pourquoi ne pas l'admettre ? Il l'avait probablement toujours aimée, et cela lui avait pris un sacré bout de temps pour qu'il s'en rende compte.

Et, bien sûr, il fallait qu'il en prenne conscience maintenant, alors qu'il avait décidé de partir.

Comment concilier son amour et ses aspirations professionnelles, alors que celles de Marigold étaient diamétralement opposées aux siennes ?

Il fit un énorme effort pour se débarrasser de cette pensée dérangeante.

Ce qui comptait dans l'immédiat, c'était de sentir la peau soyeuse et parfumée de Marigold contre la sienne… En espérant que personne n'aurait l'idée de visiter la cascade en cette saison.

L'attirant contre lui, il lui releva son T-shirt et le fit voltiger d'un geste vif par-dessus sa tête. Remontant son soutien-gorge, il embrassa ses seins parfaits et les titilla du bout de la langue. Sous le soleil ardent, il la caressa, prenant son temps, embrassant les points sensibles de son corps.

Tout était calme. Seuls le bruit de l'eau et le bruissement des insectes rompaient le silence.

Frémissante sous ses mains, Marigold poussait de petits gémissements de plaisir. Bientôt, elle l'attira sur elle, le pressant d'aller plus loin.

Il obtempéra. Il lui ôta le reste de ses vêtements et, les doigts tremblants, chercha un préservatif dans sa sacoche.

Oui, Marigold était bien la femme qu'il avait attendue toute sa vie.

Et la femme qu'il allait bientôt laisser derrière lui, encore une fois.

- 12 -

Une heure plus tard, ils refirent le trajet en sens inverse et se retrouvèrent sur le parking où ils avaient laissé leurs voitures.

Marigold ouvrit la portière de la sienne, sur un petit nuage.

— Veux-tu que nous dînions ensemble ce soir ? lui proposa Brian avant qu'elle ne s'installe. Je dois faire un saut au bureau pour prendre quelques papiers. Ensuite, j'irai à Thendara, où un client veut revoir une dernière fois une propriété avant de signer l'acte de vente. Cela ne devrait pas me prendre plus de trois heures si tout se passe comme prévu. Je t'appellerai dès que j'aurai fini.

— C'est une bonne idée, répondit-elle. Retrouvons-nous à la crêperie, d'accord ?

Ils se séparèrent après un dernier baiser.

Elle roula lentement en direction de Sherwood Lodge.

L'après-midi avait été fabuleux. Brian s'était montré si romantique ! Et ce pique-nique près de la cascade, c'était un vrai rêve. De plus, elle avait pu discuter à fond avec lui, et ils avaient fait l'amour sous le soleil. Même la petite averse qui les avait surpris dans leurs ébats avait été agréable, et elle s'était terminée avec un magnifique arc-en-ciel au-dessus de la cascade.

Elle sourit.

Mais le plus merveilleux, c'était qu'elle avait une certitude : elle aimait Brian. Et elle voulait vivre à Hawk's Lake. C'était là qu'elle voulait élever ses enfants…

Cependant, cette histoire-là n'existerait jamais que dans son imagination.

Elle poussa un profond soupir, le cœur brusquement lourd.

Pourrait-elle vivre à Hawk's Lake sans Brian ?

Sans lui, ce ne serait plus pareil.

Dire qu'elle avait dépensé tant d'énergie, pendant ces vacances, à essayer de tenir ses distances par rapport à lui ! Si elle pouvait revenir en arrière, elle profiterait au contraire de chaque instant qu'elle pourrait passer à côté de lui.

A peine était-elle descendue de la camionnette devant la villa qu'elle entendit la sonnerie du téléphone retentir à travers la fenêtre entrouverte.

Ce n'était sûrement pas Brian. Il devait être sur la route de Thendara, maintenant.

Elle enfonça d'une main fébrile la clé dans la serrure et courut vers le téléphone.

— Allô.

— Marigold ? C'est maman. J'ai quelque chose à te dire.

Il y eut un court silence, puis la voix de sa mère résonna de nouveau, un peu précipitée.

— Ton père a eu une crise cardiaque avant-hier. Il a subi un double pontage. Maintenant, il se sent beaucoup mieux… J'aurais voulu t'appeler plus tôt, mais tout est arrivé si vite.

Marigold ouvrit de grands yeux.

La nouvelle que lui annonçait sa mère avait du mal à se frayer un chemin jusqu'à son cerveau.

Tom Sherwood avait une telle vigueur, une telle énergie ! Tout le monde avait du mal à le suivre.

— Qu'a dit le médecin ? s'enquit-elle d'une voix cassée par l'inquiétude.

— Il est optimiste. Dans la mesure où ton père…

Barbara Sherwood fit une pause. Elle semblait avoir du mal à parler.

Marigold connaissait bien sa mère, elle n'avait pas besoin de la voir pour comprendre ce qu'il se passait : celle-ci pleurait et faisait des efforts pour se contrôler.

— Dans la mesure où ton père n'a pas d'autres problèmes de santé, continua-t-elle.

— J'arrive, maman. Je serai là dans quelques heures. Ne t'inquiète pas pour papa, tout ira bien. Où est-il, en ce moment ?

— A l'hôpital. Tu as raison, ma chérie, il est solide comme un roc, il va aller bien.

La voix de sa mère vacilla.

— Mais pour l'instant, il paraît si malade, si faible. Je n'ai pas l'habitude de le voir dans un tel état.

— Est-ce que grand-mère est près de toi ?

— Oui.

Sa mère parla brièvement à quelqu'un.

— Ma chérie, je dois te quitter.

— D'accord, maman. Je t'appellerai quand je serai à quelques dizaines de kilomètres de la maison.

— Conduis prudemment, Marigold.

Un léger déclic, et la communication fut coupée.

Marigold resta quelques instants immobile, atterrée. Puis elle prit une profonde inspiration.

Il ne fallait pas paniquer. Tout se passerait bien.

Dès qu'elle fut un peu plus calme, elle grimpa l'escalier quatre à quatre pour se rendre dans sa chambre. Elle enfila en toute hâte un jean et un sweat-shirt. Attrapant sa veste et son sac, elle dégringola l'escalier, éteignit les lumières et ferma la porte à double tour. Sous le porche latéral, elle débrancha le tour de potier et ferma la porte à clé. Puis elle courut vers le hangar et débrancha aussi le four à céramique.

Enfin, elle courut vers la camionnette.

Avant de démarrer, elle composa le numéro de Brian sur son téléphone portable.

La communication ne passa pas.

Pourvu qu'elle puisse le joindre rapidement !

Elle démarra en trombe et s'engagea sur la petite route sinueuse qui contournait la villa et débouchait sur la Route 28.

C'était difficile de se concentrer sur la conduite, mais elle devait faire attention. Inutile de risquer un accident.

Elle allait d'abord passer par l'agence immobilière. Peut-être Brian s'y trouvait-il encore ?

Mais ce serait étonnant. Plus probablement, elle lui laisserait un petit mot pour lui expliquer qu'elle allait chez ses parents et qu'elle reviendrait dès que l'état de santé de son père se serait stabilisé.

Le bureau de l'agence n'était pas éclairé, mais une lumière brillait en haut de l'escalier.

Elle sonna à la porte.

Quelques secondes plus tard, une fenêtre s'ouvrit à l'étage.

— Oui ? Qui est-ce ? interrogea Mme Newley.

Marigold redescendit les marches du porche et leva la tête.

— C'est Marigold Sherwood, madame Newley. Je suis vraiment désolée de vous déranger, mais j'ai une urgence. J'aimerais laisser un mot pour Brian. Est-ce que je peux entrer ?

— Bien sûr, je descends tout de suite.

La lumière s'alluma au rez-de-chaussée et la porte d'entrée s'ouvrit.

— Que vous arrive-t-il, ma chère petite ?

— Je dois me rendre de toute urgence à Boston. Mon père vient d'avoir une attaque, il a subi une intervention chirurgicale. J'aimerais laisser à Brian un numéro de téléphone où il pourra me joindre.

— Je suis sûre que votre père ira bien, dit Mme Newley d'un ton plein d'empathie. Ne vous inquiétez pas trop. Allez donc écrire votre message sur le bureau de Brian. Est-ce que je peux faire quelque chose pour vous ? La route va être longue.

— Non, je vous remercie. Mais pouvez-vous essayer de joindre Brian pour le mettre au courant ? Je devais le retrouver à la crêperie ce soir.

— Je le lui ferai savoir, Marigold, soyez tranquille.

Elle adressa un sourire reconnaissant à l'excellente femme avant d'entrer dans le bureau de Brian.

Elle pila sur place, stupéfaite.

Un désordre ahurissant régnait dans le bureau. Partout s'étalaient des papiers et se dressaient des piles branlantes de dossiers. Quelques-uns jonchaient le sol, tandis que d'autres menaçaient de glisser comme une avalanche.

Aussi incroyable que cela puisse paraître, le bureau de Brian était un véritable capharnaüm ! Cela ne lui ressemblait pas…

Malgré l'inquiétude qui la taraudait au sujet de son père, elle ne put s'empêcher de sourire.

Au fond, c'était satisfaisant de constater que Brian ne contrôlait pas toujours tout dans sa vie.

Elle feuilleta un bloc-notes pour trouver une page vierge, qu'elle arracha. Saisissant un stylo dans une tasse posée sur le bureau, elle griffonna une brève note. Elle ajouta les numéros de téléphone de son appartement et de son bureau, ainsi que de son portable. Puis elle sortit de sa poche les clés de la villa et les posa sur le petit papier.

Alors qu'elle se redressait, le nom de Sherwood attira son regard sur un document posé sous ses yeux.

Cette lettre était adressée… A ses parents !

Les mains tremblantes, elle s'en empara et la parcourut rapidement.

« Je vous prie de trouver ci-jointe ma candidature pour le poste de directeur général… Vous trouverez ci-joint mon *curriculum vitæ*… serais heureux de vous rencontrer pour un entretien… merci pour… »

Le *curriculum vitæ* de Brian était posé à côté, et apparemment tout semblait prêt à partir par la poste.

Elle se passa la main sur le visage.

Non, elle ne rêvait pas, c'était écrit là, noir sur blanc : Brian posait sa candidature pour son poste à elle !

Cela n'avait rien de surprenant qu'il lui ait demandé si elle acceptait ce travail. Il voulait entrer en compétition avec elle.

Elle sentit son cœur se contracter douloureusement.

Brian lui avait fait un beau discours lorsqu'il avait prétendu ne vouloir qu'elle. Mais il avait menti.

Il avait dû la trouver stupide. Dire qu'elle avait espéré qu'il abandonnerait son rêve et qu'ils pourraient se construire une vie ensemble ! Mais apparemment, Brian était prêt à tout sauf à cela. La question était : le serait-il jamais ?

Ce n'était qu'un arriviste de plus.

Des larmes amères lui brûlèrent les yeux tandis qu'elle glissait les deux documents dans son sac.

Jetant un dernier regard sur le bureau de Brian, elle éteignit la lumière, referma la porte et quitta l'agence.

Brian jeta un coup d'œil discret sur sa montre.

Cette transaction ne se terminerait-elle donc jamais ?

Trois femmes rachetaient l'ancienne boutique de skis, et elles passaient un temps fou à vérifier le montant des échéances sur une calculatrice de la taille d'une carte de crédit.

Elles avaient l'intention de transformer le bâtiment en boutique de cadeaux et de vivre dans le petit appartement situé au-dessus. Elles avaient entre quarante et cinquante ans et ne manquaient pas de charme. Sans aucun doute apporteraient-elles un atout supplémentaire à la petite ville de Thendara.

Enfin, les papiers et les chèques furent signés, et les clés remises aux nouvelles propriétaires.

Comme celles-ci s'apprêtaient à prendre les dimensions des fenêtres pour poser des rideaux, Brian les salua et put enfin s'échapper.

Il était temps qu'il téléphone à Marigold.

La sonnerie résonna longuement, mais personne ne répondit.

La jeune femme devait se trouver dans le hangar à bateaux, à s'occuper de ses poteries. Il rappellerait plus tard.

Empruntant la Route 28, il se dirigea vers le nord. En chemin, il s'arrêta devant une cabine téléphonique et essaya encore de joindre Marigold.

Toujours personne.

Il consulta sa montre et reprit le volant.

Il n'aurait pas le temps de s'arrêter plus loin pour téléphoner à Marigold. Il valait mieux qu'il se rende directement sur le lieu de son prochain rendez-vous et qu'il la rappelle de là-bas.

Mais sa troisième tentative ne fut pas plus fructueuse.

Une heure et demie plus tard, son rendez-vous terminé, il fit la route en sens inverse et roula sans arrêt jusqu'à la crêperie. Là, il se servit de la ligne du restaurant.

Mais, là encore, son appel sonna dans le vide.

Il alla s'asseoir et se mit à pianoter sur la table, jetant des regards anxieux à la ridicule horloge en forme de tête d'élan. A chaque minute qui passait, son inquiétude allait croissant.

Bon sang, où était donc passée Marigold ? Elle savait pourtant bien qu'il devait l'appeler ce soir.

Après une attente qui ressemblait à une éternité, il n'y tint plus. Il se leva d'un bond, retourna vers la cabine du restaurant et composa de nouveau le numéro de Sherwood Lodge.

Le téléphone resta muet.

Il ravala un juron.

Il ne pouvait même pas appeler Marigold sur son portable, puisque les communications ne passaient pas. Le mieux était d'aller à Sherwood Lodge voir ce qu'il se passait.

Il sortit en trombe de la crêperie et reprit le volant de sa voiture.

Bon sang, il allait travailler jour et nuit pour qu'un relais soit installé dans l'une de ces montagnes, afin que tout le monde, y compris les personnes se trouvant dans le moindre recoin de Hawk's Lake, puisse communiquer par téléphone portable. Ensuite, il le ferait installer dans toute la région des Adirondacks.

Brusquement, il eut un coup au cœur.

Oui, Marigold avait raison. Il disposait d'un énorme pouvoir à Hawk's Lake, beaucoup plus important qu'il n'en avait jamais pris conscience. Il obtenait toujours ce qu'il demandait pour améliorer la vie dans la petite ville.

Pas plus tard que cet après-midi, Marigold lui avait fait remarquer qu'il avait déjà réalisé son rêve. Mais, à ce moment-là, il n'avait pas vraiment compris. Il fallait qu'il déplore l'absence d'un réseau de téléphones portables pour se rendre compte que c'était la vérité.

Ou bien était-ce tout simplement parce qu'il n'arrivait pas à joindre la personne qui était devenue l'être le plus important dans sa vie ? La femme qu'il aimait, celle qu'il avait *toujours* aimée ?

Qu'était-il arrivé à Marigold ?

Fou d'inquiétude, il négocia le dernier virage, et Sherwood Lodge apparut.

Il n'y avait aucune lumière, et la camionnette de Marigold n'était pas là.

Son inquiétude se transforma en panique.

Où était-elle ?

Le cœur battant, les oreilles bourdonnantes, il roula jusqu'à la pelouse et s'arrêta devant la porte latérale. Il trouva la clé qu'il avait cachée sous une pierre et ouvrit la porte.

— Marigold !

Allumant les lumières, il courut d'une pièce à l'autre, puis il traversa la pelouse pour aller voir dans le hangar à bateaux.

Celui-ci était vide. De plus, le four était débranché.

Perplexe et fou d'angoisse, il se laissa tomber sur une chaise.

Il ne lui restait plus qu'à appeler la police.

Alors qu'il s'emparait du téléphone, la sonnerie retentit.

— Allô ?

— Brian ! Dieu merci, vous êtes là. J'ai essayé de vous joindre partout, et j'ai fini par penser que vous étiez peut-être là.

— Madame Newley ? Que se passe-t-il ? Savez-vous…

— Le père de Marigold a eu une crise cardiaque. Il a été opéré en urgence. Je n'en sais pas plus. Marigold est partie le voir. Avant de partir, elle vous a laissé un mot sur votre bureau.

Il sentit comme un poids énorme lui glisser des épaules.

Il avait attendu cette soirée avec impatience, mais le principal, c'était que Marigold aille bien.

Pourvu qu'il ne lui arrive rien sur la route ! pria-t-il en silence. Elle devait être épuisée. Si au moins il pouvait l'appeler, entendre sa voix et la rassurer en lui disant que son père allait se remettre.

Il fallait espérer que ce soit le cas.

Il fallait aussi espérer qu'ils arrivent à organiser leur vie, Marigold et lui.

- 13 -

Marigold fut tirée de ses sombres réflexions par le clignotant rouge indiquant que le niveau d'essence était bas.

Heureusement, la prochaine station-service se trouvait à moins d'un kilomètre.

Quelques minutes plus tard, elle s'arrêta pour faire le plein.

Une fois son réservoir rempli, elle composa le numéro du portable de sa mère. Mais elle coupa avant d'avoir terminé.

Si celle-ci se trouvait à l'hôpital, elle avait dû éteindre son téléphone.

Après avoir laissé un message sur le fixe, Marigold chercha le numéro de Brian. Mais la lettre et le curriculum vitæ de Brian qu'elle avait mis impulsivement dans son sac lui rappelèrent cruellement qu'il s'était moqué d'elle, et elle ne le composa pas.

Une fois de plus, elle s'était laissé aveugler. Brian ne l'aimait pas. Il ne lui trouvait qu'un seul intérêt : elle était l'héritière des établissements Sherwood. Ce qu'il voulait, ce n'était pas elle, mais le poste à responsabilités qui était vacant.

Elle soupira.

Le moment était mal choisi de toute façon pour annoncer à ses parents qu'elle allait démissionner de l'entreprise familiale pour s'installer à Hawk's Lake. Il valait mieux remettre cela à plus tard, quand son père serait remis de sa crise cardiaque.

Elle reprit la route.

Normalement, elle serait à Boston vers 3 heures du matin. Elle avait encore tout le temps de remâcher sa rancœur envers la gent masculine, Brian Hawkins y compris !

A une trentaine de kilomètres du Massachusetts, un doute s'insinua cependant en elle.

Après tout, Brian n'avait pas forcément voulu se servir d'elle pour obtenir ce poste. Peut-être avait-elle tiré des conclusions hâtives. Il avait reconnu qu'il posait sa candidature dans plusieurs entreprises, mais il n'avait pas dit que Sherwood en faisait partie…

Nerveuse, elle alluma la radio.

Un air de rock emplit la voiture.

Elle devait cesser de douter de son instinct, elle savait de quoi Brian était capable. N'avait-elle pas les preuves dans son sac ? De plus, il lui avait promis de ne pas écrire à ses parents tant qu'elle n'aurait pas eu l'occasion de leur parler. Or, ce courrier était sur le point de partir. A l'évidence, Brian n'était pas mieux que les autres. Il ne songeait qu'à sa carrière et se servait d'elle pour arriver à ses fins.

Elle crispa si fort les doigts sur le volant que ses phalanges blanchirent.

Au bout de quelques minutes, elle se pencha vers la radio et chercha une station classique.

Bientôt, des notes apaisantes s'élevèrent, calmant les battements de son cœur ulcéré.

Pourquoi penser encore à ce pauvre type ?

Oui, mais comment croire qu'il mentait quand elle revoyait son regard turquoise posé sur elle ? Comment ignorer ce qu'elle y avait décelé quand ils avaient fait l'amour ? Après tout, qui était-elle pour décréter que tout cela ne voulait rien dire, qu'il ne s'agissait que d'un mensonge ? Elle ne voulait pas le croire.

D'un autre côté, elle avait dans son sac la preuve qu'elle ne se trompait pas.

Il ne méritait pas qu'elle lui accorde une seule seconde de plus. Mieux valait l'oublier, pour de bon.

La colère s'empara de nouveau d'elle.

Chassant Brian Hawkins de ses pensées et de sa vie, elle remit la station radio qui diffusait un programme de rock.

Brian se réveilla en sursaut.

Il avait posé la tête sur le bord du bureau, juste pour se reposer un instant, et il s'était endormi.

Il consulta l'horloge : 7 heures du matin.

Marigold allait peut-être appeler. Elle devait être au chevet de son père.

Il se leva, s'étira et se dirigea vers les toilettes du garage.

Quand il en sortit, Mélanie et Jack étaient arrivés. Ils s'étaient assis de part et d'autre du bureau de Mélanie, Jack renversé sur le dossier de sa chaise, les pieds sur le meuble.

L'odeur du café frais flottait dans l'air.

Pendant qu'il s'en servait une tasse, Mélanie l'observa de la tête aux pieds et s'esclaffa.

— Où as-tu passé la nuit ? Même le chat ne t'a pas reconnu dans cet accoutrement.

— Je savais bien que j'avais des raisons de ne pas te

reconnaître, enchaîna Jack en faisant claquer ses doigts. Tu as prévu de nettoyer les caniveaux, aujourd'hui ?

Il se frotta le menton et continua d'un air pince-sans-rire.

— Non, je me trompe. Tu mettrais quelque chose de repassé pour faire cela.

Brian se laissa tomber sur la chaise à côté de lui.

— Vas-y, moque-toi de moi.

Mélanie sirota son café.

— Nous ne pensions pas te voir si tôt. Tu devais nous remettre du travail.

Elle le regarda par-dessus l'épaule de Jack.

— Comment va Marigold ?

— Je l'ignore. Elle a dû retourner chez ses parents en catastrophe. Son père est très malade.

Mélanie ferma les yeux.

— Oh. Est-ce que c'est grave ?

— Il a été opéré du cœur.

— Seigneur ! Dis-lui que nous pensons très fort à elle.

— Je n'y manquerai pas.

Il prit une grande inspiration.

— Dès que j'arriverai à la joindre.

Il resta quelques secondes silencieux, puis il dit à voix basse, comme s'il se parlait à lui-même :

— Elle est partie depuis à peine quelques heures, et elle me manque déjà.

— Pourquoi ne la rejoindrais-tu pas à Boston ? interrogea Mélanie.

— C'est compliqué.

— Alors, essaie de faire simple, suggéra Jack.

— Marigold va quitter l'entreprise familiale pour venir vivre à Hawk's Lake.

Jack releva un sourcil.

— Jusque-là, je ne vois pas où est le problème.

Mal à l'aise, Brian fourra les mains dans ses poches.

— Eh bien, moi, j'ai toujours voulu quitter Hawk's Lake. C'est un très vieux rêve. J'allais justement demander à Marigold de parler de moi à ses parents pour le poste de directeur général. Et si je n'obtiens pas ce poste, je pense retourner à mon ancien job, à l'agence de courtage.

Il se frotta pensivement le menton.

— Mais maintenant, je ne sais plus.

Il regarda tour à tour Jack et Mélanie.

Aucun des deux ne réagit.

— Marigold a tout compliqué, soupira-t-il.

— J'ignorais que tu n'étais pas heureux ici, finit par dire Mélanie. Pourquoi n'es-tu pas reparti à New York ?

Avant qu'il n'ait eu le temps de répondre, Jack s'exprima à son tour :

— Pour moi aussi, c'est nouveau. Pourquoi ne nous en as-tu jamais parlé ?

Brian resta un instant sans voix.

Comment était-ce possible qu'ils ne se soient jamais rendu compte de rien ?

Il s'éclaircit la voix.

— Vous savez bien que je ne pouvais pas partir. Il y avait toujours quelque chose à faire ici, et cela me retombait dessus. Toi, Mélanie, tu avais des problèmes. Ensuite, il a fallu ajouter deux extensions au garage. Les livres de comptes n'étaient pas à jour. Et toi Jack, tu n'étais jamais là pour t'occuper de quoi que ce soit. J'étais bien obligé de rester.

Mélanie et Jack se regardèrent, l'air stupéfait.

Qu'est-ce qui leur échappait, au juste ?

Mélanie parla la première.

— Mais, Brian, tu pouvais partir quand tu voulais ! Personne ne t'en aurait empêché. Nous nous serions débrouillés d'une façon ou d'une autre.

— Si tu m'en avais parlé, j'aurais cessé de faire de la compétition automobile et me serais occupé de nos affaires, renchérit Jack.

Les épaules de Mélanie s'affaissèrent.

— Je ne me doutais pas que tu étais malheureux, Brian. J'étais prise dans mes propres problèmes après la mort de Mike. Mais tu ne m'as jamais donné l'impression d'être pressé de rentrer à New York. Au contraire, on aurait plutôt dit que tu cherchais des prétextes pour ne pas y retourner.

Brian observa sa sœur et son frère, songeur.

Avaient-ils raison ? Avait-il cherché des prétextes pour rester ?

Il plongea les yeux dans sa tasse de café comme si la réponse gisait dans le marc.

Une réponse qui remettrait sa vie dans la bonne direction…

— Tu l'aimes, n'est-ce pas ? l'interrogea Mélanie.

Il ne put cacher sa surprise.

— Comment… Comment le sais-tu ?

Mélanie se mit à rire comme si ce n'était pas possible qu'il pose une question si stupide.

— Tu l'as *toujours* aimée.

Elle posa sur lui un regard mi-amusé mi-étonné.

— Lui as-tu parlé de tes sentiments ?

— Euh, non… Pas encore.

— Ne crois-tu pas qu'elle aimerait les connaître ? Si j'étais à sa place, j'aimerais certainement savoir.

— Vas-y, conseilla Jack. Pour une fois, évite de réfléchir, saute dans ta voiture, boucle ta ceinture, et fonce. Sans excès de vitesse, naturellement !

Mélanie opina en souriant.

— Et ne te fais pas de souci pour ici. Tu peux compter sur la famille.

Ils l'accompagnèrent jusqu'à sa voiture.

— Sois prudent, Brian, et donne-nous des nouvelles dès que tu seras arrivé. N'oublie pas de dire à Marigold que nous pensons très fort à elle. Et à ses parents aussi, bien sûr.

Sa sœur l'embrassa affectueusement, et son frère lui donna une accolade.

Quelques minutes plus tard, il roulait vers Boston.

- 14 -

Marigold somnolait sur une chaise en vinyl orange dans la salle d'attente pleine à craquer de l'hôpital.

Le docteur avait affirmé que tout irait bien. Le pontage s'était passé sans problème. Les visites n'étaient autorisées qu'à raison de cinq minutes par heure, et une seule personne à la fois. C'était sa grand-mère qui était en ce moment au chevet de son père.

Marigold s'étira et tourna les yeux vers sa mère.

Dès qu'elle était arrivée, Barbara s'était accrochée à elle comme à une bouée de sauvetage. Jamais elle ne l'avait vue dans un tel état de fatigue et de désespoir. Elle lui paraissait si fragile et âgée, tout à coup !

Bientôt, Rose vint les rejoindre.

La visite éclair était terminée. L'heure suivante, ce serait à son tour.

Après s'être tamponné les yeux avec un mouchoir détrempé, celle-ci la serra dans ses bras.

— Je suis si contente que tu sois venue, Marigold ! s'exclama-t-elle.

— Comment va papa ?

— Il dort. Je suis restée assise près de lui en lui tenant la main.

Barbara se mit à pleurer, sans doute pour évacuer la pression.

C'était la première fois que Marigold voyait sa mère

s'abandonner ainsi aux larmes. Elle lui prit la main et essaya de la détendre en lui frottant doucement le dos.

Depuis combien de temps ne s'étaient-elles pas prises dans les bras l'une de l'autre ? Elle n'aurait su le dire.

Barbara fit un effort pour se ressaisir.

— J'ai bien cru que j'allais le perdre, dit-elle. Dieu merci, il va se remettre.

Avec un léger sourire, Rose renchérit :

— Tout ira bien, Barbara. Ton mari est un Sherwood, ne l'oublie pas.

Puis, s'adressant à Marigold :

— Comment s'est passé ton voyage au lac ? Est-ce que tu en as bien profité ?

— Oui, beaucoup. Notre villa n'a pas changé. Elle est toujours aussi agréable.

— Cet endroit a toujours occupé une place spéciale dans ton cœur, fit remarquer sa mère en lui pressant la main.

En guise d'acquiescement, Marigold hocha vaguement la tête.

Oui, mais Hawk's Lake serait peut-être moins spécial une fois que Brian n'y vivrait plus.

— Tu m'as manqué, ajouta Barbara, les yeux rougis par les larmes.

Marigold la regarda, étonnée.

C'était bien la première fois qu'elle entendait la voix maternelle faire une telle déclaration. Mais en même temps, c'était la première fois qu'elle-même partait seule en vacances.

— Toi aussi, maman, tu m'as manqué.

Rose hocha la tête.

— Ta mère m'a dit que tu avais repris contact avec

Brian Hawkins. Si j'ai bonne mémoire, vous étiez inséparables, autrefois.

Marigold enfonça ses ongles dans la paume de ses mains. Au lieu de crier comme elle en avait une furieuse envie, elle se contenta de faire un petit signe de tête affirmatif. Puis elle prit une profonde inspiration.

Elle devait à tout prix orienter la conversation sur un autre sujet. Entendre parler de cet homme lui était insupportable. Sa trahison était trop fraîche.

— Le temps n'était pas encore à la baignade, mais nous avons fait de la barque et de la randonnée, dit-elle d'un ton aussi neutre que possible. Et j'ai fait de la poterie, comme tu me l'avais montré, grand-mère. Tu te souviens ?

Rose lui adressa un sourire plein de nostalgie.

— Si je m'en souviens ! Bien sûr. Je t'ai donné quelques leçons, tout comme ma mère l'avait fait avec moi, et sa mère avec elle.

Rose lui prit la main.

— Tu tiens beaucoup de ton arrière-grand-mère, Marigold. Je ne te l'ai jamais dit ?

Marigold baissa les yeux.

Aussi douces à entendre que soient les paroles de Rose, celles-ci suscitaient en elle un fort sentiment de culpabilité.

Comment apprendre à sa mère et à sa grand-mère qu'elle ne voulait plus s'occuper de l'entreprise familiale ? Avec son père en soins intensifs et sa mère qui semblait à deux doigts de s'effondrer, sa présence à la tête de Sherwood était plus que jamais nécessaire.

Oui, décidément, le moment était mal choisi pour tourner le dos à ses parents sous prétexte qu'elle en avait assez de ce genre de vie. Il y avait des choses plus urgentes à faire que de disparaître dans les Adirondacks pour s'y adonner à son activité favorite.

Elle sentit ses épaules s'affaisser. Brusquement, c'était comme si tout le poids de l'entreprise reposait sur ses épaules.

Se redressant, elle prit son courage à deux mains.

L'heure n'était pas à la fuite. Elle devait penser à Sherwood et aux décisions qu'elle serait amenée à prendre les jours suivants.

Elle commença à noter mentalement plusieurs choses à faire.

Mais il y en avait trop. Elle avait besoin de papier et d'un crayon.

Ouvrant son sac, elle y trouva deux feuilles pliées en quatre. Elle farfouilla quelques secondes avant de trouver un stylo.

— Es-tu sûre de vouloir écrire quelque chose sur ce papier-là, Marigold ? questionna sa mère.

Marigold retourna le document dont seul le verso était imprimé.

Quand l'en-tête lui sauta aux yeux, une folle envie de le déchirer s'empara d'elle, en même temps qu'une fureur indicible.

Décidément, elle avait beau faire de son mieux, il n'y avait pas moyen d'échapper à Brian Hawkins. Elle avait complètement oublié qu'elle avait mis la lettre de candidature et le *curriculum vitæ* de Brian dans son sac.

Poussant un soupir, elle replia les feuillets.

— C'est la candidature de Brian Hawkins. Il veut travailler pour Sherwood.

Après tout, Brian rêvait tant de ce travail, il y donnerait le meilleur de lui-même. Il avait déjà fait ses preuves à Hawk's Lake, où il agissait comme un directeur de multinationale accompli. Alors, où serait la différence ? Mieux valait lui laisser le poste.

Espérant affermir sa voix, elle ajouta :

— Je pense qu'il serait très bien… Nous parlerons de cela plus tard.

Mais elle ne put éviter que les larmes lui viennent aux yeux.

Elle essaya de les sécher avant que sa mère et sa grand-mère ne les aperçoivent, mais celles-ci n'échappèrent pas à Barbara.

— Qu'est-ce que tu as, Marigold ?

Elle secoua la tête, tentant désespérément de ravaler ses larmes.

— Oh, je m'inquiète au sujet de papa. Et puis, il y a cette histoire de… Brian et de l'entreprise.

C'était vraiment idiot de pleurer ainsi. Pourquoi se laissait-elle atteindre à ce point ? Elle n'arriverait donc jamais à tirer des leçons du passé ?

— Je suis désolée. Je dois être plus fatiguée que je ne croyais. Mais ce n'est rien.

Rose lui tendit un mouchoir parfumé à la lavande.

— Ton père va se remettre, dit-elle d'une voix ferme. Les docteurs qui s'occupent de lui sont fantastiques. Mais que se passe-t-il avec Brian Hawkins ?

Marigold secoua la tête.

— Non, grand-mère, ce n'est pas le bon moment.

Rose lui caressa les cheveux et les repoussa en arrière.

— Nous n'avons rien d'autre à faire ici que parler ou nous faire du souci, dit-elle d'une voix douce. Je n'en peux plus de m'inquiéter, alors parlons. Raconte-nous.

Marigold prit une profonde inspiration.

— J'ai décidé de ne pas revenir travailler à Sherwood.

Je suis désolée de vous laisser tomber. Bien sûr, je resterai pour m'en occuper jusqu'à ce que papa soit rétabli et qu'il ait repris le travail. Mais dès que ce sera fait, je m'en irai. Je ne veux plus vivre de cette façon. Je suis vraiment désolée pour la famille.

Rose et Barbara restèrent un instant silencieuses.

— Je m'en doutais depuis un certain temps, Marigold, finit par dire Barbara. Il n'y a pas que moi d'ailleurs, nous en avions parlé avec ton père. On voyait bien que tu n'avais plus le cœur à travailler ici. Quand tu t'es décidée à prendre ces deux mois de vacances, nous avons d'abord cru que c'était à cause de ta rupture avec Jason. Cependant, tu as toujours rebondi après une rupture.

Marigold se mordilla la lèvre.

Si seulement sa mère savait ! songeait-elle, le cœur serré.

Comme elle ne disait rien, sa grand-mère la questionna :

— Si tu étais fatiguée de Sherwood, pourquoi ne nous l'as-tu pas dit ?

Prenant une profonde inspiration, Marigold se jeta à l'eau.

— Je suis partie à Hawk's Lake pour prendre le temps de réfléchir. Ce n'étaient pas les sujets de réflexion qui me manquaient. Je me suis surtout rendu compte que c'était très difficile de m'éloigner de ma famille et de l'héritage qui m'a été transmis par papa. Et maintenant, il est malade, et il ne reste plus que moi pour m'occuper de Sherwood.

Sa mère et Rose l'observaient d'un regard intense. Elles paraissaient sidérées.

Rose fut la première à retrouver ses esprits.

— Ma chérie, que tu diriges ou non l'entreprise, tu en

feras toujours partie. Si Violet était là, elle ne voudrait surtout pas te voir malheureuse, et moi je ne le souhaite pas davantage.

D'une main affectueuse, elle lui repoussa une mèche de cheveux derrière l'oreille.

— Quoi que tu fasses, tu resteras toujours notre meilleure designer de porcelaine.

Marigold eut un pâle sourire.

— Je sais, grand-mère.

Barbara lui tapota la main.

— Ma chérie, ne laisse pas la maladie de ton père influencer ta décision. Tu es avant tout ma fille, et je veux que tu sois heureuse. C'est aussi le plus cher désir de ton père.

Rose hocha la tête.

— Absolument.

— Avec la crise cardiaque que Tom vient de subir, ajouta Barbara, j'ai tiré moi-même plusieurs conclusions. Une maladie grave est un puissant révélateur, qui oblige à réfléchir à tout ce que l'on fait de travers. La première chose qui me tient à cœur, c'est de passer plus de temps avec toi, si ce n'est pas trop tard. Nous n'avons pas eu la joie de te voir beaucoup quand tu étais petite, et cela à cause de notre engagement dans l'entreprise. Mais cela va cesser désormais.

Marigold resta un instant abasourdie.

— Oh, maman, s'écria-t-elle, j'aimerais tant passer plus de temps avec toi et avec papa ! Non, ce n'est pas trop tard. Et, rassure-toi, je comprends.

Et c'était vrai.

Une expression pleine d'amour et de tendresse s'imprima sur le visage de Barbara.

Marigold retint son souffle.

C'était comme avant, pendant l'été, les rares fois où sa mère venait la border dans son lit. Bien à l'abri et heureuse de se trouver dans sa petite chambre de Sherwood Lodge, elle écoutait ensuite le doux chuchotement de la voix de ses parents qui discutaient sous le porche, juste au-dessous de sa fenêtre.

Barbara lui caressa la joue.

— J'espère que tu ne commettras pas avec tes enfants les mêmes erreurs stupides que j'ai commises avec toi.

Des larmes picotèrent les paupières de Marigold.

Sa mère se trompait cruellement, car elle n'aurait probablement jamais la chance de fonder une famille.

Une infirmière apparut dans l'encadrement de la porte.

— M. Sherwood vient de se réveiller, annonça-t-elle. Il demande Barbara.

Mais celle-ci se tourna vers Marigold.

— Vas-y, ma chérie, c'est ton tour maintenant.

— Non, vas-y, maman. Papa te demande. Dis-lui que je suis ici.

Sa mère lui posa un baiser sur la joue.

— Je n'y manquerai pas.

Brian s'arrêta à un carrefour.

Julie, l'assistante de Marigold, lui avait expliqué le trajet qu'il devait faire, mais maintenant il était perdu. Quelle direction devait-il prendre, maintenant ?

Essayant d'ignorer le concert de klaxons derrière lui, il se pencha sur la carte routière étalée sur le siège du passager.

Un taxi s'arrêta à sa hauteur.

— Je peux vous aider, mon vieux ?

Relevant la tête, Brian le salua.

— Merci. Je cherche Light Hospital.

— C'est votre jour de chance. Suivez-moi, j'y vais.

— Merci encore !

Il attendit que le taxi ait redémarré et se glissa derrière lui, déclenchant un autre concert de klaxons.

— Laissez-moi une chance ! cria-t-il à la cantonade en suivant le taxi.

Aussi loin que portait la vue, des gratte-ciel se dressaient telles des sentinelles, cachant le soleil. Le bruit et l'odeur des pots d'échappement devenaient envahissants.

Il aurait dû fermer le toit de la voiture. Mais il fallait y penser avant. S'il le faisait maintenant, ce serait la révolution dans la rue.

Perplexe, il se frotta le menton.

Curieux. Avant, les gratte-ciel et les gaz ne le dérangeaient en aucune façon.

Une voiture qu'il avait dépassée le doubla de nouveau rageusement. Le conducteur devait chercher une place de parking. A ce moment, une mère de famille poussant un landau tenta de traverser la rue.

Il retint son souffle.

Pourvu que personne ne la renverse !

En fait, il avait complètement oublié ces aspects-là de la vie citadine.

Le chauffeur de taxi klaxonna et lui fit signe qu'il était arrivé.

Brian le remercia d'un geste et consulta sa montre.

Il était 2 heures de l'après-midi, la pause-déjeuner était probablement terminée. Il mourait de faim, mais il ne pouvait pas s'arrêter comme cela pour aller manger quelque chose. Il n'y avait pas la moindre place nulle part où se garer.

Ah si. Là, on indiquait un parking.

Il suivit la large allée, mais en prenant une carte au distributeur automatique, il poussa un juron.

Le prix était ahurissant !

Il monta la rampe d'accès à la recherche d'un emplacement libre et finit par en trouver un au dernier étage.

Il attrapa son sac à dos et prit un ascenseur bondé. Une fois dans la rue, il suivit la signalisation jusqu'à l'hôpital.

Les gens allaient en tous sens, le bousculant parfois sans même s'excuser.

Enfin, il arriva devant l'hôpital.

Juste avant d'entrer, il avisa un fleuriste et acheta deux bouquets de roses. Puis il prit la file devant la réception et attendit pour demander où se trouvait la chambre de Thomas Sherwood.

Quelques minutes plus tard, l'ascenseur le conduisit au huitième étage, non sans s'être arrêté à chaque niveau.

En sortant, il tourna à droite et se trouva bientôt devant la salle d'attente du service de cardiologie.

Derrière ses parois vitrées, Marigold faisait les cent pas.

Il l'observa un instant sans bouger, ses bouquets de fleurs à la main.

A en juger par son attitude déprimée et le sillon qui creusait son front, elle devait être épuisée et très inquiète.

Ce serait bon de l'emmener au restaurant pour qu'elle puisse prendre un repas et un repos bien mérité. Mais c'était inutile de le lui proposer. Elle refuserait de quitter l'hôpital tant qu'elle n'aurait pas la certitude que tout irait bien pour son père.

Alors qu'elle revenait face à la vitre, elle leva la tête. Son regard se posa sur lui et elle resta bouche bée. Même en la voyant d'un peu loin, il aurait juré qu'elle avait pâli.

En se remettant en marche vers l'entrée de la salle d'attente, il serra les dents.

La réaction de Marigold n'était pas vraiment celle qu'il avait espérée.

Marigold se demanda d'abord si la fatigue ne lui donnait pas des hallucinations, puis elle se précipita à l'extérieur de la salle d'attente.

— Brian ! Qu'est-ce que tu fais là ? demanda-t-elle sèchement, d'une voix un peu haletante.

Son corps brûlait de se rapprocher de Brian. L'idée de se retrouver dans ses bras forts était à elle seule réconfortante. Mais il y avait certaines choses qu'elle ne devait pas oublier.

Hélas, ce serait merveilleux de revivre les jours où elle n'avait pas encore compris que Brian Hawkins était comme tous les autres. Avant qu'il ne lui inflige une blessure qu'elle ne connaissait déjà que trop bien pour l'avoir reçue de façon répétée.

— Je m'inquiétais pour toi, Marigold, répondit-il d'une voix un peu rauque.

Ce n'était pas le moment de parler de leur relation.

Elle fit un effort pour garder un ton neutre.

— Ce n'était pas la peine de faire tout ce chemin pour voir si j'allais bien. Tu aurais pu téléphoner.

Brian plongea son regard dans le sien. Ce regard exprimait la confusion, il semblait blessé, aussi.

— Mais je voulais être à côté de toi ! protesta-t-il avec véhémence. Pour voir par quel moyen je pouvais t'aider. J'ai pensé que tu avais besoin de moi. Comment va ton père ?

— Il va mieux, merci. L'opération s'est bien passée. Je ne l'ai pas encore vu. Ma mère est auprès de lui pour l'instant.

— Tu as l'air fatiguée, Marigold.

Elle releva les sourcils.

— Toi aussi. On dirait que tu as dormi sans te déshabiller.

— Il faut croire que j'avais autre chose en tête. Toi, en l'occurrence.

Elle baissa les yeux.

Elle avait une folle envie de lui prendre la main, de sentir sa chaleur et sa force.

Au lieu de cela, elle mit les mains derrière son dos et serra les poings.

Le moment était à la maîtrise de soi. Elle devait se protéger. Son cœur avait déjà trop souffert à cause d'hommes qui ne l'avaient pas désirée pour elle-même. D'hommes qui l'avaient utilisée pour arriver à leurs fins.

Bon, tout cela était vrai. Mais, en même temps, Brian était venu la voir. Il avait parcouru plusieurs centaines de kilomètres pour la rejoindre. Cela avait certainement une signification. Elle devrait se montrer plus agréable en compensation.

Redressant les épaules, elle lui indiqua la salle d'attente d'un léger signe de tête.

— Pourquoi n'entrerais-tu pas ? Il y a ma grand-mère, je suis sûre qu'elle sera ravie de te revoir. Ma mère va bientôt revenir.

Elle se mordilla la lèvre.

Elle venait de parler d'un ton convenu, comme si Brian était un employé de l'entreprise qui serait passé pour lui présenter ses respects, et non pas l'homme avec lequel elle avait fait l'amour deux jours plus tôt.

Elle entra dans la salle d'attente, suivie de Brian.

— Grand-mère, tu te souviens de Brian Hawkins ?

Ouvrant les bras, Rose eut un large sourire.

— Si je m'en souviens !

Elle le serra dans ses bras.

Brian semblait un peu mal à l'aise d'être traité comme l'enfant qu'il n'était plus.

Quelques secondes plus tard, Barbara revint. Moins chaleureuse, celle-ci se contenta de lui serrer la main.

— Merci d'avoir consacré du temps à Marigold quand elle était au lac.

— Tout le plaisir était pour moi, répondit cérémonieusement Brian.

Marigold ne put s'empêcher de sourire.

Il lui adressa alors un petit clin d'œil, et elle se sentit rougir.

Ils parlèrent de choses et d'autres, puis Brian se tourna vers elle.

— Marigold, puis-je te parler une minute en tête à tête ?

— Bien sûr. Il y a un petit bureau de l'autre côté du hall. Il semble toujours vide. Je crois que nous pouvons y aller.

Ils sortirent de la salle d'attente.

Une fois dans le bureau, elle s'assit et l'invita à faire de même, mais il préféra rester debout.

Elle leva les yeux vers lui.

— Que se passe-t-il ?

Brian la prit dans son regard intense.

— Rien de grave. Je voulais juste te dire que je ne

veux plus quitter Hawk's Lake. Si tu as l'intention de t'y installer, alors c'est là que je veux vivre.

Elle fronça les sourcils.

— Je ne comprends pas.

— Tu avais raison en tout point. Je peux faire tout ce que je veux à Hawk's Lake. Et si j'avais voulu, j'aurais pu retourner à Wall Street n'importe quand. Mais en réalité, je trouvais toujours des prétextes pour rester. Je n'ai pas envie de travailler à Sherwood ni ailleurs, Marigold. C'est sans doute la raison pour laquelle je n'ai jamais envoyé les lettres de candidature que j'avais préparées. Je n'arrivais tout simplement pas à me décider.

Avait-elle bien entendu ?

— Tu n'avais pas l'intention de les envoyer ? interrogea-t-elle, sceptique.

— Au début, si. Mais ensuite… Eh bien, non. J'avais pensé me proposer pour ton poste à Sherwood, et j'attendais que tu te décides de ton côté. Je ne voulais pas marcher sur tes plates-bandes.

Comme une automate, elle sortit de son sac la lettre qu'elle avait trouvée sur son bureau et la lui tendit.

— Tu n'avais pas l'intention de la mettre à la poste ?

Il se frotta le front.

— Non. Je ne savais pas que tu l'avais trouvée. Tu as cru que j'allais l'envoyer avant que tu n'aies le temps de parler à tes parents ?

Elle le regarda dans les yeux.

— Naturellement.

— Regarde la date portée sur cette lettre.

Elle s'exécuta.

La lettre était datée du lendemain de son arrivée à Hawk's Lake.

Brian tendit les mains vers elle.

— Je t'en prie, Marigold, crois-moi ! Après avoir refait connaissance avec toi, je n'arrivais plus à me décider, ni pour ce poste ni pour un autre. Je ne voulais pas te blesser.

Il soupira.

— Tu avais raison sur toute la ligne. Je vivais mon rêve à Hawk's Lake même, mais je n'en avais absolument pas conscience.

Elle hocha lentement la tête.

Le ton de Brian paraissait sincère. En fait, elle s'était trompée sur lui.

Comme elle restait silencieuse, Brian l'interrogea sur un ton suppliant.

— Quand vas-tu me faire confiance, Marigold ?

Elle lui adressa un sourire radieux.

— Pas plus tard que tout de suite !

Brian lui prit la main.

— Tu avais raison au sujet d'autre chose aussi, je m'en suis rendu compte en arrivant ici : Hawk's Lake est l'endroit idéal pour élever des enfants.

Elle ravala des larmes de joie.

L'espoir gonflait son cœur comme un drapeau dans la brise printanière. L'espoir qu'ils aient tous les deux une seconde chance pour recommencer.

Mais tout cela paraissait trop beau pour être vrai. Ne se moquait-il pas d'elle ?

— Es-tu en train de me dire que tu as changé d'idée à propos de Hawk's Lake aussi ?

— Grâce à toi, je vois les choses clairement. Je sais maintenant que j'ai réalisé mon rêve. Simplement, je ne le savais pas.

Brian prit une profonde inspiration.

— Cependant, il manque encore quelque chose, ou

plutôt quelqu'un, pour que tout soit parfait dans ma vie, continua-t-il d'une voix émue.

Lui tendant le bouquet de fleurs qu'elle croyait destiné à son père, il s'agenouilla devant elle.

Elle sentit ses genoux faiblir. Son cœur battait si fort, il allait sûrement éclater dans sa poitrine.

— Ce n'est pas précisément le lieu le plus romantique pour demander quelque chose d'important, admit-il, mais je ne peux pas attendre une minute de plus.

Il sortit une boîte à cigares de son sac à dos.

Elle poussa une exclamation de surprise.

Cette boîte n'était autre que le petit coffret à trésor qu'elle avait fabriqué pour lui quand elle avait neuf ans ! Il avait perdu un peu de son éclat, mais à ses yeux, il était plus beau que jamais. C'était merveilleux de penser que Brian l'avait gardé pendant toutes ces années !

— Marigold Sherwood, je t'aime, déclara-t-il solennellement. Veux-tu m'épouser et faire de moi le plus heureux des hommes de Hawk's Lake et d'ailleurs ?

Sans attendre sa réponse, il ouvrit la boîte, d'où il sortit une bague : un anneau métallique ajustable, serti d'un minuscule « diamant » qui était en réalité une pierre de verre. A quatorze ans, il l'avait gagnée dans un distributeur de chez Clancy's, et il la lui avait offerte le soir même.

— Oh ! Je croyais l'avoir perdue au bord du lac.

— C'est exact. Je l'ai retrouvée, et j'ai oublié de te la rendre.

Les larmes aux yeux, elle regarda son annulaire gauche.

— C'est la bague que j'ai cherchée et que j'ai espéré retrouver pendant si longtemps !

— Je l'échangerai contre une véritable bague, dit Brian. Dis-moi seulement que tu m'aimes, que tu vas m'épouser et que tu voudras bien me supporter toute ta vie à Sherwood Lodge.

Elle eut un léger hoquet, mélange de rire et de sanglot, et des larmes de joie se mirent à couler sur ses joues. Elle ne fit rien pour les arrêter.

— Oh, Brian ! Oui, oui, je t'épouserai !

Il lui glissa la petite bague de pacotille au doigt.

Elle la regarda longuement.

C'était la plus belle chose qu'elle ait jamais possédée de sa vie. Cette bague avait pour elle une signification des plus importantes, et elle l'aurait toujours.

Les yeux brillants de joie, Brian leva la main comme s'il allait faire un serment.

— Tu vas te marier avec moi et nous vivrons heureux à Hawk's Lake ? Promesse de pirate ?

Eclatant de rire, elle leva la main.

— Promesse de pirate !

Elle se pencha vers lui pour qu'il se relève, et elle vint se blottir dans ses bras.

Brian lui donna un long baiser.

Fondant littéralement contre lui, elle soupira de bonheur.

Épilogue

Deux ans plus tard.

Brian tournait les épis de maïs sur le gril.

La journée était magnifique, idéale pour un pique-nique en famille.

Angie, la fille de Mélanie, faisait des pâtés de sable sur la plage avec son père devant Sherwood-Hawkins Lodge. Installés dans des fauteuils au bord du lac, Barbara, Tom et Rose Sherwood discutaient avec Ed Hawkins tout en sirotant des jus de fruits. Jack et sa nouvelle petite amie étaient sur le hors-bord, tirant Kyle sur des skis nautiques.

Marigold et Mélanie apportèrent des salades et les déposèrent sur la table.

Brian tourna un regard satisfait vers la villa, d'où se dégageait une bonne odeur de bois. Il observa le squelette de l'aile qu'il construisait sur le côté droit de la maison.

Cette aile contiendrait un bureau pour lui-même, un studio et un bureau pour Marigold.

Ils dirigeaient ensemble la fondation Sherwood, organisme philantropique fondé grâce à la vente de l'entreprise Sherwood à des amis de la famille. Quand elle ne travaillait pas pour la fondation, Marigold était très occupée avec ses céramiques d'art, qui se vendaient comme des petits pains dans les boutiques de cadeaux de la ville.

Barbara et Tom, ses parents, avaient décidé de prendre leur retraite. Il ne faisait aucun doute qu'ils allaient venir souvent à Hawk's Lake, après que lui et Marigold auraient fait leur annonce autour du feu, ce soir.

Grand-mère Rose passait elle aussi de temps en temps à Hawk's Lake quand elle n'était pas dans son appartement de Floride.

Ils étaient tous les bienvenus à la villa. Marigold et lui auraient besoin de leur aide dans environ cinq mois et demi.

Marigold tourna la tête vers lui, et il plongea un regard amoureux dans le sien.

Quand elle pointa en souriant un doigt vers son ventre, qui portait leurs petites jumelles, il soupira de bonheur.

Il était entouré de tous ceux qu'il aimait. La vie était parfaite.

Passions

— Le 1er septembre —

Passions n°221

Passion sur le rivage - Robyn Grady

Incapable de résister au désir qu'elle éprouve à l'égard du richissime homme d'affaires Gabriel Steele, Nina finit par s'abandonner entre ses bras, même si elle sait qu'elle ne peut rien espérer. Car Gabriel ne manquera pas de la mépriser lorsqu'il découvrira qu'elle n'est pas une jeune fille de bonne famille comme il semble le croire, mais une simple domestique...

Envoûtante séduction - Maureen Child

Afin d'éviter un terrible scandale, Donna n'a pas d'autre choix que d'épouser Jack Harris, l'homme avec lequel elle a dû, à la suite d'un malentendu, partager une chambre d'hôtel. Une situation qui l'effraie d'autant plus qu'elle ne sait presque rien de cet homme certes très séduisant mais aussi terriblement méprisant...

Passions n°222

Le secret d'une héritière - RaeAnne Thayne

Alors qu'elle se retrouve bloquée en pleine tempête, Mimi est obligée d'accepter l'hospitalité de Brant Western, même si la perspective de se retrouver en tête-à-tête avec cet homme arrogant et taciturne ne l'enchante guère. Mais seule et enceinte de quelques mois, elle n'a pas vraiment d'autre solution...

L'éclat de tes yeux bleus - Karen Templeton

Tony n'aurait jamais imaginé qu'un jour il reverrait Lili Szabo, son amie d'enfance, et pourtant, c'est bien elle qui se tient devant lui et le fixe de ses incroyables yeux bleus. Un choc d'autant plus grand que le sentiment brûlant qui soudain le submerge n'a plus rien à voir avec la camaraderie d'autrefois...

Passions n°223

L'homme du désert - Susan Stephens

Je suis le prince Razi al Maktabi... Il faut quelques instants à Lucy pour comprendre la terrible signification de ces quelques mots. Le merveilleux amant avec qui elle a passé les plus beaux moments de sa vie l'homme dont elle porte maintenant l'enfant n'est autre que Razi al Maktabi. Un prince célèbre et influent, sur le point d'en épouser une autre...

Un si troublant souvenir - Emily McKay

Evie est bien obligée de se rendre à l'évidence : Quinn McCain est le seul homme susceptible de l'aider à rembourser les dettes de son frère. Pourtant, Dieu sait qu'elle n'a aucune envie de le revoir et encore moins de devoir le supplier de venir à son secours... Pas après la manière dont ils se sont quittés, quelques années plus tôt...

Passions n°224

L'enfant de Donovan McCoy - Susan Crosby

Certaine que ce séducteur à la terrible réputation ne pourra que la faire souffrir, Laura s'est toujours tenue à distance de Donovan McCoy. Pourtant, quand celui-ci lui demande conseil pour élever le fils dont il vient seulement de découvrir l'existence, elle est incapable de lui fermer sa porte...

Les amants du lac - Michele Dunaway

Lorsque Chase McDaniel apprend que son grand-père a confié les rênes de l'entreprise familiale à une certaine Miranda Craig, il est incapable de cacher sa colère. N'était-ce pas à lui que devait revenir cette responsabilité ? Il est donc bien décidé à se mettre en travers du chemin de cette intrigante...

Passions n°225

Amoureuse d'un Hightower - Emilie Rose

Paige a tout fait pour oublier la nuit qu'elle a passée en compagnie de Trent Hightower. Aussi est-elle bouleversée lorsque, quelques mois plus tard, elle se retrouve face à lui dans un hôtel de Las Vegas. Un choc qui se transforme en rage froide lorsque celui-ci fait mine de ne pas la reconnaître...

A une seule condition - Nicola Marsh

De la part d'un homme tel que Nick Mancini, Brittany sait qu'il faut s'attendre à tout. Pourtant, elle n'aurait jamais imaginé qu'il n'accepterait de l'aider qu'à la seule et unique condition qu'elle devienne sa femme. Une proposition qui la révolte, mais à laquelle, hélas, elle va devoir se plier...

A paraître le 1er septembre

Best-Sellers n° 434 • suspense

Pour te retrouver - Heather Gudenkauf

Calli a été enlevée. Lorsqu'elle découvre que sa fille de sept ans a disparu, Antonia Clark s'effondre dans la chaleur étouffante de l'été. Qui lui a pris sa fille, ce petit être doux et rêveur qu'elle aime de tout son cœur et qui s'est étrangement enfermé dans le mutisme trois ans auparavant ? Elle a pourtant tout fait pour être la meilleure des mères, pour offrir, à Calli et à son frère, un foyer chaleureux. Et pour les protéger. Mais elle a sans doute commis des erreurs. De graves erreurs même. Désespérée, Antonia ne sait plus aujourd'hui à qui faire confiance. Doit-elle continuer à taire les lourds secrets qui pèsent sur sa famille, ou au contraire sortir de l'isolement et accepter l'aide que lui propose un ami d'enfance, le shérif adjoint Louis ?

Best-Sellers n°435 • suspense

Mortelle confidence - Heather Graham

Indigo. C'est le dernier mot prononcé par un inconnu qui s'effondre brutalement sur Jessy Sparhawk, en pleine nuit, un poignard planté dans le dos. A peine remise de ce choc, Jessy est assaillie par de terrifiantes visions de cet homme, animé d'un profond désir de vengeance. Cauchemars éveillés ? Divagations ? Et quel peut bien être le sens de cette confidence mortelle ? Terrorisée, Jessy se confie à Dillon Wolf, le détective en charge de l'enquête qui, immédiatement sensible à son récit, lui offre sa protection. Une protection bien utile car déjà, Jessy aperçoit l'ombre effrayante d'une nouvelle victime.

Best-Sellers n°436 • suspense

Dissimulation - Carla Neggers

Quand elle découvre que Norman Estabrook, l'un de ses amis, est en réalité un véritable traitre, Lizzie Rush, fille d'un célèbre agent secret, se retrouve face à un terrible dilemme. Car malgré ses réticences, elle ne peut passer sous silence le terrible secret qu'elle a découvert. Elle se résout donc à transmettre toutes les informations dont elle dispose au FBI, afin que Norman soit arrêté. Pourtant, en agissant ainsi, elle sait bien qu'elle se met en danger. D'autant que la police souhaite profiter de sa situation privilégiée auprès de Norman pour en apprendre davantage. Et c'est ainsi que bien malgré elle, Lizzie se désigne comme la cible de la vengeance de cet ex-ami .

Best-Sellers n°437 • thriller

Le cercle du mal - Karen Rose

Brisée lors de son adolescence par la mort violente de sa sœur jumelle, ainsi que par le suicide de leur mère, Alexandra Fallon n'a jamais voulu revenir à Dutton, sa ville natale. Mais l'horreur refait brusquement surface treize ans plus tard, lorsqu'un appel pressant émanant de sa ville natale lui demande de revenir au plus vite en Georgie : Hope, sa petite nièce de quatre ans, a été retrouvée enfermée dans un placard, en état de choc... Prête à tout pour venir en aide à Hope, mais aussi pour retrouver la mère de la fillette, Alexandra accepte de coopérer avec Daniel Vartanian, l'agent du FBI chargé de l'enquête. Mais à peine l'enquête a-t-elle commencé qu'une série de meurtres rappelant celui dont a été victime la sœur d'Alexandra vient de nouveau frapper la tranquille communauté de Dutton...

Une nouvelle enquête de l'agent Daniel Vartanian

Best-Sellers n°438 • roman

L'héritage des Selby - Lynne Wilding

Orpheline et enfant unique, Vanessa Forsythe a tout quitté pour suivre Bren Selby, un séduisant Australien qui incarne ce qui lui a toujours manqué. Car en l'épousant, c'est un clan qu'elle intègre. Un clan dont elle perpétue le nom en donnant naissance à un fils. Loin de Londres, la voici désormais maîtresse d'Amaroo Downs, un ranch perdu au milieu des terres inhospitalières de l'ouest australien. Mais les proches de Bren ne voient pas d'un bon œil l'arrivée de cette étrangère sur leurs terres. Avec courage, Vanessa s'en accommode. Jusqu'au jour où un scandale, surgi du passé, menace de détruire son bonheur si fragile. Se peut-il que l'héritage des Selby auquel elle croyait tant ne soit finalement qu'une chimère ?

Best-Sellers n°439 • thriller

Coupable innocence - Nora Roberts

A peine s'est-elle installée dans la maison que sa grand-mère lui a léguée à Innocence, Mississippi, que la célèbre violoniste Caroline Waverly découvre le cadavre d'une jeune femme sauvagement assassinée. Edda Lou a été torturée avant de mourir, et son corps porte la signature barbare du meurtrier : entailles, scarifications. Mais il y a pire encore : ce meurtre, le troisième commis dans la petite ville, est sans doute l'œuvre d'un habitant d'Innocence. Les soupçons se portent sur Tucker Longstreet, le dernier amant en date de la victime, qui avait eu une dispute avec elle juste avant sa mort. Caroline, elle, ne veut pas croire à la culpabilité de Tucker. Mieux même : le personnage la fascine.

Best-Sellers n°440 • historique

Le prince du scandale - Nicola Cornick

Pour sauver l'honneur de sa famille, Catherine Fenton a accepté d'épouser un scélérat, un félon qui soumet son père à un ignoble chantage afin de s'approprier son héritage. Un sacrifice auquel elle se résigne sans hésitation. Jusqu'au jour où elle rencontre le baron Benjamin Hawksmoor, un homme totalement infréquentable dont les liaisons sulfureuses et les dettes de jeu font jaser tout Londres. Subjuguée bien malgré elle par celui que tous surnomment le « prince du scandale », Catherine n'a d'autre choix que de lui résister. Mais Benjamin semble décidé à la conquérir et met tout en œuvre pour lui faire rompre sa promesse…

Composé et édité par les

éditions Harlequin

Achevé d'imprimer en France (Malesherbes)

par Maury-Imprimeur

en juillet 2010

Dépôt légal en août 2010

N° d'imprimeur : 156393 — N° d'éditeur : 15138